사랑, 마음 뒤로 숨다

나만 힘들고 외로운 사람들을 위한 심리 공감 비블리오테라피

사랑, 마음 뒤로 숨다

초판 1쇄 인쇄 2023년 12월 20일
초판 1쇄 발행 2023년 12월 30일

지은이 임옥순
펴낸이 조현철

펴낸곳 도서출판 행복플러스
출판등록 2022년 4월 21일 제2023-000068호
주소 경기도 파주시 청석로 300, 924-401
전화 031-943-9754 팩스 031-8070-9754
전자우편 karisbook@naver.com

총판 비전북 031-907-3927
ISBN 979-11-979105-1-7   03810

값 18,000원

나만 힘들고 외로운 사람들을 위한 심리 공감 비블리오테라피

사랑, 마음 뒤로 숨다

임옥순 지음

행복플러스

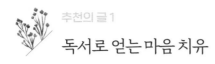

독서로 얻는 마음 치유

'사랑, 마음 뒤로 숨다' 제목이 예사롭지 않다. 사랑이 마음 뒤로 숨다니….

풍부한 감성과 언어 구사력으로 독자들의 마음을 매료시키는 임옥순 상담가는 타고난 이야기꾼이다. 그녀는 따스한 자연의 품속으로 우리를 초대한다. 고향처럼 평화롭고 정겨운 곳으로 가서 꽃향기를 맡아 보고 새소리도 들어 보자고 손짓한다. 그리고는 이내 어린 시절 자신이 경험한 희로애락의 현장으로 우리를 안내한다. 거기서 함께 울고 웃다가, 아픔과 서러움에 눈시울 붉히다가 갸우뚱했던 고개를 끄덕이게 만드는 마술사가 되어 자신과 내담자의 삶에 오버랩되는 스토리를 풀어낸다.

자연을 만나면 치유가 시작된다. 작가는 자연을 관찰하고 그 소리에 귀 기울이면서 자연이 제공하는 온갖 치유의 힘을 직접 경험한다. 그리고는 치유의 힘을 매개 삼아 거짓 없는 자연의 메시지를 내담자에게 들려주고 새로운 옷을 입혀준다. "당신은 있는 모습 그대로 아름다워요.""당신은 특별한 존재예요.""당신 안에 반짝이는 보화가 있어요."

상담 과정 중에 뺄 수 없이 중요한 요소는 내담자가 삶 가운데 경험한 아픈 감정의 실타래를 풀어내는 작업이다. 결핍된 사랑으로 삐져나온 온갖 상처들, 거절과 수치심, 죄책과 열등감, 절망과 미움과 분노, 슬픔의 감정들과 마주해야 하는 힘겨운 일이다. 이 과정을 통해 내담자는 소용돌이치는 감정들을 다시 느끼고 놓아 보내는 작업 가운데 내면의 평온을 경험한다. 그리고는 이내 먹구름 같던 마음 뒤에 숨어 있는 작은 사랑의 흔적들을 찾아낸다. 자신만의 빛깔과 희망 한 줄기를 찾아내면서 '자기 긍정과 자기 수용'의 길로 들어선다.

상담가로서 저자의 섬세한 관찰력과 예리한 통찰은 참으로 놀랍다. 이 책을 읽는 독자들은 자신의 삶에서 '부모와 나 그리고 자녀'라는 3대에 걸친 가족사를 펼쳐놓고 과거와 현재를 들여다보며 저자에게 직접 개인 상담을 받는 기분이 들 것이다. 책을 읽어가며 자신 안에 내재된 감정과 사고와 행동 패턴들을 이해하게 되고, 이 패턴들이 나와 가족관계에 어떤 영향을 미쳤는지 발견하게 될 것이다. 이러한 깨달음을 통해 독자들은 자신의 과거와 현재의 삶을 재해석하는 통찰과 지혜를 얻게 될 것이다. 또 타인에 대한 이해와 공감을 통해 '타인 긍정과 타인 수용'의 자리로 나아갈 동력도 얻을 뿐 아니라 오늘과 내일을 충만히 살아갈 용기와 힘을 얻게 될 것이다.

저자의 17년 상담 경험을 통해 자신과 수많은 내담자들을 치유한 이야기를 담은 이 책을 마음 치유에 관심 있는 분들과 가족관계로 어려움을 겪는 분들에게 추천하며 일독을 권하고 싶다. 또한 독서 그룹의 교재로 사용된다면 최상의 치유 효과를 경험하리라 확신하며 자신 있게 추천한다.

정정숙 | 패밀리터치 원장, 교육학자, 가족관계전문가

나는 팬이다

정신과 의사이자 상담가인 어빈 얄롬Irvin D. Yalom은 자신을 사랑의 종결자love's executioner라고 불렀다. 많은 경우 우리가 사랑이라고 믿어왔던 것들이 사실은 자신의 결핍이나 투사, 집착 혹은 착각의 산물이다. 그런데 얄롬 박사는 정신 분석을 통해 왜곡된 진실을 드러내고 그 사랑에 종지부를 찍어 버리기 때문이다. 상담과 사랑은 근원적으로 양립하지 않는다. "상담한번 받아보지?" 우리는 너무 쉽게 이런 조언을 한다. 하지만 상담은 마냥 편안하게 내 신세를 한탄하는 시간이 아니다. 부딪히고 꺾이고 울부짖고 드러내는 과정이다. 직면은 피할 수 없다. 내가 믿어왔던 세계관이 무너지는 경험이다.

나는 상담가다. 나는 나를 전문적인 문제 해결사professional problem solver 혹은 공인받은 오지랍퍼라고 생각한다. 사람들은 자신의 삶이 힘들 때, 원하는 대로 풀리지 않을 때, 관계가 막힐 때 상담가를 찾는다. 그리고 자신의 삶 안팎에서-솔직히 밖에서- 문제를 찾고 해결하려 든다. 내 역할은 그들을 도와 삶의 문제를, 특히 그들의 내부에서 해결하는 것이다. 그 과정이 참 어렵다. 왜냐고? 피상담가는 자신이 지금까지 해왔던 코핑 메커니즘coping mechanism, 대응기제이 더 이상 효과적이지 않다는 것을 인정해야 하기 때문이다.

사람에게는 자기방어 기능이 있다. 그래서 자신에게 정직하고 싶지 않다. 자신을 직면할 때 불편하다고 느끼는 것이다. 심리치료^{therapy}는 많은 면에서 삶의 질을 향상시키는 데 도움이 된다. 그러나 인간은 마음속 심연의 깊은 곳까지 모두 드러내기에는 너무나 연약하다. 융$^{Karl\ Gustav\ Jung}$이 말한 그림자^{shadow}, 즉 내 안에 어떤 흉측한 괴물이나 울고 있는 아이가 들어 있는지 우리는 모른다. 두려움과 불확실성은 일단 피하고 보는 게 상책 아니겠는가?

혹자는 말한다. "무슨 상담을 그렇게 오랫동안 해?" 실제로 인지치료를 통해 기술을 가르쳐 주는 인지행동치료는 대개 20세션 안에 끝난다. 하지만 정신역동 상담을 통해 충분한 치유와 변화를 경험하기까지는 시간이 걸린다. 진화생물학적으로 인간의 뇌는 변화를 위험 신호로 인지한다. 그러니 얼마나 힘들겠는가? 몰라서 변화하고 싶지 않은 것이 아니다. 상담가는 그런 부분을 끊임없이 인정하고 달래가면서 긍정적인 변화를 도모하는 존재다.

저자 임옥순은 그런 면에서 장인이다. 탁월한 춤꾼이다. 왜냐고? 상담은 일종의 차차차$^{cha-cha-cha}$ 댄스다. 상담가와 피상담가가 서로 밀고 당기고 달래고 어깃장도 부리면서 조금씩 변화를 향해 나아가는 부분이 댄스의 그것과 일맥상통하기 때문이다. 소위 밀당을 잘해야 한다. 상대가 나아가면 살짝 당겨야 하고 들어오려면 살짝 밀어야 한다. 저자의 글을 통해 독자는 그의 상담을 엿보게 된다. 어떻게 자신의 지극히 개인적인 경험을 피상담가의 아픔과 연결시키는지, 어떻게 그 고통에 공감하는지, 그리고 어떻게 풍부한 지식과 지혜로 치유와 변화를 유도하는지….

어느새 독자는, 그리고 피상담가는 방어기제가 해체되고 자신을 들여다보게 될 것이다. 자신의 추한 모습과 초라한 몰골은 흉측하기까지 하다. 그렇지만 혼자가 아니다. 저자가 함께 아파하고 슬퍼한다. 초췌한 피상담가를 끌어안는다.

"아팠구나. 힘들었구나. 창피했구나. 무서웠구나. 미안했구나. 화났었구나."

공감이 상처를 어루만지고 치유할 수 있는 에너지를 준다. 자, 그럼 다시 한 번 돌아보자.

"그렇게 나쁘지는 않았네요. 그 힘든 와중에도 자신을 지켰네요. 그래도 엄마가 있었네요. 그래도 희망이 있네요."

관점을 전환하니 새로운 힘이 솟아난다. 희망이 보인다. '나도 변화될 수 있다.' 독자들이 이런 경험을 했으면 좋겠다. 이 글을 통해 자신을 돌아볼 수 있으면 좋겠다. 아픔을 나눌 수 있었으면 좋겠다. 나아졌으면 좋겠다. 그리고 어두운 터널의 끝, 희망을 볼 수 있었으면 좋겠다.

장요섭 Jo Sep Chang | 공인상담가, 수퍼바이저

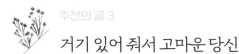

거기 있어 줘서 고마운 당신

시골의 고향을 가진 이의 삶은 선물 꾸러미를 안고 사는 삶이라는 생각이 듭니다. 풀어도, 풀어도 끝없는 선물 이야기가 나올 것 같습니다. 그런 정감의 고향을 가진 이는 필시 따뜻한 사람일 것입니다. 그분이 풀어낸 이야기는 사람의 고통을 들어주고 눈물을 닦아주고 새로 살아갈 용기를 주던 이야기일 것입니다.

어느 날 동생이 울면서 전화를 했습니다. 죽고 싶다고 여기서 조금만 더 가면 진짜로 내가 죽음을 선택해 버릴 것 같다고 했습니다. 내가 해 줄 수 있는 게 없었습니다. 그 순간 어느 한 사람이 떠올랐습니다. 동생에게 그분을 소개했습니다. 그렇게 동생은 그분을 만났고 그분과 함께 울고 웃었습니다. 시간은 흘러 동생은 새 사람이 되었습니다. 죽고 싶다던 그녀는 이제 삶을 향해 나아갑니다. 눈물 대신 환한 웃음으로 전화를 합니다. 이런 행복을 누려도 되는 건지 모르겠다고 합니다. 지옥 같았던 갈등을 이겨내고 성숙의 자리로 나아갔습니다. 과정은 힘겨웠지만 곁에서 자신의 이야기를 들어주며 건네는 격려와 조언으로 한 발 한 발 나아갈 수 있었습니다.

동생에게 소개해 준 분의 상담 이야기가 책으로 나왔습니다. 이런 추천사를 쓰게 된 것만으로도 제게는 감사고 영광입니다. 동생의 위기 앞에서 제일 먼저 떠오른 분이셨습니다. 이분이라면 동생의 아픔을 만져주고 일으켜 줄 것이라는 믿음이 있었습니다.

책 속에는 내 동생과 같은 분들이 또 있습니다. 그 분들도 동생처럼 상담실에서 울고 웃었습니다. 그리고 살아갈 용기를 내고 일어섰습니다. 고통의 눈물은 회복의 눈물이 되었고 마침내 환한 미소가 되는 과정이 들어있습니다.

고향을 가진 이의 따스함이 마음 아픈 이들을 치료하는 이야기들이 들어있습니다. 자칫 딱딱하고 지루할 수도 있는 상담 이론도 잘 녹아 있습니다. 이 이야기 속 주인공들이 상담실에서 힘을 얻어서 살아갈 용기를 얻었던 것처럼 이 책을 읽는 모든 이들도 그 힘과 용기를 얻기를 바랍니다.

양진희 | 크리스천 카운슬러, 패밀리터치 북클럽 강사

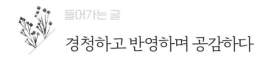

경청하고 반영하며 공감하다

"저기요? 잠깐만요!"

어느 날부터 꽃들이 말을 걸어왔다. 허드슨 강변에서 밀려온 새벽이슬로 연지 찍고 해바라기하던 꽃들이 지난밤 꿈 이야기 좀 들어 달라며 바쁜 출근 길을 막아서곤 한다. 꿈 해석은 내 전공이 아니라며 손사래를 쳐도 공중을 날아다닌 꿈이 길한 꿈인지, 절벽에서 떨어진 꿈은 흉몽인지, 동쪽에서 몰아치는 폭풍우는 귀인을 만날 꿈인지 묻는다. '꿈보다 해몽이 좋다'라는 말을 믿고 모두 참 좋은 꿈이라며 꽃들을 다독여 주고 발길을 서두른다.

하루 종일 내담자들의 사연을 듣고 퇴근하면 텃밭의 채소들이 온종일 있었던 일을 서로 들어 달라 아우성친다. 청설모가 땅을 헤집어 뿌리를 다친 솔의 하소연, 소나기에 잎이 상한 상추의 볼멘 투정, 첫 열매가 맺혔다는 고추의 상기된 반가운 이야기…. 쑥갓도, 아욱도 쉼 없이 낮에 있었던 일을 풀어놓는다. 잠시 쭈그리고 마주 앉아 귀 기울여 들어 주지만, 내담자가 많았던 날에는 건성건성 고개만 끄덕이다가 오늘 밤은 꿈꾸느라 잠 설치지 말라 손 흔들어 주고 자리를 뜨곤 했다.

이 에세이는 산책로, 이웃집 꽃밭, 그리고 꽃과 채소들이 어우러져 있는 우리 집 앞뒤 뜰에서 내게 말을 걸어온 친구들과 나눈 이야기로부터 주로 시작된다. 이 친구들과 이야기를 나누다 보면 내 마음은 어느덧 지구 반대편에 있는 고향에 가 있다. 고향 마을의 들녘을 물들인 꽃들, 친구 집 담장 밑에서 색동옷 입고 피어나는 꽃들, 그리고 이웃집 뒤뜰과 마을 주변 텃밭 가장자리에 자리한 감나무, 석류나무, 살구나무가 계절 따라 빛깔과 결이 다른 이야기를 들려주었다.

하지만 우리 집 마당에 우두커니 서 있던 감나무 한 그루만은 별 이야기가 없었다. 야속하게 철을 따라 꽃들이 기대어 피고 지는 친구네 집 담장과 과일나무가 있는 이웃집 뜰에 담긴 구성진 이야기를 나는 늘 부러워했다. 꽃삽 대신 호미 들고 엄마 따라 투덜거리며 고구마 밭에서 풀을 뽑을 때는 이마에 맺힌 땀방울이 고향을 빨리 떠나라고 등을 떠밀었다.

시샘이 많았던 어린 시절을 고향에 두고 유학을 떠나는 남편 따라 참 멀고 먼 미국 땅에서 뿌리내리게 되었다. 그동안 이민자로, 상담가로, 그리고 목회자의 아내로 바삐 살면서 정다웠던 고향 친구들을 까맣게 잊은 사이에 두고 온 고향의 그 친구들은 이곳의 꽃들과 우정을 맺고, 채소와 과일나무는 이웃이 되어 있었다. 말도 통하지 않고 기후와 토양은 달라도 이야기꽃은 끝없이 피어나고, 국경과 세월을 넘어 서로에게 좋은 벗이 되어 있었다.

지난 17년 동안 내담자들이 들려준 사연을 꺼내어 다시 읽으면서 깨달은 것은, 내가 그들의 이야기를 들은 것이 아니라 오히려 내 속에 있던 이야기를 그들의 마음에 '투사 projection'한 것이 아닌가 싶어 미안했다. 나 혼자 하고 싶은 말을 실컷 떠들어 대고 꽃과 채소와 나무들의 말에 귀를 기울이는 척했으니 말이다. "미안, 미안해! 정말 미안해!"

한 시인은 쌀 한 톨에서 '바람과 천둥과 비와 햇살과 외로운 별빛도 그 안에 스몄네'라며 노래했다. 그런데 나는 저들이 간밤에 폭우 때문에 잎을 다쳤는지, 다람쥐 손길에 뿌리가 상했는지, 비가 오지 않아 목말랐는지, 추운 겨울에 밤새 얼마나 떨었는지 깊이 공감해 주지 못했다. 어릴 적 채워지지 않았던 결핍감을 채우려고 허기진 내 욕망만 꽃들의 이야기로 포장했던 것 같다.

꽃들을 자세히 바라봐 주고 곁에 오래 머물러 있으면 내담자들이 들려준 사연에 담긴 의미와 마음을 귀띔해 준다. 나의 유년 시절에 다정하고 친근한 벗이 되어 주었던 마을 들녘에서 자라고 피고 지던 꽃들도 상담을 거들어 준다. 내담자들의 무겁고 아프고 침울한 이야기는 덜 아픈 이야기가 된다. 꽃들은 나에게, 나는 내담자에게, 내담자는 나에게, 다시 꽃들에게 내 맘을 열면 어느덧 내 마음에도, 내담자의 맘에도 눈물이 흐른다.

내담자의 이야기를 듣듯 귀를 기울여 그들의 이야기에도 경청하고 반영하며 공감하고 싶다. 낮 동안 그들 곁을 다녀간 햇볕과 비바람 소리와 뭉게구름의 몸짓까지도 더 자세히 귀담아듣고 좀 더 깊이 살펴야겠다. 내 마음대로 해석하지 않고 저들은 나와 세상을 어떤 시선으로 바라보고 느끼는지 나누고 싶다. 저들의 이야기가 내 마음을 울릴 때쯤 되면 나도 좀 더 내담자들의 이야기에 귀를 기울이는 성숙한 상담가로 성장하지 않을까?

"얘들아! 내가 때로는 바쁘고 피곤해도 바르게 들을 수 있도록 천천히 들려주렴. 미국 땅에 피었다고 영어로 말하는 건 아니겠지?"

두 아이의 엄마로, 목회자의 아내로, 그리고 맨해튼 32번가 서점에서 10여 년을 일하면서 보낸 낯선 미국 생활에 나는 지쳐 있었다. 설상가상으로 젊은 나이에 암이 찾아왔다. 그렇게 독한 항암치료를 받으면서 심신이 미약하고 복잡해질 즈음 상담 공부를 시작했다. 이민 사회에서 상담이란 단어가 익숙지 않았던 시절에 나를 돌아보기 위해 시작한 상담 공부였다. 목회적 돌봄 전문가 Pastoral Care Specialist 과정부터 석박사 과정까지의 긴 여정, 각종 자격증certificate 이수 과정과 강사facilitator 훈련, 그리고 치료 프로그램 개발에 매진하기도 했다. 보다 유능한 상담가가 되고자 대한민국 정신의학의 선구자라 할 수 있는 이동식 박사님에게 가르침을 얻으려고 한국으로 들어와 상담받던 시절이 엊그제 같은데 벌써 20여 년이 지났다.

지금까지 주로 미국 뉴욕과 뉴저지에서 내담자들을 만나다가 팬데믹 이후에는 북미주 전역과 한국을 비롯한 여러 나라의 내담자들과 온라인 상담으로 영역을 넓혔다. 그런데 상담만으로는 내담자들을 치료하는 데 제약과 한계가 있어서 오랜 상담 경험과 상담대학원에서 정신역동과 그룹치료를 가르치면서 정리한 이론을 바탕으로 남편과 함께 '가족 관계감정 훈련' 프로그램을 개발했고, 10년 넘게 인도해 오고 있다. 또 비대면 사회로 급격히 변화되는 시대에 맞는 상담과 치료 프로그램을 진행하고 있다. 계속된 상담 강의와 치료 프로그램 연구, 또 빡빡한 스케줄로 내담자들을 만나지만 아침에 눈 뜰 때마다 설레는 걸 보면 내게는 상담가의 일이 천직인 모양이다. 오늘도 나의 꿈은 모두의 마음에 보석 같은 감성의 새싹이 돋아나서 꽃들이 피어나는 것이다.

이 책은 17년간 내담자들과 만나는 가운데 독자들에게 공감과 위로가 되는 이야기를 모아 따뜻한 이해를 전하고자 했다. '아~, 그랬구나. 그랬었구나!'라는 공감과 들어 주는 경청에는 치유의 힘이 있음을 믿기 때문이다. 모든 독자들의 이야기를 들어 줄 순 없지만, 책 속에 담긴 내담자들의 이야기가 독자들의 마음을 읽어 줄 것이다. 꽃들과의 대화가 뜬금없다가도 온기 있는 손길로 다가와 마음을 쓰다듬을 것이고, 심리학자나 정신분석학자의 이론을 거창하게 다루지 않아도 이야기들이 말을 걸어 와서 이해시켜 줄 것이다. 독자 여러분도 이 책을 통해 속 깊은 감정을 발견하고 이해하고 위로하고 드러내는 시간이 되기를 기대해 본다.

꽃들과의 대화는 패밀리터치Family Touch 김충정 부원장님의 소개로 건강하고 행복한 가정을 세우는 비영리기관인 패밀리터치에서 상담가로 근무하면서 시작되었다. 상담가와 가정 사역 스태프로 성장할 수 있도록 소중한 기회를 주신 패밀리터치의 설립자 정정숙 원장님은 패밀리터치 저널에 상담 에세이를 실을 수 있도록 지면을 허락해 주고 책으로 출판할 수 있도록 용기와 도움을 주시면서 추천의 글을 써 주셨다. 두 분에게 진심으로 감사드린다. 동역하는 교우들과 패밀리터치 스태프들, 애정과 기쁨으로 추천의 글을 써 주신 장요섭 공인상담사와 양진희 크리스천 카운셀러 그리고 저널 독자들에게도 깊이 감사드린다.

남편은 내게 상담 공부의 길을 열어 주었다. 지금은 함께 상담대학원에서 학생들을 가르치고 상담도 함께하면서 동역하고 있다. 상담 공부를 하는 동안 어린 딸 채리와 아들 동하는 엄마 없이 한국학교에 가기 위해 뉴저지에서 워싱턴 브리지를 건너 맨해튼까지 가야 하는 번거로움을 감수했다. 엄마 손을 빌리지 않고도 씩씩하게 잘하던 딸과 아들은 어느덧 자라서 채리는 임상사회복지사Clinical Social Worker로, 동하는 데이터 사이언스Data Science 분야에서 일하면서 이제 엄마의 든든한 지지자가 되었다.

30여 편의 에세이가 한 권의 책으로 나오기까지 글을 다듬어 준 남편, 늘 뭐가 필요하냐고 물어오는 아들 동하, 에세이에 맛깔나는 삽화를 그려 준 딸 채리, 어린 시절 내 투정을 모두 받아준 언니와 동생들, 아름다운 자연을 친구로 맺어 준 하늘에 계신 아버지와 100세를 바라보고 계시지만 늘 유머가 넘치는 어머니께 이 책을 바친다.

2023년 12월

임옥순

차례

추천의 글 1_ **독서로 얻은 마음 치유**   4
추천의 글 2_ **나는 팬이다**   6
추천의 글 3_ **거기 있어 줘서 고마운 당신**   9
들어가는 글_ **경청하고 반영하며 공감하다**   11

첫 번째 이야기_ 엄마, 사랑을 느끼고 싶어요!

채리야, 사과 먹고 가   22
  달갑지 않은 엄마의 유산, 불안

미움, 사랑 뒤로 숨다   30
  미운 엄마 좋은 엄마, 양가감정

그해 겨울은 추웠지만   37
  라이너스의 담요, 정서적 성장과 중간대상

언제나 그곳에 있는 들국화처럼   44
  엄마 없는 하늘 아래, 분리불안

가시여, 안녕!   51
  살기 위해 모든 창을 막다, 방어기제

그랬구나, 그랬었구나!   58
  채우지 못한 행복 주머니, 미해결 감정

내 마음의 떡살　　　　　　　　　　**65**
네까짓 게 뭘 하겠어, 억압과 상처

봄을 빼앗긴 이들과 냉잇국을 나누며　　**72**
더 이상 도망가지 않으리라, 직면하기

얼어붙은 가슴에 사랑의 눈물이 흐르게 하라　**79**
마음에 담긴 화, 억압된 감정

공기놀이와 진달래꽃　　　　　　　　**85**
엄마 나를 놔주세요, 의존성

두 번째 이야기_ 아빠, 이제 기다려 주실래요?

엄마의 시루떡　　　　　　　　　　**94**
내가 알고 있는 것이 거짓? 왜곡하는 감정

미나리와 다이어리 친구　　　　　　　**101**
이젠 나로 설 수 있어요, 상담 종결과 불안

동치미와 수다가 무르익는 순님이네 안방　**109**
모빌 같은 감정 공동체, 정신역동

누가 과꽃의 미소를 아시나요?　　　　**117**
나로 살고 싶다, 개성화

친구야, 홍시는 보내지 마라　　　　　**125**
옮겨 다니는 감정, 감정전이

아버지가 있는 겨울 풍경　　132
　　손댈 수 없는 부분, 상처와 시간

한여름 밤의 꿈과 자주감자　　139
　　처음처럼 상처 입지 않은 마음, 자아실현 경향성

왜 사냐 건 웃지요　　146
　　삶의 의미로 찾는 행복, 의미치료

산딸기가 들려주는 애절하고 소중한 이야기　　153
　　나도 인정받고 싶어요, 인정욕구와 사랑

양파와 행복으로 가는 눈물　　161
　　나를 지키고 싶다, 저항

세 번째 이야기_ 나, 희미해진 자아를 찾고 싶다

니가 왜 거기서 나와?　　170
　　나는 평안하고 싶은데, 불안의 시작

미안하다, 꽃들아!　　178
　　마음에서 꽃피는 감정들, 자극과 감정

잡초라 불러 미안해　　186
　　완벽해야 해, 수치심과 취약성

얘들아, 칡 캐러 가자!　　194
　　두려움과 게으름, 핵심 믿음이 빚어낸 자동사고

너도밤나무여, 안녕!   202
나는 네가 아니야, 자기로 살아가기

손대면 톡 하고 터질 것만 같은 그대   210
나를 찾아 떠나는 여행, 자기 찾기

동무야, 물 마중 가자   218
끝내고 싶다, 대물림되는 상처

장작 타는 냄새 속에 담긴 사연들   226
지난 기억과 현재의 만남, 핵심감정

옥수수 반쪽에 담긴 미래   234
나는 엄마가 좋다, 충분히 좋은 엄마

자운영 꽃이 벗겨준 겨울 외투   241
내 마음 던지기, 투사

모란이야! 작약이라니까!   249
알아듣게 말해 줄래요, 재진술

첫 번째 이야기

엄마, 사랑을 느끼고 싶어요!

"신은 모든 곳에 있을 수 없어 어머니를 만들었다."

- 유대인 속담 -

채리야, 사과 먹고 가

달갑지 않은 엄마의 유산, 불안

"채리야, 사과 먹고 가!"

우리 집 아침은 딸 채리가 출근 준비를 서두르면서 부산해진다. 나이를 먹더니 아침잠이 없어진 고양이 티거는 새벽을 깨운다. 이 방 저 방 다니며 꼬리로 침대를 툭툭 친다.

"새 나라의 어린이는 일찍 일어나는 거야. 빨랑빨랑 일어나!"

"새 나라의 어린이라니? 내 나이가 몇인데…. 그리고 티거야! 미인은 잠꾸러기라는 말도 모르니?"

점점 수위가 높아지는 고양이 잔소리에 나도, 딸도 결국 백기를 들고 아침을 준비한다.

든든하게 먹고 출근하라며 우유, 호빵, 비타민, 비트 주스 그리고 과일 한두 가지를 식탁에 준비해 놓지만, 딸 채리는 먹는 둥 마는 둥 서두른다. 이것저것 주섬주섬 챙겨서 일터로 향하는 딸의 손에 사과 한 쪽을 건넨다.

"채리야, 사과 먹고 가!"

　채리는 커다란 가방을 메고 한 손에 핸드폰과 손가방, 다른 손에는 사과를 들고 집을 나선다. 매일 아침마다 반복되는 우리 집 풍경이다.

투사적 동일시

　그런데 사과 한 쪽으로 시작되는 아침 풍경이 우리 집의 전매특허가 아닌가 보다. 부부 치료 프로그램에 참가한 한 남편이 아침마다 출근하는 아내와 아이들에게 사과 한 쪽씩 들려준다는 말에 나도 모르게 피식 웃음이 났다. 툭 던진 사과 한 쪽 이야기가 굳게 다물고 있던 참가자들의 입을 열었고, 침묵으로 잔잔했던 참가자들의 마음에 던져진 조약돌이 되었다. 아침도 먹지 못하고 바삐 출근하는 아내가 안쓰러워 남편이 사과 한 쪽을 내민단다. 등교하는 꼬마들도 사과 한 쪽에서 자유롭지 않다.
　"사과 먹고 가."
　"됐어!"

"아빠, 나도 싫어!"

"저도 싫어요!"

"사과 안 먹을래!"

아이들도 약속이나 한 듯 줄줄이 사과를 거절한다.

"아이참, 사과는 건강에 좋아. 먹고 가! 배가 든든해야 공부도 잘되는 거야!"

싸한 남편의 말이 차갑게 현관을 한 바퀴 휘익 돌고 나서야 아내는 떨떠름한 표정으로, 다섯 아이들은 뾰로통해서 사과를 받아든다. 그제도, 어제도, 결국 오늘도…. 벌써 몇 년째 사과 전쟁은 계속 진행형이라고 했다.

"사랑해서 챙겨주는데, 어떻게 거절할 수 있습니까?"

테니스공을 받아치듯 아내가 반격했다.

"먹고 싶지 않다는데…. 정말이지, 아예 귀를 닫아 버린 지 오래됐어요. 그런데도 계속 사과를 줘요."

한두 번 오간 아침 대화가 아니었다. 사과로 시작된 이 부부의 티격태격은 그날 프로그램이 끝날 때까지 휴전이 없었다. 그런데 사과 한 쪽이 뭐길래 아침마다 팽팽한 긴장감을 멈추기가 그리 어려웠을까?

남편은 어려서부터 어머니의 홀대를 벗어나지 못하고 자랐다. 한순간도 두 다리 쭉 뻗고 잘 수가 없었다. 어머니의 험한 말과 회초리가 언제 날아올지 몰라 긴장과 움츠림 속에서 살아야만 했다. 그 어머니는 당신의 남편에 대한 원망을 아들에게 풀었던 것이다. 그랬던 남편인데, 이제는 남편의 말이 아이들에게 법이 되어 버렸다. 아이들은 매번 항의하다가도 곧 백기를 들고 만다. 회초리만 들지 않았을 뿐, 남편은 그의 어머니를 닮았다고 한다.

남편의 마음에 아버지는 어떻게 담겨 있을까? 먹고 싶지 않은데 날마다 사과 한 쪽씩 물고 등교하는 아이들에게 아버지는 어떻게 기억될까? 남편의 이야기에는 아버지는 등장하지 않는다. 언급하는 것이 의미가 없었을지도 모른다. 남편 몫까지 감당해야 했던 어머니의 고단한 한숨과 원망을 뒤로하고 남편은 매일 학교에 가야 했다. 옥죄어 오는 공포, 불안, 분노, 초조함을 밀어낼 수 없어 암울한 환경에 익숙해진 것이다. 그렇게 어린 시절을 보낸 남편에게는 평온하고 고요해야 할 아침에 아이들 등교 시간만 되면 오히려 불안이 밀려온다.

아침 안개와 같은 불안을 애써 외면하면서 아내와 아이들에게 사과를 건네지만, 말은 흔들리고 건네는 손마저 퍽 낯설다. 어린 시절에 담긴 못마땅한 심기가 남편 자신도 모르게 사과에 실린 것이다. 어머니로부터 상냥한 보살핌을 받지 못해 치밀어오른 울화는 마음에 잠겨 있다가 아침마다 아내와 아이들에게 던져진다. 건네받은 아내와 아이들은 사과 속에 담긴 울분에 짜증을 내면서 사과를 거절한다. 그러자 성의를 무시했다면서 아내와 아이들을 호되게 나무란다. 남편의 마음에 웅크리고 있던 '불안'이라는 응어리는 그렇게 잠시 해소되고 편안을 느낀다. 익숙했던 원가족family of origin의 아침이 재현되었기 때문이리라.

어린 시절부터 마음에 끓고 있던 불안함을 면죄 받고 싶어서 아침마다 건네는 사과는 이미 사과가 아니었다. 남편의 분노와 불안이 담겨 있는 사과, 즉 독이 묻은 사과였다. 사과 전쟁이 반복될 때마다 가족들은 어수선하고 속상한 아침에 익숙해지고, 치유하지 않으면 이렇게 대물림될 것 같아서 마음이 아프다.

우리는 무의식적이어서 쉽게 알아차리지 못하지만, 자기 속에 있는 못마땅한 감정으로 상대방의 감정을 자극하여 언짢은 행동을 하도록 유도하고 상대방이 그렇게 행동하면 모든 책임은 상대방에게 있다고 비난한다. 이처럼 자신의 불편한 감정을 알아차리고 다독이기보다 자기감정을 남에게 던져놓고 남이 그 감정에 휘둘릴 때 그를 비난함으로써 마음의 짐을 덜려는 심리작용을 '투사적 동일시'라고 한다.

투사적 동일시는 투사projection, 마음 밀어넣기와 동일시同一視, identification가 순차적으로 일어나는 심리작용이다. 원하지 않는 자신의 일부감정, 속성를 외부로타인에게 투사한 다음밀어넣고, 상대가 투사된밀어넣은 감정에 반응하도록 조종하여 자신이 원하는 행동을 하도록 유도하는 심리작용을 말한다.

사과와 일곱 난쟁이

반년 넘게 상담을 받고 있는 내담자가 무거운 얼굴로 상담실에 들어온다. 앉자마자 심드렁한 표정으로 한 마디 툭 던진다.

"지금 내 마음이 아픈데, 왜 아픈 과거를 잊을 만하면 다시 물어요? 지금까지 내 말 못 들으신 거 아녜요?"

순간 나도 모르게 겨드랑 밑에서부터 후끈한 열기가 턱 밑까지 올라온다.

'이게 뭐지? 지금 사과를 건네고 있는 거겠지?'

내담자가 내게 어떤 불편한 감정을 밀어넣고 있는 게 분명한데 정확하게 느껴지진 않는다.

'저항이다! 말려들지 않아야 되는데….'

내담자가 눈치채지 못하도록 숨을 고르고 태연하게 내담자의 말에 집중한다.

내담자는 좀 더 세게 상담 과정을 비난하는 느낌을 담아 다시 한 번 들이민다.

"여기 계속 와야 해요?"

뭔가 자신의 불편한 느낌을 해소하기 위해 나를 조정하려는 느낌인데, 알아차릴 수 없었다. '상담이 뭔지 잘 모르시면서 그렇게 말씀하시면 상담을 어떻게 합니까? 그만둘까요?'라고 비난하듯 툭 던지면 내담자의 입가에 옅은 미소가 슬며시 머물 것만 같다. 그러나 내담자에게 말려들지 않기 위해 마음 다독이면서 실체를 감춘 그의 상처를 어루만진다. '휴! 잘 견뎠어.' 그렇지만 내 마음은 여전히 천안 삼거리에 서 있다. 뭘까? 그가 내게 던지고 조종하려고 했던 것이 무엇일까? 투사적 동일시는 상담실에서 자주 일어나는 마음의 작용으로 늘 긴장하게 만든다.

백설공주는 행상으로 가장한 왕비가 건네준 독 든 사과를 먹고 마법에 걸려 깊은 잠에 빠진다. 우리 또한 가족이란 이름으로, 사랑이란 이름으로 독이 든 사과를 수시로 건넨다. 딸 채리에게 아침마다 건네는 사과에 숨겨진 내 감정은 무엇일까? 잘 모르겠다. 남편에게 물어봐도 빙긋이 웃으면서 딸에게 직접 물어보라고 한다. 남편이 말을 아끼니 더 신경이 쓰인다. 내가 독을 듬뿍 묻혀 준 것은 아닐까?

심리학을 전공한 딸이 엄마가 사과에 실어 보낸 감정을 꿰뚫고 있겠지만, 막상 직면하기 두렵다.

"사과를 받아들 때 어땠어? 화났어? 억울했어? 슬펐어? 답답했어?"

"응, 잘 모르겠어!"

"귀찮았어? 짜증났어?"

어쩌면 이 모두일 수 있겠다 싶어 사과를 자르는 손이 가볍게 떨린다.

사과 한 쪽으로 시작하는 아침이 훈훈해지길 소망하면서 올봄 상담실 정원에 사과나무를 심었다. 허니 크리스프Honey Crisp 사과가 열리면 좋겠다. 기왕이면 가지 한 쪽에는 단단하고 아삭하면서 맛도 새콤달콤한 코스믹 크리스프Cosmic Crisp 사과가 열리면 좋겠다. 내담자들에게 한 쪽씩 건네고 싶다. 또 사과나무 밑에는 이렇게 써서 팻말을 세우고 싶다.

이 애플Apple에는 백도어Backdoor가 없습니다. 혹 왕비가 심술을 부린다 해도 도와드릴 일곱 난쟁이와 왕자가 상담센터에 있으니 건네는 사과 한 쪽을 냉큼 받아 크게 베어 물고 현관문을 힘차게 밀고 나가세요.

그래도 왕비가 상담센터 정원에 열린 사과에 독을 묻히면 안 되는데! 사과 먹고 더 예뻐지면 어쩌지? 아쉽지만 이제 나는 그만 예뻐져야겠다. 남편도 이해하겠지! 정원에 열린 탐스런 사과를 따서 스티브 잡스 흉내 내며 한 입 베어 물고 상담실로 들어설 날을 기대한다.

　오늘 아침에도 딸에게 사과 한 쪽을 건네고 잠들어 있는 예쁜 공주들을 깨우러 상담실 문을 연다. 아침마다 사과 전쟁을 벌이던 가정에서도 사과 향 가득한 아침이 되기를 기대한다.

　"사과 먹고 가!"

　"네, 엄마!"

　"여보, 고마워!"

미움, 사랑 뒤로 숨다
미운 엄마 좋은 엄마, 양가감정

내게 복숭아는 어머니 품처럼 늘 달콤한 분홍빛으로 은은히 다가온다. 가끔 음식을 나누며 지내는 이웃집에서 크고 탐스러운 복숭아 몇 개를 가져왔다. 농장에서 막 따온 복숭아라며 맛 좀 보라고 건넨다. 두 손으로 감싸도 남을 만큼 큼직하고 묵직한 복숭아를 손에 들자 동요가 머릿속을 스치고 지나간다.

"복숭아 꽃 살구 꽃 아기 진달래~"

보송보송하지만 약간 껄끄러운 솜털로 덮힌 껍질을 손끝으로 밀어내듯 씻는 촉감이 마치 마당에서 공깃돌 놀이를 함께했던 옛 시골 친구의 손을 만지는 느낌이다. 살살 만지기만 해도 단물이 튕겨 나올 듯 물컹하고 단내가 물씬 나는 복숭아 한 개로 퇴근길 무렵 아우성치던 허기진 배를 달랜다.

'아~, 이 맛이야! 어린 시절 친구네 과수원에서 먹었던 넘치게 익은 복숭아 맛! 역시 달고 향긋하구나!'

눈을 사르르 감고 온몸으로 분홍빛 맛을 음미하면서 하루의 고단함을 잊는다.

복숭아 한 개를 덥석 베어 먹고 나니 마음도 분홍이 된다. 금세 불그스레하고 오돌토돌한 복숭아씨 하나가 손바닥 위에서 머뭇거린다.

'아 맞아!'

과수원에서 그랬듯 주저 없이 복숭아씨를 도마 위에 올려놓고 칼등으로 두들겨 깬다. 작고 하얀 아몬드 같은 속살이 튀어나온다. 씨는 먹지 말라던 동네 어르신들의 말씀이 들리는 듯했지만, 혹시 이번 씨는 다르지 않을까 싶어 입에 문다. 앞니로 조심스럽게 씹으며 혀끝으로만 살짝 맛을 본다. 하얀 씨 속살을 버리기 아쉬웠지만 역시나 단맛의 여운을 앗아가 버리던 떫고 쓴맛 그대로다. 혀끝이 마비될 듯한 쓴맛에 얼른 물 한 모금으로 오물오물 혓바닥을 헹궈낸다. 아련한 쓴맛이 되살아나면서 엄마에 대한 미움과 사랑 때문에 혼란스러워하던 한 젊은 엄마가 떠오른다.

양가감정

"우리 엄마는 나를 천덕꾸러기 취급했어요. 집안일이 꼬이면 '모든 게 다 네년 때문이다'라고 하면서 입에 담을 수 없는 악담을 했어요. 형편이 어려운 집도 아닌데 내 방은 따로 주지도 않았어요. 주말이면 편안하게 늦잠 한 번 못 잤어요. 덮은 이불을 확 걷어치우면서 욕을 쏟아내곤 했어요. '너 같은 것이…, 너 같은 것이… 할 줄 아는 게 뭐냐'라며 홀대했어요. 결혼해서 낳은 우리 아이들까지 차별 대우를 할 때는 가슴이 찢어지듯 아팠어요. 언니네 아이들만 당신 손주인 거예요. 남편? 남편도 엄마 못지않게 쌍욕을 하고 비아냥거리면서 아이들 앞에서 나를 개무시해요. 엄마한테 받았던 수모도 모자라 남편한테까지 받고 있네요."

젊은 엄마는 자기 인생을 망가뜨려 놓은 장본인이 친정엄마라고 하면서 꾹꾹 눌러놓았던 억한 울분을 봇물처럼 토해냈다. 만날 때마다 일그러진 얼굴, 멈추지 않는 눈물, 좀처럼 누그러지지 않는 화가 거침없이 쏟아져 나오곤 했다. 담아주고 담기는 경험을 거듭하면서 그녀는 점점 차갑다던 가슴이 온기로 채워지고, 화끈거리고 뜨겁다던 머리가 서서히 식어가면서 마음의 중심을 잡기 시작했다.

"요즈음은 우리 엄마가 원망스럽기보다는 좀 낯설어요. 수년 동안 엄마한테 상처만 받을까 봐 두려워서 소식도 끊고 살았는데, 언젠가부터 가끔 메시지만 보내게 되더라고요. 솔직히 떨리기도 했지만요. 그런데 믿기지 않았지만, 엄마도 내게 다가오는 듯한 느낌이 들었어요. 사는 이야기도 조금씩 나누긴 하지만 왠지 와닿질 않아요. 언제 어떻게 화살이 날아올지 몰라서 조심스럽고 두려워요. 제가 너무 예민하게 느끼는 거겠죠? 챙겨주시려는 마음이 비치기는 해도 미덥지가 않아요. 받는다는 게 어색해요. 딸 취급도 하지 않던 엄마가 이제 와서 걱정해 주고 어려운 형편을 도와주겠다고 하는데도 말이에요. 그런데 어느 순간부터 '엄마'라는 따스한 느낌이 살짝 스쳐 지나가는 듯했어요. 살짝 놀라서 살갗을 꼬집어보았어요. 분명히 아팠어요. 아니, 시간이 지날수록 엄마의 손끝과 연결되는 느낌이라고 할까요? 그렇지만 엄마 때문에 정말 혼란스러워요. 사랑할 수도 없고 미워할 수도 없는 엄마 때문에…"

이 젊은 엄마처럼 엄마를 향한 사랑의 마음과 미움으로 힘들어하는 이들을 보면 떫은 씨를 품고 있는 복숭아가 생각난다.

그런데 달콤하고 향긋한 복숭아 속에 왜 쓰고 떫은맛이 감춰져 있을까? 맛있는 과일의 씨에는 왜 독성이 있을까? 남편과 이야기를 나누다가 검색해 보았다. 2012년 식품의약품안전처에 의하면 복숭아씨를 '식품으로 섭취할 수 없는 씨'로 분류했는데, 시안배당체라는 독성 물질이 들어 있어서 건강에 해롭다고 한다. 그런데 시안화물cyaan化物 계통의 독소가 있는 씨는 대개 그냥 먹으면 해가 없지만, 씹어 먹을 때는 문제가 생긴다고 한다. 과일은 보암직도 하고 먹음직도 하여 먹게 하지만, 씨는 독성을 품고 있어서 씹지 않고 멀리 뱉도록 한다는 것이다.

원숭이 같은 동물이 사과를 먹더라도 씨는 변을 통해 고스란히 배출되어 발아 기회를 가질 수 있다고 한다. 이처럼 한 발짝도 움직이지 못하는 식물들이 움직이는 동물들의 발품을 빌고 날갯짓에 실어 멀리멀리 자손을 퍼뜨린다. 독성 있는 씨를 소화 시키지 않는 동물들과 소화되지 않도록 씨의 겉을 단단하게 감싼 식물들, 참으로 동식물의 생존과 보호 본능이 절묘하다. 깊은 산속을 흔들어 놓는 "심봤다"라는 외침도 이들이 주는 환희였다니!

사람 마음의 작용도 때로는 복숭아 같다. 사람들은 생존을 위해 사랑

속에 부정적인 감정을 감추고 있는 경우가 있다. 심리학에서 이를 양가 감정이라 하는데, 양가감정兩價感情, Ambivalence이란 어떤 대상에게 대립되는 두 감정이 동시에 혼재하는 마음 상태를 이른다. 즉 사랑과 증오를 동시에 느끼는 경우가 있다. 특히 부모와 갈등이 있을 때 대부분 아이는 자기 책임이라고 여겨서 자책감이나 수치심을 느끼게 된다. 또 부모 사이에 다툼이 일어나면 아이는 부모 중 약한 편을 들게 되고 강한 쪽을 미워하게 된다.

그렇지만 부모이기에 힘 있는 쪽에 대해서도 미워함으로 끝나지 않고 미워한 것에 대해 죄책감이 붙게 된다. 아이에게 부모는 하늘이요, 세상의 전부이기 때문에 미워할 수 없다. 그러나 부모가 험한 말을 하고 수용하기 힘든 행동을 할 때는 증오하기도 한다. 이때 자녀는 생존을 위해 자기방어 시스템이 작용하여 양가감정을 갖게 된다. 미워하지만 또한 사랑해야 한다. 그래서 사랑하는 마음은 겉으로 드러내고 미움은 깊이 숨긴다. 마치 향긋한 단맛 속에 쌉쌀한 씨를 숨기듯 말이다. 생존하기 위해 외면하고 숨기지만 세월이 흐른다고 없어지지는 않는다.

가시 없는 장미, 딥퍼플을 꿈꾸며

간혹 내 혀끝에 유난히 깊이 새겨진 어릴 적 고향의 맛이 건드려지면 마음에 담아 두었던 옛이야기를 들려주거나 그때는 말 못 하고 깊이 숨겨 두었던 빛바랜 상처들을 공개하곤 한다. 복숭아의 달콤하고 쓴맛도

새삼 엄마 아빠에 대한 미운 감정과 사랑의 감정을 겸연쩍게 소환한다. 미운 감정으로 가득했다가도 어느 순간 사르르 녹으면서 애끓는 사랑과 고마움이 밀려올 때는 어느 장단에 춤을 추어야 할지 몰라 당황스러울 때도 있다. 그러나 인정받기 위해 꾹꾹 참았던 바람과 들키지 않으려고 허겁지겁 숨겨 왔던 원망이지만, 우리 엄마이고 우리 아빠이기에 이해하고 품으려고 애쓴다. 잠시 따스했던 엄마의 등, 즐거웠던 옛 기억의 조각들을 모아서 아팠던 마음을 어르고 달래서 토닥인다.

"그렇지. 미움아, 적개심아, 수치심아, 자책감아, 이젠 그만 숨으렴. 네 잘못이 아니야. 그때는 내가 어렸고, 그럴 수밖에 없었잖아? 이젠 숨기려고 힘들어하지 않아도 괜찮아. 오래전에 술래잡기는 끝났어! 벌써 해도 많이 기울었고 이젠 따스한 저녁 식탁에 함께 앉자. 아직은 속내가 조금 불편하지만, 어머니도 초대하자!"

껄끄러움이 없는 복숭아를 잠시 떠올려 보지만, 이젠 껄끄러움이나 떫은맛도 옛 친구의 은빛 모래알 묻은 여린 손처럼 다가온다. 복숭아에게는 생존이 걸린 문젠데 좀 떫은 맛을 품고 있으면 어떠하랴! 향긋함이 있는데 좀 껄끄러운들 어떠하랴! 동요 「고향의 봄」 덕에 고향의 과일처럼 기억되는 복숭아! 달콤한 복숭아씨까지 기대하는 건 욕심임을 알지만, 가시 없는 장미 딥퍼플Deep Purple을 보면서 분노 없는 사랑, 자책감 없는 친밀감을 기대하고 저녁 식탁으로 어머니를 초대해 본다.

"엄마, 미워해서 미안하고 사랑해."

"엄마, 청국장 끓였어. 건너오세요."

그해 겨울은 추웠지만
라이너스의 담요, 정서적 성장과 중간대상

열 달을 꽉 채우고 한겨울에 태어났어도 나는 미처 겨울 준비를 못한 채 첫눈을 맞은 베짱이처럼 유달리 겨울과 친하게 지내질 못한다. 제발 빨리 겨울 공화국으로 돌아가라고 눈을 흘길수록 겨울은 더 심술을 부린다. 출근길 칼바람은 정갈하게 손질한 머리칼을 단숨에 흩어 놓고 미안하다는 말 한마디 없이 쌩하고 나뭇가지 사이로 모습을 감춘다. 곧이어 다가온 찬 기운은 내 옆구리에 자리 잡고 떠나질 않는다.

"아이 추워. 아이 추워! 당신은 미리 나와서 자동차 히터 좀 켜놓지 않고선…. 마나님을 아침부터 떨게 해!"

옆구리를 시리게 한 죄로 남편은 한소리를 듣고 겨울의 하루를 시작한다.

다행히 올겨울은 귀여운 토끼 문양의 두툼한 연노랑 플란넬 파자마 flannel pajamas 덕분에 호들갑이 좀 줄었다. 딸아이도 퇴근해서 돌아오면 핑크빛 플란넬 파자마를 입고 추위와의 씨름에서 한판승을 한다. 내 자랑거리였던 날씬한 몸매(?)였는데, 단숨에 뚱보가 된 낯선 모습에 웃음이 절로 났다. 그래도 딸과 나는 선물 받은 플란넬 파자마로 올겨울과 당당히 맞서고 있다. 어떤 날은 앞뒤를 뒤집어 입은 펭귄 같은 모습에 한바탕 낄낄대며 하루 피곤을 풀곤 했다.

찬 공기가 몰려올 때면 매끄럽고 부드러운 플란넬의 감촉은 엄마 품 같이 온몸을 포근히 감싸 주었다. 애지중지 아끼는 딸아이의 곰 인형까지 끌어안고 침대 위에 덜렁 몸을 던지면 구름 위에 누운 듯 몸도 마음도 깃털처럼 가벼워지면서 추위로 고슴도치가 되었던 몸도 길게 늘어진다. 겨울바람은 창밖으로 밀려가고 나는 플란넬로 온몸을 감싼 노란 병아리가 되어 창으로 밀려오는 겨울 햇살을 즐긴다.

노란 병아리와 엄마의 유니폼

따스한 봄볕에 열두어 마리 남짓 되는 병아리들이 마당 가장자리에서 종종거리며 해바라기를 한다. 모이 한 톨 쪼아 먹고 하늘 한 번 쳐다보고, 물 한 모금 입에 물고 구름 한 번 쳐다보면서 '삐악삐악' 봄맞이 노래를 한다. 담장 밑에 줄지어 서서 봄이 오기를 목 빠지게 기다리던 개나리도 병아리들 합창에 서둘러 화답하며 노란 꽃망울을 터뜨린다. 골고루 먹으라고 연한 보리 싹과 독새기풀^{독새풀의 충청 방언}을 뜯어서 살짝 엇가리 안으로 넣어 주다가 어미 닭 부리에 손등을 콕 찍히고 만다.

어미 닭의 걱정에도 아랑곳하지 않고 병아리들은 돌로 괴어 놓은 엇가리 틈새로 들락거리며 바깥 봄이 가져오는 세상 구경에 분주하다. 엇

가리 안에서 늦잠 자던 노란 녀석 한 마리가 기지개를 켜고 뒤뚱거리며 밖으로 행차한다. 아직 잠이 덜 깬 녀석을 살포시 잡아 품에 안는다. 그 제야 놀란 녀석이 놓아달라며 파닥거리며 엄마를 부른다.

'삐악삐악'

"괜찮아. 괜찮아!"

병아리를 진정시키며 가슴으로 더 꼬옥 안아 준다.

엄마가 일하러 간 사이 지루한 줄 모르고 봄볕 아래서 병아리 털을 만 지작거리고 쓰다듬다 보면 봄날은 쉬 저문다. 손가락 끝에서 시작된 부 드럽고 포근한 느낌은 내 마음 깊은 곳에 자리 잡았나 보다. 그때 기억 된 느낌들이 열 손가락 사이로 일제히 몰려온다. "사랑은 포근함이다"라 는 어느 시인의 한 구절이 손등까지 부드럽게 스친다.

한 어머니가 사춘기와 우울증으로 몸부림치는 딸과의 전쟁으로 매우 지쳤을 무렵, 상담을 시작하게 되었다. 엄마의 마음이 아프면 아이는 더 아프고 힘들어한다는 것을 깨달으면서 몇 개월의 상담을 통해 딸이 아 파했던 원인을 엄마 자신으로부터 찾아가기 시작했다.

그런데 언제부턴가 딸은 엄마의 직장 유니폼을 겉옷 위에 걸치고 도서관으로, 커피숍으로, 학원으로, 또 친구 집으로 놀러 다닌다는 것이다. 엄마는 영 탐탁지 않은 딸의 행동에 당황스럽고 창피해서 말문이 막힌다며 한숨을 쉬었다.

"쟤가 왜 저래? 이제는 만방에 드러내놓고 날 창피하게 만드네!"

다 큰 애가 세 살배기처럼 직장 유니폼을 걸칠 때마다 실랑이를 한다. 그러면 딸은 "엄마 옷 입고 공부하면 집중도 잘 돼! 엄마가 옆에 있는 것 같아서 좋아! 엄마 직장에 따라가서 거기서 공부하고 싶어"라고 조곤조곤 말하면서 엄마에게 기댄다. 엄마의 밝아진 표정과 부드러워진 말투에서 심리적 안정감을 느낀 딸은 잠시 유아로 퇴행해 안정감을 갖는다. 딸과 유사한 행동들은 치료 과정에서 흔히 여러 형태로 나타난다는 '심리적 기제'를 이해한 후로 엄마는 그제야 걱정과 불안을 가라앉힐 수 있었다.

세 살 때까지 할머니 집에 맡겨져서 애타게 엄마를 찾던 딸을 생각할 때마다 가슴이 미어지는 기억 하나가 있다. 퇴근길에 아이를 데리러 유치원에 갔을 때 아무도 없는 교실 한구석에서 눈물범벅이 된 딸을 보면서 이후로 한참을 괴로워했다. 그러니 어찌 쉽게 엄마를 놓아줄 수 있겠는가? 그때부터 받지 못한 사랑을 달라고 거칠게 울부짖는데도 엄마는 알아차리지 못했다. 아프다고 아우성치는 사춘기의 딸을 이번에는 의사와 상담가에게 내맡기고, 엄마는 그러면 되는 줄 알았다. 그런데 견딜 수 없이 밉고 증오스러웠을 딸의 마음을 다행스럽게 깨닫고 느끼게 되면서 변화가 있었나 보다.

"선생님! 이제는 아이가 황당한 말을 해도 귀담아듣게 되고, 설거지하다가도 쳐다보게 돼요. 딸이 진정으로 원하는 마음이 보이고 소리가 들리는 것 같아요. 껌딱지처럼 들러붙어서 어디를 가든 쏜살같이 따라나서는 행동도 받아주려고 애쓰고 있어요. 왜 진작 이래야 하는 줄을 몰랐을까요?"

엄마는 그렇게 딸이 원하는 사랑을 미루지 않고 표현하기 시작했다.

중간현상

딸에게 있어 엄마의 유니폼은 소아정신과 의사인 도널드 위니컷 Donald W. Winnicott의 용어로 '중간대상transitional object'이라 할 수 있겠다. 아이들은 4~6개월부터 8~12개월 정도가 되면 불안할 때 불안을 감소시키기 위해 부드러운 물건을 손에서 놓지 않는다. 이러한 현상을 '중간현상transitional phenomenon'이라고 일컬으며, 이때 찾는 물건을 중간대상이라고 한다. 아이는 자라면서 엄마가 늘 자기와 함께할 수 없을 뿐 아니라 필요로 할 때 마음대로 함께 움직일 수 없다는 사실을 알게 되면서부터 불안이 시작된다. 그래서 엄마와 함께 있는 것처럼 느끼는 물건을 필요로 하는데, 그것이 중간대상이다.

특히 엄마가 주변에 없을 때는 중간대상을 놓치지 않으려고 한다. 어려서 가지고 놀던 곰 인형이나 이불 등은 아기가 엄마와 떨어져 있는 동안에도 엄마와 함께 있다는 상상적 유대를 갖도록 돕고, 불안감을 줄이고, 위로하는 기능이 있다. 엄마 없는 하늘 아래서 견디어낼 용기를 주는 것이다. 따라서 중간대상을 억지로 없애거나 빼앗지 말아야 한다. 아이가 쉽게 중간대상을 버리지 못한다면 그 아이의 마음에 자리 잡은 불안한 요인을 먼저 다루어주어야 한다.

이 딸에게는 엄마 품을 벗어나 자연스럽게 세상으로 나아가야 할 시기보다 일찍 엄마에게서 떨어지면서 세상은 불안한 곳이라는 두려움이 컸다. 사춘기가 되어서도 중간현상 시기를 벗어나지 못했고, 그 불안과 두려움을 경감시키기 위해 엄마의 유니폼을 입고 다니는 행동으로 나타난 것이다. 겨울바람 맞으며 추위에 떨었을 딸의 마음을 고스란히 받아주고 따스하게 안아 줄 때 아이는 경험하지 못했던 것을 배운다.

"세상은 불안하지 않구나!"

엄마가 중간대상을 필요로 했던 딸의 마음을 이해하고 받아주기를 반복함으로써 불안하고 화난 딸의 마음이 어루만져지기 시작했다. 자연스럽게 중간대상과 이별하면서 잠시 거꾸로 가던 시간표는 어린아이에서 사춘기 소녀기로 되돌아왔다.

중간대상을 오랫동안 필요로 하진 않지만, 많은 이들은 어머니의 품을 느끼게 하는 것들을 그리워한다. 소파에서 졸고 있는 고양이, 잠꼬대하며 새근새근 잠든 강아지, 노란 병아리들, 하얀 뭉게구름, 융단처럼 펼쳐진 청보리밭, 고구마 익어가는 부뚜막, 아이보리빛 플란넬 잠옷, 양모

담요, 엄마의 노리개 등은 내게 엄마 젖가슴처럼 포근하고 평안함을 가져다주는 것들이다. 포근한 느낌은 사랑받았다라는 느낌으로 기억되니까. 한나절이고 반나절이고 같이 놀 수 있는 병아리가 있었기에 불안해하지 않고 엄마를 기다릴 수 있었다는 게 다행이다. 사랑스러운 그때 그 노란 병아리들!

세월이 지난다 해도 찬바람이 창문을 넘보기 시작하면 플란넬 파자마는 계속해서 내게 부드럽고 포근한 배냇저고리를 대신할 것이다. 쌓여가는 떡국 그릇에 맞서 유일하게 고군분투하던 몸매가 플란넬 파자마에 백기를 들어도 좋지만, 토끼 문양은 좀 그렇다. 기왕이면 여우 문양이 새겨진 플란넬 파자마를 선물 받았다면 훗날 그해 겨울은 더 따스했고, 더 사랑받았고, 더 행복했다고 기억하게 될 텐데…. 누군가 선물해 주지 않으면 내가 여우 문양 플란넬 파자마를 사야겠다. 기왕이면 불여우 문양이면 더 좋겠다. 물론 남편 앞에 여우 짓 할 자신은 없지만 말이다.

언제나 그곳에 있는 들국화처럼

엄마 없는 하늘 아래, 분리불안

가벼워지는 햇살과 억새 물결을 따라 들국화는 내 고향 초록 들녘의 색깔을 바꾸고 가을을 재촉하기 시작한다. 내 마음을 알아차리기라도 한 듯 고향 들길을 하양과 연보라로 물들이면서 서둘러 달려오는 들국화와 함께 추석도 바삐 다가온다. 어린 소녀의 가슴을 뛰게 했던 어느 해 추석 전날, 예년처럼 학교에서부터 들뜬 기분으로 폴짝폴짝 마당에 뛰어들었다.

"엄마!"

'엄마는 어디 가셨지?'

굳게 잠긴 정지문^{부엌문의 경북 방언}과 눈이 마주친다.

'어! 무슨 일이지? 내일이 추석인데….'

며칠 전부터 하늘거리는 뭉게구름처럼 가벼웠던 소녀의 심장이 갑자기 콩닥콩닥 뛰기 시작한다. 부리나케 달려오느라 열 받은 고무신 밑창은 마당에 딱 달라붙고, 머리카락은 일제히 곤두서면서 밀려드는 불안감에 다리 힘이 빠진다. 이내 머릿속을 가득 채워가던 고소한 지짐 냄새도, 겹겹이 밀려오는 시루떡 냄새도 어느덧 자취를 감추고 실망과 허탈감에 어깨가 축 처진다.

'추석 전날인데, 부엌에 엄마가 없다니!'

엄마가 계시지 않는 부엌은 그날따라 남의 집 부엌처럼 낯설었다. 까꿍 놀이를 하다가 진짜 숨어 버린 엄마 때문에 어쩔 줄 몰라 울어 버렸던 그때처럼 불안감에 밀려 추석은 어느덧 내 가슴에서 사라졌다. 닫힌 부엌문을 뒤로 한 채 또 다른 엄마의 자리인 고추밭으로 곧장 달려갔다. 다행히 멀리서도 옆구리에 바구니를 낀 엄마의 모습이 고추밭 사이로 얼핏 보였다. 잔뜩 긴장된 눈 속에 들어온 엄마의 모습을 놓칠세라 구불구불 좁은 밭두렁을 숨 가쁘게 뛰었다. 잠시 잊었던 추석 풍경은 바구니 속에 담긴 풍성한 반찬거리로 콩닥콩닥 뛰는 가슴을 다시 색칠하기 시작했다.

굳게 잠긴 정지문은 추석을 멀찌감치 밀어 버렸다. 다행히 엄마의 바구니에서 다시 찾았지만, 이미 추석 기분은 뒤죽박죽이었다. 그날 밤늦게까지 송편을 빚는 엄마 곁에서 잔심부름한답시고 낮에 곤두섰던 솜털까지 긴장하면서 엄마의 치맛자락 끝에서 얼쩡거렸다. 그렇게 그해 추석은 기대와 불안이 뒤엉킨 채 지났다. 내 안에 숨죽이고 있던 '분리불안'이 닫힌 부엌문을 보는 순간 장난을 친 것이 틀림없다.

분리불안

유아는 엄마 품을 벗어나 세상을 탐색할 때 조금씩 엄마로부터 멀어지기와 엄마 품으로 돌아오기를 반복하면서 엄마로부터 분리되어 독립된 존재로 성장한다. 두려움과 불안감을 주는 낯선 세상과 맞선 아이에게 엄마의 품은 베이스캠프 역할을 한다.

대상 관계 이론에 '대상항상성 object constancy'이라는 용어는 애정 대상이 없는 동안 그 표상 mental image 을 유지하는 능력인데, 엄마에 대해 믿을 수 있고 예측할 수 있을 때 형성되는 느낌의 영속성을 말한다. 엄마가 아이의 자율적 욕구를 지지해 주고 만족시켜 주면 아이는 엄마에 대한 신뢰감을 갖게 된다. 그리고 엄마는 어려운 일이 있을 때면 언제든지 달려와서 도와줄 믿을 만한 사람이라는 이미지가 마음에 새겨진다. 그런 아이는 엄마의 부재 시에도 '좋은 엄마상'에 의존할 수 있게 되고, 엄마와 떨어져서도 잘 놀 수 있게 된다.

엄마에 대한 대상항상성이 형성된 아기는 엄마가 잠시 보이지 않아 마음이 불안해질 때 마음속에 담아 두었던 엄마에 대한 이미지를 떠올리면서 안정을 유지한다. 엄마가 눈에 보이지 않아도 항상 함께한다는 느낌을 갖고 있기 때문이다. 대상항상성이 잘 발달한 아이는 두 돌이 지나면서 엄마와 잠시 떨어져 있어도 울거나 보채지 않는다.

그러나 대상항상성이 온전히 형성되지 않은 아이는 엄마가 자리를 비우려고 하면 엄마를 붙잡고 놓아주지 않으려고 한다. 물론 세월이 지나면 그 아이도 엄마의 손을 놓고 홀로서기를 할 것이다. 그러나 분리불안은 완전히 없어지지 않고 마음 깊은 곳에 숨죽이고 있다가 불쑥불쑥 나타나서 삶을 흔들어 놓는다.

아홉 살 난 딸아이가 잘 때마다 엄마 곁에서 떨어지지 않고, 학교에서는 혼자 화장실 가기도 무서워한다며 상담을 요청한 엄마가 있었다. 아이의 상태를 들어 보니 몇 해 전 남편과의 갈등으로 인해 상담받을 때 나누었던 자신의 이야기와 꼭 닮았단다. 남편이 곁에 있어도 달아날까, 사라질까 안심하지 못했는데, 언제부턴가 남편의 마음이 멀어짐을 알아차리고 불안감을 호소한 적이 있었다.

엄마는 결혼 전에도 친구 관계는 늘 불안정했다. 쉽게 싫증을 느끼고 헤어지기 전에 이미 다른 사람이 늘 곁에 있었다. 분리불안이라는 불청객이 관계를 힘들게 만들었기 때문에 미리 불안을 없애 줄 사람을 찾았던 것이다. 그런데 결혼하고 나서 남편과의 관계만큼은 쉽게 포기할 수 없어서 몹시 고통스러웠다. 그녀는 이렇게 회상했다.

"어린 시절은 많이 무섭고 불안했습니다. 다섯 살 무렵에 이민을 왔어요. 미국에 오자마자 엄마는 아이들만 집에 남겨 두고 일하러 가셨어요. 언니나 동생은 몰라도 저는 너무 힘들었어요. 엄마가 출근할 때마다 울고불고 매달렸고, 퇴근 시간이 되면 아빠를 졸라 버스 정류장까지 나가서 엄마 기다리기를 반복했어요. 조금이라도 늦으면 또 울고…, 정말 울었던 기억으로만 얼룩져 있네요."

이 엄마는 대상항상성이 형성될 어린 시기에 힘든 경험을 했다. 그리고 그 분리불안을 아이에게 물려주고 있었다. 그녀의 어머니는 언제 엄마가 있어야 할 자리를 비웠던 것일까? 그녀를 재워 놓고 굴 따러 간 것일까, 고추 따러 간 것일까? 굴 바구니 채우느라, 고추 바구니 채우느라 아이에게 너무 늦게 달려간 건 아닐까? 다행히 그녀는 상담이 끝나갈 무렵 간호사 공부를 하려고 학교에 등록했다며 숨을 길게 내쉬었다.

"아이와 남편에게 달라붙었던 불안이 조금씩 옅어져 가니 이제야 제 길이 보이네요."

부엌과 들국화

베이스캠프가 없는 산악인처럼 어린 시절 엄마가 있어야 할 자리에 있지 않았을 때 형성된 불안은 내 깊은 심연에 숨어 있다가 가끔 심통을 부린다. 있어야 할 곳에서 잠시 자리를 비웠을 때의 불안이 닫힌 정지문을 보는 순간 되살아나서 추석을 망쳐놓았다. 상담 공부를 하면서 내게 있는 분리불안의 원인을 찾기 위해 어릴 적 이야기를 어머니에게 여쭤 보았지만, 단서가 될 만한 이야기는 없었다. 그저 기억나는 일이 없다고

만 하셨다.

그러나 봄에 씨를 뿌리지 않아도 가을이면 말없이 찾아오는 꽃, 없는 듯 그 자리에 어김없이 피는 꽃, 혹시나 만날 수 없을까 봐 걱정하지 않아도 되는 꽃, 불안해하지 않아도 만날 수 있는 꽃, 혼란스러웠던 사춘기 때 세상에 혼자 던져진 불안감과 세상을 혼자서 헤쳐나갈 수 없을 거라고 힘들어하면 말없이 함께 있어 주던 꽃, 한 번도 심어야 한다고 생각한 적 없는 꽃, 그 꽃은 들국화다! 들국화가 없는 고향의 가을 들녘을 본적이 없다. 늘 그곳에 있어서 특별히 귀하게 여기지 않은 꽃, 그 꽃이 들국화다. 들국화는 늘 있어야 할 자리에 있어서 가을은 언제나 엄마가 계신 부엌처럼 평안했나 보다.

단발머리 여중생들이 재잘거리는 교실을 가을빛으로 가득 채운 들국화, 어느 날은 산을 넘어 등교하는 친구가 꺾어 온 하얗고 연보라색을 띤 들꽃이 한아름 꽃병에 담겨 교탁 위에 놓여 있었다. 며칠 후에는 아담한 옹기 단지에 담긴 들국화가 교탁 위에 놓였다. 내 기억 속에 생생한 옹기 단지 들국화는 같은 반 친구들의 기억 속에도 한 장의 사진으로 남아 있을 것이다. 나만 그렇게 기억하는 것일까? 갈댓잎처럼 가늘고 서늘한 바람결이 서산 봉우리에서부터 내려오면 들국화는 소녀들의 추억으로 남는다. 늦가을 논길에서 엄마의 얼굴을 스치던 향기를 거두고 겨울을 준비한다.

하굣길에 들국화를 한아름 꺾어 옹기 단지에 담아 작은 내 책상 위에

올려놓았다. 이미 내 마음을 읽어 버린 이향아 시인의 얄미운 시를 읽어
본다.

여자가 부엌에 있을 때
식구들은 모두 배가 고픈가 보다
여자가 부엌에 있을 때
식구들은 비로소 안심인가 보다
있을 자리에 있구나 생각하는가 보다

시인은 어떻게 내 마음을 훔쳐 원고지에 옮겨 놓았을까? 부엌과 들국
화를 한 묶음으로 느끼는 사람이 이 땅에 있다는 것만으로도 가을은 더
욱 친근하게 다가온다. 들국화가 없는 시골 들판은 엄마가 없는 부엌처
럼 불안하다. 이제는 추석이면 엄마는 자녀들이 떠난 시골집의 문을 닫
고 아들 집에서 추석을 보내신다. 내 분리불안을 보듬어 주면서부터 굳
게 닫힌 부엌문과 옹기 단지에 담긴 들국화는 없지만, 고향 집 가을을
이제는 안심하고 한 장의 그림으로 그려볼 수 있겠다.

가시여, 안녕!
살기 위해 모든 창을 막다, 방어기제

가끔 남편과 운동 삼아서 산길을 걷다 보면 내 마음은 어느덧 길가에 줄지어 있는 산딸기 덤불에 가 있곤 한다. 해마다 7월이면 뒤엉킨 가시 덤불 속에서도 따가운 햇살에 볼이 빨갛게 익어 푸른 잎 사이로 수줍은 듯 고개를 내민 산딸기가 신기한 듯 세상을 구경한다.

손에 쥔 한 움큼
친구가 그립도록 무르익은
유년의 맛을 딴다

소양 김길자 시인처럼 나도 일곱 살 소녀의 아련한 맛을 한 움큼 따려 다 멈칫한다. 소녀의 입술을 붉게 물들였던 그 시절, 새콤달콤한 맛에 나 도 모르게 손을 뻗는다. 볼이 빨간 새색시를 보호하는 호위무사 가시들이 날을 세우고 내 손을 다시 거부한다. 등산용 스틱으로 산딸기 줄기를 밀 치면서 딸기를 따다가 문득 가시만 없다면 얼마나 좋을까 하고 투덜거리

다가 이내 생각을 접는다. 아니다! 이렇게 짓밟고 밀쳐내며 따먹는 사람
과 동물이 있는 한 산딸기 줄기는 날카로운 가시를 더 많이 내야 맞다.

방어기제

산딸기처럼 자기를 보호하기 위해 사람도 호위무사를 둔다. 아픔을
많이 당할수록 자기를 보호하기 위해 마음에 백기사를 더 많이 고용한
다. 그동안 상담했던 많은 사람들 가운데 유독 가시가 연상되는 중년 내
담자가 있었다. 어깨는 늘 축 처져 있었고, 겁에 질린 듯한 커다란 눈에
서는 곧 눈물이 쏟아질 듯 연신 헛기침을 하면서 무겁게 입을 열었다.

"제 아내는 날카로운 가시처럼 쿡쿡 찔러요. 저를 큰 유리병에 넣고
마개를 닫아 질식시킬 것만 같아요. 앙칼지고 큰 목소리로 달려들면 주
눅이 들어 말대답도 제대로 하기 힘들죠. 심할 때는 구석으로 몰아세우
고 바늘로 찌르는 듯해서 살고 싶지가 않아요. 비참한 마음이 들 때는
운전하다가 중앙분리대를 세게 들이받고 싶은 충동이 일기도 했습니다.
한 번씩 히스테리를 부리면 집안 물건들이 날아가고 깨지고, 아주 난리
예요. 이제 집 밖에서 잉꼬부부처럼 연극을 하면서 사는 것도 더 이상
못하겠습니다. 성난 아내는 꼭 제 어머니 같아요. 저는 남자지만 어릴 때
부터 식모처럼 집안일을 도맡아 했어요. 일하고 들어오셔서 시킨 일이
마음에 들지 않으면 욕하고 소리 지르면서 화가 풀릴 때까지 저를 때렸
습니다. 아버지는 직업상 가끔 집에 들어오는 분이라 말도 못 붙였죠. 물

론 고자질하면 매를 더 벌기 때문에 입 밖으로 낼 수도 없었습니다. 정말 내 편이 되어 주는 사람이 없었죠. 제가 매를 피할 수 있는 길은 더 열심히 청소하고, 밥 잘하고, 말도 잘 듣는 착한 아이가 되는 거였어요. 청소년기에는 죽고 싶다는 생각을 자주 하곤 했지요."

엄마의 가시로부터 겨우 도망쳤다고 생각했다. 그런데 엄마한테 당한 상처가 아직도 아리고 아픈데 아내까지 찌르고 있으니 자신의 처지가 얼마나 비참하고 한심했을까? 그의 말을 듣는 것만으로도 독기 서린 잔소리가 내 몸에 꽂히는 듯하다. 그의 흐느낌이 쓰리게 내 마음에 흐르는데 그의 고통은 오죽했을까! 부부는 비슷한 상처를 가진 사람들이 만나서 익숙한 상처를 주고받는 경향이 있다. 이 부부를 두고 한 말처럼 안타깝게도 그렇게 살고 있었다.

이 내담자를 상담하고 나면 온 힘을 다해 가시와 씨름하던 때의 아픔이 다시 밀려온다. 가시와 씨름하던 나를 품어주고 치료해 주고 지도해 주었던 분에게 이렇게 말하곤 했다. "한바탕 전쟁을 치른 듯한 기분이네요." 빗속에 서 있는 듯 볼을 타고 한없이 눈물이 흘러내리던 기억이 난다. 그 후에도 내 몸에 흐르는 따스한 사랑의 진동이 약해질 때마다 가시의 흔적은 더욱 날카로운 가시가 되어 나를 힘들게 할 뿐 아니라 가까운 사람과의 관계를 서먹하게 만들었다.

농부의 발자국 소리를 듣고 자라는 벼처럼 나도 친정어머니의 발자국으로 자랐을 텐데, 나는 늘 허기진 아이 같았다. 어느 여름날 저녁거리를 챙기러 밭으로 가는 엄마를 쪼르르 따라나섰다가 밭두렁 가까이에 있는 산딸기 몇 알을 얻어먹었던 기억보다 가시에 찔려 속상했던 기억이 더 생생하다.

언니들이나 동생들도 맛보지 못한 달콤한 산딸기를 혼자만 입에 가득 넣고서도 부족했다. 입고 싶고, 신고 싶고, 갖고 싶은 것들을 사달라고 졸래졸래 따라다니며 바쁜 엄마를 성가시게 했다. 엄마의 사랑과 관심을 다 차지하려고 얄미운 행동도 서슴지 않았다. 이처럼 더 큰 사랑을 갈망했는데, 결국 언니나 동생보다 더 뾰족한 가시를 마음에 품고 말았다. 마음에 품고 있던 가시로 인해 창피하고 한심스러워서 일할 용기조차 나질 않을 즈음 아주 특별한 사람, 미국 식물학자인 루터 버뱅크^{Luther Burbank}가 내 속에 숨죽이고 있던 사랑을 자극하기 시작했다.

그의 맑고 선한 마음에 뜨겁게 매료되지 않을 수 없었다. 그 사랑으로 온몸이 화끈거리면서 심장이 뛰었다. '사랑의 진동'이라는 단어가 거세게 밀려왔다. 인류에게 수백 종의 새로운 품종을 선물한 루터 버뱅크는 식물에게 생각과 감정이 전파된다는 신비로운 현상에 대해 다음과 같이 말했다.

가시 없는 선인장을 만들어 내기 위해 실험을 수행하는 동안 나는 '사랑의 진동'을 창조해 내기 위해 그 식물들에게 이따금 말을 걸곤 했다. "너는 아무것도 두려워할 것이 없어. 그러니 방어를 위한 가시도 필요 없는 거야. 내가 너를 지켜 주면 되잖니?"

　그랬더니 그 사막의 식물은 점차 가시가 없는 변종으로 나타나게 되었다. 나는 이 기적에 완전히 매혹되었다. 과학적인 지식과는 별도로 식물 생장의 비밀이 '사랑'이라는 것을 깨달았다. 그가 인류에게 선물한 것은 신품종이 아니라 사랑이었다. 루터 버뱅크의 사랑 앞에서는 선인장도 가시를 버렸다. 그의 사랑은 식물의 형질까지 바꾸어 새로운 식물을 탄생시킬 정도로 강력한 힘이었다. 마음씨 좋은 농부가 밭을 갈면 무엇을 심어도 잘 된다는 말이 결코 헛된 말이 아니었다. 사랑은 허기진 마음을 채울 뿐 아니라 가시를 뽑아내고 상처 난 자국을 치료한다. 나아가 다시 가시가 박히지 못하도록 가시를 감싸서 영롱한 빛이 나는 보석으로 바꿔주는 신비한 약, 곧 사랑이라는 하늘이 준 선물을 내게 보여주었다.

　어릴 때부터 깊이 박힌 가시들을 하나씩 뽑을 때면 두렵고 서럽고 외롭고 억울하고 우울하고 불안하고 아프다. 가시를 잡고 씨름하다 루터 버뱅크를 만나면서 가시 밑에 숨죽이고 있던 달콤한 어머니의 사랑의 흔적을 찾기 시작했다. 한 생명을 잉태하여 출산한 후 온 세상을 얻은 듯한 어머니의 만족감으로 보살핌을 받은 그 사랑의 느낌을 끌어내기 위해 내 앞에 있는 모든 생명체에게 친절하고 감사하려고 애쓰기 시작했다. 내 가슴에 일기 시작한 사랑의 진동이 내담자들에게도 파동이 되어 멀리, 그리고 깊이 퍼져나가길 소망하면서 내담자와 마주하기 시작했다.

가시 없는 산딸기를 기다리며

그 중년 내담자에게 필요한 것은, 가시로 짓눌려진 엄마의 품 깊은 곳에 있는 사랑의 흔적을 찾는 것이었다. 즉 이미 잊혔지만 사랑받고 자란 세포를 찾아 숨죽이고 있는 사랑을 기억해 내는 지루하고 힘든 작업이었다. 그러던 어느 날 그는 미세한 엄마의 사랑이 담긴 조각을 찾아냈고, 작은 사랑의 진동을 느끼기 시작했다. 그 엄마는 남편의 빈자리까지 메우면서 자식들을 굶기지 않으려고, 헐벗게 하지 않으려고, 배움의 길을 열어 주려고 애썼다. 그러면서도 오직 한 가지, 자유로웠던 입으로 퍼부은 어머니의 잔소리 밑에 깔린 그의 사랑을 느끼기 시작한 것이다.

달리 교육받은 적도 없던 어머니는 단지 물려받은 훈육 방법을 선택했던 것이다. 어머니의 잔소리와 매에 실려 있던 그 애절한 사랑이 조금씩 이해되고 살아났다. 내담자는 어머니의 사랑의 에너지가 찡하니 눈물샘을 건드렸다고 고백하면서 눈시울을 적셨다. 자기만 미워서 가시 돋친 매와 매보다 더 마음 아프게 하는 욕설까지 퍼부은 게 전부가 아니라는 생각이 들면서 몇십 년 동안 쌓인 한이 풀어지기 시작한 것이다.

아픔으로만 기억되던 가시가 어머니의 큐피드의 화살이었다는 것을 깨닫게 되면서 뒤죽박죽이던 삶도 조금씩 자리를 잡아 갔다.

그동안 가족과 주변 사람들의 사랑을 듬뿍 받았지만, 아직도 솜털같이 많은 가시가 여전히 남아 있다. 얼마나 더 많은 사랑을 받아야 가시의 흔적이 사라질까? 차라리 산딸기의 가시가 없어지는 게 더 쉽지 않을까 싶어 불안해진다. 마음 다루기를 해 온 세월이 긴데 불안에 항복할 순 없다. 이제는 산딸기 가시가 할퀸 쓰라림보다 딸기의 달콤함을 먼저 기억하고 싶다.

'산딸기야! 내년에 이곳을 찾을 때는 등산용 스틱 없이, 등산화도 신지 않고 올게! 사랑한다. 많이 사랑한다. 내년에는 너도 가시를 내지 않아도 될 거야! 그동안 내 손등을 할퀴었다고 미워했는데, 늦었지만 미안, 미안! 이젠 가시보다 달콤함을 더 많이, 더 깊이, 더 오래 기억할게! 달콤한 딸기야!'

그리고 이곳에 팻말을 세워야겠다.

"산딸기 줄기를 아껴 주세요. 그리고 사랑한다고 말해 주세요!"

그랬구나, 그랬었구나!

못다 가져온 모시송편이여

7년 만에 방문한 친정, 올해 팔순이신 엄마는 미국에서 온 오십 넘은 딸을 위해 백 개 남짓한 모시송편을 사랑으로 가득가득 채워 초승달처럼 예쁘게 만드셨다. 멸치, 오징어, 뽕잎, 고사리 등 친정엄마가 바리바리 싸 주신 짐을 챙기다 보니 밤늦도록 정성스럽게 만드신 모시송편은 다 가지고 올 수 없었다. 송편을 모두 가져가야 하는데 뭘 뺄까? 짐을 싸고 풀기를 반복했지만, 결국 송편 조금 남겨놓고 짐을 쌌다.

미국으로 돌아와 짐을 풀기 바쁘게 모시송편 몇 개를 찜통에 쪄서 하나를 입에 넣었다. 동부콩과 모시 향이 어우러진 모시송편의 익숙한 고향 맛이 입안에 가득 찼다. '그래. 이 맛이야!' 모시송편의 향이 퍼지듯 편안함과 만족감이 몸 안으로 쏘옥 들어와 온화하고 부드럽게 온몸을 쓰다듬듯 지나가면서 긴장했던 근육과 신경이 스르르 풀렸다. 만족스러운 맛에 흥분되어 몇 개를 더 입에 넣었다.

그런데 갑자기 입안에 가득했던 향긋한 맛이 점점 사라지더니 텁텁하고 칼칼한 맛이 목에 걸리기 시작했다. 순간 못다 가져온 모시송편이 내 눈앞에 클로즈업되었다. 몽땅 가져오지 못한 아쉬움과 안타까움이 올라오고 몸의 일부를 떼놓고 온 것마냥 마음이 싸하니 침울해졌다. '초과요금을 지불하고라도 가져왔어야 하는데….' 입에서 시작된 불편한 맛은 이내 머릿속이 텅 빈 느낌, 내면 깊은 곳에서 밀려오는 내장들의 파르르한 떨림, 거침없는 가슴의 콩닥거림, 얼굴의 화끈거림, 흐릿한 안개처럼 불안이 스멀스멀 온몸에 퍼지면서 마음을 휘저었다.

"아깝다, 모시송편이여! 오호애재嗚呼哀哉라, 못다 가져온 모시송편이여!"

그런데 못다 가져온 모시송편이 화나도록 아까운 이유가 뭘까? 평소 모시송편을 특별히 좋아한 것도 아닌데, 도대체 뭘까? 못다 가져온 모시송편이 내 마음 어딘가에서 움츠리고 있던 상처를 건드렸나 보다. 그동안 억압당했던 감정들이 꿈틀거리며 겨우 지탱해 오던 마음의 균형을

흔들어 놓았던 것이다. 온몸에 흐르는 불편한 느낌은 어떤 언어로도 명확하게 정리할 수 없었다. 그저 가슴이 먹먹하고 답답한 상태가 진정되기만 기다릴 뿐이다.

중간대상

지난여름 대학 다니는 딸아이와 밤마다 동네 공원을 돌면서 나도 모르는 내 속의 불안을 살살 달래는 시간을 가졌다. 늦은 밤길을 걸으며 딸이 좋아하는 만화 이야기를 나누던 중 딸이 어릴 때 자주 보았던 찰스 M. 슐츠의 만화 『피너츠 *Peanuts*』가 생각났다. 주인공 찰리 브라운과 단짝을 이루는 라이너스는 늘 담요를 가지고 다닌다. 스누피 역시 밥그릇을 가지고 다닌다. 라이너스와 스누피처럼 특정한 물건에 집착하는 아이들을 주변에서 쉽게 볼 수 있다.

'그래, 바로 이거였구나! 이거였어!'

도널드 위니컷에 의하면, 아이들은 태어나서 피부로 접촉했던 어머니에 대한 애착을 가지게 되고, 아이들이 어머니로부터 멀어질 때 애착의 대상으로서 특정 물건에 집착할 수 있다. 어머니와 신체적 접촉을 가질 수 없을 때 아이들은 어머니를 느낄 수 있는 물건을 가지는데, 이를 중간대상이라고 한다. 중간대상은 아이가 엄마로부터 독립해서 처음으로 복잡하고 낯선 세상으로 나갈 때 혼자 견딜 수 있게 해 주는 버팀목이된다. 중간대상인 곰 인형이나 아기 이불 등은 이제 사물을 넘어 아이에게 일정 기간 심리적 위안을 주고 용기를 북돋아 주는 어머니 같은 존재가 된다. 그래서 중간대상인 아이들의 곰 인형이나 아기 이불을 엄마 마음대로 바꾸거나 세탁하거나 버린다면 아이는 더 불안해하게 된다.

어쩌면 내게 중간대상은 모시송편이었나 보다. 여든이 넘으신 엄마를 두고 미국으로 오려니 몹시 서운하고 미안했다. 언제 다시 뵐지 알 수 없는 친정엄마, 어쩌면 살아서는 다시 뵐 수 없을지도 모른다는 불안감을 해소하기 위해 엄마의 손맛이 담긴 모시송편에 엄마를 담았나 보다. 그러니 놓고 온 모시송편이 아까울 수밖에…. 괜히 잔뜩 가져온 뼈대 있는 집안(?) 멸치만 미워했다.

'왜 멸치를 잔뜩 가져왔을까? 모시송편을 다 가져왔어야지!'

언제였는지, 또 어떤 일이 있었는지 알 수는 없지만, 아이였을 때 분리불안을 경험했었나 보다.

'나를 낳고 또 딸이라고 아버지가 외면이라도 하셨나? 바쁜 농사철에 어머니가 젖 먹이는 것을 깜박하셨나?'

숨을 죽이고 있던 분리불안이라는 마음의 빗장을 모시송편이 풀어 놓은 것이다.

상담하다 보면 분리불안으로 힘들어하는 내담자들을 종종 만난다. 오래전 쉰을 넘긴 한 여인이 남편의 외도로 화병을 가누지 못해 상담받으러 왔다. 그녀는 신체적으로도 아주 약한 데다 남편이 떠날까 불안해서 더 힘들어했다. 몇 년 전에는 공황장애와 폐소공포증, 게다가 강박관념 증세로 약을 복용하고 상담받은 경험이 있었는데, 지금도 간신히 견디고 있었다.

그녀는 집을 떠나 낯선 곳에 가기를 두려워하는 불안발작anxiety fit을 일으킨 경험 때문에 집을 나서면 이런 불안이 다시 나타날까 두려워하는 '예기불안expectation anxiety, 豫期不安'을 갖고 있었다. 백화점이나 시장처럼 사람이 많은 곳, 넓은 장소, 터널처럼 좁은 곳에 가는 것을 두려워했다. 운전하기도 부담스러워서 남편에게 도움을 청했고, 때로는 남편이 가까이 있지 않으면 불안해했다. 어릴 때 엄마 손을 꼭 잡고 먼 길을 가던 중 갑자기 엄마가 손을 스르르 놓아 버렸던 그 순간이 도저히 잊히지 않는다며 흐느껴 울었다.

"그때 엄마는 몹시 화가 나셨나 봐요. 내 손을 뿌리치고 한참을 돌아보지 않고 가셨어요. 아빠와 자주 싸우셨어요. 그날도 화가 풀리지 않으셨나 봐요. 이야기를 하다 보니 엄마가 나를 떼어놓고 어디론가 사라질 것 같은 공포를 느꼈죠. 엄마가 자신을 버릴 것 같은 불안에 사로잡혔던 나를 만나니 서럽네요. 한동안 힘들겠지만 마음을 추스를 수 있는 길을 찾은 것 같아 진정이 됩니다. 원인을 모르면 더 힘들잖아요."

엄마에 대한 그때 그 느낌을 알아차리면서 서서히 분리불안에서 벗어나기 시작했다.

아~, 그랬구나. 그랬었구나!

우리 집의 겁 많은 강아지 똘이를 보면 안쓰러울 때가 있다. 배변 훈련을 시키려고 데리고 나가면 곧장 집으로 달려 들어오곤 한다. 똘이는 10년 전에 수의사로부터 우울증 진단을 받았다고 한다. '똘이와 함께 잘 놀아 줄 수 있는 아이가 있는 집으로 보내라'는 처방전에 따라 우리 집으로 오게 되었다. 세 번이나 주인이 바뀐 경험이 똘이에게 불안정 애착 Insecure Attachment과 분리불안을 안겨 주었던 것이다. 불안정 애착을 경험한 똘이는 나와 떨어지는 것을 불안해 하면서 출근 때만 되면 아침부터 집안을 시끄럽게 한다.

'그러고 보니 똘이나 나나 사랑받고 싶은 마음은 같네!'

나도 감정을 가진 존재이기에 불안을 경험하곤 하는데, 똘이도 예외는 아니었다. 나의 무의식 속에 남아 있던 분리불안을 못다 가져온 모시송편이 건드리면서 여름 내내 내 삶이 흔들린 듯했다. 그렇다고 오십이 넘은 내가 인형을 가지고 다닐 순 없지 않은가? 어릴 때 의존해야 할 애착 대상과 멀어졌다는 느낌과 사랑하는 가족들과 떨어져 살아야 하는 이민 생활에서 마주치는 낯선 두려움들, 많은 사람과 만났다 헤어지면서 맛보는 쓰라린 아픔, 점점 약해지는 건강, 매일 마주하는 내담자들의 아픔을 들으면서 평안을 찾기 위해 중간대상이 필요했나 보다.

'아~, 그랬구나. 그랬었구나!'

불안의 정체를 깨닫고 나니 못다 가져온 모시송편에 대한 아까운 마음이 서서히 사라졌다. 지난 추석에는 먹기도 아까워서 냉장고에 보관 중이던 몇 개 남짓한 모시송편을 좋아하는 사람들과 나누어 먹을 수 있었다.

'똘이야! 스누피가 끝내 밥그릇을 내려놓지는 못하지만, 점점 똑똑해졌어. 글도 쓰고, 변호사와 의사 심지어 전투기 파일럿 놀이까지 하지 않니? 라이너스도 담요를 늘 들고 다니지만, 성경에 해박해지고 철학자와 과학자처럼 지혜로워졌듯이 너도나도 좀 멋있어지자! 그리고 올가을에는 우리의 분리불안도 떨쳐 버리자! 네게는 내가 있고, 내게는 사랑하는 남편과 아이들이 있지 않니? 하늘 아래 불안할 이유가 있을까? 이젠 없단다! 아니 정확하게 표현하면 불안은 여전히 있지만, 내가 알아주니까 이전보다 순해져서 이젠 미소 지으면서 바라볼 수 있어. 모시송편도 이젠 좀 편하게 볼 수 있게 되었어. 모시송편아, 이제 내 앞에 얼쩡거려도 괜찮아!'

내 마음의 떡살
네까짓 게 뭘 하겠어, 억압과 상처

올 추석도 어머니가 만들어 주신 고향의 솔 냄새나는 송편과 갖가지 모양의 떡은 구경도 못하고 이역만리 타향에서 그리움과 함께 지나갔다. '쿵더쿵~, 쿵더쿵~!' 추석이 다가오면 반갑게 들리던 떡방아 찧는 소리가 마음속에서만 들려온 지 벌써 여러 해가 지났다. 그런데도 어머니가 떡을 만드시던 정겨운 모습은 고소한 송편 맛과 함께 날로 더욱 선명해진다.

추석도 잊은 채 출근 준비를 서두르다 문득 오래전 친구 생각이 나듯 여러 문양이 새겨진 나무 떡살이 떠올랐다. 애지중지하며 갖고 놀던 장난감은 아니었다. 그저 잔칫날이나 명절이 다가오면 여러 문양의 떡을 찍어내는 어머니의 살림 도구였을 뿐인데, 떡살에 대한 추억이 추석 아침 출근길을 멈추게 한다.

어머니는 잘 보관했던 손때 묻은 떡살을 꺼내어 정성스럽게 닦고 반질반질하게 기름칠을 하셨다. 그리고 절구통에서 찧은 쌀가루를 시루에 찐 후 떡메로 쳐서 차지게 만든 다음, 여러 가지 문양이 새겨진 떡살이라는 나무 틀에 넣어 다양한 문양의 떡을 만드셨다. 금방 만든 따끈따끈하고 차지고 고소한 떡을 얻어먹기 위해 엄마 곁에 쪼그리고 앉아 있었던 빛바랜 기억에 눈물이 핑 돈다.

엄마 손에 들린 떡살에서 빗살 문양, 국화꽃, 나비 등 여러 문양의 떡이 만들어져서 바구니에 담겼다. 떡살로 떡을 찍으면 늘 같은 문양의 떡이 만들어진다. 어머니가 찍어도, 내가 찍어도 늘 같은 문양이었다. 빗살 문양 떡살은 계속 빗살 문양만 찍어내고, 국화 문양 떡살은 국화꽃만을, 나비 문양 떡살은 나비만 찍어냈다. 하얀 떡이든, 계피 떡이든, 쑥떡이든 어떤 재료로 찍어내든 떡살에서는 늘 같은 문양의 떡만 나왔다.

같은 문양의 감정

이렇듯 내 안에도 같은 문양을 찍어내는 떡살이 있었나 보다! 보고 듣고 느낀 다양한 사연들을 마음에 담으면 같은 문양의 결과만 만들어 내는 마음의 떡살 말이다. 깊이 각인된 떡살로 인해 찍은 떡처럼 반복되어 올라오는 같은 모양의 화, 불안, 긴장, 초조 등 상황이 다르고 시간은 바뀌었어도 나의 감정의 꼴은 같은 문양을 반복한다. 떡살 문양을 바꾸지 않으면 재료가 달라도 같은 문양을 찍어내듯 내 마음의 떡살도 문양을 바꾸지 않으면 앞으로도 계속 같은 문양의 감정을 찍어낼 것이다.

기억은 희미하지만, 야단맞았을 때, 무시당했을 때, 소외되었을 때, 사랑받고 싶은 욕망이 거절되었을 때, 관심에서 벗어났을 때, 또는 칭찬받거나 격려받았을 때 조금씩 마음의 떡살이 새겨졌으리라. 마음속에는 여러 개의 떡살이 있겠지만, 자주 기억나는 떡살 하나는 알 것 같다. 인정받고 싶은 욕구의 뿌리에서 생긴 투정이라는 떡살이다. 어릴 때부터 인정받고 싶어서 외출하시는 아버지의 구두는 맡아 놓고 닦았다. 하지만 아버지에게 공책 살 돈 달라, 연필 살 돈 달라, 머리핀 사 달라 말하기도 전에 벌써 다 썼냐는 야단을 맞을까 봐 아버지보다 힘없고 말이 없는 엄마한테만 자주 투정을 부렸다. 다가오는 장날 사 주마, 보리타작하면 사 주마, 추석 때 사 주마 하면서 미루기만 하던 엄마가 야속했다. 힘없는 엄마에게 괜히 화가 나서 불퉁거리며 떡메 치는 엄마 곁을 맴돌다 빗살 문양 떡 하나와 투정 하나를 삼켰을 것이다. 그때마다 투정이라는 마음의 떡살이 마음 깊이 새겨지기 시작했고, 시간이 지나면서 박달나무 떡살처럼 단단해졌다.

깊이 숨겨져 있던 투정이라는 마음의 떡살은 열악한 이민 목회와 암 투병으로 인해 몸과 마음이 약해지자 뿌리 깊은 의존 욕구를 투정이라는 문양으로 계속 찍어내기 시작했다. 원하는 대로 되지 않으면 아버지에게 향했던 불만이 남편을 향하곤 한다. 때론 내가 어린아이처럼 왜 이러는지 당황해하면서도 그동안 억눌렸던 섭섭함과 억울함과 창피함과 수치감이 함께 올라왔다. 그러면서 긴장되고 초조하고 불안해서 같은 투정을 반복했던 것이다. 이제는 내 곁에 엄마와 아버지가 계시지 않는데도 같은 투정을 반복하는 것이다. 내 마음의 떡살이 찍어낸 똑같은 내 삶의 빛깔과 문양을 말이다.

억압과 상처

한 젊은 여성이 원만한 인간관계를 맺고 싶다며 상담을 요청해 왔다.

"사람들은 내 말에 자꾸 상처를 받나 봐요. 나는 내 식대로 말하거나 반응을 할 뿐인데, 뭐가 문제인지 모르겠어요. 가까이 지내는 사람들과 자꾸 관계가 깨져요. 내가 너무 못됐나 봐요."

아무리 조심해도 자신도 모르게 퉁명스러운 말이 툭 내뱉어져서 어이없는 이유로 가까운 사람과 관계가 소원해졌다. 곧바로 후회하지만 반복되기 일쑤였고, 그로 인해 자괴감에 빠졌다. 그녀의 엄마는 항상 냉소적이고 거의 욕설이 담긴 말을 했다고 한다.

"뭐, 네가 하는 일이 늘 그렇지."

"네까짓 게 뭘 하겠어?"

그녀는 이런 비아냥거림 때문에 어머니로부터 도망가고 싶었다. 어머니의 짜증스럽고 지겨운 말을 늘 반복해서 들어야 했던 그녀의 마음에 분노가 실린 이죽거리는 마음의 꼴이 만들어진 것이다. "시어머니 욕하면서 닮는다"라는 속담처럼 그런 어머니가 싫으면서도 그녀의 마음에도 비웃는 감정의 패턴이 만들어졌고, 늘 냉소적인 말이 튀어나와 관계를 깨뜨리고 말았다.

굳어진 마음의 떡살을 새로운 모양으로 만들기 위해서는 마음의 떡살이 만들어진 그때로 돌아가야 한다. 그때의 감정을 인정해야 한다. 인정한 감정을 느끼게 하고, 적절하게 표현하게 하고, 새롭게 이해하게 하고,

새로운 시선으로 보게 해야 한다. 이렇게 새로운 감정을 갖게 하는 작업을 반복하다 보면 감정의 패턴, 즉 마음의 떡살이 바뀌게 된다. 그러나 안타깝게도 마음의 떡살을 바꾸기란 그리 쉬운 게 아니다.

가문 대대로 내려오는 떡살이 있듯 집안마다 마음의 떡살이 있다. 한 가족의 특유한 분위기는 그 집의 생활양식이나 생활 태도를 만든다. 가풍은 단순한 생활 관습에 그치지 않고 가족의 생활을 통제하는 규범이 된다. 또한 윤리적인 법도法度를 형성하고 가족 특유의 마음의 떡살을 만든다.

이렇듯 가족은 가문의 떡살만 물려주는 게 아니라 감정의 패턴감정의 틀, 마음의 떡살, 마음의 꼴도 물려주면서 같은 삶의 모양을 반복하는 경우가 많다.

"하는 짓이 꼭 지 아비 닮았다니까!"

부모가 어떤 형태의 정서적 틀을 가지고 있으면 그 정서적 틀을 자녀들에게 고스란히 물려주곤 한다. 부모와 자녀의 직업, 외모, 삶의 환경은 다르지만, 환경에 반응하는 정서적 패턴은 비슷한 경우가 많다.

정서 재구조화

인지 치료에서는 '인지 재구조화Cognitive Restructuring'라는 용어를 사용한다. 인지 재구조화란 개인이 가지고 있는 잘못된 신념이나 생각의 틀을 수정하여 행동의 변화로 인도하는 것을 말한다. 사람들이 인지적 왜곡, 비합리적 사고, 부정적 인지도식cognitive schema, 認知圖式으로 인해 사

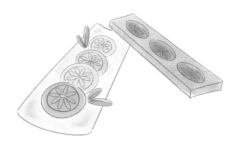

람이나 사건 또는 상황에 대해 비현실적으로 해석하여 잘못된 행동을 하는 경우에는 생각의 틀을 다시 만들어 주어야 삶이 바뀐다. 낮은 자존 감과 관련된 문제를 가진 사람들, 즉 대인관계에서의 왜곡된 지각, 자기 자신과 타인에 대한 비현실적 기대, 비합리적 두려움, 불안과 우울, 부적절한 분노나 충동 조절 문제 등이 있을 때 생각의 틀을 바꾸어 주어야 행동이 수정된다.

이처럼 잘못된 신념이나 생각을 바꾸어 줌으로써 행동이 바뀌는 경우도 있지만, 역기능적 행동이 더 깊은 정서의 문제일 경우에는 정서의 틀을 바꾸어 주어야 한다. 즉 감정의 떡살을 바꾸어야 한다. 구태여 이름을 붙이자면 '정서 재구조화'라 하겠다.

그녀는 퉁명스럽게 내뱉는 입술에 망을 씌우고 싶을 정도로 괴로웠지만, 엄마의 마음의 문양을 닮지 않겠다는 각오가 조금씩 순하게 말하게 한다고 했다.

"주변 사람들이 내 말투가 순해졌다고 해요."

그녀의 마음의 꼴이 조금씩 변하고 있었다.

어머니는 떡살로 찍어낸 떡의 모양이 이상하거나 뒤틀려 있으면 다시 찍어 아름다운 문양의 떡만 소쿠리에 담았다. 그런데 내 마음에는 일그러진 감정의 떡살들이 많이 담겨 있었다. 지금도 계속해서 상담과 훈련을 받으면서 생채기 나고 뒤틀렸던 마음의 떡살을 아름다운 문양으로 바꾸어가고 있다. 하지만 아직도 상처 나고 삐뚤어진 마음의 떡살로 인해 괴롭고 고통스러울 때가 많다. 내담자의 상처 입은 떡살을 아름다운 문양으로 바꾸기 위해서 애쓰다 보면 안타깝고 뒤틀린 내 마음의 떡살이 다시 스멀거린다.

내년 추석에는 나도, 그들도 아름다운 문양을 가진 마음의 떡살을 가득 담고 밝은 보름달을 함께 맞이하고 싶다. 맑은 가을 호수에 담긴 다양한 모양의 가을 단풍잎들이 우리 마음 깊은 곳에도 하나, 둘, 셋… 계속해서 살포시 내려앉으면 좋겠다. 우리 마음의 떡살을 노랑, 빨강, 갈색의 가을 산과 호수처럼 아름다운 빛깔로 물들여 주었으면 좋겠다.

봄을 빼앗긴 이들과 냉잇국을 나누며

더 이상 도망가지 않으리라, 직면하기

길고 우울한 겨울을 헤치고 봄이 왔지만, 창문을 열고 봄을 껴안을 수 없는 이들이 있다. 나라를 잃었던 시절 조국의 봄을 마주했던 것처럼 슬프게 봄을 맞는 사람들이다. 친정어머니를 본 듯 반갑게 찾아온 봄을 마음 가득 느끼면서 봄을 빼앗긴 이들과 냉잇국을 나누고 봄의 따스함을 함께 나누고 싶다.

내 마음을 들썩거리게 하는 봄 친구들이 몰려와 다정하게 말을 걸어온다. 닫히고 얼어붙은 마음을 달래 주려고 오랫동안 내게 머물러 있던 정다운 기억들이 봄기운과 함께 내 손을 잡아끌면서 들녘 구석구석으로 데려간다. 모락모락 피어오르는 아지랑이를 따라 자유롭게 들과 밭을 거닐다가 눈 마주쳤던 봄 친구들과 우리만의 비밀 보따리를 풀어놓고 실컷 키득거린다. 자그마한 소쿠리에 가득 담아 놓았던 냉이라는 친구가 즐거운 저녁 식탁까지 따라오면서 말을 건넨다. 지난겨울 매서웠던 겨울바람을 견디며 맺혀 있던 못 다한 이야기가 많은가 보다.

상담가로 훈련받으면서 나는 봄을 새롭게 받아들이게 되었다. 정신치료자 이동식 박사는 정신치료에 대해 이렇게 말한다.

정신치료란 언 땅 위에서 떨고 있는 생명에게 따뜻한 봄을 가져다주는 것이다. 봄은 상담가에게서 우러나는 하나님의 은총이며, 환자는 하나님의 은총을 느낌으로써 마음에 봄이 오면 편안해지고 즐거움이 살아나 건강을 회복하게 한다.

직면하기

이번 봄에도 얼어붙은 마음으로 찾아왔다가 봄을 찾아가는 이들을 떠올려 본다. 때론 말이 필요 없는 대화, 즉 곁에 있어만 주어도 가까이서 봄을 느끼듯 마음을 열기 시작한다. 누군가와 함께한다는 사실에 용기를 얻어 마음속 아픔을 어렵게 풀어놓는다. 어쩌면 너무 고통스러워서 토해내지 못한 울음이 목에 걸려 얼굴이 일그러지고 겨우 통곡의 목소리와 함께 눈물이 흘러내린다.

지금도 엄마와 풀지 못한 응어리를 안고 테이블 위에 놓인 화장지를 한 주먹 쥐고 나가는 내담자의 뒷모습이 가슴을 아프게 한다. 너무 아프고 기억조차 하기 싫어서 까맣게 잊고 있었는데, 잊힌 게 아니었다. 오히려 더 밝게, 더 당차게, 더 활달한 모습을 보이려고 꼭꼭 감추고 숨겨서 자신도 모른 채 살아왔다. 하지만 이제는 멍든 가슴을 감출 수 없고, 돌같은 응어리가 쿡쿡 쑤시는 아픔을 견디어 낼 수도 없었다. 처음으로 기억나는 아픔을 조각조각 끄집어내려니 입술이 떨리고 가슴이 떨려서 한참을 진정시킨다. 울음을 터뜨리기조차 힘들어 고통스러워하는 울부짖음은 원초적 신음이었다.

"우리 엄마는 저를 임신했을 때 하나도 기쁘지 않았대요. 사는 게 너무 힘들어서 어쩔 수 없이 낳아 젖을 물리기에도 버거운 먹먹한 가슴으로 나를 안았겠지요? 그것도 모자라 저는 다른 형제와 달리 늘 핀잔만 듣고, 따돌림당하고, 밀쳐내고, 자식 취급도 받지 못했어요. 엄마가 얼마나 괴로웠으면 저한테 손찌검까지 했겠어요. 저는 엄마가 밉지 않아요. 제 가슴이 미어지고 숨쉬기도 힘든 데도요. 상처 난 엄마의 다리는 아팠나 봐요. 그런데 피가 흐르는 내 살갗은 아픈 상처가 아니라며 약도 발라 주지 않았어요. 엄마가 참으라고 해서 그냥 참았어요. 나만 참으면 됐으니까요. 이해할 수 없는 엄마가 밉지만, 감히 입을 열 수 없었어요."

충분히 좋은 엄마

아기는 붙들어 주고 안아 주는 엄마의 따스한 품에서 자라야 한다. 그런데 엄마의 젖가슴마저 싸늘하게 느끼면서부터 아이는 주린 배를 채우기 위해, 갈증 난 목구멍을 축이기 위해 얼마나 필사적으로 매달리기를 반복했을까? 제때 입안으로 젖이 흘러들어 오지 않고, 제때 축축한 기저귀를 보송보송한 것으로 바꿔 주지 않으면 부르르 입술을 떨면서 떼를 쓴다. 지속적으로 지체되는 일이 반복된다면 아이는 세상의 좋은 환경을 경험하기도 전에 마음의 시선은 뒤틀려버린다고 한다.

엄마와 아빠는 유아에게 최적의 환경을 만들어 주어야 할 사명이 있다. 그런데 부모를 비롯해 아이를 돌보는 보호자들의 무관심과 방치, 그로 인한 거절과 박탈로 인한 상처는 평생을 좌우하는 숙명이 된다. 위니컷이 말한 것처럼 '충분히 좋은 엄마enough good mother'라는 환경이 만들어지지 않아서 서로 아픔을 경험하게 되는데, 이때 경험한 밑바닥에 깔려 있는 핵심적인 감정들이 평생을 힘들고 지치게 한다. '툭!' 하면 걸려 넘어지게 하는 뿌리 깊은 상처와 엄마에 대한 화난 감정이 고스란히 흔적으로 남아 봄조차 차갑게 만든다.

'함께 있다'라는 사실, 즉 같이 생각하고 같이 느껴 주는 것만으로도 꽁꽁 언 마음이 서서히 녹으면서 봄이 가까이에서 기다릴 것이다. 창피하고 유치하고 두렵고 떨려 억눌렸던 적개심이 모습을 드러낼 때 더 이상 적개심의 하수인 노릇을 하지 않겠다는 아름다운 모습이 힘을 얻는다. 함께함은 봄조차 빼앗긴 이에게 봄을 느끼게 해 준다.

몇 년 전 상담 훈련을 하면서 동시에 상담받는 과정에 있었던 나도 이런 벅찬 싸움을 시작했다. 상담을 받으러 가는데 그날은 너무 마음 아픈 일 때문에 발을 내딛기도 힘들어서 그저 날아서 가고 싶을 정도였다. 어떤 말보다 곁에 있기만 해도 감정이 토닥여질 것 같았다.

"선생님, 오늘은 상담소에 앉았다만 갈래요."

말을 하지 않아도 마음을 나눌 이가 곁에 있는 것만으로도 마음의 빗장이 풀리곤 했다.

매주 한 번씩 만나 우울증을 치료하는 가정주부가 있다. 하루에 해야 할 일을 메모지에 꼼꼼히 적는 성격이지만, 보통 사람들이 거뜬히 하는 일도 주저하고 부끄러워하는 자신을 한심하다고 느끼는 여성이었다. 그런데 자신을 있는 그대로 받아들이게 된 후로 할 수 있다는 용기가 생겨서 상담 시간이 기다려진다고 고백했다. 아직도 참을 수 없는 분노가 올라오지만, 식구들에게 직사포를 쏘지 않을 만큼 여유와 힘이 생겼다고 편안해한다. 그녀는 오랜만에 남편의 작업장에 가서 청소를 하고 물건도 정리했다. 주말에는 온 식구가 함께 페인트칠하면서 옥신각신 다투기도 했지만, 내 귀에는 그 가정에 봄이 오는 소리처럼 들리는 듯했다.

어느 날은 번들거리는 뽀얀 피부와 눈가에 미소까지 깃든 얼굴로 상담실에 들어서면서 먼저 말을 건넸다.

"봄이 오니까 기분이 달라지네요. 요즈음은 할 일이 많아져서 많이 바쁘네요."

"맞아요. 봄이 왔어요. 그렇지만 봄이 왔다고 누구나 봄을 느낄까요?"

내가 받아주니 자리에 앉으면서 의아해했다.

"그런가요?"

"아~! 정말 봄을 느끼는구나."

이해인 시인의 표현이 생각난다.

"봄이 오면 나는 … 또 하나의 창문을 마음에 달고 싶다."

그렇지. 봄과 서먹했던 나는 진달래도 보고, 목련도 보고, 종다리도 보고, 파란 하늘도 보도록 여러 개의 창문을 달아주고 싶다. 충분히 못 누렸던 봄볕에 욕심을 부리고 싶다.

봄을 빼앗겼던 이들과 함께 냉잇국을

내 곁에 머문 따스한 봄이 '내가 왔다'라며 이른 아침부터 또 찾아와 나른한 몸을 톡톡 치면서 미소를 보낸다. 그래도 뭉그적거리면 냉잇국을 코에 들이대며 정신이 바짝 들게 한다. 냉잇국 한 그릇에 속이 후련하고 온몸에 따스한 온기까지 도니 커진 눈망울 속으로 비로소 봄 친구들이 들어온다. 이런 기억만으로도 위로가 되고 마음의 평안을 찾게 된다. 나만의 치유 방법이라고나 할까? 그래서 봄이면 그립고 서럽고 아프고 아쉽고 억울해서 눈물 흘리기도 하지만, 오락가락하는 내 삶이 우스워 배꼽 한 번 잡고 어이없는 웃음으로 거뜬하게 웃어넘기기도 한다.

연한 냉이 한 소쿠리를 옆에 끼고 한달음에 달려가 엄마 손에 들려주면 봄 향기 가득한 냉이 국그릇이 저녁상에 올라온다. 그러면 온 식구가 냉잇국과 봄 냄새에 취해 봄을 맞이하곤 했다. 그때 먹었던 맛의 냉잇국 한 모금만 들이마시면 답답했던 가슴이 후련해지고 싸한 마음이 포근해질 것 같은 추억의 봄을 맞고 싶다. 냉잇국 한 그릇 함께 나누며 마음과 마음으로 만나고 싶다.

봄을 빼앗기고 미래조차 빼앗겼던 이들과 함께 내가 만난 아지랑이 봄을, 아무도 빼앗을 수 없고 빼앗겨서도 안 되는 따스한 봄을 느끼고 싶다. 이들과 함께 아직은 비틀거리기도 하고 온전한 봄이 오지는 않았지만, 벅찬 가슴으로 이상화의 시를 노래하고 싶다.

나는 온몸에 햇살을 받고, 푸른 하늘 푸른 들이 맞붙은 곳으로,
가르마 같은 논길을 따라 꿈속을 가듯 걸어만 간다 …
푸른 웃음, 푸른 설움이 어우러진 사이로, 다리를 절며 하루를 걷는다
아마도 봄 신령이 지폈나 보다

얼어붙은 가슴에 사랑의 눈물이 흐르게 하라
마음에 담긴 화, 억압된 감정

탁구공만한 크기의 단단하고 매끈한 아보카도 씨앗을 물컵에 넣어 물 발아를 시도했다. 단단한 껍질을 뚫고 나오는 생명의 신비를 맛보고 싶었다. 조바심을 내며 한 달쯤 참아 주었더니 씨앗에 틈이 생기고, 곧 씨앗이 쪼개지면서 작고 여린 뿌리가 돋고 여린 새싹이 삐죽 고개를 내밀었다. 혹 시들지 않을까 애써 불안을 잠재우며 지켜보는 사이에 한 뼘 정도의 키에 앙증맞은 잎이 날개를 폈다. 이제 되었다 싶어 흙으로 옮겨 심었지만, 온갖 미생물들이 꿈틀거리는 흙 속에서 여린 뿌리와 외줄기 새싹이 병들지 않고 잘 자랄지 걱정이었다. 내 걱정을 안다는 듯 아보카도의 여린 줄기와 새싹은 곁에 있는 화초들과 키 재기까지 하면서 쑥쑥 자랐다.

억압된 감정

단단한 씨앗을 깨뜨리고 나와서 자라는 아보카도처럼 돌처럼 굳은 사람들의 마음에서 생명이 움트기를 기대하며 상담을 시작한다. 상처와 아픔으로 돌같이 단단해진 사람도 기다려 주고, 지지해 주고, 기대해 주면 굳어진 마음을 깨트리고 상한 마음이 힘을 얻으면서 생명으로 자란다. 한 젊은 부부가 상담실을 찾았다. 남편은 상담받으러 온 자신이 어이가 없는지 딱딱하고 굳은 표정으로 앉아서 묻는 말에만 몇 마디 대답하고 돌아갔다. 그런데 한 주 뒤 혼자 상담실을 찾아온 남편의 표정은 조금 편안해 보였다. 처음보다는 덜 어색하게 앉아서 말문을 열었다.

"내 자신이 상담을 받고 있다는 자체가 한마디로 쇼킹이었습니다. 그런데 상담에 대한 인식이 바뀐 것 또한 저에게는 쇼킹한 일이네요."

이들 부부는 미국에서 교육받고 전문직에 종사하고 있었으며, 살아가는 데 큰 어려움이 없어 보였다. 사회적으로 안정된 삶을 살고 있다고 믿었던 자신들이 정서적 갈등으로 상담을 받아야 한다는 사실을 인정하기까지 많이 힘들어했다. 그런데 이 부부처럼 많은 한인 교포들은 상담을 남의 이야기처럼 생각한다. 상담소 문을 두드리는 많은 사람 가운데 자신이 상담을 받게 될 거라고 생각했던 이는 거의 없었다.

"내 사전에 상담이란 단어는 없어. 그런데 내가 왜? 당신에게나 필요하겠지!"

진학 상담이나 보험 상담 등 일상에서 흔하게 듣는 말이 '상담'이다. 그런데 대다수는 정신 건강에 관한 상담을 이야기하면 손사래를 치면서 자신과는 상관없다며 먼저 부인하고 본다.

"혹시 말입니다. 오해 없으시길 바랍니다. 필요하면 상담을 받아보시는 것이 어떨까 싶습니다."

조심스럽게 물어도 불쾌하게 받아들이는 경우가 많다.

"아니, 지금 내가 정신적으로 문제가 있다는 말입니까? 나를 정신병자 취급하는 거요? 기분 나빠요!"

그리고 속으로 하는 말이 들리는 것 같다.

'나를 뭐로 보고!'

상담은 정신적으로 문제가 있어서만 받는 것이 아니다. 상담은 문제로부터 출발 from 하는 것이 아니라 행복한 삶을 향해 toward 나아가기 위해서 자기를 들여다보는 것이다. 정서적으로 보다 행복한 삶을 위해 도움을 받는 상담 역시 필요하다.

어머니의 젖가슴에서 시작된 내 마음

정서적인 아픔의 일차적인 원인은 대부분 가정에서 시작된다. 아버지, 어머니 그리고 형제자매 사이에서 허용되지 않은 감정은 억압되고 허물과 미성숙으로 상처를 주고받는다. 그런데 상담을 받기 위해 찾아왔음에도 자신의 상처와 억압한 가족 이야기를 드러내기 꺼려한다. 특히 '우리'가 강조되는 한국 문화 속에서 가족 이야기는 몹시 부담스럽다. 더욱이 사랑과 미움이 교차하는 부모에 대한 감정을 끄집어내는 것에 대해 부끄러워하고 수치스러워하고 고통스러워한다. 감당하기 힘들어서 기억 저편으로 밀쳐 두었던 이야기를 꺼내는 것이기에 저항이 있을 수밖에 없다.

한자에서 어미 모^{母} 자를 보면 삐침 두 개가 아래위로 찍혀 있다. 모 자는 어머니가 아이에게 젖을 먹이는 모습을 형상화한 것이다. 그리고 모 자가 현재의 형태로 쓰이기 이전에는 두 개의 삐침이 좌우에 있었다. 두 삐침은 어머니의 젖가슴을 표현한 것이라는 데 대해 이견이 없다. 그런데 화^{火} 자를 어머니와 연관 지어 해석해 보자. 사람의 좌우에 삐침 둘이 있는 이는 여성이요, 젖을 주는 어머니라고 이해할 수 있다. 아이에게 가장 중요하고 생존에 연결된 기관은 어머니의 젖가슴이다. 어머니 젖가슴에 포근하게 안겨서 어머니의 사랑스러운 눈빛을 보며 젖을 먹을 때 아이는 행복감을 느낄 수 있다. 어머니가 불안하면 태아도 불안을 경험한다. 어머니가 기쁘면 아이도 기쁨을 느끼게 된다.

그런데 어머니가 산후 우울증이나 건강 문제로 아이를 포근하고 따스하게 안을 수 없을 때가 있다. 젖이 잘 나오지 않아 아이가 배를 곯을 때도 있겠다. 또 어머니가 어떤 일로 아이에게 짜증을 내거나 화를 낼 수도 있다. 그럴 때 아이는 불안감이나 거절감을 느낀다. 불안과 거절감이 반복될 때 일어나는 이차감정이 화^{火}다. 어쩌면 이것이 아이가 처음으로 경험하는 분노, 즉 화일 수 있다. 화 자도 불을 형상화한 상형문자이지만, 어머니를 형상화한 것으로 해석할 수도 있겠다. 상담 현장에서 보면 분노의 뿌리가 어머니의 품인 것을 어렵지 않게 찾을 수 있기 때

문이다.

기억조차 없는 어린 시절, 언어를 갖기 이전에 아이들 마음에 화가 담긴다. 이런 과정을 통해 분노가 담기기 때문에 어디서 원초적 분노가 담겼는지 알아차리기란 거의 불가능하다. 자신도 인식하지 못한 상태에서 아이에게 아픔을 주기 시작한 사람이 바로 사랑하는 가족이다.

이들 부부도 처음에는 상담받는다는 게 쇼킹이라며 어처구니없어했던 것도 이해할 수 있다. 이들 부부도 여느 부부처럼 아픔을 억압하고서 혹시 들킬까 봐 꽁꽁 싸매다 보니 마음은 아보카도 씨앗처럼 단단해져 있었다. 그 안에 따스한 생명력이 있을까 싶을 정도로 단단했다. 마지못해 시작한 상담인데, 횟수가 거듭되면서 꽁꽁 얼어붙었던 마음의 빗장을 뚫고 나와 치유되기 시작했다. 꼭꼭 감추었던 어머니에 대한 분노가 모습을 드러내기 시작했다.

"어떻게 엄마가 나를 외면할 수 있어요? 어떻게 엄마가 그럴 수 있어요? 계모인 줄 알았어요."

시간이 지나면서 어머니의 젖가슴에서 시작한 분노가 조금씩 사그라지기 시작했다.

이들 부부의 분노를 다루면서 내 젖가슴에 안겼던 나의 두 아이를 돌아보게 된다. 첫째 채리는 미국으로 유학을 떠난 남편 곁으로 갈 날만 고대하며 혼자서 낳았다. 임신과 출산 과정에서 혼자였기에 많이 외롭고 불안했던 기억이 있다. 둘째 동하는 낯선 미국에 적응하기도 전에 낳왔다. 미국 생활은 모든 것이 낯설고 두렵기까지 했다. 뉴욕의 12월은 5시만 되면 어두워지는데, 허름한 아파트에서 두 아이를 달래며 저녁 9시가 되어야 돌아오는 남편을 기다리는 초조함과 불안이 아이들에게 담겼을 것이다. 우리 아이들의 마음에 담겼을 불안을 다독이는 숙제는 지금도 계속하고 있다.

이들 부부의 분노로 얼어붙었던 마음들이 봄볕에 눈 녹듯 녹아내리고, 아픔과 상처로 메말랐던 마음에 사랑의 눈물이 시냇물처럼 맑게 흐르기를 기대하며 상담실을 나선다. 유난히 오늘은 봄볕이 이들 부부의 어깨에도, 내 어깨 위에도 쏟아지는 것 같다.

공기놀이와 진달래꽃

엄마 나를 놔주세요, 의존성

올해도 이른 봄은 누군가에게 쫓기듯 서둘러 내 앞을 스쳐 간다. 이른 봄은 쓸쓸한 등을 보이며 아지랑이 피는 봄을 남기고 재 너머로 몸을 감춘다. 봄기운에 물이 오른 나무마다 연녹색 새싹들이 자라고 꽃들이 어우러진다. 이런 화사한 봄의 첫 따스함과 나른함에 취해 보고 싶지만, 이른 봄은 겨울에 지친 내 곁에 잠시도 머물지 않는다. 내 마음은 언 땅이 풀리고 생명이 깨어나는 분주한 이른 봄을 붙잡고 싶지만, 매번 거절당한다. 내가 싫은가? 이른 봄은 왜 이렇게 내 앞을 휙 지나가는 것인가?

봄 탄다고 핑계 대면서 게으름을 누려 보고 싶은데, 이른 봄은 이조차 허락하지 않는다. 그러면서 이른 봄은 헤어지는 아쉬움의 흔적을 매번 남기고 간다. 신부처럼 수줍어하며 천천히 걸어가면 좋으련만 밀린 숙제하듯 한꺼번에 피어나는 꽃들이 몹시 아쉬워 투덜거린다. 나의 뿌리 깊은 헤어짐에 대한 불안이 들킬까 봐 올해도 나는 보내고 싶지 않은 봄의 끝자락을 남몰래 붙잡고 있다. 올봄에는 이른 봄을 붙잡고 싶은 이유를 찾고 싶다. 봄을 붙들지 않아도 머물 수 있는 마음을 찾고 싶다.

전학 간 친구를 그리워하는 이유

어린 시절의 어느 이른 봄날, 따스한 골목 담벼락 밑에서 친구와 둘이서 공기놀이를 했다. 같이 놀던 친구는 아버지의 손을 잡고 학교에 입학하러 간다며 손에 쥐고 있던 공깃돌을 놓고 떠났다. 세상에 나 홀로 남은 기분을 어찌할 바 몰라 당황했던 그때가 자주 떠오르곤 한다. 그때는 몰랐지만, 생일이 몇 달 앞섰던 친구와 취학 연령이 달라서 갈린 것이다. 그럼에도 친구가 마치 내 언니라도 된 양 멀어져갔다.

"난 이제 학생이야."

친구를 멍하니 쳐다보며 부러웠던 건지, 서러웠던 건지, 화가 났는지 느낌은 흐릿하다. 하지만 덩그러니 혼자 담벼락 밑에 앉아 돌을 툭툭 치면서 헤어짐에 대한 쓰라림을 고스란히 경험했다. 지금도 그 담벼락이 사진처럼 선명하게 기억되는 것을 보니 퍽 아팠나 보다.

또 하나의 아픔은, 진달래꽃만 보면 중학교 때 헤어졌던 단짝 친구에 대한 그리움이 밀려온다. 역시 어느 봄날 단짝 친구와 함께 학교 뒷산에서 진달래꽃을 한아름 꺾어 소녀처럼 해맑은 담임선생님에게 드렸다. 선생님은 어디서 구하셨는지 투박한 그릇에 진달래꽃을 가득 담아 교탁 위에 올려놓고 우리에게 문학소녀의 꿈을 심어 주셨다. 그때 당시 무슨 글을 썼는지 기억은 없지만, 내가 꺾은 꽃이 소재가 되어 흐뭇했다. 그런데 진달래꽃처럼 연분홍의 꿈과 우정을 쌓았던 친구는 갑작스레 서울로 전학을 가 버렸다. 친구와 헤어진 후 한동안 가슴이 미어지는 허전함과 그리움을 달래느라 꽤 마음고생을 했다.

    기억은 나지 않지만, 어쩌면 유아 때 엄마와 분리하는 과정에서 먼저 분리불안을 경험하지 않았을까? 그때 이별의 정한情恨이 마음속 깊이 '핵심 정서 core affect'로 새겨진 모양이다. 그래서 봄이면 봄이 다 지나가기까지 「진달래꽃」의 마지막 구절이 머릿속을 맴돈다.

    "나 보기가 역겨워 가실 때에는 죽어도 아니 눈물 흘리오리다"

    그렇게 소월의 시를 배우기도 전에 진달래는 봄마다 내게 봄의 따스함과 서러움 그리고 아린 그리움을 동시에 간직한 꽃으로 머뭇거리며 다가왔다가 이내 무거운 발걸음으로 멀어져갔다. 그래서 매년 이른 봄날은 내게 싸한 외로움과 그리움을 남겨 놓고 가 버리는 걸까?

의존성

봄을 보내지 않으려고 애쓰다가 문득 한 내담자가 생각나서 피식 웃음이 나왔다. 무슨 일이든 한국에 계시는 엄마한테 확인을 받아야 안심하는 30대 중반의 여성이었다. 상담 중에 "선생님, 이제 엄마와 헤어질 수 있을 것 같아요"라며 눈물을 글썽였다. 엄마는 한국에 있는데 헤어질 수 있을 것 같다니 무슨 뜻일까? 늘 엄마와 티격태격하면서도 전화하지 않으면 불안해서 다시 전화기를 들지만, 그때마다 지겹도록 다툰다는 것이다.

어떤 일이든 엄마가 괜찮다고 하면 안심했고, 엄마의 그늘 밑으로 숨어 의존했다. 엄마는 늘 지적을 하면서 숨 막히게 할 뿐 아니라 가까이 있으면서도 멀리 있는 존재였다. 게다가 따뜻한 말 한마디로 딸을 인정해 주는 데에는 아주 인색했다. 그럴수록 징징대며 매달렸지만, 엄마는 밀어내고 떼어내려고 했다. 엄마의 그런 매정한 느낌을 받을 때마다 한없이 벗어나고 싶으면서도 한편으로는 붙어 있고 싶었다. 의지하고 싶은 마음과 무정한 엄마로부터 벗어나고 싶은 두 갈림길에서 무척 힘들어했다.

그녀는 모질게 마음먹고 엄마로부터 독립하기 위해 미국으로 유학을 왔지만, 심리적으로는 여전히 벗어나지 못했다. 헤어져 있는 삶이 불안해서 전화기를 놓지 못했다. 하지만 인정받고 싶은 욕구가 좌절될 때마다 분노가 더욱 커져만 갔고 우울해서 직장 일에 집중할 수 없다며 괴로워했다. 어린 시절 어머니의 잦은 거절로 인해 의존심이 커져 버렸고, 자신이 엄마의 나이가 되어 버렸다. 그런데 자신이 엄마의 그늘 밑에 있고 싶은 욕구가 얼마나 컸는지 차츰 알아가면서 엄마로부터 조금씩 자유로워진다는 것이다. 신비하게도 감정은 알아주면 순해진다.

의존성依存性, dependency은 모든 헤어짐에 대해 몹시 불안하게 만들고 힘들어하게 한다. 자신이 자주적이고 독립적이라고 생각했으며, 성인이 된 후 누구의 도움도 받지 않고 삶의 모든 문제를 스스로 해결해 왔다는 그가 상담을 받으면서 인정하게 되었다. '내 일은 내가 알아서 한다'라는 과도한 자주성이 오히려 의존성의 그림자뒷면였던 것이다. 나 또한 자신의 내면에 누군가에게 보호받고 도움받고 싶은 애정 욕구가 억압되어 있음을 상담을 통해 알게 되었다. 또 나에게 상담받는 사람들의 의존심도 나 자신의 경험을 통해 쉽게 발견할 수 있었다.

분리불안으로 오랫동안 상담을 받아오다가 마무리 단계에 이른 내담자가 있었다. 그의 희미해진 의존심이 자기를 충동질하여 자기도 모르게 헤어지는 기분이 어떤지 물었다. 그는 왠지 모르겠지만 한편으로는 분노가, 다른 한편으로는 고마움이 들어서 자신에게 미안한 마음 때문에 혼란스러웠다고 고백했다. 하지만 그 분노는 자신을 향한 분노라기보다 그의 어린 시절에 돌봐 준 사람들과의 분리 문제에서 형성된 뿌리 깊은 감정일 뿐이라고 정리해 주었다. 그는 자기를 돌봐 주지 않아 서러운 감정만 남은 엄마로 기억하면서도 다른 한편으로는 다정했던 엄마에 대한 기억을 종종 이야기했다. 헤어짐과 분리에 대한 불안감은 '성숙으로의 떠나감'이기에 다른 이의 도움을 기대할 순 없다. 하지만 그것이 바로 의존성이 극복되는 지점이자 우리가 진정으로 독립할 때 맞닥뜨리는 감정이다.

태중에서는 숨 쉬는 것조차 어머니의 숨결에 의존했다. 그러나 태어나면서부터 스스로 숨 쉬는 것과 걷는 것을 배웠다. 엄마 손을 놓고 교문에 들어설 땐 최초의 공식적이고 의무적인 독립이었으며, 부모를 떠나 결혼하기까지 의존에서 독립을 향한 긴 여정은 인생의 소중한 과정이기도 하다. 그런데 너무 이른 시기에 강요된 독립은 오히려 의존심을 키우고, 결국 독립이 늦어지게 만든다.

기쁨으로 봄을 보내다

떠날 때가 되면 어머니와 외할머니는 우신다. 외할머니는 긴 돌담을 돌아 서낭당 고개를 넘어갈 때까지 서 계시고 뒤돌아볼 때마다 빨리 가라고 손짓을 하신다. 한국 사람들은 대체로 이런 방식으로 이별한다.

이어령의 『너 어디에서 왔니: 한국인 이야기-탄생』에 실린 "달래마늘의 향기"에 잘 표현되어 있다. 나 역시 한국 여인이 가진 이별의 한을 갖고 태어났다. 그렇지 않아도 이별이 힘든데 어린 시절 경험한 분리불안이 부채질하니 봄은 참 어렵게, 어렵게 내 곁에서 떠난다. 아니, 내가 힘들게 보낸다. 봄을 누리지 못했기에 더디 간 봄이 곁을 주지 않고 손사래 치면서 획 지나간 것 같아 늘 아쉽다.

이른 봄이라는 크로노스^{Xρόνος}의 시간은 같은데, 어린 시절의 몇몇 외로운 경험들로 인해 이른 봄은 내게 카이로스^{Καιρός}의 시간으로 존재한다. 그런데 남편에게 이른 봄은 빨리 지나가야 하는 계절이다. 우리 집에서는 남편의 재채기가 가장 먼저 이른 봄을 알린다. 아직 봄기운조차 없는데도 남편은 봄이 빨리 지나가길 기도한다. 아예 없었으면 좋겠다고 한다. 나와 남편은 부부는 일심동체라는 말이 무색하게 카이로스의 시간이 다르다. 봄은 빨리 갈 수도 없고 머뭇거릴 수도 없어서 퍽 난처하겠다.

그래도 이제 이른 봄의 카이로스를 직면했으니 내년 봄은 봄으로 즐기고 때가 되면 기쁨으로 보내고 싶다. 이른 봄 진달래꽃부터 늦봄 찔레꽃까지 향기를 선물로 주는 봄에게 감사하면서 다가오는 여름을 환하게 맞고 싶다.

상담을 마치고 헤어진다는 것은 의존심에서 벗어나 자유를 향한 몸부림이다. 마찬가지로 상담을 받고 상담실을 떠나는 내담자들의 뿌리 깊은 의존심이 극복되어 독립과 삶의 안정감을 찾기를 바라면서 봄의 끝자락을 슬며시 놓는다. 내게서 자유를 얻은 봄날의 향은 천리향, 아니면 샤넬 Nº1인가? 평안함을 주는 향기를 남겨 두고 기다리는 신부를 향한 신랑처럼 활짝 웃으며 성큼성큼 간다.

두 번째 이야기

아빠, 이제 기다려 주실래요?

"아이가 성장하는 데는 두 사람이 필요하다. 어머니와 그 어머니의 남편이다."

-대상관계 심리학자-

엄마의 시루떡

"어라? 색깔은 맞는데, 꽃 모양이 영 다르네! 여보, 그 꽃이 아니야. 둥근 모양이라더니?"

남편은 분명히 알륨^{Allium} 꽃씨를 뿌렸다며 어이없는 표정이다. 지난해 봄, 화단 한쪽에 알륨 씨앗을 뿌리면서 줄기 끝에 신비한 보랏빛 둥근 꽃이 활짝 필 거라며 잔뜩 기대에 부풀어 있었다. 그런데 맙소사! 병 세척솔 모양의 줄기에 보라색 작은 꽃잎들이 눈송이처럼 붙어 반갑게 인사한다. 나는 재빨리 어색한 표정은 감추고 어정쩡하게 눈인사하고 말았다.

"그런데… 야! 넌 누구니?"

자신을 소개하려다 이름을 묻는 내 질문에 도리어 의아한 표정으로 머뭇거린다.

"내 이름은, 내 이름은…."

2년 전 가을, 남편은 이웃집 화단에서 받아온 꽃씨를 봉투에 넣고 동그란 꽃 모양을 그려 두었다. 그리고 인터넷 검색창에 '야구공 모양의 보랏빛 꽃'이라고 입력해서 알아낸 꽃 이름이 알륨이었다. 남편은 보랏빛 꽃송이에 마음을 빼앗겨 곁에 있던 다른 씨앗을 알륨으로 기억했던 것이다. 이름이 달리 기억된 그 꽃은 매우 억울했겠다.

감정적 진술

이렇게 남편처럼 강렬한 느낌의 영향을 받아 사실을 다르게 기억하는 것을 '감정적 진술'이라고 한다. 알륨은 남편과 저녁 산책을 하면서 아버지의 등에 대해 이야기해 주던 한 내담자 부부를 생각나게 했다. 아내는 자신의 아버지는 외동딸인 자신에게 무척 귀여워해 주시고 사랑을 듬뿍 주었다고 한다. 하지만 술과 가정에 대한 소홀함 때문에 엄마 속을 무던히도 썩였다고 한다. 반면에 남편은 장인어른에 대해 무섭고 엄한 분으로 회상했다.

이들 부부에게는 네 자녀가 있었고, 집안일은 늘 산더미였다. 아내는 오직 직장 일에만 시간과 정성을 쏟는 남편에 대한 불만과 원망이 극도로 폭발해 상담을 신청하게 되었다. 남편은 예전 같지 않은 아내의 날카로워진 고함 소리와 이혼을 결심한 듯한 싸늘한 말투에 상담을 거부할 수 없었다. 가시방석 같았던 상담 자리가 조금은 익숙하고 편해질 무렵 서로의 오래된 어릴 적 기억을 통해 깊은 아픔을 이해하는 시간을 가졌다. 아내가 빛바랜 기억을 더듬으며 입을 열었다.

"제가 대여섯 살 때 손을 다쳤어요. 다친 손에서 피가 멈추질 않는 거예요. 그때 기억에 아버지는 저를 업고 멀리 떨어진 읍내 병원으로 정신없이 달려갔어요. 등에 업힌 내 손에서 뚝뚝 떨어지는 피가 아버지 옷 여기저기에 묻는데도 개의치 않고 계속 뛰시던 아버지가 생각나요. 무엇보다 그때 내 가슴이 닿았던 아버지의 등은 따뜻했어요. 아버지는 나를 참 사랑했어요."

오래된 기억의 방

왜 아내는 유독 이 사건을 생생하게 기억하는 걸까? 기억은 수많은 사건 속에서 현재 또는 앞으로 사용하기 위해 정보를 저장하는 과정의 결과물이다. 중요한 물건을 소중하게 간직하는 것과 같이 기억도 중요한 것은 더 소중히, 더 깊이 저장한다. 상담가들은 내담자들에게 생애 최초의 기억이나 반복되는 기억이 무엇인지 묻곤 한다. 그들은 어렵지 않게 기억의 방에서 서너 살, 아니면 대여섯의 기억이라며 빛바랜 낡은 사진첩에서 이야기를 꺼낸다.

심리학에서는 만 3~4세 이전에 자신에게 어떤 일이 일어났었는지 회상하지 못하는 현상을 '유년기 기억상실'이라고 한다. 그런데도 한두 개 정도의 오랜 기억이 남아 있다는 것은 그 경험을 잊지 않기 위해 반복해서 기억의 방에서 꺼내 보았다는 뜻이다. 행복했던 일이든, 아픈 일이든 오래된 기억에는 많은 것을 담고 있다.

나의 오래된 기억의 방에는 어떤 사진이 걸려 있을까? 문득 엄마의 시루떡이 떠오르면서 남편의 말이 내 마음을 싸하게 두드린다.

"당신은 내가 전지전능한 사람인 줄 아나 봐!"

그 말에 큰소리 내어 웃었지만, 왠지 뒷덜미가 불편했다.

"맞네! 내가 그렇지? 당신은 내가 만능 해결사에다 집안일도 만능 재주꾼이길 바라지. 바로바로 해결 못 해 주면 눈을 흘기곤 하잖아?"

순간 살짝 서럽기도 했다. 친정엄마에게 실망스럽기도 하고 슬슬 마음이 불편하고 복잡해지기까지 했다. 남편은 내 친정엄마가 아니고 엄마도 전지전능한 사람이 아닌데도 입이 댓 발 나왔던 어린 시절의 울분이 방향을 잃고 엉뚱하게 남편에게 옮겨붙곤 했다.

밭일로 늘 바쁜 엄마 곁에 찰싹 달라붙어 떼쓰던 여러 장의 사진이 내 한숨 소리에 한 장 한 장 넘어간다. 정란이, 효순이가 입은 꽃무늬 바지 좀 사 달라, 소풍 가는 날에는 선생님 도시락까지 싸 달라, 생일에 영미랑 옥란이랑 나눠 먹을 찹쌀 시루떡을 해 달라 등 엄마에게 유독 요구가 많았다. 그런데 왜 나는 엄마의 시루떡만 노란 액자에 담았을까? 원하는

것이 거절될 때마다 부엌에서 시루떡을 안치던 엄마의 뒷모습을 떠올렸던 게 아닐까? 또 엄마에 대한 야속함과 원망은 시루떡 뒤로 애써 밀쳐 두었다가 남편에게 신이 되어 달라고 억지를 부렸다.

'여보 미안!'

아버지의 등

그녀는 손에서 피가 흐르는 위기 상황임에도 따스한 아버지 등에 업혀서 보호받는다는 안도감으로 사랑받았다는 느낌이 뜨거웠던 것이다. 아버지에 대한 또 다른 기억과 감정을 묻자 갑자기 흐느껴 울기 시작했다. 아버지의 따스한 등은 그때가 처음이자 마지막이었다. 아버지의 자상한 말씀을 듣고 싶고 따스한 등에 업히고 싶은데 아버지는 늘 멀리 있었다. 아버지의 등 뒤로 밀쳐 두었던 서운함을 알아차리는 순간 서러움이 북받쳤다.

"저는 아버지의 사랑을 듬뿍 받았다고 믿고 있었는데, 그렇지 않았네요. 아버지는 내 앞에서 엄마와 참 많이 싸우셨어요. 어린 내가 겁에 질려 오들오들 떨고 있는데도 말이에요."

감정이 때로는 경험을 착색하거나 덧칠하거나 콜라주하기도 한다. 또 인간은 받아들이기 힘든 경험을 괜찮은 기억으로 바꿔 놓기도 한다. 동화책을 좋아하는 시기의 어린아이들은 현실과 상상을 구분하지 못하는 경우가 많다. 아내는 사랑을 듬뿍 받았다고 기억했지만, 사실은 사랑에 대한 목마름이었다. 목을 길게 빼고 아버지로부터 오지 않는 사랑을 남편에게 기대했지만, 늘 빗나갔다. 좀 더 열심히 살면, 좀 더 남편을 챙겨 주면 사랑이 돌아올 것이라 믿고 매일 남편의 도시락을 싸면서 견뎠는데, 결국 기다림에 지쳐서 폭발한 것이다. 한 번 폭발하더니 이후로는 자동적으로 종종 폭발했다.

다시는 등을 내 주지 않았던 아버지, 그렇지만 차마 미워할 수 없었던 아버지를 향한 서운함과 서러움이 원망이 되어 남편에게로 향했다. 남편이 자신을 사랑하지 않은 것도 아닌데, 참 성실한 남편인데도 밉게만 보였다. 아내는 아버지의 등을 기억하는 이유를 알았으니 더 이상 따스한 아버지의 등에 업힐 수 없다 해도 남편에게 아버지 몫까지 사랑해 달라고 떼쓰지 않을 것이라고 했다. 남편이 아버지의 등을 대신해 주길 바라는 기다림은 여전히 있지만, 남편을 원망하지 않을 것이라고 했다.

나의 남편에게 있어 오래된 기억은 어머니 등에 업혀 외가에 갔다가 길을 잃고 울면서 어머니를 찾았던 사건이라고 한다. 당시 모처럼 친정을 찾은 시어머니는 부엌에서 친정어머니의 저녁 준비를 도우셨는지, 아니면 고향의 옛 친구들과 땡초 맹고추의 경남 방언보다 맵다는 시집살이의 서러움을 나누셨을까? 훗날 어머니에게 여쭤보았는데 시어머니는 전혀 기억이 없으셨다. 남편은 그때 어머니를 찾아 돌아다닌 외가 마을의 우물, 우물가에 있던 버드나무, 돌담길의 색깔, 외가의 대청마루, 해가 기울어 어둑어둑해지고 스산한 마을 분위기, 흐렸던 그날의 날씨까지 정확하게 기억하고 있었다.

그날의 일은 남편에게 잊지 못할 사건이었기에 수십 년이 지난 지금도 사진처럼 기억하고 있다. 낯선 곳에서 울며 엄마를 찾아 헤매던 남편의 마음에 무엇이 담겼을까? 불안일까, 두려움일까? 아니면 버림받았다는 '유기공포fear of abandonment'일까? 해결되지 않았을 남편의 오래된 기억이 자신과 나를 힘들게 하지는 않았을까? 남편의 오래된 기억이 그에게 어떤 영향을 주었는지 분석해 보지 않아서 알 순 없지만, 헤어짐을 몹시 힘들어하는 건 그 영향 때문일 것이다. 남편은 열 살 때 도시로 전학하면서 어머니와 떨어져 살았다. 그 일은 이전에 어머니를 잃었던 사건과 연결되어 헤어짐을 더욱 힘들어하게 만들었다.

이 기회에 나도 기억의 방을 더 자세히 들여다보려 한다. 오래된 기억은 시루떡 사진인데, 이 사진보다 더 오래된 기억이 웅크리고 있을 것 같은 불안함이 살짝 밀려온다. 그럼에도 나의 기억의 방으로 들어가 보고 싶다. 내 모습 이대로 사랑하기 위해서! 혹 슬픈 전설 같은 이야기가 말을 걸어오고, 이름 모를 아픈 꽃이 자라고 있다 해도 그 이유를 찾아 슬프고 화나고 억울했던 나를 달래면 된다.

"그때 그렇게 슬펐구나! 많이 힘들었어?"

신비로운 기억의 방을 함께 들여다보기 위해 오늘도 상담실 문을 연다. 내담자의 오래된 기억의 방문이 다시 열리기를 기대하면서….

미나리와 다이어리 친구

이젠 나로 설 수 있어요, 상담 종결과 불안

어느 날 우연히 영화 「미나리」에 관한 유튜브 영상이 눈에 띄었다. 그 후 '미나리'란 단어만 보이면 재빠르게 마우스를 클릭하면서 「미나리」에 빠져들었다. 특히 이제 같이 늙어가는 윤여정 배우의 표정과 대사 하나하나에 피식피식 웃음이 났다. 촌스러운 할머니 패션은 더욱 친근하게 다가왔다. 영화 「미나리」만큼은 영화평론가들이 느끼지 못한 그 이상을 찾을 수 있을 것 같다. 감독이 이 영화에 담아낸 할머니의 마음, 그 이상으로 내 마음에 담겼기 때문이다. 작품이 작가의 손을 떠나는 순간 해석은 독자 몫이라는 말이 「미나리」에서는 쉽게 이해된다. 해석을 '저자의 죽음La mort de l'auteur'과 독자의 탄생으로 비유했던 문학비평가 롤랑 바르트Roland Barthes의 경지는 아니라 해도 말이다.

영화 속에는 이민자로 살아가는 내가 있고, 친정어머니가 있고, 우리 아들과 딸이 있었다. 내가 자라던 친정집 대문 앞으로 흐르는 실개천 가장자리에는 미나리가 늘 파릇파릇했다. 반찬이 부족한 날이면 어머니는 집 앞에서 자라는 미나리를 한 움큼 요리해서 반찬으로 내놓곤 하셨다.

지금 살고 있는 집 뒤뜰에도 미나리의 연한 줄기들이 뾰족뾰족 징검다리 걷듯 뻗치며 취나물과 땅 뺏기를 하고 있다. 미나리를 심으라고 주신 분도 미나리를 심겠냐고 묻지 않았고, 나 또한 왜 미나리를 옮겨 심어야 하는지 따지지 않았다. 영화가 나오기 전부터 미나리는 이미 미국에 살고 있는 한인들의 마음에도, 뒤뜰에도 자라고 있었다.

미나리와 취나물에게 서로 싸우지 말라 타이르고 달래 주는 사이 하루 종일 상담하면서 밀려왔던 파도로 출렁이던 내 마음도 이내 잔잔해진다. 한 줌 미나리를 잘라 부엌으로 돌아오면 금방 친정엄마의 부엌이된다. 미나리 향은 엄마의 치마폭에 담긴 고향의 맛으로 스며온다. 괜스레 하늘이 시리고 눈물이 핑 돌아 울적한 날에는 미나리 향과 어우러진새콤달콤한 홍어회를 버무린 후 밥 한 공기 뚝딱 해치우고 나면 마음은저녁노을처럼 평온해진다.

상담 종결과 불안

"선생님! 그래도… 제가 상담을 끝마치게 되네요. 그런데 혹시라도 도움이 필요할 때는 연락드려도 되는 거지요?"

코로나19가 시작된 이후 마음속으로 '다이어리 친구'라 부르던 내담자는 1년여 동안 성실하게 상담을 받았다. 동시에 대학에서의 마지막 학년을 마치고 원하던 대학원 입학도 결정되었다면서 흡족한 표정으로 상담 종결을 원했다. 이제 자신의 능력에 대해 자신감이 생겼고, 무엇보다 엄마와 얼굴을 마주 보고 앉아서 편하게 일상적인 이야기를 나누게 되었단다.

그녀는 어릴 때부터 시험 점수가 낮을 때마다 때리셨던 아빠, 앞으로도 대학원이나 취직까지 당신이 원하는 대로 하라고 명령하실 아빠, 생각만 해도 치가 떨리는 아빠에게 선언했다.

'아빠, 앞으로 대학원에 가면 아르바이트도 하고, 하고 싶은 일도 제가 결정해서 자유롭게 하고 싶어요.'

그렇게 카드 한 장 보내 놓고 마음 졸였는데, 아빠는 처음으로 비난하지 않았다고 한다.

"선생님, 언제부턴가 다이어리에 쓰는 내용이 달라져 가고 있어요. 저는 늘 슬프고 답답하고 우울한 사연들을 주로 쓴다고 했잖아요? 그런데 요즈음은 내가 예뻐 보이고, 노래도 잘하고, 글도 잘 쓰고, 엄마랑 쇼핑도 함께했다는 이야기들을 자연스럽게 쓰고 있어요. 그리고 SNS 친구들에게 유머러스하거나 가벼운 메시지를 부담 없이 보냈다는 내용도 적게 되고요. 신기해요!"

모니터에 비친 앳된 '다이어리 친구'는 엄마와 오랫동안 떨어져 있다가 함께 살게 되면서부터 함부로 취급당하는 서러움과 두려움 때문에 몹시 괴로워하고 있었다. 코로나19로 기숙사 문이 닫히게 되자 그나마 속마음을 털어놓을 친구마저 없어서 온라인 상으로 상담을 요청해 왔다. 부모의 결정에 떠밀려 갑자기 유학을 오게 되면서 학교 친구도, 마을 친구도, 어린 시절도 모두 남겨 놓고 조국을 떠나왔다. 어릴 때부터 가슴을 후벼 파는 듯한 비난과 막말과 소름 돋는 말을 마구 쏟아내는 엄마의 가슴은 그녀에게 찬바람이 숭숭 나오는 얼음골이었다. 그런 엄마를 멀리 떠나 미국으로 왔지만, 엄마의 목소리가 지구 반대편까지 따라와서 그녀를 힘들게 했다. 미국 어디에도 마음 둘 곳 없었던 다이어리 친구는 그동안 하고 싶었던 이야기 마음껏 쏟아내고 추스르면서 이제 상담 모니터를 떠나려고 한다. 아직은 좀 불안하지만 홀로 서려고 한다.

상담 종결은 상담 목표가 달성되었다고 판단될 때 상담가나 내담자가 종결을 제안할 수 있다. 상담가는 종결 상담을 하면서 내담자가 자신의 감정을 담담하게 마주할 수 있고 연약함을 받아들일 뿐 아니라 주변 사람들과의 갈등 상황을 적절히 대처할 수 있고 스스로 위로할 수 있는지 확인한다. 또 종결 이후에도 도움이 필요한 경우 상담할 수 있음을 알려준다. 언제 어디서나 편하게 돌아갈 수 있는 마음의 고향이 만들어졌는지 살펴보는 과정이라 할 수 있겠다.

다이어리 친구의 종결 상담을 마치고 파일을 닫으려다가 한 문장을 덧붙였다.

'다이어리 친구는 미국에 오면서 미나리 씨조차 가져오지 못했다.'

상담을 통해 다이어리 친구와 함께 미국 땅에 미나리밭, 곧 마음의 고향을 만들었다. 다이어리 친구와 헤어지는 순간 종료 버튼을 누르려는데 싸한 통증이 살짝 가슴을 스치고 지나갔다. 떠나보내는 것은 시간이 지나도 익숙해지지 않는다. 뿌듯하고 대견스러워하면서도 아쉬움을 달래는 서로의 눈시울이 젖는다. 사랑의 결핍에는 떠나는 자와 떠나보내는 자의 몫이 늘 있다.

나는 충분히 사랑받았다는 느낌보다 결핍감 때문에 스스로에게 야박했다. 또 일에 대한 부담감이나 열등감에서 벗어나지 못하고 연약했기 때문에 이번에도 아무렇지 않을 리 없었다. 오래전 그때의 그 미어짐이 올라왔다. 내 허락도 없이 쑥 밀고 올라오는 그것, 잊고 있었던 그것을 다이어리 친구와 종결 상담을 하면서 다시 마주쳤다.

그럼요. 그렇고말고요

20여 년 전 상담가 훈련을 받으면서 처음 상담을 받고 종결할 즈음이었다. 헤어짐에 대한 복잡한 감정이 나를 마구 흔들어 놓았다. 불안이었을까? 아니, 슬픔이었다. 마지막 상담을 마치고 상담실을 나와 걸어가는데 맥이 풀리고 모든 것이 정지된 듯 멍했다. 그동안의 상처를 다독여서 떠나보내고 이만하면 됐다 싶었다. 그런데 내 입으로 당차게 말해 놓고서는 홀로라는 느낌에 살짝 당황했다.

"선생님, 필요하면 찾아와도 되지요?"

"그럼요. 그렇고말고요."

힘들 때 돌아오라는 말씀이 따스한 봄기운과 함께 내 마음을 토닥여 주었다.

신금재 시인에게도 미나리는 고향이었나 보다.

풀숲이라도 오케이

뿌리내릴 곳 찾아서

붉은 향 전하면

그곳이 내 고향

낯선 땅에 갑자기 던져진 다이어리 친구에게 상담실은 엄마의 품 같 았으리라. 곧 미나리밭이 있는 고향이었다. 아니면 살구꽃 피던 고향이 었나? 막상 상담실을 떠나려니 조금은 불안해서 언제든지 찾아올 수 있 다는 확답을 듣고 싶었나 보다. 상담을 종결하려고 할 때는 마치 고향을 떠나는 것 같은 불안이 밀려온다. 상담에서 다루는 많은 문제는 대부분 어린 시절 어머니의 품이나 고향에서 만들어졌기 때문이다. 고향 같은 상담실에서 아픔이 녹았는데 상담실을 떠나면 다시 아픔으로 덧칠된 옛 날로 돌아갈 수도 있겠다는 불안이 찾아올 가능성이 있다. 아픔을 오래 기억하는 것은 아픔을 되풀이하지 않으려고 저장한 것이라 쉽게 떠나지 않는다.

"언제든지 찾아와도 되지요? 언제든지 찾아와도 되지요?"

힘 있게 말하지만 불안한 기색이 실려 있다.

"그럼요. 그렇고말고요."

다이어리 친구의 불안을 잠재우려고 나도 힘 있게 되풀이한다.

"그렇고말고요."

그렇게 또 한 명의 상담 친구가 어머니 품으로 돌아갈 준비를 마쳤다.

'엄마, 그때 왜 그러셨어요? 엄마가 찬바람 나게 대할 때 얼마나 무서 웠는지 아세요? 낯선 땅에서 위로받고 평안을 찾을 수 있는 곳이 엄마 품밖에 없었는데, 그럴 수 없어서 무섭고 불안했어요.'

아직은 긴장하겠지만 못다 한 아픔을 하나하나 엄마와 나눌 준비가 되었다.

마침내 상담실 텃밭을 어머니의 텃밭으로 완성했다. 고추, 호박, 오이, 상추, 부추로 시작한 상담실 텃밭에 미나리가 추가되었다. 아직 어머니의 텃밭, 고향 마을의 인심에서 부족한 게 무엇일까? 마늘? 가지? 빠진 것이 떠오를 때마다 심고 싶다. 이렇게 텃밭은 내가 어려서 받았던 상처와 아픔을 치유해 주는 고향이 되고, 나와 내담자를 치유하는 힘을 얻는 곳이 되었다. 늘 그 자리에서 두 팔 벌리고 있는 고향 같은 상담실, 미나리밭 같은 상담실을 꿈꾸며 상담실 문을 연다. 미나리를 화분에 심어 상담실에 놓을 수 없을까? 화분에 심은 미나리를 보고 내담자들이 이상한 상담가로 취급하지는 않겠지?

그러면 안 되지! 라포rapport, 상담이나 교육을 위한 전제로 신뢰와 친근감으로 이루어진 인간관계가 우선인데 이상한 상담가 취급받으면 안 되지. 나는 인정받는 상담가여야 하는데, 그러면 안 되지! 인정받고 싶어 하는 나의 욕구가 하지 말라고 한다. 다이어리 친구의 종결 상담 일지를 정리하고 나서 미나리 향 나는 천연향 주머니를 찾아봐야겠다.

동치미와 수다가 무르익는 순님이네 안방

모빌 같은 감정 공동체, 정신역동

바쁘게 출근하는 날에는 차에서 먹을 찐 고구마와 삶은 달걀, 그리고 사과를 챙긴다. 천천히 먹으라는 남편의 말이 떨어지기도 전에 고구마를 한 입 베어 꿀꺽 삼키다가 가슴을 탁탁 치며 진땀을 뺀다.

"조심하라고 했잖아! 어린애도 아니고, 매번 왜 그래!"

어김없이 남편의 핀잔이 녹음기를 튼 것처럼 들려왔는데, 요즘에는 고장 났는지 좀 잠잠하다. 한심하다고 말하지 않는 것만으로도 얼마나 다행인가! 내일이면 또 고구마와 달걀을 먹다가 가슴을 탁탁 칠 테지만, 그때는 그때고 다시 달걀을 한 입 베어 먹는다.

이럴 때면 어린 시절 자주 먹었던 살얼음 조각이 떠워진 동치미 국물이 눈앞에서 아른거린다. 겨울 밥상 위에 늘 오르던 동치미는 매서운 겨울 김장독에서 막 꺼낸 뒤 놋 사발에 담아 놓으면 밥상 위에서 미끄럼을 타곤 했다. 아삭아삭한 무와 시원한 국물보다는 동치미에 떠워진 살얼음을 씹는 재미에 부엌에서 알짱거리곤 했다. 고구마 한입 물었다가 아침부터 엄마표 동치미가 그리워서 다시 목이 멘다.

아버지는 엄마가 동네 마실가는 것을 못마땅해하셨다. 오일장도 꼭 당신이 가야 했고, 심지어 엄마가 친정에 가는 것마저 싫어하셨다. 엄마를 힘들게 하는 아버지에게 따지고 싶어도 엄마에게 불똥이 튈까 봐 입을 다물곤 했다. 아버지는 겨울 밥상에 놓인 동치미 국물 한 숟가락을 시작으로 식사를 하셨다. 엄마가 만든 반찬이 가장 입에 맞다 하면서도 가끔 밥상머리에서 엄마에게 면박을 주셨다. 속상한 엄마는 물을 떠 오겠다며 식사하다 말고 나가서 당신만의 공간인 부엌에서 분을 삭이셨다.

우리 자매들은 눈치를 보면서 애꿎게 밥에게 분풀이하다가 후다닥 먹고 도망치듯 자리를 떴다. 그런 일이 반복되면서 목소리 큰 아버지에게 점점 마음 문을 닫아 버렸고, 힘없이 당하기만 하는 엄마에게서도 멀어져갔다. 그 시절에 억압했던 분노와 함께 엄마에 대한 미안함이 달리는 차 속을 무겁게 채운다. 딸들에게 괜히 화가 미칠까 봐 마음 졸이며 참으셨을 엄마 생각에 출근길에 목이 멘다. 고구마 먹다 목이 멘 이유는 다른데 신기하게 엄마가 그리워 목이 멘다.

'엄마 미안해. 그리고 고마워.'

마음이 풀리는 사랑방

찐 고구마와 동치미를 쟁반 위에 올려놓고 딸들과 빙 둘러앉을 때면 엄마의 가슴앓이와 고단함도 잠시 가벼워지셨던 모양이다. 동치미 무를 사각사각 썹는 소리가 주는 평안에 용기를 얻어 언니들은 아버지에 대한 원망을 한마디씩 하곤 했다. 엄마를 위로한답시고 앞다투어 원망하다 보면 괜스레 힘들게 바깥일을 하고 들어오시는 아버지 보기가 민망스러울 때도 있었다. 아버지의 면박과 간섭에 마음 상한 엄마와 우리 자매들은 고구마와 동치미를 껴안고 움츠러들기 쉬운 겨울을 보내곤 했다. 어린 내 입맛엔 동치미가 그저 차고 시큼했을 뿐이지만, 동치미가 없었다면 한겨울 엄마의 마음은 더 추웠을 것이고 우리 집 안방은 참 서먹했을 것이다.

집안 가득한 무거운 기운을 피해 사립문을 밀치고 나가보지만, 기다리는 것은 손등이 쩍쩍 갈라지는 칼바람이었다. 아무런 약속이 없어도 이내 양지바른 처마 밑으로 하나둘씩 친구들이 모여든다. 그렇게 해 바라기가 무료해질 즈음 한 친구의 집으로 우르르 몰려갔다.

"배고프지?"

친구 어머니가 고구마와 동치미 그릇을 방 가운데에 갖다 놓으면 아이들은 전리품이라도 얻은 양 빙 둘러앉는다. 어린 꼬맹이들도 고구마와 동

치미가 자리를 깔아주면 토막토막 두서없는 이야기로 짧은 겨울 오후를 보내곤 했다. 소심했던 나는 속상한 일들을 꺼내지도 못하고 친구 방을 나와 터벅터벅 집으로 향했다. 동치미에도 열리지 않았던 내 입은 세월이 참 많이 흐른 후에 상담 공부를 하면서 비로소 빗장이 풀렸다.

겨우내 동네 아낙네들이 모이는 순님이네 안방에도 늘 동치미가 한가운데 자리 잡았다. 둥그렇게 앉으면 누가 먼저랄 것 없이 별일 아닌데 시시덕거리고, 고달픈 시집살이에 울먹이고, 때로는 거친 말도 서슴없이 나왔다. 속 썩이는 남편, 늘 못마땅해하는 시어머니, 못난 아들, 영 못마땅한 며느리, 백년손님 사위까지 흉보느라 입이 마르고 속이 타면 동치미 한 모금을 들이킨다. 누가 가르쳐 주지 않아도 '수다'라는 이름으로 풀리는 응어리, 누군가 면죄부를 주지 않아도 용서되는 한풀이를 하느라 시골 마을의 겨울 해는 짧다.

서산에 해가 뉘엿뉘엿 넘어갈 무렵이면 아직 시집살이의 매운맛을 모르는 새댁 같은 밝은 표정으로 아낙네들이 순님이네 안방을 나선다. 가슴 깊이 자리 잡아 시작도 못한 진짜 사연들은 '또 보자'라는 말에 희망을 걸고 제각기 자기들의 영토인 부엌으로 달려간다. 그렇게 동치미와 수다가 함께 무르익으면서 엄마의 속은 풀리고, 아낙네들의 한恨은 한숨과 함께 날아간다. 어린애들은 겨울 방학 숙제도 잊은 채 긴 겨울을 하루 같이 보냈다.

이처럼 겨울철에는 동치미를 중심으로 삥 둘러앉으면 자연스레 또래 그룹이 만들어진다. 입심이 센 사람이 소리꾼이 되고 옆 사람이 추임새를 넣으면 마음과 마음이 만나 역동이 일어난다. 때로는 마음과 마음이 부딪치면서 감정이 상해 팽하니 집으로 가는 일도 있지만, 작은 시골 마을에서 마땅히 갈 곳은 없다. 다시 돌아와 멋쩍게 헛기침 한두 번 하고 둘러앉은 이들 틈에 비집고 앉아 다시 이야기에 끼어들다 보면 대부분 해가 지기 전에 상한 감정은 풀린다. 이때에도 동치미가 한몫한다. 답답한 속을 알아주는 상담가처럼 장독대에서 퍼온 동치미는 답답한 가슴까지 시원케 한다. 시원한 입에 시원한 마음이 담긴다.

정신역동

상담가가 따로 없지만 이런 형태의 만남을 집단 상담group counseling이라고 부르고 싶다. 상담학 박사인 이장호는 집단 상담에 대해 다음과 같이 이야기한다.

어떤 문제로 어려움을 겪는 사람이 자기 혼자만 겪는 게 아니라는 점을 이해하고, 다른 참여자들을 이해하고 수용하면서 도와줄 수 있다는 것이 장점이다. 또 자기 자신과 타인에 관한 솔직한 느낌을 나눔으로써 자신과 타인을 더 이해하게 되고 수용하게 된다는 것 등을 터득할 수 있다. 그래서 내담자들은 개인 상담보다 집단 상담을 더 쉽게 받아들이는 경향이 있다. 즉 참여자들은 개인적인 조언을 거부하거나 저항하기도 하지만, 동료들의 집단적인 공통의견에 대해서는 더 잘 받아들인다.

'나도 그랬어!'

'나만 힘든 게 아니구나!'

과부 심정 과부가 안다고 집단 상담은 마치 동치미를 가운데 두고 둘러앉은 여인네들이나 남정네들처럼 비교적 쉽게 자기를 드러내며 모임이 활성화된다.

그러면 집단 상담이 안방에서 동치미 맛을 빌어 풀었던 넋두리나 제과점에서 커피 향과 더불어 나누었던 수다 수준을 넘을 수 있을까? 나는 남편과 함께 10여 년 전부터 마음 깊은 곳까지 자신을 돌아보게 하는 '가족 관계감정 훈련' 프로그램을 만들어 인도하고 있다.

이 프로그램은 가족의 역기능적인 감정에 매여 고통당하는 이들이 감정 덩어리로부터 벗어나 자기를 찾아가도록 인도하는 집단 상담 성격의 프로그램이다. 처음 만난 참가자들이지만 각자 한마디씩 하다 보면 순님이네 안방 이상으로 정신역동psychodynamic, 精神力動이 잘 일어난다. 가족 관계에서 경험한 아픈 사연들을 서로 귀담아 들어주고, 고개를 끄덕여 주고, 같이 눈물을 흘리고, 격려해 주면서 얼어붙었던 마음이 풀리고 안도감을 느낀다. 깊고 고통스러웠던 사연을 나눌 때 말 속에 묻어 있던 감정이 뜨거운 눈물로, 떨리는 목소리로, 상기된 얼굴로, 빨라지는 호흡으로 다양하게 표출된다.

나만 힘든 게 아니구나!

"그래요. 빛과그림자 참가자의 별명 님의 이야기가 내 이야기네요. 자작나무 참가자의 별명 님의 느낌이 내 느낌이기도 하고요. 나만 힘들었던 게 아니었네요. 내 남편만 벽창호인 줄 알았어요. 내 아버지만…, 내 어머니만…, 내 시어머니만 유독….'

이럴 때면 나는 더 깊은 이야기를 끌어내는 동치미가 된다. 차가운 여자, 그렇지만 시원한 여자! 어찌, 좀 쑥스럽다.

"이 자리는 어떤 말을 해도 비밀 보장이 되는 거지요?"

한 참가자가 꾹꾹 참았던 눈물을 왈칵 쏟아낸다.

"저는 외로울 때가 많아요. 저를 아는 사람들은 이런 말 하면 믿지 않을 거예요. 혼자 있을 때는 쓸쓸해서 자꾸 먹게 되고, 먹다 보면 자꾸 짜증 나고, 화가 치밀어서 끝내는 아이들에게 버럭 소리를 지르고 남편에게 쏘아붙이게 돼요. 다들 부모님 이야기를 빠뜨리지 않고 하니까 저도 해야 할 것만 같네요. 우리 엄마는 어릴 때 병으로 일찍 돌아가셨어요. 그래서 시골에서 할머니와 단둘이 오랫동안 살았어요. 학교에 갔다 오면 혼자 집에 있기가 무서웠지요. 할머니는 늘 일하러 나갔다가 늦게 들어오셨거든요. 아버지는 새엄마와 동생이랑 도시에서 살았지만, 버럭버럭 화만 내시는 아버지가 너무 싫고 무서워서 같이 살고 싶지 않았는데 다행이었다 싶어요. 자존심 때문에 누구하고도 나누지 않았던 이야기를 이 자리에서 하게 될 줄 몰랐어요. 지인의 권유로 마지못해 참석했기에 처음에는 몇 번이고 자리를 뜨고 싶었어요."

그런데 리더를 중심으로 둘러앉으면 귀가 솔깃해지고, 가슴이 두근거렸단다. 그렇게 참가자들의 이야기 속에 점점 빠져들다 보니 자신도 모르게 말문이 터지게 된 것이다. 자기의 말에 귀를 기울여 주는 참가자 한 사람 한 사람이 편하게 느껴지면서 이 프로그램을 신뢰하게 되었기 때문이다.

순님이네 안방처럼 '가족 관계감정 훈련'을 통해 긴 세월 굳어진 응어리가 풀어진다. 서로 나누고 격려하면서 원망했던 이들을 이해하고 수용하고, 결국에는 사랑하는 힘을 갖게 된다. 그런데 진행할 때마다 내가 동치미처럼 참가자들을 단번에 뼛속까지 시원케 하는 노련한 리더가 될 수 있을지 묻곤 한다. 앞으로는 겨울이 오기 전에 나의 부족을 채워 줄 동치미를 준비해야겠다.

"여보, 올가을에는 동치미 담아 땅에 묻어요!"

누가 과꽃의 미소를 아시나요?

나로 살고 싶다, 개성화

연보라, 진보라, 연분홍, 진분홍, 진홍 그리고 하양! 하나, 둘, 셋, 넷, 다섯, 여섯… 행여나 또 다른 색깔이 있나 싶어 다시 하나하나 살피며 꽃밭을 돌아본다. 봄에 뿌린 씨앗은 모두 옅은 갈색이었는데, 이렇게 자기만의 고유한 빛깔로 피어나다니! 늦여름부터 초가을 앞뒤 뜰을 수놓은 과꽃의 하늘거림이 발길을 멈추게 한다. 버찌 나뭇가지 위에 앉아 노래하는 새들에게 뒤질세라 재잘거리던 아침 이슬을 머금은 청초하고 영롱한 꽃송이들이 고개를 쑥 내민다. 출근하는 발소리에 이내 조용해지더니 여기저기서 생글생글 아침 인사를 한다. 서로 먼저 눈 맞추려고 꼰지발을 딛고 '여기!' '여기!' '나도!' 하고 소리친다.

출근길이 바빠 애써 외면하고 가려는데 가장 먼저 피어 관심과 사랑을 받고 있는 진보라 꽃잎이 재빨리 내 손목을 붙든다. 더 고운 색깔로 보이고 싶어 이른 새벽부터 열심히 치장하고 기다린 연분홍, 진홍, 보라 꽃! 그리고 다른 친구들도 자기 먼저 봐달란다. 자기네들끼리 잘 보이는 곳을 차지하려고 다투다 토라졌던 사연들과 집이 답답해서 지난밤 가출한 사춘기 라쿤 형제의 하소연도 들려줄 테니 잠시 귀를 기울여 달라고 한다. 하지만 저녁 퇴근길에 보자고 손 흔들며 겨우 뿌리치고 서둘러 돌아선다.

언 땅이 녹을 즈음에 뿌렸던 씨앗들이 움을 틔우고 파릇파릇 키 재기를 하더니 어느새 자신만의 색깔로 피어나서 많은 이야기를 간직하다니! 아침부터 싱그러운 뿌듯함이 목 언저리부터 얼굴로 확 달아오르면서 살짝 눈가에 이슬이 맺힌다.

개성화

힘겹게 상담실 문을 열던 한 중년 여성의 얼굴이 과꽃 송이에 실려 오늘은 사르르 진보랏빛 미소가 된다. 선선한 초가을 아침 바람이 그녀의 사연을 싣고 와서 슬며시 놓고 간다. 그녀의 떨리는 하소연이 바래고 멍든 빛깔로 들려 온다.

"아버지에 대한 불만은 없어요. 사랑도, 이해도 그런대로 받은 것 같아요. 그러나 엄마는 아니에요. 엄마는 저를 무척 힘들게 했어요. 어려서부터 유난히 무용하고 노래하고 그림 그리는 것을 좋아하는 제게 빈정거리면서 악담을 하셨어요. '신세 망치려고 여자가 노래하냐? 그 웃음으로 남자들 홀릴래? 도대체 뭐가 되려고 춤추고 난리야! 환쟁이 되려면 죽어 버려!' 말끝마다 내 가슴을 후벼 파는 욕설! 정말이지, 그 욕설을 들을 때마다 내 자존감은 발로 짓이겨 바닥에 패대기를 당했어요. 저는 세상에서 가장 몹쓸 자식이고, 아무것도 할 줄 모르는 형편없는 사람이라고 생각하며 자랐던 것 같아요. 그러면서 재미없는 국영수 학원만 억지로 다녀야 했고, 어렵사리 유학 와서는 마음에 드는 남자를 만나 도망치듯 결혼했고요. 그런데 더 고달프고 불행한 삶에 점점 빠져들고 있어요. 하루가 멀다고 남편과의 갈등이 심해지고, 아이들에게 친정엄마 못지않게 화내는 저 자신을 보면서 놀라고 두려워서 견딜 수 없었어요."

봄에 시작된 상담은 가을이 깊어질 때쯤 엄마를 조금씩 이해하면서부터 변화가 찾아왔다. 외할아버지는 시와 그림, 노래와 춤을 좋아하시는 한량이었다. 그런데 풍류를 즐기다 한 여인과 눈이 맞아 외할머니와 자식들은 뒷전이 되었고, 이로 인해 엄마의 상처는 깊을 수밖에 없었다. 엄마의 마음에 춤과 노래와 예술은 가정을 파괴하는 몹쓸 짓으로 각인되었던 것이다.

해맑은 아이가 좋아서 노래하고 신나서 무용하는 모습에서 아버지가 보여 참을 수 없었다. 엄마는 자신의 상처가 너무 아파서 딸의 보석 같은 재능을 비난과 저주로 짓밟았던 것이다. 결국 엄마의 분노에 기가 죽어 하늘이 자기에게 준 자기로 자라지 못하고 엄마의 기대에 부응하기 위해 몸부림치다 좌절과 자기 비하와 분노만 키우고 말았다. 그 분노가 남편과 아이들에게 옮겨붙었음을 이제야 깨닫게 되자 앙칼진 목소리가 조금씩 잦아들고 이전에 느끼지 못했던 따스함과 평화로움도 조금씩 되살아나기 시작했다.

세상에는 나 자신을 포함해 자기의 생각과 다른 것을 봐주지 못하는 엄마들이, 아이들의 끼를 이해하지 못하는 엄마들이 많다. 스위스의 정신과 의사이자 분석심리학자 칼 융Carl Gustav Jung의 심리학 유형론에 등장한 '개성화individuation, 個性化'라는 용어를 과꽃이 다시 일깨운다. 개성화란 한 사람이 자신의 전인적인 자아상을 깨달아가는 과정이다. 자기의 무의식 속에 잠자고 있는 많은 바람과 욕망, 아픔과 슬픔과 상처를 전부 의식으로 끌어올려 의식과 함께 어울릴 때까지 평생에 걸쳐 계속되는 내면의 탐색과 사고, 느낌의 수용 과정이다.

즉 인간의 무의식에는 자신의 총체적인 인간상에 대한 청사진이 있는데, 개성화란 그 청사진을 실현하는 길이다. 과꽃 송이들은 그 청사진으로 자기만의 모양과 빛깔을 드러내며 당당하게 살고 있는데, 나는 그렇지 못했다. 과꽃은 더 크고, 더 정교한 문양과 다채로운 색깔을 가진 달리아dahlia를 부러워하지 않는데, 아버지들의 마음에는 달리아만 보이는가 보다.

오래전 개성화라는 의미가 내게 와 닿았을 때의 느낌은 흥분과 가슴 콩닥거림이었다. 그때 서러움과 슬픔이 울컥 올라왔다. 사십 중반에 이르렀는데, 이제 나만의 인생을 어떤 빛깔로 살아내야 할지 막막했다. 그저 다른 사람에 뒤처질까, 다르면 놀림 받을까, 다른 사람을 이길 수 없을까 봐 마음 졸이며 살아왔다. 그런데 이제 와서 나로 살라고 하니 앞이 캄캄했다! '나는 나로서 충분하다. 나는 네가 아니야!'라고 외칠 수 있는 자신감도 떨어져 있었다.

지금까지 친정아버지의 반복되는 훈계와 생존하기 위해 환경에 최적

화된 삶을 살아온 느낌이었다. '공부 잘해라' '훌륭한 사람이 되어야 한다' '아버지 체면 깎지 마라'라는 훈계를 귀에 못이 박히도록 들었다. 아버지는 내게 '네가 하고 싶은 게 뭐냐'라고 먼저 물으신 적이 없었다. 고등학교 입학도 당신 마음대로 결정했으니 아버지 뜻에 맞춰 학교에 다닌 셈이다. 당연히 적성에 맞지 않았다. 내 몸이 맞지 않은 옷이었지만 아버지를 실망시키는 딸이 되지 않기 위해 열심히 노력해야만 했다.

마음이 '빛'깔

이른 가을바람에 일렁이는 과꽃 물결이 그동안 잊고 있었던 자아실현에 대한 용기를 다시 흔들어 깨운다. 이제 육십을 바라보는데 다시 한번 나를 깊게 아는 여행, 자아실현에 마침표를 찍기 위한 여행을 멈추지 말라고 「포카혼타스」 OST인 「바람의 빛깔Colors of the wind」이 과꽃 물결에 행진곡처럼 실려 온다.

늑대가 푸른 달을 향해 우는 소리를 들어보았나요?
아니면 싱긋 웃는 살쾡이에게 왜 웃냐고 물어보는 건요
산이 만들어 낸 소리에 맞춰 노래할 수 있나요?
바람의 빛깔로 그림을 그릴 수 있나요?

아이코, 어쩌나! 나는 늑대의 마음을 읽어보려 한 적이 없을 뿐더러

꿈에도 산이 노래를 한다고 생각지 못했다. 살쾡이가 웃다니, 바람에 빛깔이 있었던가? 나무와 바위 그리고 작은 새들조차 세상을 느낄 수 있다는데! 나는 아직 내 마음의 빛깔조차 몰라 속상하지만, 이제라도 라쿤이 가출한 사연을 듣기 위해 내 마음의 빛깔을 찾아보려고 한다.

아침저녁으로 과꽃에게 인사하지만, 과꽃이 나를 보고 어떤 마음으로 인사하는지 몰랐다. 과꽃이 바람에 맞추어 어떤 노래를 부르는지 알려 하지 않았다. 또 과꽃들이 웃는지 슬픈지 귀 기울이지도 않았다. 과꽃에 물을 주지만, 과꽃이 반기는지 싫어하는지 생각해 보지 않았다. 과꽃이 바람과 무슨 말을 주고받는지…. 과꽃이 달빛과 무슨 추억을 이야기하는지 묻지도 않았다.

그러고 보니 과꽃의 속내에 대해 아는 것도 없으면서 동요 「과꽃」을 흥얼거렸다. 과꽃 송이가 빚어내는 갖가지 청아한 색깔에 반해서 혼자 좋아하면서 과꽃에 내 느낌과 생각을 밀어 넣고 이러쿵저러쿵 떠벌려

온 것이다.

"꽃들아, 미안해. 너희 마음을 읽으려 하지 않아서 미안해. 너희 말에 귀 기울이지 않아서 미안해. 너희를 마음대로 판단해서 미안해."

새로 꾸민 상담센터로 향하는 어깨가 점점 무거워진다. 한철 사랑에 빠진 과꽃의 마음은 충분히 헤아리지 못할 수 있다. 하지만 배 아파 낳고 젖먹이고 걸음마를 가르치고 말을 가르치고 양육한 아이들이 무엇을 말하는지 깊이 느껴야 했다. 또 하늘이 디자인하여 내게 보낸 뜻을 유심히 살펴야 했지만, 그렇지 못했다. 세상이 원하는 빛깔 좋은 아이가 되라고 무언의 압박을 가하는 부모, 사랑이라는 이름으로 윽박지르는 부모가 나를 포함해서 얼마나 많은가! 자기만족을 위해서 다그치면서 또 얼마나 생색을 냈던가!

"다 너희를 위해서 그런 거야!"

나는 나고, 아이는 아이다. 아이는 결코 내가 될 수 없는데, 아이가 내 뜻대로 되길 얼마나 원했던가!

"엄마, 나는 엄마가 아니고 나야!"

"나답게 살고 싶어요. 내 안에 있는 하늘이 그려준 아름다운 내 미래의 모습을 봐주세요!"

"그래. 아이야, 미안하다. 이제라도 크게 외쳐라. 너를 마음껏 사랑하고, 너로 살아라!"

다양한 빛깔의 꽃송이들이 내게 맞장구를 친다.

'나는 연분홍이 사랑스러워.' '나는 나의 매혹적인 진분홍에 반할 것 같아.' '나는 노랑이 참 멋있더라.' '하얀 내 모습이 얼마나 순결하니?' '나는 고귀한 보라색이라는 게 자랑스러워.' '나는 푸른빛이 썩 맘에 들어.'

방탄소년단^{BTS}이 부른 노래 「IDOL」이 이제야 조금 들린다.

I know what I am

I do what I do

I never gon' change

You can't stop me lovin' myself

No more irony

I love myself

얼쑤 좋다 지화자 좋다

나도 아미^{A. R. M. Y, 팬덤명}가 되어 외친다.

"나도 내가 겁나게 좋다. 나도 옥순이가 솔찬히 자랑스럽다. 암만^{물론의 충청도 방언}, 좋다마다!"

친구야, 홍시는 보내지 마라

묶겨 다니는 감정, 감정전이

몇 년 전, 설을 앞둔 어느 날 한국에서 보낸 소포 하나가 도착했다. 40여 년 전 단발머리 중학교 시절, 기억도 가물가물한 같은 반 까까중 남학생이 보낸 곶감 상자였다. 그 후로도 미국에서 곶감 구경이나 하겠냐며 설마다 몇 년째 챙겨 보내준 곶감 덕에 세밑이 따스했다. 내가 곶감 좋아하는 줄 어떻게 알았을까? 혹 나를 짝사랑했었나? '짝사랑했었다'라고 쪽지 한 장 넣어 보내면 안 되나? 남편이 퉁명스럽게 한마디 한다.

'아마도….'

하얀 분을 뒤집어쓴 곶감, 말랑말랑하고 속까지 보일 듯 투명한 선홍의 유혹이 선악을 알게 하는 나무의 열매처럼 보암직도 하고 먹음직도 했다. 냉동실에 넣어 두고 한 개씩 꺼내 먹을 때마다 입안 가득한 깊은 단맛에 홍시에 얽힌 옛 추억들이 하나둘 고개를 든다. 내가 태어나기 전부터 우리 집 문지기처럼 서 있던 감나무가 이제야 기억해 내는 나에게 눈을 흘긴다. 치즈 먹더니 긴 세월 쌓았던 정까지 잊을 수 있느냐며 토라질 법도 한데, 이제라도 기억해 주어서 반갑다며 손을 내민다. 너는 늘 든든

한 내 편이었는데…. 미국 생활이 바쁘다고 너를 잊다니! 미안, 미안해!

홍시에 대한 아픈 추억

내 친구 감나무는 가끔 읍내 오일장에 가셨다가 약주 몇 잔에 비틀거리며 들어오시는 아버지의 기분을 가장 먼저 전해 주는 전령사이기도 했다.

'순아! 아버지 오신다~. 오늘 밤도 귀가 따가울 텐데, 그래도 어쩌겠니? 힘내라!'

스르르 감기는 눈을 비비면서도 녹음기처럼 반복되는 아버지의 훈계를 싫다는 말 한마디 못하고 끝까지 듣다가 지쳐 잠든 나를 감나무는 무척 안쓰러워했다. 감나무는 늘 아낌없이 마음을 주었지만, 내게 딱 2퍼센트 부족한 친구였다.

전날 밤 아버지 훈계 때문에 속상했던 마음을 달래려 새벽같이 일어나 감나무 밑을 살피면 까치가 시음한 홍시라도 한 개 떨어뜨려 줄 만한데 감나무는 아까워했다. 아버지는 곶감을 만든다며 홍시 되기 전에 노란빛 오른 감이 보일 때마다 따셨으니 내게 줄 홍시가 있을 리 만무했다. 그런 줄도 모르고 심통이 난 나는 친구 감나무를 뒤로하고 밤새 떨어진 홍시를 주우려고 이웃집 감나무 밑으로 달려갔다. 잠이 없으신 이웃집 할아버지도 아직 일어나지 않은 이른 새벽에 말랑말랑한 홍시 두어 개 주워 후루룩 삼키고 나면 까칠했던 입안은 물론, 상한 마음까지

달콤 시원해졌다. 홍시에 인색했던 우리 집 감나무로 인해 자주 먹어보지 못해 아쉬웠지만, 친구의 배려가 듬뿍 담긴 곶감조차 2퍼센트 부족한 홍시를 내 마음에서 온전히 밀어내지는 못했다.

홍시는 아름다운 추억과 함께 아픔도 생각나게 한다. 감나무에 보름달이 걸려 달그림자가 마당에 길게 드리우던 날, 장에서 돌아오시는 아버지의 비틀거리는 그림자는 종종 감나무 그림자와 겹치곤 했다. 마당에 널린 감꽃만큼이나 아버지의 훈계는 달이 기울 때까지 계속되어 방 안을 가득 채웠다. 하나도 버릴 것 없는 지당한 말씀인데, 공자 왈 맹자 왈뿐만 아니라 삼강오륜에다 여자애는 어찌해야 한다는 둥 당신이 졸려 무너질 때까지 계속되었다. 딸 여섯을 둔 아버지의 마음을 모르는 바 아니나 무척 지겨웠다.

예쁜 옷 안 사 줘도 되니 술만 안 드시고 돌아오길 바라던 어린 소녀의 소원은 달그림자와 함께 감나무에 걸려 하늘에 오르지 못했는지 오 일장이면 되풀이되곤 했다. 나보다 나이가 많은 감나무는 아버지의 바람과 자식 걱정, 그리고 고난의 시절을 살아오면서 겹겹이 쌓인 한이 무겹게 걸려 있어서 감을 많이 맺지 못했나 보다.

오래된 전설처럼, 때로는 돌에 새긴 금과옥조처럼 나는 술 좋아하는 모든 사람이 싫었다. 주당들은 도대체 왜 존재하는지 아무리 생각해도 이해할 수 없는 수수께끼였다. 아버지의 술 취한 모습에 실린 싫은 감정이 쌓이고 쌓여서 내 심연을 지배하는 감정이 되었다. 어려서부터 술 마시는 남자와 절대 결혼하지 않겠다고 다짐한 것도 그 때문이다. 그런데 유사하게 싫은 감정을 가진 내담자들을 자주 만나게 된다.

감정 전이

떼쓰는 아들만 보면 몹시 짜증 나고 화가 나서 아이를 거칠게 침대에 눕히곤 했다는 한 엄마를 상담하게 되었다. 수척하고 까칠한 모습이 매우 지쳐 보였다.

"저는요. 애들이 다 귀찮아요. 챙기고 싶지 않아요. 지치고 짜증 나게 하는 아들과 딸은 짐만 돼요. 더 기가 막히는 것은 딸보다 아들이 칭얼대고 짜증 내면 속이 더 뒤집어지고 화를 못 참겠어요. 더 열 내고 바락바락 소리 소리를 지르게 돼요. 내 인생을 비참하고 엉망으로 만들어 버리는 아들 같아요. 나도 모르게 별것도 아닌 일로 실컷 아들한테 화풀이하고 나면 내가 한심하고 점점 우울하고 불안해져요."

상담받는 동안 계속 만지작거리던 얼룩진 핸드백이 눈에 들어왔다. 저리 오래 묵은 때를 씻어내려면 길고 긴 만남이 이어져야 할 텐데 슬쩍 걱정이 앞섰다. 그녀는 넘어질 듯 포기할 듯 보였지만, 다행히 힘겹게 비틀거리면서도 상담을 이어갔다.

　그녀는 아들이 귀한 집에 딸로 태어나서 자식 취급도 제대로 받지 못해 외롭고 따돌림당하는 느낌이 컸다. 심지어 아들 쌍둥이가 있는 이웃집으로 보내려고 했다는 말을 들은 후로는 혹시나 남의 집으로 보내버릴까 봐 밖에 나가면 엄마 손을 절대 놓지 않았다. 설상가상으로 사춘기 때는 아버지가 외도를 해서 낳은 한 살짜리 남자아이를 집으로 데려오기도 했다. 하루아침에 7살 차이의 이복 남동생이 생긴 것이다. 친구들에게 창피한 것은 물론이고 놀아 달라고 칭얼댈 때면 어찌나 밉고 귀찮은지 밀쳐내고 싶은 적이 한두 번이 아니었다. 심지어 어린 동생을 혼자 바깥에 내버려 두고 방에 들어가 잠들어 버린 적도 있었다. 딸로 태어나서 남의 집에 보내질 뻔했던 불안함, 어린 동생한테 밀려난 느낌, 더불어 이복 남동생에 대한 창피하고 미운 감정이 깊이 숨어 있었다.

　게다가 언니와도 잘 어울리지 못하고 집안에서 항상 외톨이로 지냈던 어린 시절의 서러움도 고스란히 남아 있었다. 자신의 내면세계를 들여다보면서 딸보다 아들에게 심하게 화를 냈던 것의 실마리를 찾아가기 시작했다. 무엇보다도 떼쓰는 아들에 대한 극심한 분노는 이복동생에 대한 창피함과 참았던 화난 감정이 아들한테 옮겨붙은 것임을 알게 되었다.

이처럼 어떤 사람에 대한 감정이 다른 사람에게 옮겨붙는 것을 '전이 transference, 轉移'라고 한다. 상담에서 말하는 전이라는 용어는 내담자가 어린 시절에 부모를 비롯한 주요 인물들과의 관계에서 체험한 익숙해진 감정을 치료자에게 무의식적으로 옮겨 붙이는 심리적 작용을 말하는데, 일반적인 관계에서도 자주 사용한다. 전이는 우리 삶 속에서 빈번히 일어난다. 과거와 유사한 자극이 오면 자신도 모르는 무의식 속에서 과거 경험했던 강한 감정이 지금의 현실에 옮겨붙어 현실을 왜곡하여 느끼게 한다. 전이로 인해 '과거 그때'의 감정이 '지금 여기here & now'에서 되풀이되고 현재의 감정을 제대로 느끼지 못하게 만든다. '자라 보고 놀란 가슴 솥뚜껑 보고 놀란다' '불에 덴 강아지 반딧불에도 끙끙거린다'라는 속담은 전이 감정의 좋은 예다.

상담이 계속되면서 한없이 가라앉기만 하던 기운이 조금씩 올라온다며 아이들을 챙기기 시작했다. 지워 버리고 싶었던 경험을 이야기할 때는 더 우울해질 때도 있었지만, 입을 열어 말할 때마다 밀려오는 편안함은 늪에 묻혔던 얼굴이 위로 올라오는 느낌이라며 긴 숨을 몰아쉬었다. 떼쓰고 칭얼대는 이복동생에 대한 굳어진 감정의 틀이 무의식적으로 아들한테 옮겨붙었으니 두렵고 불안한 아들은 더 떼를 쓰며 질겁했던 느낌을 수용하기 시작했다.

조금씩 억울한 감정이 풀리고 편안해지면서 짜증 내고 소리 지르던 반사적인 행동도 줄어들게 되었고, 아들의 칭얼대고 떼쓰는 것도 줄어

들었다. 눈에 넣어도 아프지 않을 아들은 얼마나 무섭고 불안하고 슬펐을까! 얼마나 억울했을까! 이복동생과 아들 사이에서 헷갈린 전이 감정을 이해하고 느끼면서 치료가 진행되었다.

그런데 지난해가 저물고, 설이 지나고, 정월 대보름이 지났는데도 곶감 소포가 오지 않았다. 지난번 한국에 나갔을 때 전화하지 않고 돌아온 것 때문에 섭섭했나? 짝사랑이 식었을까, 아니면 아이러브스쿨에서 나보다 더 예뻤던 다른 동창생을 찾기라도 했나? 나보다 더 예쁜 동창생이 없을 텐데? 그런데 정월이 지나면서 슬슬 신경이 쓰였다. 혹 아픈 것은 아닌가? 경제적으로 어려운 것은 아닌가? 마켓에서 곶감을 볼 때마다 그 친구가 마음에 걸렸다. 결국 전화기를 들었는데 지난해 8월 직원의 일을 대신 거들다가 크게 다쳐 그때까지 병원에 입원해 있다고 한다. 곶감을 기다린 것이 몹시 미안했다.

오늘따라 곶감이 더 맛있게 보인다. 친구야, 곶감 보내지 않아도 좋으니 빨리 병상에서 일어나라. 그리고 앞으로도 홍시는 절대 보내지 말라. 이 글을 보면 남편이 시장을 볼 때마다 장바구니에 홍시를 가득 담겠지. 그 친구가 더 멋있어 보이기 전에!

아버지가 있는 겨울 풍경

손댈 수 없는 부분, 상처와 시간

아버지가 칠한 여백

풍년이 들려나? 올겨울에는 유난히 눈이 많이 내린다. 오늘처럼 함박눈이 쉼 없이 내리는 날에는 세상이 그대로 한 폭의 한국화가 된다. 하늘이 새하얀 눈으로 마치 여백 가득한 추사 김정희의 「세한도^{歲寒圖}」 같은 고향 마을을 그린다. 노송 한 그루, 나이 먹은 잣나무 세 그루, 그리고 초등학생이 몇 줄 선으로 그린 듯한 길쭉한 초가 한 채뿐인 세한도보다 더 한가롭고 단조로운 그림을 그린다. 그림 볼 줄 모르는 나 같은 문외한도 「세한도」를 보면 왠지 춥고 쓸쓸하고 고독하게 느껴져서 '세한^{歲寒}'이라는 제목이 딱 어울린다는 걸 알게 된다. 다만 이처럼 단순한 그림이 왜 국보인지 헤아릴 만한 식견은 없다.

세월이 지나도 잊히지 않는 한 풍경이 있다. 초등학교 때 미술 숙제를 하기 위해 울퉁불퉁한 마룻바닥에 도화지를 깔아놓고 삼지창 손에 만화 『피너츠』에 나오는 라이너스를 닮은 머리칼, 그리고 겨울 나뭇가지처럼

앙상한 몸을 삐뚤삐뚤한 선으로 열심히 그렸다. 가슴 설레게 했던 남자 선생님에게 칭찬받으려고 두 손을 도화지 위에서 바쁘게 움직였다. 아무리 애를 써도 품질이 떨어지는 도화지와 크레용이 별로 친하지 않아서인지 군데군데 뭉치고 들떠서 부스스했다. 속상했다.

곁에서 지켜보던 아버지는 답답하셨는지 접은 종잇조각으로 뭉쳐 있는 크레용을 살살 펴가면서 문지르면 매끈하게 칠해진다고 하면서 거칠고 투박한 손으로 거들어 주셨다. 도화지의 하얀 부분이 드러나지 않게 칠해야 좋은 그림이라고 생각하신 것이다. 그런데 성심껏 도와주시던 아버지에 대한 기억은 푸근하거나 따스한 느낌이 아니라 왠지 눈물이 울컥 나올 듯한 모호한 기분이었다.

일남육녀를 낳아 기르면서 바삐 사셔야 했던 아버지, 삶의 빈틈을 허락하지 않으셨던 아버지였다. 눈보라가 휘몰아치던 날에도 일해야만 했고, 눈 덮인 산 위로 펼쳐지는 시리도록 파란 하늘이나 멀리 갯벌 위로 펼쳐지는 낙조조차 일손 놓고 바라볼 겨를이 없으셨다. 손을 놀리는 것은 마치 죄인 양 눈 내리는 날에도 방에서 새끼를 꼬고, 삼태기를 만들고, 잠시 눈이 그치면 지게를 지고 산에 오르셨다. 아버지는 여백 없는 그림을 그리듯 당신의 삶도 늘 여백 없이 채우셨다. 아버지의 빈틈없는 삶은 내 마음에도 빈틈없이 색칠되었다. 나의 강박적이고 완벽해지려는 마음의 틀은 어느덧 아버지와 국화빵이 되었다. 붕어빵인가?

손댈 수 없는 부분

자신의 어린 시절을 돌이켜 보고 싶지 않다던 중년 여인이 사춘기 아이의 문제로 상담을 시작했다. 그녀는 엄마이기를 포기할 정도로 찬 기운이 가슴을 꽉 메우고 있었는데, 문제를 아이에게서 찾고 있었다. 하나밖에 없는 아이가 조금만 자신을 불편하게 하면 매서운 말과 고함을 화산처럼 뿜어내고 나서야 눈앞에서 덜덜 떨고 있는 아이가 보였다. 친정아버지에게 당한 폭력을 자신에게 화풀이했던 친정엄마에 관한 이야기는 감히 누구한테도 입을 열 수 없었다. 엄마의 그림자조차 보고 싶지 않다던 그녀의 증오심을 아이에게 물려주지 않기 위해 힘든 싸움을 시작했다.

그녀에게는 상담 자체가 고통이었다. 아픈 기억의 창고에서 까맣게 타버린 서러움을 끌어낼 때마다 자지러지는 아픔의 눈물과 콧물을 닦은 화장지가 한 주먹이었다.

"엄마는 긴 세월 동안 부드러운 눈길 한 번 주지 않았어요. 그런데요. 이제는 늙어 버린 어머니에게 따질 수 없을 것 같아요. 마른 갈대처럼 생기 잃은 어머니에게 무슨 말을 하겠어요? 그저 흘러가 버린 세월만 탓하게 되네요. 저 참 바보 같죠?"

다행히 상담이 진행되는 가운데 어머니를 만날 때마다 이전의 어색함이 조금씩 덜어지기 시작했다. 낯설었던 어머니가 조금씩 익숙해지고 마주치는 눈길도 부드러워졌다. 무엇보다 엄마에 대한 분노가 조금씩 누그러지는 자신이 놀라웠다.

만년설이 된 상처의 응어리가 다 녹은 것은 아니지만, 손댈 수 없는 엄마의 일부분을 받아들이고 싶은 미지근한 바람이 조금 밀려온 듯했다. 겨우 몇 조각 남은 희미한 기억일지라도 엄마가 물려 준 긍정적인 모습이 오늘날의 자기를 있게 했다는 것에 대해 인정하기 시작했다. 생기 없는 어머니가 있는 겨울 풍경이지만 애써 따스함을 찾아가고 있다.

"생각해 보면 힘들었던 지난 시간을 잘 견뎌낸 아이에게 감사해요. 아직도 손댈 수 없는 부분들이 마음에 남아 있지만, 그대로 받아들이고 싶어요."

그녀의 입에서 나온 '손댈 수 없는 부분'이라는 말을 듣는 순간 나는 그 통찰력과 표현에 놀라워했다. 그만큼 내면의 힘이 길러졌다는 의미이기에 고마웠다.

여백

가톨릭대 안형관 교수는 인간이 각자 고유한 생각과 가치관, 감정 상태와 행동 양식 등 다양한 측면을 가지고 있으며, 사람마다 '손댈 수 없는 부분'이 있다고 말했다. 손댈 수 없는 부분에 대해 어떤 사람은 단점이라거나 큰 문제점이기에 고칠 수 없는 부분이라고 말하기도 한다. 하지만 어떤 사람은 매력적인 장점이자 특별한 부분이라고 말한다.

상담교육가인 최경희 씨는 손댈 수 없는 부분을 '여백'으로 받아들이도록 권한다. 마치 동양화에서 여백과 붓질한 부분이 조화를 이루듯 그 부분을 고치거나 덧칠하지 않고 있는 그대로 받아들일 때 오히려 더 건강하고 아름다운 삶을 살 수 있다는 의미다. 빛바랜 사진 속에 있는 보기 싫은 사람을 굳이 도려낼 필요가 없듯이 말이다. 불편한 사람도 있지만 아름다운 사람도 있기 때문이다.

아픔과 슬픔의 조각들을 원하는 대로 전부 고치려고 하다 보면 오히려 너무 많은 에너지를 빼앗겨 삶의 균형을 잃게 된다. 다시 말해 동양화의 여백을 가득 채운 것처럼 답답하고 생기를 잃게 된다. 부족하면 부족한 대로, 상처는 상처로, 부끄러운 것은 부끄러운 대로 받아들이는 넉넉함이 삶의 조화를 이룬다. 모든 부분을 새롭게 고치려는 노력이 또 하나의 강박관념이 되어 어깨를 짓누를 뿐이다.

한국화는 배경을 칠하지 않고 그대로 남겨 놓는 멋이 주는 미학, 말없는 힘이 있다. 「세한도」에는 세월을 낚는 강태공이 없고, 천 년을 산다는 목이 긴 학도 없으며, 졸고 있는 강아지조차 없다. 모든 것이 멈추었고 시간도 멈춘 듯하다. 아낙네들이 빈대떡을 부쳐 먹거나 마실가는 것도 번거로워 그냥 팔베개를 하고 잠을 청하지 않을까? 추사 김정희가 그리려고 했던 것은 나무도 초가도 아닐 것이다. 여백으로 표현된 그 어떤 것이 아닐까?

사람의 내면세계에도 손을 대지 않고 내버려 두어야 할 부분이 있다. 상담하다 보면 내담자들의 내면세계에 그 사람의 일생이 그림으로 채워져 있는 것이 보인다. 아픔과 슬픔, 좌절과 절망, 때로는 기쁨과 소망이 각양각색으로 칠해진 곳이 있고, 텅 비어 있는 곳도 있다.

그래서 내면세계의 그림이 균형을 잃을 때 상담가를 찾지만, 경우에 따라서는 내면의 그림에 손대지 않고 내버려두는 것이 오히려 조화로운 삶을 이어가는 데 더 도움이 된다. 상담을 마치고 돌아가는 내담자의 뒷모습을 보며 박완서 님의 말이 생각났다.

"슬픔은 이길 수도, 극복할 수도 없어요. 잊기를 강요하지 말고 기다려 주어야 해요. 강요는 슬픔에 잠긴 사람을 더 힘들게 해요."

내담자들은 팽팽하게 당긴 활처럼 슬퍼할 틈이 없고, 분노할 여유도 없으며, 남을 원망할 이유보다 일해야 할 이유를 먼저 찾아야 하는 경우가 대부분이다. 그들과 기억 저편에 숨어 있는 상처와 숨바꼭질하다 보니 어느덧 내 인생에도 갱년기가 찾아왔다. 억압하고 외면하고 잊고 살았던 지난날의 먹구름이 건강을 잃은 틈을 타서 반란을 일으킨다. 국립묘지에 누워 계신 아버지는 어느새 내 마음에 찾아와서 오늘도 겨우 지워 놓은 삶의 여백을 다시 채우신다. 아버지가 마음에 그려놓은 그림을 고쳤다고 생각했는데, 다시 살아나 이전보다 더 긴장하고, 더 숨이 막히도록 몰아간다.

중요한 일을 앞두고는 준비하기도 전에 가슴이 콩콩 뛰어 심호흡을 자주 하게 된다. 행여 싫은 소리를 들을까 봐 귀를 틀어막고 싶고, 부족함이 드러나면 창피할까 봐 전전긍긍하던 마음은 어느덧 작은 새가슴이 된다. 이젠 아버지가 덧칠하신 내 삶을 그대로 바라보아야겠다. 대신 아버지가 남겨 주신 따스한 그림 조각들을 찾아내서 빛이 나도록 먼지를 털고 밝고 온기 있는 창가에 잘 보이도록 놓아야겠다. 그리고 균형 잡힌 시소를 내 마음에 만들어야겠다. 초등학교 친구들, 미운 놈, 고운 놈, 모두 졸업 앨범 속에서 불러내어 시소를 타야겠다. 올라가면 함박 웃고 내려가면 까르르 웃고 싶다. 얘들아, 놀자!

이제는 눈 오는 날에 한없이 게을러 보리라. 남편도 책상에서 끌어 내려서 꼼짝 말고 함께 멍때리자고 바가지를 긁어야겠다! 「세한도」보다 더 깊은 여백이 있는 우리 집을 그리고 싶다. 하루를 천 년같이 시간이 멈춘 긴 하루를 보내리라! 눈조차 숨죽이고 내리는 한 폭의 그림을 그리고 싶다. 강아지 똘이야! 고양이 티거야! 눈 오는 날에는 어슬렁거리지 말고 밥 달라고 칭얼거리지 말고 함께 낮잠을 즐기자! 올겨울 지겹게 눈이 내렸는데도 오늘은 눈이 기다려진다! 그런데 소리 없이 내려야 한다! 내 마음에 작은 울림도 없어야 한다. 오늘은!

한여름 밤의 꿈과 자주감자

처음처럼 상처 입지 않은 마음, 자아실현 경향성

여름날 어둑어둑해질 무렵이었다. 안방 시렁에 얹어 놓은 솜이불을 혼자서 어떻게 정리해야 할지 무척 심란해하다가 꿈에서 깨어났다. 어린 소녀의 삶이 힘들면 얼마나 힘들다고 꿈속에서 쌀가마만한 솜이불이 나타났을까? 마루에서 늦은 저녁을 먹는 식구들의 인기척이 들렸다. 으슬으슬한 몸살 기운 때문에 저녁밥을 포기하고 다시 잠을 청했지만, 쉬 잠들지 못하고 뒤척이다가 이른 새벽에 살포시 잠이 들었나 보다.

엄마가 부르는 소리에 잠에서 깨어 무거운 몸을 추스르고 일어났다. 그리고 투덜거리면서 엄마를 따라 시냇가 감자밭으로 향했다. 마지못해 호미와 바구니를 들고 따라나섰지만, 짜증이 쉬 떠나지 않는다. 감자 줄기를 힘껏 잡아당기니 흙 속에서 자주색 감자가 뽑혀 올라왔고, 그 신비한 색에 기분이 조금 좋아졌다. 자줏빛에 마음을 빼앗겨 게으름을 피우는 동안 엄마의 땀방울은 어느덧 바구니에 자주감자를 가득 채웠다.

한여름 자주색 꽃이 핀 감자 줄기를 당길 때마다 모습을 드러내던 자주감자를 헤아리다 보니 어느새 내 이마에도 땀이 송골송골 맺혔다. 전

날 으슬으슬하고 묵직한 몸살 기운이 땀방울에 씻겨 나갔는지 가뿐해졌
다. 초저녁 솜이불 꿈이 주었던 심란함도 어느덧 말끔히 사라졌다. 자줏
빛이 그날은 엄마의 약손이었나 보다. 어른 말씀 들으면 일하다가도 병
이 낫나 보다. 그래도 여름 감자밭은 멀리하고 싶다.

상처로부터 자유로워지려는 마음

상담을 마치려니 '책거리'가 생각났는지 커피 향 물씬 풍기는 커피 케
이크를 들고 마지막 상담을 받으러 온 한 내담자가 생각난다. 그동안 살
얼음 위를 걷듯 달려온 길에 비하면 케이크 상자 들고 오는 것쯤은 아
무것도 아닌 듯 맑게 웃으며 상담소에 들어섰다. 유난히 눈물이 많은 그
여인은 모난 성격이라서 자기도 자신이 마음에 들지 않아 속상하다고
했다. 게다가 자주 출장 가는 남편, 짐이 되는 아이와 주변 사람들까지
자기를 까다로운 사람이라고 할 때는 분을 삭일 수 없었다.

찔레꽃 가시처럼 사랑하는 아들과 남편을 찌르고 고슴도치 가시처럼
접근도 못하게 막았다. 그러다 보니 커지는 불안과 밀려오는 외로움에
지칠 대로 지쳐서 상담받기 시작했다. 마음에 담긴 생채기와 돌처럼 단
단해진 아픈 응어리 때문에 입 밖으로 나오는 말마다 가시 돋친 말이 되
었고, 다른 이들의 마음을 멍들게 했으니 어린 아들은 얼마나 무서워 움
츠러들었을까?

가시 돋친 말 습관의 뿌리는 엄마가 자기를 버렸다는 느낌에서 비롯

되었다. 시도 때도 없이 다리 밑에서 주워 왔다는 엄마의 넋두리, 다른 집으로 입양 보내려 했다는 그 싸늘한 말이 깊이 뿌리를 내렸던 것이다.

"언니들한테는 아무 말 못 하면서 왜 나만 이웃집에 보낸다고 해? 왜 나만 미워하지? 왜 나한테만 화를 내지? 언니들은 마음대로 나가서 노는데, 왜 나한테만 동생이나 돌보라며 쌀쌀맞게 대하지? 마당 쓸지 않았다고 왜 나한테만 야단을 치지? 이런 차별을 받았다는 억울함 때문에 한이 맺혔나 봐요. 억제할 수 없는 화가 올라올 때면 만만한 남동생을 괴롭혔어요. 엄마, 아빠, 언니, 동생 모두 두고 보자 하면서요."

특히 아들과 남편에게 심한 분노를 퍼부었다는 죄책감 때문에 고통스러워했다. 좋은 엄마가 되고 싶었던 그녀는 아픈 이야기를 드러낼 때마다 이글거리는 분노가 건드려져서 자책감과 좌절감 때문에 몇 번이나 상담을 포기하려고 했다. 상처로부터 자유로워지려는 마음은 급하지만, 급한 만큼 덜컥덜컥 넘어지기 일쑤였다. 아이에게 상처 주는 말을 속사포처럼 쏘아 대고 이성을 잃을 만큼 독기를 품어내면서도 현실을 포기하지 않으려는 의지 또한 강했다.

자아실현 경향성

내담자 중심 상담요법의 창시자인 칼 로저스 Carl Rogers 교수는 인간마다 현실을 각기 달리 지각하고 주관적인 경험이 행동을 지배한다고 믿었다. 즉 사람은 외부 현실보다는 오히려 내부적인 경험에 의해 이끌린다는 것이다. 이 말은 두 가지 측면에서 이해가 가능하다. 인간의 내면세계를 이해하는 것은 그의 행동을 보면 알 수 있다는 뜻이자 동시에 한 개인의 행동을 이해하는 방법으로 그의 내면세계를 들여다보는 것이다. 나아가 내면세계를 바꾸어 놓으면 그의 행동도 바꿀 수 있다는 의미다.

즉 감자 꽃을 보면 땅속에 있는 감자의 빛깔을 알 수 있다는 뜻이다. 반대로 감자의 색깔을 보면 그 감자가 어떤 꽃을 피우게 될지 짐작할 수 있다는 말이다. 물론 사람의 겉과 속만큼이나 식물도 다양하다. 권태응 시인이 하고자 했던 말은 감자가 아니라 인간의 내면세계와 행동이었음을 짐작할 수 있다.

자주 꽃 핀 건 자주 감자
파보나 마나 자주 감자
하얀 꽃 핀 건 하얀 감자
파보나 마나 하얀 감자

로저스에 의하면 모든 인간은 자신의 내부에 자기 이해, 자기 개념self concept, 自己槪念과 기본적 태도의 변화 및 자기 지향적 행동을 위한 거대한 자원을 가지고 있다. 이러한 선천적 능력의 표현이 바로 자아의 실현 경향성actualization tendency, 實現傾向性이다. 로저스는 자아실현 경향성에 대해 자기 충족과 성숙의 방향을 지향하는 모든 동기를 포함해 미래를 향해 나아가고자 하는 추진력이라고 규정한다. 그리고 자아실현을 성취하기 위해 인간은 항상 노력하고 도전하고 어려움을 극복함으로써 진정한 한 개인이 되어간다고 말한다.

칼 로저스가 말한 '거대한 자원'을 나는 신의 형상이라고 부르고 싶다. 비록 미숙함, 허물과 그로 인한 상처, 상처가 빚은 죄로 인해 신의 형상은 온전한 모습을 잃었지만, 인간 안에는 고고하고 영롱한 자줏빛을 가지고 있다. 그렇기 때문에 사람들은 고통과 상처와 아픔을 서로 주고받으면서도 자줏빛 꽃을 피우기 원해서 상담가를 찾고 여기저기 도움을 청한다.

그녀는 자기 통찰의 아픔을 견뎌내면서 더 이상 아들에게 겁 주지 않으려고 간절한 마음으로 노력했다. 그리고 간절함이 힘을 얻어 회복되기 시작했다. 자주색 감자 줄기 하나를 붙잡고 조심스럽게 뽑아 올리면 큰 감자, 중간 크기의 감자, 자잘한 새끼 감자까지 줄줄이 올라오듯 큰 아픔과 작은 상처들이 하나둘 치유되면서 조금씩 긴장감에서 벗어났다. 시원함과 허전함, 허탈감과 억울함과 분노가 그녀의 얼굴에서 반복적으로 나타나곤 했지만, 점점 생기를 찾아갔다. 본래 자신 안에 있는 엄마의

모습과 생기 있는 여인의 모습으로 돌아가고 있었다. 그리고 자기의 손재주를 살릴 수 있는 디자인 공부를 다시 해 보겠다는 꿈을 꾸게 되었다.

내 마음속 자주감자 인정하기

상담을 하다 보면 자주감자가 자주 생각난다. 자주감자는 어떻게 깊은 흙 속에서 신비로운 자주색이 만들어질 수 있을까? 대지를 달구는 한여름 흙 속에서도 저렇게 아름답고 고상한 빛을 잃지 않을 수 있을까? 아름답고 고고한 자줏빛이 억울해서 어떻게 흙 속에 묻혀 있었을까? 상처로 인해 비록 온전한 모습을 간직할 수는 없었지만, 오늘도 그 영롱하고 고운 빛깔을 발하기를 기대해 본다. 상담을 마무리하고 나면 감자밭에서 자주감자 꽃을 찾아 주렁주렁 달린 자주감자 한 포기를 쏙 뽑아낸 그 느낌이 나를 흥분시키곤 한다.

지금까지 이런 느낌을 체험하기 전에는 자주색을 좋아하면서도 자신 있게 내가 좋아하는 색깔이라고 드러내지 못했다. 마치 좋아하는 색상의 옷을 구입해 놓고 내가 소화할 수 없는 색상 같아서 옷장에 넣어 둔 옷처럼 말이다. 자주색에는 부드럽고 여성스러우며, 화려한 이미지와 신비하고 창조적인 멋이 있다. 하지만 자주색이 주는 또 다른 나만의 느낌, 곧 불안과 공포와 외로움과 가련한 느낌이 별로 마음에 들지 않았다. 그래서인지 자주색이 내 시선을 사로잡아도 애써 거부하고 회피해 왔다. 하지만 이제는 내 속에 숨겨 둔 자주색에 대한 사랑을 고백할 수 있을 것 같다.

그동안 자주색을 가까이하지 못하고 멀리서 지켜보기만 했는데, 오랜 세월 자주색을 품고 있어서인지 어느덧 내 마음도 자줏빛 물이 들었다. 그 여인의 상처뿐만 아니라 내 상처도 조심스럽게 자주감자 뽑듯이 뽑았다는 느낌이 크게 와닿았고, 나의 모난 성격도 한결 둥글둥글해진 것 같다. 올여름의 가장 큰 수확은 내 마음속에 담겨 있던 자주감자를 인정하고 받아들인 것이다. 아마 올가을에는 풍년가를 부를 수 있겠다.

언제 고향 마을의 감자밭을 다시 찾을 수 있을까? 다시 자주감자밭을 찾을 때는 게으름 피우지 않고 열심히 캐고 싶다. 친정어머니의 베적삼이 흠뻑 젖기 전에 내가 바구니를 가득 채워야겠다. 이번 가을에는 자주색 옷도 용기 있게 걸치고, 남편이 사 준 자주색 머플러도 더 자주 걸치고 상담소를 향할 수 있을 것 같다.

근데 자주감자 몰래 속삭여 주어야겠다.

"하지감자 감자의 방언야, 미안! 자주감자는 약간 떫은맛이 있지만, 너에게는 순한 맛이 있어서 좋아!"

왜 사냐건 웃지요

삶의 의미로 찾는 행복, 의미치료

상담센터의 부원장님이 지난 폭설이 내린 다음 날, 뉴욕 웨스트마운 틴West Mountain에 올랐다고 한다. 산등성을 깎아낼 듯 몰아치는 겨울바 람에 어지럽게 흩날리는 눈발 속을 헤치고 무릎까지 빠지는 눈 위에 길 을 내며 산에 올랐다는 게 아닌가! 갑자기 질문해 본다. 눈 폭풍을 헤치 며 왜 산에 오르셨을까?

"당신은 왜 산에 갑니까?"

1924년 최초로 에베레스트산을 정복한 조지 맬러리George Mallory가 원정을 떠나기 전 한 강연에서 어느 기자가 했던 질문이다. 이에 맬러리 는 유명한 답을 남긴다.

"산이 거기 있으니까Because it is there."

아직은 그의 말과 알피니스트들의 마음을 충분히 헤아리진 못하지만, 이젠 나도 산에 오르리라 굳게 마음먹고 등산화와 등산복을 구입했다. 내 마음은 맬러리와 비슷하다고 말하면 부원장님은 얼마나 크게 웃으실까?

김상용 시인은 「南으로 窓을 내겠소」를 이렇게 끝맺고 있다.

왜 사나 건

웃지요

미완성인 듯한 시가 마침표보다 더 강열하게 답한다. 시인은 웃음으로 답을 열어 놓았다. 시인의 답은 다시 시를 읽는 모든 이들에게 질문한다. '당신은 왜 사는가?' 이제 내가 답할 차례인데, 늘 뒤가 켕긴다.

매년 새해 첫날에 신년 계획을 세울 때면 사는 이유를 점검하곤 한다. 아이들에게도 새해 계획new year resolution을 써보라고 권한다. 아이들은 머뭇거리다가 두루뭉술하게 쓴다. 아이들도 나처럼 핑곗거리를 줄 사이에 끼워 넣은 듯하다. 왜 사느냐라는 질문에 답이 분명하지 않으면 삶이 흔들리게 된다. 그런데 더 큰 문제는 흔들리는 삶을 인정하기 부담스러우니 사는 대로 생각한다는 것이다. 사는 대로 생각하는 한 내담자가 기억난다.

왜 살아야 하는가?

고등학교를 졸업하자마자 생활 전선에 뛰어들어 마음고생을 하다가 상담소에 찾아와 "내가 왜 여기에 앉아 있는지 모르겠다"며 멋쩍은 웃음을 지어 보였던 한 청년이 생각난다. 상담을 하면서 그는 다섯 살 때 헤어진 엄마가 보고 싶어서 떼를 쓰며 아버지에게 매달렸지만, 매정하고 무심했던 아버지에 대한 분노가 먼저 올라왔다. 곧이어 자신을 떠나버린 엄마에 대한 억압된 분노의 감정을 묻어버리고 살았던 시절을 기억하기 시작했다.

상담 초기에는 "머리가 멍하다. 머리 속에 안개가 가득 낀 것 같아서 답답하다. 도망가고 싶다. 마음을 휘저어놓고 나더러 어쩌라고…"라는 말을 자주 했다. 그러다가 상담이 계속되면서 이야기의 내용이 달라지기 시작했다.

"일하는 가게에서 직원들에게 입을 열기 시작했어요. 이제는 물건 옮기고 챙기는 일만 하고 싶진 않네요. 내가 지금 이런 일만 하고 있을 때인가? 그러면 무엇을 해야 하지?"

자기 생각을 쏟아놓고 어색한지 머리를 긁적였다. 미래를 위해서 뭔가 해야겠다는 생각을 하기 시작했지만, 구체적으로 무엇을 해야 하고 어떻게 준비해야 할지 몰라서 답답하다며 한숨을 쉬었다.

어릴 때부터 엄마 없이 아버지와 단둘이 살았다. 아버지로부터 삶에 대한 교훈이나 생활 지도 또는 미래에 대한 권면 같은 걸 들어 본 적이 없었다. 아버지로부터 미래에 대한 꿈이나 의미와 가치에 대해 들은 기억도 나지 않았다. 방이 지저분해도 그렇게 사는 건 줄로 알았고, 자고 싶을 때 자고 일어나고 싶을 때 일어나도 되는 줄 알았다. 아버지처럼 하루하루 사는 것이 인생인 줄 알고 그냥 그렇게 살아왔다. 삶의 목적이나 방향도 없이 여기까지 온 것이다. 그럼에도 나는 '사람은 자신의 고유 가치를 실현할 수 있다'라는 빅터 프랭클의 확신처럼 이 청년의 미래를 기대한다.

의미치료

정신과 의사인 빅터 프랭클Viktor Frankl은 제2차 세계대전 때 죽음의 수용소로 악명 높았던 유대인 포로수용소에 수감되어 인간 취급도 받지 못하는 절망적인 상황에서 고통받았다. 기아와 추위 그리고 죽음의 위험으로 인해 삶의 희망을 포기할 수밖에 없는 나치의 집단 수용소에서 프랭클은 동료들에게 이렇게 물었다.

"왜 당신은 죽음보다 극심한 고통 가운데서도 삶을 포기하지 않는가?"

수용소의 동료들은 자식을 만나고 싶어서, 자기의 재능을 그대로 파묻을 수 없어서, 자신의 경험을 다른 사람들에게 전하지 않고서는 죽을 수 없어서 등 살아야 할 이유를 말했다. 그는 절망적인 상황, 허무와 무의미한 수용소 생활 가운데서도 사람이 근본적으로 가지고 있는 강한 생의 긍정을 발견했다. 프랭클은 이때의 경험을 바탕으로 의미치료

Logotherapy, 意味治療라는 상담법을 창안했다. 포로 생활의 체험을 통해 인간은 비극적인 상황 속에서도 의미를 추구할 때 살아남을 수 있으며, 동시에 인간 고유의 가치를 실현할 수 있음을 확신한 것이다.

의미치료는 인간의 무의식 속에 잠재된 생의 의미를 이끌어 내어 자기 삶의 이유와 존재의 가치를 발견하도록 돕는 상담 방법이다. 즉 왜 사냐는 물음을 통해 자신의 존재 의미를 찾게 하는 방법이다. 의미치료에 따르면 인간은 근본적으로 자신의 심리 상태에 관심을 갖는 존재가 아니라 실현되고 충족되기를 기다리면서 가능성을 지닌 의미와 가치의 세계를 향하는 존재다. 즉 인간이란 과거적 존재가 아니라 미래적 존재라는 것이다. 자신이 이루어야 하는 존재의 가치가 미래에 있고, 또 의미가 있을 때 인간은 모든 고난과 어려움을 극복할 수 있다는 뜻이다.

삶의 의미

청년이 상담소를 찾은 후로 달라진 것 중 하나는 방 청소를 하고 나서 개운한 기분을 자주 맛본다는 고백이다.

"이제는 마음먹고 냉장고와 부엌도 자주 청소하고 나니까 책상에 앉게 돼요. 선생님, 놀라지 마세요. 저 대학에 원서 내려고 준비 중이에요. 아니, 이미 결정했어요. 저도 왜 이런 마음이 들었는지 놀랐어요. 제가 가르치는 일은 잘할 수 있을 같아요. 고등학교 때 태권도장에서 태권도를 가르쳐 본 적이 있거든요."

아버지로부터 별다른 가르침이 없었다던 그는 미래를 준비하기 위해 기본적으로 책을 읽어야 한다는 사실도 상담실에서 처음으로 듣는다며 멋쩍은 웃음을 지었다. 왜 사는지 의미를 묻지 않고 살다 보니 삶의 방향을 잃고 엉망이 된 자신을 발견한 것이다. 가슴이 아려왔다. 사는 대로 생각하던 청년이 의미를 좇아 살게 된 것이다.

그런데 안타깝게도 삶의 가치와 의미를 배우지 못하고, 또는 삶을 잃어버리고 힘들어하거나 절망하는 사람들도 있다. 더 안타까운 것은 왜 사는지에 대한 질문도 없이 사는 대로 생각하는 사람들이다. '이렇게 살아야 하는가?' '정말 내가 이것밖에 안 되는가?' '왜 살아야 하는가?' 다행히 상담소를 찾아와 의미 없이 살아온 시간이 아깝다는 것을 깨닫고 의미를 찾는 사람들이 있다.

한 해를 시작하면서 삶의 의미를 생각해 본다. 먼저 나부터 삶의 소망에 관한 이유를 묻는 이에게 밝은 미소로 답하고 싶다. 왜 사냐고 물을 때 밝게 웃을 수 있는 내담자들을 기대하면서 상담소 문을 연다. 나도 모르게 입에서 잊고 있던 가요가 뒤엉켜 흘러나온다.

사노라면 언젠가는 밝은 날도 오겠지
흐린 날도 날이 새면 해가 뜨지 않더냐
…
배를 저어가자 험한 바다 물결 건너 저편 언덕에

산천경개 좋고 바람 시원한 곳 희망의 나라로

…

내일은 해가 뜬다 내일은 해가 뜬다

왜 사냐고 묻거든 신나게 노래하지요. 가사가 뒤엉킨들 해가 뜨지 않으랴!

산딸기가 들려주는 애절하고 소중한 이야기

나도 인정받고 싶어요, 인정욕구와 사랑

내 생애 최고의 음식

산길을 따라 붉게 익어가는 산딸기를 보니 드라마 대장금의 주제곡
이 들려오며 궁중궁궐이 오버랩된다.

오나라 오나라 아주 오나
가나라 가나라 아주 가나
나나니 나려도 못 노나니

대비마마 생신 축하연과 수라간 최고 상궁을 뽑는 어선경연대회 장면
에서 장금이가 최고의 음식으로 산딸기정과를 만들게 된 슬프고도 깊은
사연의 대사가 떠올라 가슴이 싸하게 아려오면서 눈물이 핑 돈다.

중전: 이것이 최고의 음식인 이유가 무엇이냐?

장금: 산딸기는 어머니가 돌아가실 때 제가 마지막으로 먹여 드린 음식입니다. 다치신 채 아무것도 드시지 못한 어머니가 너무도 걱정스러워 산딸기를 따… 혹 편찮으신 어머니가 드시지 못할까 씹어서 어머니의 입에 넣어 드렸습니다. 어머니께서는 그런 저의 마지막 음식을 드시고 미소로 화답하시고는 떠나셨습니다.

중종: 맛있구나! 너를 두고 가셨을 어머니의 마음을 잊지 않겠다. 홀로 남아 어찌 살아갈까 노심초사했을 네 어머니의 마음을 잊지 않고 정사를 펼치겠노라! 산딸기는 내게도 최고의 음식이다! 또한 너는 조선 최고의 수라간 궁녀다!

장금이에게 일어났던 산딸기에 얽힌 사연만큼 깊은 사연이 있는 건 아니다. 하지만 내게는 크림치즈보다 호떡과 호빵이 더 맛있고, 어떤 과일보다 산딸기가 더 정 깊은 맛이 난다. 일전에 마켓에서 시장을 보고 있는데 연세 많은 한 할머니가 호박을 집으면서 하신 말씀이 기억난다.

"호박만 보면 마술에 걸린 듯 집어 든다니까!"

먹을거리가 별로 없었던 가난했던 시절에 호박으로 무침도 만들고, 된장찌개도 끓이고, 호박떡도 만들어 주시던 어머니의 손맛이 깊게 각인되어 있었다. 그러다 보니 어머니가 되고, 할머니가 된 지금도 호박만 보면 자신도 모르게 시장바구니에 넣게 되는 것이다. 사람마다 마음속에는 산딸기나 호박처럼 최고의 음식이 자리 잡고 있듯이 동일하게 아름다운 이야기든, 슬픈 이야기든 자기만의 의미와 가치를 지닌 단어들도 자리 잡고 있다. 그리고 그런 단어들은 삶의 선택과 목적에 결정적인 영향을 준다.

귀한 재료로 최고의 숙수가 만든 수라상을 받는 임금에게 산딸기정과는 드릴 수 있는 음식이 아니었을 수도 있다. 그러나 장금이에게 산딸기는 어머니를 살리려는 그녀의 마지막 애절한 노력이었다. 산딸기는 그녀의 마음 깊은 곳에 생명과 연결된 단어, 어머니를 생각나게 하는 단어, 기어코 살아남아야 하는 이유였다. 장금이에게 산딸기는 그녀의 존재를 담은 단어였다. 그래서 산딸기를 보는 순간 마음에는 형용할 수 없는 슬픔과 그리움 그리고 살아남아 최고 상궁이 되어야 한다는 생의 의지가 솟아났을 것이다. 칠월이면 지천으로 널린 작고 앙증맞은 산딸기가 어떤 이들에게는 그저 무심히 지나칠 단어인지 몰라도 장금이에게는 전 생애를 움직이는 단어였다.

인정욕구와 사랑

상담가에게까지 인정받고 싶어 하는 자신을 보게 된다며 쓴웃음을 짓던 분이 생각난다.

"부모님이 인정해 주지 않아서 화가 난 마음을 참으셨군요?"

"아~! 그 '인정'이라는 말이 딱 맞네요. 그러고 보니 아주 어릴 때부터 저를 인정해 주는 부모님이 곁에 없었어요. 우등생이었지만 성적표를 들고 달려가서 보여 드릴 부모님이 가까이 안 계셨거든요. 그래서 학생들이 다 빠져나간 넓은 운동장에 가끔 혼자 서 있었던 기억이 나요. 으쓱거리고 싶어도 반겨주고 인정해 줄 부모가 곁에 없었고, 돌봐 주는 친척분은 나에게 아무런 관심이 없었죠. 저를 거추장스럽고 귀찮은 존재로 여기는 그분들에게 성적표를 내밀 순 없잖아요?"

그는 당시 인정받고 싶은 마음이 얼마나 갈급했는지 이제야 알 것 같다고 했다.

상담가에게는 무의미하고 별 의미 없게 들리는 내담자의 말이 그에게는 생명과 같은 소중한 말일 수 있다. 상담가를 찾는 내담자에게는 각자의 산딸기가 있다. 각자의 마음속 깊이 잠겨 있는 단어, 꼭꼭 숨겨 둔 단어, 억압했던 단어, 입에 올리기도 힘들었던 단어, 자신조차도 속여 버린 단어다. 그래서 내담자의 아픔과 슬픔이 모두 담겨 있는 단어를 찾아내는 작업이 중요하다. 바꿔 말하면 상담에서 경청이 어려운 이유이기도 하다. 산해진미에 길들여진 임금님이 산딸기에서 맛을 찾는 것만큼이나 어려운 작업일 수 있다. 그러나 내담자의 말 속에서 아픔과 상처를 풀어낼 수 있는 산딸기를 찾게 된다면 쉽게 회복될 수 있는 방법을 알게 된다.

아픔과 고통을 호소하는 사람들의 사연들 속에는 자신을 받아 주지 않고, 알아주지 않고, 인정해 주지 않고, 사랑해 주지 않아서 섭섭하고 억울하고 답답한 마음이 뒤틀리게 된 사건이 있다. 그리고 그 감정을 몽땅 담고 있는 그 단어, 억압한 적개심을 품고 있는 단어, 또는 슬픔을 담

고 있는 단어를 상담가가 찾아야 한다. 마르틴 하이데거^{Martin Heidegger}
의 말처럼 내담자 존재를 담고 있는 언어를 찾아야만 한다.

결핍이라는 단어

몇 해 전 나를 무척이나 힘들게 했던 '결핍'이라는 단어가 가져다준
충격 때문에 몇 날 며칠 잠을 뒤척이면서 몸부림쳤던 기억이 생생하다.
상담 훈련 과정에서 상담가가 내게 결핍이라는 단어를 사용했을 때 다
른 말은 들리지 않고 그저 머리를 얻어맞은 듯 멍했다. 위장이 파르르
진동하면서 머릿속이 텅 빈 듯했다. 점점 시간이 흐르면서 결핍이라는
단어는 나를 몹시 당황스럽고 창피하게 만들었다. 엄마가 나를 방치할
분이 아니다. 항상 곁에서 보살펴 주고 먹여 주고 아껴 주셨는데, 결핍이
라니?

갑자기 엄마에게 미안한 마음이 들었다. 아마도 내가 결핍을 느끼게
된 책임이 엄마의 사랑이 부족했기 때문이라고 돌리고 싶지 않아서였
다. 실컷 아파하고 가슴앓이를 하고 나니 서서히 몸도 마음도 가벼워지
면서 차분해졌다. 그리고 결핍의 의미를 이해하고 깨달으면서 인정하
고 수용하게 되었다. 이후로는 자신을 좀 더 객관적으로 보게 되었고,
결핍으로 인한 마음의 역동을 보다 진지하게 들여다보게 되었다. 내 상
처가 창피해서 감추거나 포장하지 않을 용기가 생기고 긴장도 줄어들
었다.

　세상의 모든 엄마는 최선을 다해 돌보려고 하지만, 아이는 어느 순간 수틀리면 화내고 슬퍼하고 끊임없이 매달리면서 채워 달라고 보챈다. 딸이 많은 가정에서 셋째로 태어나 위로 언니들과 밑으로 동생들 틈새에서 생존하기 위해 얼마나 힘이 들었나! 약주를 잡숫고 온 날이면 아버지는 어김없이 밤이 깊도록 훈계하셨다. 이미 무슨 말씀하실지 훤히 아는 레퍼토리였다. 그런데도 나는 아빠에게 인정받기 위해 졸음을 참으면서 최후까지 남아서 그 이야기를 듣곤 했다.

　내 안에 박혀 있는 결핍이라는 단어는 또 다른 나였다. 그것은 성장과 성숙을 향해 겸손하게 만들기도 하고 정서적인 긴장을 풀어 주는 자극제가 되기도 했다. 또 상담소에서 만나는 분들이나 가까운 사람들을 이해하는 중요한 깨달음이 되기도 했다.

　자신이 '인정'이라는 욕구에 사로잡혀 있음을 깨달은 내담자는 그런 자신을 받아들이기 시작했다.

"아내한테 정말 미안하네요. 퇴근해서 집에 들어가면 고단하게 일하고 왔다고 알아주지 않는 것 같아서 짜증이 확 올라와서 화를 냈거든요. 직장에서는 상사가 제가 한 일을 알아주지 않으면 무력감까지 느꼈으니까요. 그래서 선생님께도 상담을 잘 받고 있는지 확인하고 인정해 주기를 바랐던 거예요."

조금씩 자신의 인정욕구를 이해하고 깨달으면서 분노의 감정을 조절해 가고 있었다.

산길을 걸으며 산딸기를 입안에 한두 개 넣고 깨물어 보았다. 어릴 때 먹었던 그 산딸기 맛은 아니지만, 벌써 어느 선선한 여름 해 질 녘 따 먹었던 산딸기 맛을 소환하면서 입안에 침이 가득 고였다. 이미 내 마음은 고향에 계신 엄마와 함께 산딸기를 따 먹던 산기슭 텃밭에 있었다. 항상 엄마와 단둘이 있을 때는 바라는 것이 많아 투정 부리고 채근하며 조르기 일쑤였다. 담임선생님에게 이쁨 받고 싶어 『표준전과』와 『동아수련장』을 사 달라, 교실 환경정리 할 때 커튼 만들어 달라는 등 많은 것을 요구했다. 내 결핍감이 엄마를 참 속상하게 했다.

저녁 반찬거리를 준비하기 위해 엄마가 밭으로 나설 때 쪼르르 뒤따라가면서 밭두렁과 언덕배기에 빨갛게 익은 산딸기를 옹골지게 따 먹으면서 그날도 보챘다. 엄마 손은 오이, 고추, 가지를 따고 귀로는 내 투정을 들으시면서 알았다는 말씀이 떨어질 때서야 따 먹은 산딸기는 만족스러운 맛으로 각인되었다.

경청한다는 것

경청은 타인의 관점과 해석의 가치를 인정하고, 가치의 차이를 환영하고 받아들이는 것이다. 상담가가 내담자의 자리에 앉아 들으면서 같이 울고 웃을 때 비로소 회복의 길로 들어선다. 수라간 나인의 산딸기에 얽힌 사연의 의미와 가치를 인정하고 받아들이면서 조선 최고의 수라간 궁녀라고 선언하는 중종의 모습에서 경청의 의미를 되새겨본다. 임금이 궁녀의 마음을 헤아리기란 결코 쉽지 않다. 임금이 수라간 궁녀의 자리까지 내려가지 않고는 불가능한 일인데 말이다.

경청, 임금과 수라간 나인만큼이나 먼 거리를 좁히는 과정이라 늘 어렵다. '傾聽[경청]'을 한자로 표기할 때 들을 청聽 자를 파자破字해 보면 임금 왕王 위에 귀 이耳가 자리 잡은 형상이 새롭게 보인다. 또한 청 자가장 아래에 마음 심心이 있어서 경청의 뜻이 억압해 가장 깊은 곳에 웅크리고 있는 미해결 감정을 듣는 것으로 다가온다. 이 세상에서 가장 먼 거리는 머리와 마음 사이라는데, 상담가와 내담자의 마음의 거리는 또 얼마나 멀까! 그렇지만 내담자의 마음속에 있는 산딸기 맛을 느낄 수 있기를 기대하면서 산딸기 하나를 입에 넣고 사르르 눈을 감는다.

양파와 행복으로 가는 눈물

나를 지키고 싶다, 저항

올해는 매운맛보다 단맛이 진한 햇양파를 즐겨 먹으면서 여름을 맞이했다. 어릴 때 먹어 본 햇양파의 담백함이 슬슬 입맛을 당겨 저녁 밥상에 자주 올려놓는데, 내 입맛만 즐거운 듯하다. 내 기억으론 더 달콤한 양파 속을 먹기 위해 한 겹씩 까다가 시원찮은 손놀림으로 양파 몸통만 너덜너덜 짓물러지기 일쑤였다. 게다가 톡 쏘는 매운맛에 눈물을 흘리다가 먹기를 포기하곤 했다.

상처 드러내기

어느 날 저녁 준비를 위해 큼지막한 양파 한 개를 다듬다가 떠오른 사람들이 있다. 어렵게 상담소를 찾아와 깊은 속내를 드러내기까지 힘들어하고 고통스러워했다. 그때는 상처에서 빨리 회복되기를 바라며 급한 마음에 내담자의 아픈 상처를 순서 없이 헤집었다. 갑자기 양파의 매운맛이 코끝에 훅 닿자 나도 모르게 손에 든 양파를 싱크대에 놓아 버렸다.

상담가는 겉으로 드러난 상처를 먼저 다루면서 드러나지 않은, 그래서 자신도 모르는 사이에 내면 깊이 뿌리박힌 상처를 스스로 찾아가면서 회복되고 힘을 얻도록 돕는 역할이다. 그런데 그런 따스한 공감적 배려와 기다림을 가끔 잊곤 한다. 때론 성급하게 자신에게 치유하는 능력이 있는 것처럼 착각할 때 더 잘 도울 수 있는 기회를 놓친다라는 소중한 깨달음을 얻는 순간이었다. 처음 상담 훈련을 받을 때 상담 과정을 양파 까는 과정에 비유로 설명한 것이 기억에 오래 남아서 상담 순서와 속도를 조절하는 데 많은 도움이 된다. 그럼에도 가끔 기초적인 과정을 간과하다 보니 부끄러운 경험도 쌓이게 된다.

몇 년 전 어떤 분이 아내의 언어폭력으로 바보가 되어가는 자신을 도와달라며 힘들게 입을 열었다.

"나도 내 자신을 모르겠고, 빨리 고치는 방법이 없겠습니까? 태어나서 누구에게도 하지 못한 이야기를 처음으로 선생님께 털어놓습니다. 아휴! 부끄럽네요…. 말하자면 제가…, 제가… 솔직히 말해서 저의 가식으로 인해 저의 진짜 모습이 드러날까 봐 철저하게 감추고 있었습니다. 하지만 이제 저를 비롯한 주위 사람들까지 속이며 살고 싶지 않네요. 세상을 훨훨 날면서 자유롭게 살고 싶거든요. 아내가 방구석으로 몰아세우고 잔소리를 쏟아낼 땐 가시로 내 가슴을 찌르는 것 같아서 견딜 수 없습니다. 왜 내가 이렇게 사는지…. 하고 싶은 말이 목까지 올라와도 표현을 못하고…. 이제는 더 이상 참을 수 없는 화가 치밀어 올라오면 어떤 상황이 벌어질지 나도 모르겠습니다."

한 젊은 여성은 남편의 괴롭힘 때문에 헤어졌다면서 가쁜 숨을 몰아쉬고 두서없이 말했다.

"요즘에는 남편이 다시 합치자고 전화를 자주해요. 불쌍해서 미워할수가 없어요. 심하게 괴롭히면 화가 나야 하는데, 화가 나질 않아요. 오히려 지금은 감싸 주고 이해해 주고 싶어요. 그이에게는 제가 필요해요. 주위에선 모두가 미쳤다고 말리지만, 저도 제 마음을 잘 모르겠어요. 저, 정말 외로워요…. 외로워요!"

라포 형성

이들을 돕는 일은 그들이 힘겹게 살아온 세월만큼, 또 겹겹이 쌓인 상처의 깊이만큼 오랜 시간이 걸린다. 과거의 상처를 묻어 둔 채 현재의 아픔과 문제가 해결될 순 없다. 그런데 아픈 상처를 한 겹 한 겹 도려내기란 고통스럽고도 긴 시간이 걸리는 작업이다. 기억하기 싫어서 깊이 감춘 아픔을 꺼내어 바라보게 하는 것은 아물어가는 상처를 헤집는 것만큼이나 고통스러운 일이다.

그렇지만 양파를 한 겹 한 겹 까듯이 겉으로 드러난 문제부터 다루다보면 밑에 깔려 있는 원인은 자연스럽게 드러난다. 다만 자신이 왜 분하고 억울하고 서러운지 이유를 모르는 데다 언제 마음 문을 닫고 상담을 포기할지 모르는 사람들이 있다. 그들을 도와주려면 우선 상담관계 counseling relationship, 相談關係 또는 친밀관계intimacy bond, 親密關係라고 불리는 라포Rapport를 형성해야 한다.

영유아 때부터 충분히 좋은 엄마의 보살핌을 느끼지 못하고 자라면서 마음 깊은 곳에 차곡차곡 구겨 넣은 아픈 사연과 느낌들이 있다. 상담가들은 대화를 통해서 내담자들이 아픔을 자각하고, 자신을 알고 이해하고 인정하고, 사랑할 수 있도록 도우면서 차츰차츰 깊이 뿌리 내린 상처에 하나하나 접근해 간다. 오랫동안 상담받으러 오는 분이 가끔 표현하는 말이다.

"더 이상 드러날 만한 내 안의 상처가 없다고 생각했어요. 그런데 오늘 또다시 엄마 아빠의 사랑과 관심으로부터 거절당했다는 느낌 때문에 억울하고 서러운 감정이 올라오니 눈물이 나네요. 오늘은 별로 할 이야기가 없을 줄 알았는데…. 매번 경험하지만, 나의 상처가 하나하나 드러날 때마다 아파요. 그런데 몇 날 지나면 진한 안개가 걷힌 듯이 기분이 맑아지고 어깨가 홀가분해지더라고요. 살아갈 힘이 조금씩 생기는 것이겠지요. 부모님에 대한 분노도 서서히 사그라지네요. 오히려 연민의 정이 생긴다고 할까요? 어색하지만 언제부턴가 이메일로 편지를 주고받고 있어요."

양파를 한 겹씩 벗기듯 현실의 어려움부터 이야기를 나누지만, 문제의 근본 원인은 항상 부모님과 형제들 사이에서 맺힌 응어리에 걸려 있음을 알아갔다. 어이없어 하면서도 서럽고 억울한 눈물을 쏟고 홀가분해진 마음으로 돌아간다. 그 후 다시 만나면 조금씩 삶에 대해 자신감이 생기고, 오랫동안 교회를 다녔지만 가슴에 와닿지 않던 하나님의 사랑도 따뜻하게 느껴진단다. 그러자 마음에서 우러나와 교회 봉사를 하게 되고 남편이나 가족 간의 관계도 편안해지게 되었다.

저항

그런데 나 자신이 성급한 치료를 기대하고 대화하다 보면 예기치 않은 상황이 벌어지기도 한다. 아픈 이야기는 감당할 수 있을 만큼 조금씩 드러내도록 해야 한다. 그러나 세심하지 못한 탓에 오히려 상담가와 이야기를 나누었다는 것만으로도 상심해서 상담을 포기하는 사람들도 가끔 있다.

"선생님! 제가 왜 닥친 일을 스스로 해결하지 못하고 불안해하면서 신경안정제까지 먹어야 하는지 이제 알았어요. 어릴 때부터 모든 일을 아버지 뜻대로 해야만 집안이 조용했어요. 그래서 엄마부터 저희 형제는 목소리 큰 아버지의 위협에 기가 죽어 살아왔던 거지요. 그래도 아버지가 해 주신 일은 항상 완벽해서 마음이 편했어요. 죄송하지만 지금은 아버지를 비난하는 것 같아서 더 이상 상담을 못 받겠어요. 기운도 없고 마음도 무거워요."

이런 사례를 접하게 되면 나 자신을 되돌아보지 않을 수 없다. '아아! 내가 너무 성급하게 본인이 감당하기 힘든 깊은 상처를 건드렸구나!

아직 더 토닥거려 주고 격려의 따뜻함이 필요했던 분인데…. 그동안 하고 싶었던 말을 들어 줄 상대가 필요했을 텐데….' 아버지와 어머니에 대한 사랑과 미움의 감정이 하나로 얽히고 단단하게 뭉쳐 있는 어린아이의 마음 상태에서 그 갈등을 소화해내기란 버거웠을 것이다. 사랑과 미움의 감정이 서로 분리되기까지는 혼란 그 자체일 수밖에 없다. 물론 신경안정제 복용으로 인해 심리적 변화에 적응하는 데 힘든 것도 있었겠지만, 이 글을 쓰는 순간에도 내내 미안함이 밀려온다.

한국정신치료학회를 설립한 정신의학자 이동식 박사는 그의 책에서 이렇게 이야기한다.

환자의 제일 표면에 있는 문제를 제쳐놓고 자꾸 밑의 것을 다루려고 하면 안 된다. 양파 까듯이 맨 위에 있는 것을 까면 자연히 밑에 있는 것이 저절로 나온다. 위의 것을 놔두고 밑의 것을 자꾸 꺼내려고 하면 안 된다.

표면에 있는 것을 까면 저절로 속에 있는 것이 나온다. 표면부터 들어가는 게 중요하지….

조급했던 미안한 마음을 추스르며 싱크대에 떨어진 양파를 다시 집어든다. 담백한 맛을 내려고 뚝배기에 양파를 가득 넣고 된장찌개를 끓인다. 달짝지근한 찌게 맛이 더 내 마음을 스산하게 한다. 오늘은 상담도, 음식 맛도 자꾸만 어긋나는 날이다. 아! 울고 싶다.

양파를 한 겹 한 겹 벗길 때마다 눈물이 나듯 마음의 아픔과 상처를 한 겹 한 겹 들출 때마다 눈물이 난다. 양파가 된장찌개 맛을 내는 과정에서 눈물이 나듯이 맛깔나는 삶으로 나아가는 과정에 어찌 눈물과 버걱거림이 없으랴! 오늘따라 양파의 톡 쏘는 향이 더 눈물 나게 한다. 오늘은 양파 향이 주는 눈물조차 싫지 않다. 울고 싶은데…, '양파야, 고맙다!'

세 번째 이야기 _____

나, 희미해진 자아를 찾고 싶다

"아기와 엄마는 둘이 아니라 하나이다."

-도널드 위니컷-

니가 왜 거기서 나와?

나는 평안하고 싶은데, 불안의 시작

올해도 봄기운에 과꽃 떡잎들이 겨우내 스산했던 화단을 가득 채우며 고양이 혀처럼 앙증맞게 돋아났다. 찬바람은 슬그머니 북으로 밀려갔지만, 서릿발이 흙을 이고 있는 그늘진 곳에서는 봄바람에 고개를 쑥 내밀고 서로 기지개를 켜며 키 재기를 한다. 그런가 하면 화단 모퉁이에는 유달리 두툼한 잎을 가진 녀석이 독불장군처럼 있는 폼 없는 폼 다 잡고 봄바람이 간질여도 웃음으로 참으며 혼자 맞서고 있다.

"너는 뭘 먹었기에 넓적한 잎에 키는 또 그리 훤칠하니?"

욕심 많고 시기심 많은 녀석일까? 아니면 돌연변이 과꽃일까? 튀는 걸 보니 관심 깨나 독차지하려고 웃자란 것 같은데, 일단 구석진 곳에서 내 시선을 끄는 데 성공했다. 두고 보자. 얼마나 멋지게 꽃을 피울지!

그런데 더위가 여름 끝자락에서 대롱대롱 매달려 있을 즈음, 그 녀석은 하얀 꽃으로 정체를 드러냈다.

"아니? 니가 왜 거기서 나와? 뿌리지도 심지도 않았는데?"

불현듯 트로트 가요 「니가 왜 거기서 나와」 가사가 떠올랐다.

이게 누구십니까

니가 왜 거기서 나와

니가 왜 거기서 나와

내 눈을 의심해 보고

보고 또 보아도

딱 봐도 너야

오마이 너야

이 노랫말에 딱 맞는 모습이다. 「니가 왜 거기서 나와」는 발등을 찍혀 내뱉은 외침이었지만, 내 느낌은 놀라움과 반가운 외침이었다. 노란 꽃 수술에 하얀 꽃잎을 가진 데이지! 이 녀석을 통해 생전 처음으로 떡잎부터 꽃이 필 때까지 데이지의 일생을 세심하게 지켜본 셈이다. 반가워서 다시 묻는다.

"니가 왜 거기서 꽃을 피우는 거야?"

말이 없다. 대답 대신 되묻는 듯 고개를 곧추세웠다.

"왜 내게 묻지요? 심었으니까 꽃을 피웠지요!"

"아, 그렇구나! 미안해."

미안한 맘에 격하게 환영해 주고, 곁에 있는 과꽃들의 눈치를 살피며 서둘러 남편에게 슬쩍 묻는다.

"여보, 화단에 데이지 꽃이 피었어. 어찌 된 거지?"

"작년에 내가 심었는데. 왜?"

"그럼 그렇지! 그렇지 않고 데이지가 화단에 있을 리가 없지."

상담하다 보면 불쑥 도저히 가늠할 수 없는 아픔과 상처가 튀어나와 내담자도 놀라고 상담가도 놀라곤 한다. '니가 왜 거기서 나와? 나 그런 상처 받은 적 없는데…. 나는 엄마 사랑 듬뿍 받고 자랐는데….' '교회 오빠와 클럽은 왜 왔는데? 너네 집 불교잖아?' 남편이 교회 오빠였기에 노랫말에 피식 웃는다. 노랫말에 딱 맞는 것 같은 내담자가 들려준 사연과 어울리지 않는 내담자의 아픔이 있다. 어디서 저 아픔이 왔을까? 언젠가 누군가 심었을 텐데, 상담 초기에는 실마리가 잡히지 않아 지도나 내비게이션 없이 운전하는 것 같은 경우가 자주 있다.

숨겨왔던 아픔

코로나19 이후 집안이 북적거리고 티격태격하는 소리에 신경이 예민해진 데다 갑자기 호흡 곤란이 잦아지고 일상이 불안하다며 떨리는 목소리로 한 여인이 상담을 청해 왔다. 얼굴을 마주할 수는 없었지만, 컴퓨터 화면에서 만나 얼마 동안은 두서없이 같은 사연을 반복해서 쏟아냈다.

"저는 희생적인 엄마의 사랑을 많이 받고 자랐어요. 상처받은 것 같지는 않아요. 저도 엄마처럼 헌신적으로 아이들을 돌보고 있어요."

그런데 이어지는 말에서는 사랑이나 돌봄이 아닌 아픔이 튀어나왔다.

"화가 올라오면 숨이 막힐 것 같고 알 수 없는 불안이 자주 밀려와요. 남편, 딸, 아들과 부대끼면서 살기가 점점 짜증 나고 부담스러워요. 아침에 눈 뜨면 할 일이 산더미 같아서 심란하고, 일일이 챙겨 줘야 할 아이들을 보면 머리가 돌아버릴 것 같아요. 야단맞고 잔소리 듣던 아이들은 눈치 보며 슬슬 저를 피해요. 몸은 한없이 나락으로 떨어지는 느낌이랄까요?"

그녀는 헌신적인 엄마의 사랑을 받았다고 했지만, 도리어 사랑받지 못했던 엄마를 위로해야 하는 처지였다.

"어릴 때 기억으론 엄마는 계속되는 할머니 구박도 서러운데 아빠의 사랑도 받지 못하셨거든요. 아빠는 새까맣게 타버린 엄마의 속내를 듣고도 모른 척하셨어요. 그래서 저는 엄마 편이 되어 주는 착한 딸, 할머니에게는 착한 손녀가 되어야 했어요. 그래야 할머니가 엄마를 덜 힘들게 할 것 같았거든요. 생각해 보니 할머니는 엄마한테 늘 비아냥거리는 말투로 이 일 저 일 시키셨어요. 빈정거리고 비아냥거리는 특유의 말투로! 그래서 비아냥거리는 게 극도로 싫었는데, 나도 모르게 할머니 말투를 닮았나 봐요. 그렇죠?"

속담에 시집살이 매섭게 한 며느리가 나중에 무서운 시어머니 된다는 데, 이 여인은 할머니를 싫어하면서도 닮았나 보다. 이럴 때는 무섭도록 마음이 시리다. "비아냥아, 세월이 지나면 좀 없어지면 안 되니? 한 대를 건너서까지 꼭 나와야겠니?" 이렇게 꼭 대물림해야겠냐고 따져 본다. 풀리지 않은 감정은 억압되고, 억압한 것들은 야속하게도 반드시 돌아와 힘들게 한다.

미해결된 감정은 억압된다

인간은 생존하기 위해, 그리고 삶의 만족을 위해 욕구^{need}를 가진다. 먹고 싶고, 쉬고 싶고, 사랑받고 싶고, 신뢰받고 싶고, 가지고 싶고 등 자연스럽게 욕구를 가진다. 때에 따라서는 안타깝게도 본능인 욕구 자체를 억눌러야 하는 경우가 있다. 또한 욕구는 충족되기 위해 주변 사람들에게 요구^{demand}해야 한다. 하지만 여러 가지 이유로 욕구가 거절되거나 채워질 수 없는 경우도 존재한다. 해결되지 않은 욕구는 욕망^{desire}이 되고, 미해결된 욕망은 억압되며, 억압된 것은 여러 가지 형태로 반드시 돌아온다. 물론 욕구가 충족되지 않아도 그때 밀려오는 감정을 누군가 공감해 준다면 미해결된 감정으로 남지 않는다. 그녀는 사랑받고 싶은 욕구를 가족 누구에게도 요구할 수 없었다. 그러다 보니 미해결 감정은 억압되었고, 결국 돌아왔다. 각설이도 아니면서 말이다.

앞서 말한 대로 욕구가 채워지지 않거나 공감받지 못한 욕망은 미해결 감정으로 억압되고, 의식의 저편에서 숨죽이고 쌓이게 된다. 그렇게 억압된 것들은 삶 속에서 반복적으로 드러난다. 수치스러운 일, 억울한 일, 슬픈 일, 그리고 두려운 일 등은 인정하기 힘들고, 표현하기 어렵고, 공감받기 쉽지 않기 때문에 억압될 수 있다. 억압된 미해결 감정들은 세월이 흐르고 기억에서 희미해진다고 없어지는 게 아니다. 억압된 미해결 감정들은 덜어내야 자신을 더 이상 힘들게 하지 않는다.

상담이 지속되던 어느 날, 그녀는 툭 하고 감정의 매듭이 풀어지는 듯한 느낌을 이야기했다. 다행히 의사 처방대로 약을 먹으면서 주로 할머니, 엄마, 아빠, 가족 이야기를 꺼내기 시작하자 속이 좀 편해진 것이다. 어떤 때는 계속된 자기 탐색을 통해 더 깊은 자기 안에서 불쑥 튀어나오는 예기치 않은 아픔 때문에 당황하기도 했다.

"선생님! 아침에 일어난 일이에요. 오늘따라 유난히 딸의 목소리가 크게 들려서 오금이 저리고 오싹했어요. 딸의 깐족거리는 말투가 머리를 후려치더라고요. 딸이 툭 내뱉는 말에 저도 놀랐어요. '어! 네 속에서 어떻게 내가 나오니?' 그동안 제가 아이들에게 잔소리를 좀 하긴 했지만, 그렇다고 깐족거리는 말투는 아니었거든요. 제 생각에는요. 그런데 딸의 모습에서 제 모습이 보였어요. 늘 그랬을 텐데 이제야 딸에게서 제가 보이네요. 신기하게도 이제야 보여요. 왜 이제야⋯. 맥이 쑥 빠져서 털썩 주저앉았어요. 곧바로 할머니가 내 속에 있다는 느낌에 오싹했어요."

거시기가 뭐야?

과꽃밭에 핀 데이지 꽃을 보자마자 십대 이후로 50년 동안 사투리를 숨기려 애썼지만 불쑥 튀어나와서 당황했던 기억이 떠올랐다. 사춘기 소녀가 여고생이 되어 도시로 유학을 떠나면서 가장 신경 썼던 것이 사투리였다. 도시 친구들이 시골뜨기라고 우습게 볼까 봐 애써 표준말을 쓰면서 도시 생활에 익숙해져 갈 무렵이었다. 같은 반 친구가 "너 전주가 고향이니?"라고 물었다. 꽤나 신경 썼더니 친구도 나를 도시 소녀로 알았나? 이만큼 애를 썼으니 고향 사투리가 튀어나오지 않을 것이라 안심했다.

미국 생활이 어느 정도 익숙해진 어느 날 한 분이 내게 물었다.

"전라도 분이세요?"

"아니, 어떻게 아셨어요? 내 말이 그렇게 들렸어요?"

아아~, 머리카락 보일라 꼭꼭 숨겼다고 안심했는데…. 50년을 꼭꼭 숨겼는데 허망하게 비집고 나와 버렸다.

"아! 거시기, 니가 왜 거기서 나와!"

태어나서부터 십수 년을 사용했는데, 어디 가겠어? 간절히 바라는 영어는 나아질 기미가 없고, 고창 지방 방언만 튀어나온다. 위안을 삼고 싶었지만, 대학원에서 강의할 때도 튀어나왔을 텐데…. 좀 당황스러웠다.

데이지 꽃이 다시 한 번 나를 일깨워 준다. '그렇지. 내담자의 내면에 없었다면 나오지 않았겠지.' 헤매지 않고 내담자를 돕기 위해 오늘도 온라인 상담실의 문을 연다. 상담소 화단에 한 가지 더 심을 꽃이 생겼다. 나를 일깨워 주는 꽃들을 화단에 가득 심고 싶다.

"여보, 있잖아? 거시기 이리 줘요."

참 신기하게도 남편은 곧잘 알아듣고 건네준다. 내 안에도, 남편 안에도 거시기가 산다. 50년도 훌쩍 넘었는데 거시기는 늙지도 않나 보다. 세월이 흘러도 생글생글 뛰어나온다!

"엄마, 거시기가 뭐야?"

"응, 있어. 거시기."

미안하다, 꽃들아!

마음에서 꽃피는 감정들, 자극과 감정

올해도 과꽃이 피었습니다

꽃밭 가득 예쁘게 피었습니다

누나는 과꽃을 좋아했지요

꽃이 피면 꽃밭에서 아주 살았죠

흥얼거리며 뒤뜰 꽃밭으로 가다가 예상치 못한 항의를 받았다.

"뭐? 꽃밭 가득?"

무성한 잡초 사이를 고생고생해서 비집고 피어난 과꽃 몇 송이가 아우성친다.

"이 모습을 보고도 노래가 나와요? 도대체 생각이 있는 거요, 없는 거요? 그리고 당신에겐 과꽃을 좋아한 언니나 오빠도 없잖소? 과꽃을 쪼끔 좋아하던 교회 오빠도 남편이 되었잖소?"

"아! 미안, 미안해! 미처 너희들 마음 헤아리지 못해서…. 내 생각이 짧았어. 아니, 내 눈이 잠시 외출했었나 봐. 입이 열 개라도 할 말이 없어."

그렇지만 마음 한구석은 못내 서운하고 속상했다. 핑계로 성공한 사람은 가수 김건모밖에 없다지만, 그래도 핑계를 댄다.

"애들아, 늘 곱고 뽀얀 내 손으로 너희들 곁에서 떨어지지 않으려는 잡초(?) 한 포기라도 눈에 띄기만 하면 미안하다고 양해를 구하면서까지 곧바로 뽑아준 것 기억 안 나니? 섬섬옥수 귀한 손에 흙 묻히면서 수고했는데 몰라 주니 조금 섭섭해. 거기다 올해는 비가 어지간히 왔어야지. 비 내리는 날이면 촉촉한 땅에서 더 잘 자라겠거니 했지. 그런데 찾지 않은 며칠 사이에 쑥 자란 풀을 뽑는데, 글쎄 너희도 덩달아 뽑히는 거야. 그래서 풀 뽑기를 얼른 포기했잖니? 그래도 치이지 않고 잘 견딜 거라 믿었는데, 내 마음 몰라주니 야속하다!"

꽃밭 가득 예쁘게 피우도록 가꿔 주지 못해 염치없지만, 이해 반 핑계 반으로 하소연하며 허리 숙여 쑥스럽게 친한 척을 한다. 반면에 쉽게 발길이 닿아 잔손이 더 갔던 앞쪽 화단의 과꽃들은 꽃밭 가득 예쁘게 피었다. 출퇴근길에 가득 카메라에 담아 멀리 고국에 있는 친구에게 전송하다가 잡초 속에서 피어난 과꽃을 보며 살짝 미안한 마음이 들었다.

엄마는 동생만 예뻐해

"두 딸이 학교에서 돌아올 시간이 되면 가슴이 뛰고 울렁거려서 일이 손에 잡히질 않아요. 차 안에 앉자마자 티격태격하는데, 작은 아이는 말끝마다 '언니 싫어! 엄마는 언니만! 언니만! 언페어Unfair! 언페어!' 하고 소리쳐요. 아침엔 눈 뜨자마자 칭얼칭얼, 저녁엔 잠들기 직전까지 온갖 짜증과 신경질을 부려대니 돌아버리겠어요. 둘째는 유난히 저의 말초신경을 건드는 아이예요."

지난 일요일 교회에서 있었던 일 때문에 아직도 마음이 설렌다. 3살짜리 남동생을 둔 6살짜리 딸이 엄마 곁에 바짝 달라붙어 호소했다.

"엄마는 동생만 예뻐해."

"아니야, 엄마는 너도 사랑해."

"아니야, 반찬집 아줌마도, 식당 할머니도 동생만 예쁘다고 했어."

"그것은 동생이 어리기 때문이야."

그러자 딸이 살짝 한숨을 쉬며 말했다.

"음…. 나이가 내 인기를 떨어지게 만들었네."

모두 입을 벌리고 말을 잇지 못했다. 그리고는 엄마에게 밥을 먹여 달라고 응석을 부린다. 그러자 앞에 앉아 있던 한 엄마가 재빨리 아이의 마음을 읽어 주었다.

"그렇구나! 그래서 속상했어?"

첫째와 둘째가 가진 아픔은 다른 가정에도 흔히 있다. 몇 년 전 만났던 젊은 엄마는 유난히 체구가 작았는데, 그녀의 하소연을 다시 들여다보게 된다. 상담을 통해 점차 자기 통찰이 생기면서 문제의 초점을 아이 탓에서 점점 자신에게로 맞추어 갔다. 힘든 가족사로 인해 끓어오르는 울분을 애절하게 토해내고 나서 마음이 진정되자 둘째 아이의 심통이 꼭 자기를 닮았다고 고백한다.

"더 참을 수 없었던 것은, 친정엄마에겐 오직 언니밖에 없었다는 거예요. 저는 소리 없이 조용히 노는 착한 아이였대요. 존재감 없이 자란 거죠. 뭐. 있는지 없는지 모를 정도로 순둥이로 자랐어요. 언니가 입던 옷도 두말하지 않고 입으라면 입었고요. 친정엄마의 차별이 둘째 아이를 통해 수그러들지 않는 분노로 둔갑했네요. 요즈음은 만사가 다 귀찮아서 소리 지를 기운조차 바닥났어요. 공평하게 사랑받지 못한 내 억울함이 두 딸의 싸움을 부추기는 줄도 몰랐다니…. 참 허탈하네요. 그러니까 저도, 제 둘째 딸도 언니와 똑같이 사랑해 달라고 아우성치고 있었다는 거죠?"

기질과 성격

가슴을 쓸어내리던 그녀를 떠올리면서 해묵은 질문을 다시 해 본다. 인간의 성품은 가지고 태어나는 것일까? 아니면 환경이 만드는 것일까?

아기 침대 위에 모빌을 달아 놓고 흔들면 아기마다 반응이 다르다. 어떤 아기는 별 반응이 없고, 어떤 아기는 방실방실 웃으며 몸을 움직여 반응한다. 또 어떤 아기는 겁먹은 모습으로 모빌을 피하려는 듯한 몸짓을 한다. 아기들은 태어나서 환경에 노출된 기간이 얼마 되지 않은데도 동일한 자극에 대해 각자 다르게 반응한다. 이런 종류의 실험을 통해서 알아낸 사실은, 아기가 각자 자기만의 기질^{temperament}을 가지고 태어난다는 것이다.

출생 후 어느 정도 자기만의 기질이 다소 누그러지기도 하지만, 근본적인 기질은 일생을 두고 일정하게 유지된다. 한 연구에 의하면 아기가 걸음마 단계에서 수줍음을 타는 기질을 보였다면 유치원에 가서도 여전히 같은 모습을 보일 확률이 60퍼센트 정도라고 한다. 또 수줍음을 타지 않는 기질의 아기들 중 10퍼센트 정도만 유치원을 졸업한 후 수줍음을 타는 기질로 바뀌고, 나머지는 선천적 기질을 그대로 유지한다. 이처럼 선천적 기질과 그가 자란 환경이 만들어 낸 사람의 성품을 우리는 '성격'이라고 부른다.

그랬구나

같은 꽃봉오리에서 얻은 씨앗을 보자. 과꽃이라는 기질은 같아도 환경에 따라 꽃 모양이나 색깔이나 크고 작은 키나 줄기의 굵기로 인해 신기하게도 전혀 다른 분위기를 만들어 낸다. "한 배에서 나왔는데, 어찌 이렇게 다를까?" "반반씩 섞어 태어났으면 얼마나 좋을꼬?" "하는 짓 보면 누가 너희를 남매라 하겠어?" "내 배에서 나왔는데, 어찌 저리도 나와 다를까?" 나에게는 딸과 아들이 있다. 성격도 다르고 습관도 다르다. 한 배에서 나왔는데, 달라도 너무 다르다. 그런데 어딜 가면 남매라는 걸 바로 알아본다. 그렇지만 다르다. 물론 아들과 딸이라 다른 것이 자연스러운데도 성 차이를 떠나서 다르다. 나와도 다르다.

나는 딸 여섯에 막내아들 하나인 집안에서 셋째 딸로 태어났다. 그렇다 보니 자신을 드러내기 쉽지 않았던 내가 딸과 아들을 동일하게 대할 순 없었다. 큰애는 공부하러 먼저 미국으로 떠난 남편이 곁에 없는 가운데 혼자 한국에서 낳은 뒤 4개월 즈음 미국으로 왔다. 첫째는 낯선 미국에 적응하면서 양육했다. 4살 차이가 나는 둘째는 어느 정도 미국에 정착한 후에 태어났다.

첫째는 어려서부터 천생 여자였고, 둘째는 걸음마를 배우면서부터 뛰려고 했다. 첫째는 한 번 앉으면 망부석인데, 둘째는 곶감을 빼먹으려고 광을 수시로 들락거리는 개구쟁이였다. 둘째는 조용한 엄마 아빠와도 퍽 달랐다. 이런 점에서 보면 첫째는 엄마 아빠를 많이 닮았다. 상담하면서 두 아이의 성격이 다른 이유가 하나씩 보이기 시작했다. 누나와 동생이라는 긴장 관계가 만든 것이 있었다. 그중 가장 두드러진 것이 "불공평해! It's not fair!"였다. 네 살이나 어린데도 누나와 똑같이 나눠야 한다는 것이다.

출생 순서가 성격에 영향을 준다 아니다라는 말이 많지만, 우리 아이들을 보면 둘째만이 가지는 특징이 있다 해도 과언이 아니다. 둘째로 태어난 아이가 살아남기 위해서 나름 투쟁한 것인데, "그랬구나"라고 충분히 마음을 받아 주지 못했다.

"너는 동생이잖아? 누나와 같을 순 없어!"

아들은 얼마나 답답했을까? 억울했을까? 적절하게 표현도 못하고….

올가을에는 절반의 기쁨과 절반의 미안함으로 꽃밭을 찾는다. 오랫동안 방치되었던 상담소 화단에는 과꽃뿐 아니라 여러 가지 풀들이 경쟁하듯 자랐다. 상담하다 쉬는 시간이나 퇴근 시간에 가끔 들러서 풀을 뽑아 주곤 했다. 신경은 많이 못 썼지만 기대는 컸다. 비도 촉촉이 내리고 적당한 햇빛을 받아 잘 자라려니 했는데, 어느 순간 풀 속에 파묻히고 말았다. 그래도 무성한 잡초 속에서 얼굴을 내민 몇 송이들이 심어 주어서 고맙다고 꾸벅 가을 인사를 한다. 뒤늦은 미안함에 가슴이 싸하게 아린다.

상담하면서 생명에 대한 경외감이 조금씩 힘을 얻는다. 이제는 이름도 모르는 아주 작은 풀을 뽑으려 해도 풀에게 미안한 마음이 든다. 얘네들도 생명인데! 하늘이 자라게 한 존귀한 생명인데…. 눈 질끈 감고 상담소 화단의 풀을 뽑은 후 바로 버리지 못하고 화단 모퉁이에 밀쳐 둔다.

집 앞쪽 화단에 뿌린 과꽃은 무럭무럭 자라서 화사한 가을을 맞았다. 뒤뜰 화단에는 작고 자잘하지만 예쁜 색깔이 꽃밭 가득 가을을 맞았다. 뒤뜰 화단에는 촘촘히 심었는데 잡초와 경쟁하면서도 서로 밀쳐내지 않고 함께 자란 과꽃들에게 미안하면서도 기특했다. 같은 꽃밭에서 받아 두었던 씨앗들이 각기 다른 환경에서 색다른 분위기를 만들었다.

엄마의 손길

우리 자녀들의 마음밭에도 사랑의 씨앗을 뿌렸지만, 역기능적인 환경에서 마음이 다치기도 한다. 그 아픔들이 더 깊어지기 전에 치유해 주어야 한다. 아이들에게는 성장 과정마다 경험해야 하는 결정적 시기가 있다. 이 시기를 놓치면 재경험하는 데 아주 많은 시간과 노력이 필요하다.

내년에는 꽃이 피기 전에 꽃밭에서 아주 살아야겠다. 꽃이 피면 이미 늦을 테니···. 과꽃이 내 손을 필요로 하듯 아이들도 마찬가지로 나의 손길이 필요하다. 아픔이 깊이 뿌리내리기 전에 하루 종일 마음밭에서 아주 놀아 주어야겠다. 아니, 한나절만이라도 눈을 맞추어야겠다. 아들아, 딸아. 미안하다! 엄마에게도 낯선 미국은 많이 불안했거든! 해가 일찍 기울어 밖은 어둡고, 아파트 밖에서는 잘 들리지 않은 영어가 들려오고, 아빠는 아직 퇴근 전이고, 그런데 너희들이 있어서 용감한 척했단다. 미안! 이리 와. 꼭 안아 줄게!

잡초라 불러 미안해

완벽해야 해, 수치심과 취약성

잡초가 별거야?

출퇴근 때마다 눈맞춤을 기다리는 뒤뜰 초록이들이 아우성이다. 오늘
따라 그 아우성에 토라짐이 묻어 있다. 채소밭에 허락 없이 자꾸만 밀고
들어와서 여린 상추를 야단치고, 고춧대를 감아올려서 허리를 휘게 만
들고, 고들빼기 자리마저 빼앗는 잡초 때문에 초록이들이 단단히 심통
이 났다. 서둘러 풀을 뽑으려다가 먼저 내 마음을 전했다.

"풀들아, 너희를 잡초라 불러서 미안해."

어느 분의 칼럼에서 읽은 할머니의 말씀이 생각이 난다.

잡초가 별거야? 제자리가 아니면 다 잡초지. 내가 몰라서 잡초가 아니라
꽃잔디 길을 만들려고 하는데 자꾸만 삐져나와 꽃잔디 자리를 차지하니
까 잡초가 되는 거지.

"너희는 있는 모습 그대로 아름답고 가치가 있지만, 내 밭에 초대하지 않아서 나도 모르게 잡초라고 해서 미안해. 너희들에게도 예쁜 이름이 있을 텐데 이름도 몰라서 더 미안해. 정말 미안하지만, 오늘은 내 밭에서 나가 달라고 부탁해야겠다. 아니, 강제 퇴거시킬 수밖에 없단다. 용서하렴."

핸드백을 문 앞에 던져놓고 저녁 준비도 뒤로 미룬 채 하루 종일 다 쓰고 마지막 남은 한 줌 에너지까지 바닥내면서 연한 풀과 억센 풀을 하나씩 뽑아낸다. 뽑혀 나간 주변 흙을 고르다 보면 오히려 머릿속이 초록으로 채워지고 뼈마디에 싱그러운 여름이 스며든다.

감나무 그늘에서 공기놀이하는데 호미 들고 밭으로 풀 매러 가던 어머니가 나를 부르신다. 오늘따라 엄마가 새엄마 같다. "에이! 엄마 혼자 가면 안 돼? 응응? 나 효순이랑 놀기로 했단 말야!" 뙤약볕에서 고구마 순을 젖히며 풀을 뽑다가 심통이 나서 땅을 콕콕 찍다가 호미를 내동댕이친다. 내 심통에 고구마 몇 개쯤은 호미 날에 상처가 났을 텐데 어머니는 그것도 모르시는지 또 나를 부르신다. 꾀를 내어도 어머니의 시선에서 벗어날 수 없어서 아까운 여름방학 몇 날을 고구마밭에서 보낸다.

이제는 풀 매러 가자며 나를 부르시던 어머니의 마음을 알 것 같다. 공깃돌 다섯 개를 쥐기에도 짧은 손가락에다 고양이 손만큼이나 작은 손을 빌리려는 게 아니라 백설 공주보다 더 예쁜 셋째 딸과 함께 있고 싶었던 어머니의 마음을 엄마가 되어서야 헤아리게 된다.

그렇지만 세월이 지나도 귀를 막고 싶은 것은 선생님의 호출이다. 아이들에게 여름방학 동안 해는 너무 늦게 뜨고, 너무 일찍 서쪽 하늘을 붉게 물들인다. 뛰놀기에도 턱없이 짧은 여름방학인데 담임선생님은 아이들의 웃음이 떠난 학교 운동장으로 부르셨다. 너른 운동장에 자란 풀을 뽑으면 행동발달사항 운운하시면서 도장을 찍어 주셨다. 뛰어놀기엔 좁다고 불평했던 운동장이 그날따라 하늘보다 더 넓어 보였고, 우리 모두의 입이 오리처럼 튀어나왔다.

'어쩌자고 너희는 우리 밭에 뿌리내리는 것도 모자라 신나게 고무줄놀이, 터치 볼, 땅따먹기 놀이를 하는 학교 운동장까지 터를 잡니? 우리는 귀중한 방학의 한나절을 빼앗기고 너희는 뿌리째 뽑히게 되잖아! 왜 하필이면 우리 고구마밭과 운동장에 자릴 잡니? 제발 엄마와 선생님 눈에 띄지 않는 곳에서 자라면 안 되겠니? 나도 친구들과 좀 놀자, 놀아! 너흰 「노세 노세 방학 때 놀아」라는 노랫말도 모르니? 이 노랫말이 맞나?'

열등감과 수치심

지난겨울 휴스턴대학교 연구교수이자 테드^{TED} 최고 강사인 브레네 브라운^{Brene Brown}의 "나는 왜 내 편이 아닌가"라는 강의에 푹 빠져 있었다. 보고 듣고, 또 보고 듣다가 결국 그녀의 강연과 책 속에서 나를 만났다. 완벽주의로부터 생겨난 '수치심^{shame}'을 깊이 경험했던 브레네 브라운의 이야기다. "취약성^{vulnerability}이 바로 창의성, 변화, 혁신이 탄생하는 지점이다. 창조한다는 것은 이전에 존재하지 않았던 무언가를 만드는 것이다. 그보다 취약한 것은 있을 수 없다."

자신의 취약성을 인정하지 않고 자기 자신을 보호하는 데만 급급하면 새로운 도전이란 있을 수 없다. 결국 완벽하려고 할 때 창의성, 변화, 혁신을 꿈꿀 수 없다. 자신의 취약성을 포용할 때 도전할 힘을 얻게 된다. 취약성이 오히려 같은 취약성을 안고 시작되는 창조의 원천이 될 수 있다는 뜻이다. 나의 취약점을 다른 사람들이 알게 된다면 나를 업신여기지 않을까, 나를 멀리하게 될까 마음 졸이던 내게 그녀의 말이 훅 치고 들어오자 맥이 탁 풀렸다. 그녀의 말 한마디가 수십 년 동안 가리고 있었던 나를 겨울나무로 만들어 버렸다.

브라운 교수는 취약성 강의로 내게 수치심을 주더니 곧 따스한 옷을 입혀준다. "여자의 수치심은 힘든 내색 없이 모든 걸 완벽하게 해야 하고 여성은 이래야 한다라는 모순과 경쟁적 기대가 만든 산물이다. 그래서 수치심의 해독제는 공감이다." 그녀의 강의에 고개를 연신 끄덕이면서도 수치심은 여전히 나를 강하게 붙들고 있었다. 아직도 공감이 부족한 탓일까? 수십 년을 같이 산 남편에게 따져야겠다.

"당신, 충분히 공감해 주지 않고 수십 년 동안 뭐 했어? 영혼 없이 공감한 것 아니야?"

그동안 열등감을 숨기려고 무던히 애를 썼다. 열등감이 밝혀지면 견딜 수 없는 무력감에 허우적거릴 것 같아서 내 몸으로 괜한 핑곗거리를 만들곤 한다. 그럴 때면 몸이 슬슬 아파 온다. 수술 후유증이 다시 밀려 오는 것이다. 브레네 브라운의 말을 이해하면서도 정작 현실에서 열등 감이 움직이기 시작하면 수치심은 익숙했던 내 마음의 방으로 나를 밀 어 넣는다. 허겁지겁 뛰어들어 기댈 때마다 힘이 되어 주던 벽이 얼음장 같이 차가워 놀라 등을 뗀다. 수치심을 감추던 방에서 이제 나가라고 브 라운 교수가 내 등을 떠민다. 이제 수용할 때도 되지 않았느냐고 묻는다.

'아니야! 이해는 하지만, 취약성이 어떻게 창조의 원천이야? 분명 내 약점이야!'

가린다고 가려지는 것이 아니다. 그럼에도 용을 쓰며 가리고 싶은데 이젠 피할 길이 없다. 내가 피하면서 내담자에게는 취약성을 포용하라 고 상담할 순 없지 않은가? 완벽해지려고 하다가 크게 넘어진 일들이 힘 들어하는 나를 붙잡고 다시 씨름을 걸어온다. 더 이상 속절없이 당할 순 없다. '이 수치심을 어찌할꼬?' 수치심으로 탄식하는 모습이 나와 쌍둥 이 자매 같은 어느 50대 내담자도 같은 신음을 내뱉는다.

수치심이라는 잡초

사랑에 채이고, 존중받지 못하고, 인정받지 못해서 우울증과 공황장 애로 고통을 호소하는 여인이었다. 외면했던 취약성이 수치심으로 마음 에 자리 잡아 그녀의 삶을 질식하도록 휘감아 버렸다. 수치심이 마음 밭 의 잡초가 되면서 소중한 것이 자라지 못해 못난이들이 된 상태였다.

"엄마는 허드렛일을 했어요. 친구들한테 엄마 이야기를 할 수가 없었어요. 엄마는 내게 늘 창피한 사람이었거든요. 생각만 해도 짜증 나지요. 소풍 갈 때 따라온다고 하셨으면 아마 못 오게 했을 거예요. 엄마는 나의 부끄러움이었으니까요. 주목과 관심에 단단히 병들어 있던 나는 친구들 사이에서 잘난 체를 참 많이 했어요. 특히 학교 선생님의 특별한 관심에 목말라 있었고, 학교에서 해 오라는 것은 떼를 써서라도 해야 직성이 풀렸어요. 직장에서도 능력 있는 직원이자 대인 관계가 원만하다는 소리를 듣고 싶어서 나를 감추었어요. 내게는 '괜찮은 사람'이라는 꼬리표가 붙는 게 아주 중요했거든요."

그녀는 상사의 눈 밖에 나고 싶지 않아서 최선을 다한다는 것이 심한 스트레스로 급기야 신경성 부종_{두드러기} 진단을 받았고, 더 이상 근무할 수 없어서 병가를 냈다. 몇 달 후 직장으로 복귀했는데, 여직원 선임 역할까지 맡게 되자 그 일도 완벽하게 해내려고 애썼다. 무거워진 짐과 완벽해야만 직성이 풀리는 성격 탓에 무능한 직원이라는 소리를 듣는 것이 두려웠고, 결국 직장을 그만두었다.

직장을 그만두었다고 수치심에서 벗어나는 것은 아니다. 그녀는 여전히 수치심에서 벗어나지 못하고 있었다. 환경이 바뀌었다고 수치심이 없어지는 게 아니다. 수치심의 뿌리는 매우 깊다. 누가 자신을 능력 없다고 할까 봐 신경 쓰고, 열등감이 밀려오면 참을 수 없는 분노가 올라와 몹시 괴로워했다. 매사가 우울하고 자신감이 더 떨어진 데다 이런 자신을 누가 알까 봐 괴로워하다가 결국 상담소로 찾아왔다.

그녀는 취약성을 인정하지 않으려는 자신을 인식하기까지 많은 시간이 걸렸다. 그리고 이제 취약성이 역기능으로 작용한 수치심, 즉 잡초를 뽑아내는 노력이 시작되었다. 얕게 뿌리 내린 잡초를 뽑아내고 또 뽑아내기를 반복하다 보니 깊게 뿌리 내린 잡초를 찾으려는 의지도 올라오면서 상담에 힘이 붙기 시작했다. 그녀는 점점 자신을 있는 그대로 받아들이기 시작했다.

　"나는 지금 이대로 충분하다I am enough."

　봉숭아 꽃, 민트, 국화꽃 사이사이에 자란 풀을 보노라면 마치 내 마음의 상처를 보는 것 같다. 텃밭에 있는 상추, 고추, 깨, 더덕, 부추 사이에 허락 없이 살고 있는 풀을 뽑다 보면 수치심을 어루만져 주는 느낌을 받는다. 나를 자유롭지 못하게 했던 수치심과 깊이 연결되어 있는 풀매기가 이제는 가벼움으로 와닿는다. 텃밭에 들어가 잡초를 솎아내다 보면 돌봄을 받는다는 느낌이 강했나 보다. 내가 가꾸는 텃밭은 내 마음과

깊이 연결되어 있다는 느낌을 자주 느끼게 된다.

텃밭에서 풀을 뽑는 동안 마음 밭을 어지럽힌다며 잡초 딱지를 붙였던 풀들은 약초가 되어 있었다.

"너는 잡초가 아니라 다만 적절하지 않은 곳에서 자란 풀일 뿐이야. 너는 너로 충분히 아름답고 존재 이유가 있어. 적절한 경쟁심은 나쁜 것이 아니잖아? 풀들아, 내년에는 내 고향 들녘에서 힘써 키 재기 하면서 마음껏 자라라. 성적표에 도장 하나 더 받으려 너희를 박대할 땐 많이 속상했지? 힘없이 짓밟힐 때도 많이 아프고 억울하고 슬펐지? 미안해, 정말 미안해! 풀들아, 이제는 엄마와 선생님 눈에 띄지 않는 곳에서 고향 떠난 나와 친구들을 대신해 고향을 지켜 주면 좋겠다. 폭풍의 언덕에 피어나 하늬바람, 샛바람, 마파람, 된바람과 함께 대자연을 노래하며 한 폭의 그림이 되면 좋겠다. 꼭 그래 줄 수 있겠지?"

"채리야, 텃밭에서 엄마랑 풀 뽑지 않을래?"

"Mom, Please!"

50년 전 내가 했던 말이다.

"엄마, 제발!"

얘들아, 칡 캐러 가자!

두려움과 게으름, 핵심 믿음이 빚어낸 자동사고

　겨울과 봄이 힘겨루기하는 2월 말, 아직은 겨울 끝자락의 뒷심이 조금 남았나 보다. 하지만 아이들은 좀이 쑤시고 몸이 뒤틀려 참을 수가 없다. 이때쯤이면 화롯가의 고소한 군밤도, 부엌 아궁이에서 피식피식 소리를 내며 익어가는 군고구마의 단내도 아이들을 집에 잡아두기에는 힘이 부친다. 엄마 몰래 곡간에서 꺼내 먹던 정월 대보름 유과와 왕겨 속에 보관하던 사과와 배도 엄마가 알아차릴 만큼 줄어서 더 이상 손댈 수가 없다.

　눈 속에 묻어 두었던 고구마를 꺼내어 입이 얼얼하도록 씹을 때의 아삭아삭한 맛도 이제는 아이들의 심심한 입을 다물게 할 수 없다. 엄마의 걱정 섞인 잔소리를 뒤로하고 찬바람이 몰려다니는 집 밖으로 아이들이 몰려나간다. 아직 응달에는 잔설이 남아 있고 바람이 허름한 옷을 섬뜩하게 파고들지만, 아이들은 새로운 주전부리를 찾기 위해 괭이와 삽을 들고 동네 앞산 양지바른 철새 밭으로 씩씩하게 몰려간다.

　칡덤불 아래 잔뜩 쌓인 낙엽을 걷어내면 이미 힘을 잃은 서릿발이 보인다. 사내아이들이 서릿발을 걷어내고 괭이로 살짝 언 흙을 찍어내면

칡뿌리 머리가 모습을 드러낸다. 이리저리 땅속으로 파고든 칡뿌리를 따라 돌을 골라내고 흙을 파 내려가다 보면 먹음직스럽게 알이 밴 칡뿌리를 얻을 수 있다. 칡뿌리에 묻어 있는 흙을 대충 털어내고 바짓자락에 쓱쓱 문질러서 한입 물어 잡아당기면 쭉 찢어진다. 볼이 터지도록 입에 넣고 꼭꼭 씹으면 쌉싸름하고 달콤한 맛이 입안에 가득해진다. 계집아이들은 곁에서 입으로 거들고 칡뿌리 한 토막씩 얻어 입술을 칡으로 물들인다. 아이들은 흙 속에 묻혀 있는 즐거움 찾아 언 땅을 파헤치면서 겨울을 저만큼 밀어낸다.

두려움과 게으름

꽁꽁 언 땅 밑에서 숨죽이고 있던 칡뿌리가 부지런한 아이들의 손에서 모습을 드러내듯이 상담하다 보면 얼어붙은 마음속에 달콤한 선물이 감추어져 있는 내담자들을 보게 된다. 냉혹한 현실 앞에서 마치 추운 겨울처럼 몸을 움츠리고 살아가지만, 마음 깊은 곳에는 따스한 재능과 다양한 가능성이 있음을 발견한다. 오스카 와일드의 단편 『키다리 아저씨 *The Selfish Giant*』는 재잘거리는 아이들이 귀찮아 높게 담을 쌓은 후 키다리 아저씨의 정원에는 눈보라 치는 겨울만 계속되면서 그의 마음도 꽁꽁 얼어버린다는 이야기다. 마찬가지로 관계를 단절하고 우울하고 무기력하게 살아가는 이들이 있다. 겨울을 밀어낸 후 꽃을 피우고 새들을 불러모을 힘이 자신의 마음에 웅크리고 있다는 것을 모른 채 살아가는 사람들이다.

머리를 좌우로 흔들어 봐도 머릿속에는 짙은 안개가 자욱한 것 같고, 머리는 수건으로 질끈 동여맨 것처럼 둔한 데다 가슴까지 답답해서 죽겠다며 한 청년이 찾아왔다. 고등학교를 갓 졸업한 앳된 청년인데, 요즘 흔히 쓰는 말로 '귀차니즘'이란 표현이 딱 맞을 것 같았다. 상담 횟수가 늘어나면서 윤기 없고 까칠한 얼굴이 점점 맑아졌다. 표정 없던 얼굴에도 다양한 감정이 어른거리기 시작했고 상담에 임하는 태도도 진지해져 갔다.

"그러고 보니 제가 태어날 때부터 게을렀던 게 아니네요. 저도 원래는 사랑받을 만한 존재였다는 거죠? 제가 특별히 좋아하는 색깔과 음식이 뭔지 궁금해요. 무엇보다 제 속에 묻혀 있다는 보석을 캐고 싶은데 그게 뭘까요? 제가 캐야 되는 거죠?"

마음이 열리고 입이 열리면서 귀찮아하고 미루는 습관에서 더디게 빠져나오고 있었다.

어릴 때 헤어진 엄마가 보고 싶어서 울며불며 보챘지만 돌아온 건 아버지의 호된 꾸중뿐이었다. 게다가 엄마를 그리워하는 욕구가 계속 좌절될 때마다 엄마는 자기를 사랑하지 않는다고 느끼게 되었다. 또 아버지가 자기를 계속 거절할 때는 내가 못나서, 내가 밉게 생겨서 그렇게 대한다고 생각하는 자기 비하가 마음에 담겼다. 무엇보다 엄마 없는 하늘 아래서 '이젠 나를 사랑하는 사람도, 나를 도와줄 사람도 없다'라는 불안과 두려움이 그를 사로잡고 있었다.

자기 자신에 대한 미움과 두려움은 낮은 자존감과 자신감으로 내면화internalization, 內面化되었고, 마침내 자기 표상self representation, 自己表象으로 굳어졌다. '나는 뭘 해도 얻을 수 없구나. 나는 아무것도 할 수 없구나. 나는 못하는구나! 일을 못해서 창피당하는 것보다 안 하는 게 안전한 길이야.' 결국 두려움은 게으름으로 나타났고, 계속된 게으름은 내면화되어 모든 일을 귀찮아하는 삶의 틀이 형성되었다. 게으름이 자신의 습관이 된 것이다.

핵심 믿음과 자동사고

과거의 경험은 단지 흘러가는 것이 아니라 흔적을 남긴다. 과거의 반응이나 경험이 남긴 것을 스키마schema, 도식[圖式]라고 한다. 스키마는 경험이 만든 사고의 틀frames, scripts, knowledge structure이라 하겠다. 부적응적 스키마maladaptive schema와 핵심 믿음core belief은 인간의 인지 구조cognitive structure, 認知構造에 영향을 준다. 이러한 영향이 계속될 경우에는 결국 인지 구조의 근본적인 변화를 초래하는데, 이를 '인지 왜곡cognitive distortion, 認知歪曲'이라 한다. 핵심 믿음이란 개인이 가지고 있는 자신, 타인 그리고 세상에 대한 가장 중심적인 신념을 말한다. 핵심 믿음이 만들어지면 모든 것을 핵심 믿음으로 착색하게 된다.

인지 왜곡은 현실을 있는 그대로 보고 듣고 판단하지 못하게 만든다. 이러한 인지 왜곡이 일상생활에서 자신도 모르게 순간적으로 이루어지는 것을 '자동사고automatic thoughts, 自動思考'라고 부른다. 앞에 말한 내담자의 경우, 거듭된 욕구의 좌절이 '나는 할 수 없다'라는 핵심 믿음을 심어주었다. 이 핵심 믿음은 인지 왜곡을, 인지 왜곡은 자동사고를 하게 만들었다. 결국 그의 자동사고는 어떤 상황이든 무의식적으로 '나는 할 수 없다, 그래서 안 한다'라는 삶의 습관을 형성한 것이다. 즉 그의 핵심 믿음은 '나는 존귀한 사람이 아니다'로 정리할 수 있다.

게으름의 가장 큰 원인은 두려움

질문에 짧은 말로만 답하던 청년에게 자신의 이야기를 조금씩 긴 문장으로 말하고 좀처럼 드러내지 않던 감정을 표현하도록 훈련했다. 계속해서 억압했던 감정을 인식하도록 묻고 또 묻기를 반복했다. "상쾌해요" "편안해요" "외로워요" "좀 슬퍼요" "그땐 몹시 답답했어요" "아버지에게 진짜로 화가 났어요" "엄마가 떠났을 때 몹시 불안했어요" 등 무섭고 혼날까 봐 꾹꾹 눌러두었던 어린 시절의 감정들이 이러한 문장들을 통해서 표현되기 시작했다. 또 반복적으로 귀찮아하는 마음이 들 때면 그 마음이 왜 생기는지, 또 일을 뒤로 미루려는 마음이 들면 왜 그런지 알아차리도록 훈련을 계속했다.

자신도 모르게 미루고 게으름이 밀려오는 순간을 알아차리게 되면 그때 인지 왜곡과 자동사고를 수정하는 훈련을 반복했다. 그러다 보니 귀찮아서 미루는 일이 조금씩 줄어들었다. 그러던 어느 날 그의 희망을 말했다.

"이렇게 자꾸 반복하다 보면 지겨운 게으름도 없어지겠네요? 선생님 말씀처럼…"

"그럼요. 그렇고말고요. 충분히 벗어날 수 있지요."

얼마든지 게으름에서 벗어날 수 있다고 큰소리쳤지만 나도 살짝 두렵기는 마찬가지였다. '사돈 남 말하시네! 나도 아직 게으르잖아!' 청년을 상담하면서 슬며시 나의 게으름이 시비를 걸어 왔기 때문이다. 그때 정신과 의사 스콧 펙M. Scott Peck의 책에서 "게으름의 가장 큰 원인은 두려움이다"라고 했던 말이 기억났다. 맞다! 이 말보다 나의 게으름을 명확하게 이해시켜 주는 말이 있을까? 그 두려움은 내게 강박증obsession, 強迫症으로 모습을 드러내곤 했다. 그에게는 실패가 두려워서 시도조차 하지 않는 게으름으로 나타났다. 반면에 나는 힘들게 시도를 하지만 동시에 실패에 대한 두려움이 늘 그림자처럼 나를 따라다녔다. 준비를 많이 하고 다시 점검해도 또 따라붙는다.

'잘해야 하는데, 내가 잘할 수 있을까?'

괜찮아! 실수 좀 하면 어때?

내 두려움의 한 뿌리는 용궁에서 시작되었다. 초등학교 연극반에서 심청이 역을 어설프게 하는 바람에 그 배역에서 밀려났는데, 두고두고 그 일이 잊히질 않았다. 검푸른 바다의 연꽃에 싸여 다시 피게 될 왕비의 꿈이 좌절되었던 아픈 그림자가 오늘도 일을 앞두고 긴장하게 만든다.

다른 뿌리는 초등학교 졸업식이었다. 졸업식에서 내가 재학생을 대표해 송사를 낭독하게 되었다. 하루 전날 선생님들과 학생들이 지켜보는 가운데 마지막 예행연습을 할 때였다. 그런데 '정든 교실을 떠나는 언니 오빠들…'이라는 부분을 읽다가 그만 눈물샘이 터져서 더 이상 낭독하지 못하고 단상에서 내려와야만 했다. 졸업식 날 눈물샘이 터졌다면 얼마나 좋았을까! 심청이 아버지와 해후할 때 눈물샘이 터졌다면 지금쯤 대한민국 연기대상 수상자가 되어 있을 텐데….

그런 일이 있은 후로 중요한 일을 시작하려면 새 가슴이 되어 콩닥거린다. 실패를 거듭하지 않기 위해 마음 졸이며 준비하고 또 준비하지만, 자신감은 늘 저 멀리서 뒤따라온다. 조선을 구했던 이순신 장군의 유비무환 정신도 나의 인지 왜곡 앞에서는 단지 액자에 담긴 사자성어에 불과했다. 나도 거북선이라도 만들어 타고 다니면 두려움이 좀 잦아지려나?

건강 탓인지, 갱년기 탓인지 요즘 들어 더욱 자주 가슴이 콩닥거린다. 칡청이 갱년기에 좋다고 해서 보약 먹듯이 정성껏 마시는데 마실 때마다 어린 시절 칡뿌리를 씹던 그 향이 입안에서 되살아난다. 칡청이 목덜미를 타고 내려갈 때마다 마음 깊이 숨겨 놓았던 기억들이 하나하나 모습을 드러낸다. 두려움에 뿌리를 두고 있는 강박증과 게으름을 자세히 들여다보기 위해 진한 칡청 한 잔을 더 마시면서 두 손을 불끈 쥐어 본다.

꽁꽁 언 땅에서 칡뿌리를 캐듯 냉소적인 마음이 걷히고 얼어붙은 마

음이 녹으면서 오는 봄에는 숨겨진
찬란한 보석들이 하나하나 영롱한
모습으로 드러나면 좋겠다.

'괜찮아! 실수 좀 하면 어때?
한두 번 실수했다고 내가 지워지
기라도 할까? 내게는 잠시 숨을 죽
이고 때를 기다리는 보석들이 있지 않은
가? 내가 얼마나 예쁘고 선했으면 심청이 역으로 낙점되었겠어! 이름도
옥처럼 선한 옥순이잖아? 내가 얼마나 똑순이였으면 재학생 대표로 뽑
혔겠어! 그렇지. 그렇고 말고! 그 옥순이가 어디 갔겠어? 심청이 역 한
번 못하면 어때? 송사 한 번 못하면 어때? 눈물이 많은 것은 동정심이
많은 거잖아! 마음이 따스하고 정이 많은 거잖아!'

올봄에는 깊은 곳에서 숨죽이고 있던 나의 재능과 따스함이 드러나
도록 나른함도 즐겨보고 좀 더 능청도 부려 보자! 시리도록 푸른 하늘
보고 울어 보자! 우리들의 애틋한 사랑과 따스한 재능이 모습을 드러내
도록 올봄에는 내담자와 칡차를 함께 마시면서 상담실을 칡 향기로 채
워 보자.

얘들아! 칡 캐러 가자! 어서 일어나! 아지랑이 피어오르는 봄이 저기
오고 있다. 종다리도 봄을 재촉한다. 소를 치는 아이도 깨워야겠다. 나물
캐던 여자아이도 깨워야겠다. 그들은 밭을 갈고, 나는 냉이를 캐고, 우리
는 칡을 캐야지!

너도밤나무여, 안녕!

나는 네가 아니야, 자기로 살아가기

세찬 찬바람이 밤새 문풍지를 어지럽히던 가을날, 이른 새벽에 손전등을 들고 알밤을 줍던 추억이 어찌 지워지랴! 은행을 줍고 감을 따던 어릴 적 욕심이 지금도 가끔 발동한다. 지난가을에는 샘^{Sam} 할아버지네 잔디밭에서 키 자랑하는 나무 아래 떨어진 윤기 나고 땡글땡글한 열매를 다람쥐 눈을 피해 몇 개 주웠다. 종류가 다른 미국 밤인 줄 알고 껍질째 톡 깨무는 순간 혀끝으로 전해지는 떫은맛은 실망스러움만 안겨 주었다. 분명 맛은 밤이 아닌데 모양은 영락없이 잘 익은 밤이었다.

마침 미소를 지으며 뜰로 나오던 샘 할아버지에게 여쭈었더니 마로니에 열매^{horse chestnut}라고 하신다. 할아버지는 한국전쟁 때 인천에 있었다고 한다. 그래서 늘 한국말로 인사하면서 우리에게 매우 친절한 이웃이다. 고양이 티거를 우리 집에 입양 보내준 할아버지는 동물을 좋아하셔서 집이 작은 동물 농장이다.

너도밤나무

인터넷으로 검색하다 보니 마로니에는 울릉도 특산 식물인 너도밤나무와 매우 닮았다. 너도밤나무? 그럼 나도밤나무도 있나? 울릉도에서 내려오는 전설에 의하면 산신령이 마을 사람들에게 밤나무 100그루를 심지 않으면 재앙이 닥칠 것이라고 했단다. 폭설이 내린 울릉도의 긴 겨울밤에 산신령은 화롯불에 밤을 구워 먹고 싶었나 보다. 마을 사람들은 재앙을 피하기 위해 밤나무를 심고 정성껏 가꾸었다. 어느 날 산신령이 나타나서 밤나무를 세어보는데 99그루밖에 안 되었다. 마을 사람들이 마음 졸이며 다시 세어보아도 99그루였다. '이젠 재앙을 피할 수 없겠구나' 하면서 몹시 당황해 두려움에 떨고 있는데, 옆에 있던 나무 하나가 "나도 밤나무"라고 소리쳤다. 산신령이 고개를 갸우뚱하며 물었다.

"정녕 너도 밤나무냐?"

"네. 저도 밤나무입니다."

결국 마을에는 재앙이 내리지 않았다. 그래서 그 나무를 너도밤나무라고 부르게 되었다고 한다.

너도밤나무의 유래를 알고 나니 기특해서 너도밤나무 사촌격인 마로니에의 열매를 바구니에 가득 담아 식탁을 장식해 놓았다. 남편은 너도밤나무 전설을 소재로 성탄절 주보에 칼럼을 게재했다. 비록 인간은 아니지만 인간을 살리려 '나도 인간이다'라고 선언하신 예수의 사랑과 닮왔기 때문이다. 타인을 위해 기꺼이 자신의 정체성을 버린다는 것, 자신의 지위를 내려놓는다는 것, 자신의 권리를 포기한다는 것, 그리고 같이 되는 것을 사랑이라고 썼다.

사람들에게도 너도밤나무가 되고 싶은 아름다운 마음이 담겨 있다. 때로는 윤리적 가르침 때문에, 또 받은 사랑 때문에 자기가 아닌 남으로 살려고 애쓰기도 한다. 반면에 내 마음은 그렇지 않지만 다른 얼굴을 가져야 할 때도 있다. 어떻게 늘 자신의 마음 상태를 얼굴에 그대로 나타내겠는가? 속상하지만 천사처럼 포장하고, 슬프지만 행복한 미소를 짓고, 아니라고 말하고 싶지만 속내를 감추고 예라고 표정을 지어야 하는 경우가 있다. 마치 무대에서 진정한 배우가 되기 위해 맡은 배역과 자신을 동일시하듯이 말이다. 속이 아파 슬프지만, 행복한 주인공인 척 연기해야 할 때가 있다. 무대에서의 맡은 배역에 혼신의 힘을 다해 연기한다고 해도 무대에서 내려오면 곧 자기로 돌아가야 한다. 그렇지 않을 때 진짜 정체성의 혼돈을 겪는다.

익숙해진 가면

나 역시 상담하다 보면 내담자의 충격적이고 고통스러운 사연을 들을 때 내담자의 아픔과 슬픔이 밀려온다. 그러면 가슴이 두근거리고, 얼굴이 달아오르고, 내담자와 같이 절망의 늪에 빠지기도 하고, 분노의 폭풍에 휩싸이기도 한다. 상담을 마쳐도 그 충격과 고통에서 빠져나오는 데 시간이 걸릴 때가 있다. 그래서 나 자신으로 돌아오는 과정에 혼란스럽고, 머리가 멍하고, 몸 안에서 기운이 빠진다.

자기로 살아가도록 돕는 나 역시 아직도 다양한 가면을 쓰고 남으로 살아가는 부분이 있다. 익숙해진 가면 뒤에 숨어서 괜찮은 척, 고상한 척, 씩씩한 척, 담담한 척한다. 쿨한 척하다가 친정 식구들을 당황하게 만든 적이 있다. 어느 날 뜬금없이 불만 섞인 말을 전화로 툭 던져놓고선 얼굴이 화끈거려 스스로 무안해하기도 했다.

"나도 걸려오는 전화 받고 싶고, 남들 받는 소포도 받고 싶으니 한 번 보내지 그래!"

속내를 들켜 버린 날로부터 몇 주 후 커다란 소포 박스가 배달되어 왔다. 박스를 뜯고 김, 멸치, 미역, 다시마, 고춧가루, 표고버섯 가루, 들깨 가루 봉지를 꺼내는데 웬 눈물이 주르르 흘러내렸다. 통화할 때마다 미국에도 다 있으니 불편하게 보낼 필요 없다고, 운송비가 더 든다고 큰소리쳤는데 살짝 후회한다. 진짜 내 속마음은 미리 알아서 챙겨 주고 관심 가져 주기를 기대했나 보다. 받고 싶고 주고 싶은 마음은 서로 하나인데, 왜 속내를 숨기고 살았을까? 식구들은 챙겨 줄 수 있어서 좋고, 나는 가족들의 정을 느낄 수가 있어서 행복하고 좋을 텐데 왜 그렇게 어려울까? 내 마음의 심술에 나도 헷갈린다.

그 후로는 아주 가끔씩 보내주는 고마움과 받는 재미를 누릴려고 한다. 사실은 무겁고 녹슨 가면을 벗어 보려고 일부러 아쉬운 소리를 해 보는 것이다. 이 점에서 남편도 국화빵이다. 남편이 유학 오기 전 총장님에게 인사드리러 갔을 때 총장님이 신신당부하셨다고 한다.

"임 전도사, 다 좋은데 딱 한 가지만 부탁할까? 유학가거든 신세 지는 법을 배우게!"

신세가 아니라 나로 사는 한 길을 가르쳐 주셨는데, 아직도 남편은 신세 지는 것에 익숙지 않다.

공감과 동화

세상에는 다른 사람으로 살기를 반복하는 직업이 있다. 범죄심리분석관인 프로파일러도 그런 사람들이다. 그들은 의도적으로든 무의식적으로든 자기를 감추고 있는 범죄자들의 내면과 사건 속으로 들어가서 그들의 눈으로 범인과 사건을 보려고 한다. 범인들과 심리적 공감대를 형성하기 위해 노력하는 것이다. 다시 말하면 범죄자가 되기 위해서 자기를 버린다는 뜻이다. 그렇게 범죄자의 마음속에 들어가서 그들과 동화된 다음, 나오면서 범인이 숨긴 마음을 가지고 나와야 한다.

이처럼 프로파일러는 죄를 저지른 범인의 끔찍한 마음과 동화되었다가 다시 본연의 수사관으로 돌아가기를 반복한다. 죄를 막으려는 정의로운 수사관이 범인의 악한 마음과 동일시하기를 반복하려니 얼마나 고통스럽겠는가? 이런 아픔은 상담가에게도 고스란히 반복되는 아픔이다. 공감empathy, 共感과 동화assimilation, 同化를 구분해야 하지만, 내담자와 상담실에서 공감 없이 치유가 어렵기에 같이 느끼려고 애를 쓴다. 남을 돕기 위해서 하는 일이라 해도 잠시 다른 사람으로 산다는 것은 참으로 힘들고 고통스럽다.

우리가 얼굴을 찾을 때까지

그런데도 안타깝게도 다른 얼굴로 살도록 강요당하는 이들이 있다. 오래전에 만났던 한 분이 생각난다. 그는 준수한 외모에 똑 부러지고 강해 보이는 인상이었다. 하지만 속은 두렵고 떨리고 긴장되고 불안하고 화가 나서 세상의 끝이 빨리 오기만을 기다리며 사는 사람이었다.

"어릴 때부터 집안 어른들이 이름을 불러 주지 않았어요. '야' 아니면 '너 같은 것'이라고 불렀고, 늘 욕을 들어야 했어요. 엄마는 내가 아파도 신경 쓰지 않았고, 공부를 잘해도 관심조차 없었어요. 나를 자식으로 여기지 않았기 때문에 어떤 것을 해도 천덕꾸러기 취급을 받았어요. 그런데 집 밖에서는 뭐든지 잘한다고 인정을 받았거든요. 그래서 다른 사람들은 내가 집에서 어떤 대우를 받으면서 처참하게 견디고 사는지 몰라요."

그는 집안에서 소중한 존재가 아니라는 메시지를 계속 받으면서 자랐다. 어머니 또한 그에게 존재해서는 안 되는 사람이라는 가면을 씌워 주었다. 그래서 좋은 대학을 나와 인정받는 직장을 다니는데도 불구하고 늘 사라져야만 될 것 같은 불안과 초조 그리고 무력감에 시달리다가 상담을 시작했다.

그를 생각하면 C. S. 루이스의 『우리가 얼굴을 찾을 때까지』가 떠오른

다. 한 인간이 신과 얼굴을 맞대는 자리까지 찾아가는 미묘하고도 신비로운 이야기를 다룬 소설이다. 주인공 오루알은 평생 베일 뒤에 감춰 두었던 자신의 얼굴을 드러내면서 진정한 자아를 찾게 되고, 또 신의 얼굴과 맞대는 순간 사랑과 신앙의 본질을 깨닫게 된다.

"우리가 아직 얼굴을 찾지 못했는데 어떻게 신과 얼굴을 맞댈 수 있겠는가? 신의 얼굴을 찾으려면 자신의 얼굴을 먼저 찾아야 한다."

신선한 충격을 주었던 루이스 말을 기억하면서 요즈음엔 내 얼굴을 찾는 작업에 집중해 본다. 자기 얼굴을 찾기까지 슬프고 아프고 무기력하고 분노의 고통이 되풀이되지만 찾아야 한다.

내담자의 엄마가 들려주었던 그 목소리, 이름도 불러 주지 않고 욕만 들려주었던 엄마의 목소리에 짓눌려 분하고 억울한 감정을 말로 자꾸 표현하도록 했다. 얼마나 상담 회기가 지났을까? 파르르 떨면서 거칠게 말하던 내담자의 입술은 조금씩 안정되어가고, 반복해서 말하는 엄마라는 호칭에도 격한 감정이 빠진 느낌이었다.

"제가 겉으로는 강한 척, 괜찮은 척했지만 마음은 얼마나 처량하고 불쌍했는지⋯ 이해가 되네요. 사람은 하고 싶은 말을 해야 할 때 못하면 가면을 쓰게 되나 봐요. 가면은 정말 고통이네요. 선생님께 제 이야기만 한 것 같은데, 가면을 쓰지 않아도 되는 나를 만날 수 있다니 이제 좀 살 것 같네요. 엄마 목소리가 점점 작아져요. 머릿속도 개운한 느낌이에요."

너도밤나무는 밤나무도 아니면서 밤나무로 살려다가 속이 타서 떫은 맛이 들었나 보다. 다행한 것은 너도밤나무의 열매가 독성이 있어 식용으로 사용할 수 없지만, 떫은맛을 우려내면 떡을 만들어 먹거나 풀을 쑤어 사용할 수 있다고 한다. 너도밤나무든 마로니에 나무든 이제 밤나무인 척하지 않아도 된다고, 가면을 벗어도 된다고 말해 주고 싶다. 알고보면 아픈 사람들을 낫게 하는 생약으로, 또 화장품과 식자재로도 귀중하게 쓰인다고 말해 주어야겠다. 심술 많은 산신령이 없으니 "나도 밤나무"라고 말하지 않아도 된다고 말해 주기 위해 상담소로 향한다.

상담소 주위에 심고 싶은 나무가 하나 더 늘었다. 너도밤나무를 심어 자기로 살지 못하는 이들에게 보여주고 싶다. 그 앞에서 "나는 왜 네가 아닌가?"라고 같이 외치고 싶다. 그리고 너도밤나무에게 감사하고 싶다.

"그동안 우리 편들어 줘서 고마워! 너도밤나무여, 겨우내 안녕!"

내년 가을에는 다람쥐들이 아직 새벽꿈을 꾸고 있을 첫새벽에 일어나 다람쥐 눈치 보지 않고 마로니에 열매를 바구니 가득 담아야겠다! 우리 집 식탁과 상담실을 너도밤나무의 사랑으로 채우고 싶다. 내담자들의 식탁에도 너도밤나무의 사랑이 머물 때까지⋯.

손대면 톡 하고 터질 것만 같은 그대

나를 찾아 떠나는 여행, 자기 찾기

"첫눈 오는 날까지 손톱에 봉숭아 물이 남아 있으면 첫사랑이 이루어 진대!"

첫사랑이 뭔지도 모르면서 언니들을 따라 정성스럽게 봉숭아 물을 들이곤 했다. 봉숭아 꽃잎과 괭이밥 풀에 백반을 같이 짓이겨서 만든 작은 덩어리를 앙증맞은 손톱에 올려놓고 잎으로 둘둘 감아 실로 묶었다. 손톱에서 떨어져 나갈까 봐 손바닥을 쫙 펴고 조심스럽게 다녔다.

잠잘 때도 숲속의 잠자는 공주처럼 손을 가지런히 하고 잠자리에 들곤 했다. 말괄량이처럼 하루 종일 쏘다니다 보니 곧 잠이 든다. 그런데 아침에 눈 떠 보면 매번 손톱에 붙은 건 하나도 없고, 봉숭아 물은 들쑥날쑥이라 속상했다. 조금 나이가 들었을 때는 은근히 첫눈 올 때까지 봉숭아 물이 남아 있기를 빌었다. 첫눈 오는 날까지 봉숭아 물이 손톱에 남아 있었는지 기억나지 않지만, 첫사랑이 결혼으로 이어졌으니 그해 첫눈이 좀 일찍 내렸나 보다. 애고! 첫눈이 조금만 늦게 내렸으면 내 곁에 더 멋진 님이…? 남편이 원고를 수정하면서 이 글을 읽었을 텐데 별

말이 없는 것을 보니 마찬가지로 첫눈이 빨리 온 것이 내심 못마땅한 것은 아닐까?

어렸을 때 울타리 밑에 줄지어 핀 봉숭아 꽃잎 밑에 대롱대롱 달려 있는 씨주머니를 건드리면 툭 터지면서 까만 씨앗들이 사방으로 흩어졌다. 이내 또그르르 오그라드는 씨주머니의 모습이 재미있어 봉숭아를 꽤나 귀찮게 했다. 토라지는 친구 모습 같기도 하고 움켜쥔 아이의 고사리손 같기도 한 앙증스러운 봉숭아 씨주머니가 늘 내게 손짓을 했다.

"너 외롭지? 나도 그래!"

지금도 그곳엔 봉숭아 꽃이 피어 있을까? 나도 친구들도 떠났는데 누가 봉숭아 씨주머니를 툭툭 치면서 이야기를 걸어 줄까? 더위를 식혀 주는 한 줄기 여름 바람과 울타리를 놀이터 삼아 놀던 뱁새가 말을 걸어 주면 좋을 텐데….

엄마는 어떠세요?

상담하다가 문득 봉숭아 씨주머니가 머릿속을 스치고 지나갔다. 한 젊은 아이 엄마가 아들이 학교도 가지 않고 '살고 싶지 않다'라는 메모를 써 놓은 걸 보고 전화로 상담을 요청했다. 몇 가지 아들의 상태를 묻고 나서 한마디 질문을 했다.

"그럼, 엄마는 어떠세요?"

"사실은 … 제가 5년 동안 우울증 약을 먹고 있거든요."

젊은 엄마는 울음을 터뜨리며 힘들었던 사연들을 쏟아냈다. 마치 봉숭아 씨주머니가 툭 하고 터지면서 씨앗을 흩어 놓듯이 눈물샘이 터진 그녀는 한동안 말을 잇지 못했다. 지난 세월 억압하면서 가슴에 겹겹이 싸인 아픔들이 실타래 풀리듯 줄줄 풀려 나왔다.

"죄송해요. 절대 눈물은 보이지 않으려고 했는데 주체할 수 없네요. 어릴 때부터 울면 안 된다고 엄마가 무섭게 말씀하셔서 울지 않았는데 한꺼번에 터지네요. 아들이 쓴 '살고 싶지 않다'라는 메모를 보고 세상이 무너지는 것 같았어요. 제가 친정엄마처럼 아들에게 화내면서 말하고 소리 지르면서 혼냈어요. 이제는 더 이상 못 참겠대요. 저도 그동안 참고 살아오다가 자신도 모르게 아들에게 터트리면서 살았나 봐요. 아들 문제로 상담을 요청했는데, 제 문제였네요. '엄마는 어떠세요?'라는 선생님의 질문을 듣자마자 갑자기 감정이 올라오고 눈물이 나는데 울음을 멈출 수 없었어요. 실컷 울고 나서 생각해 보니 우리 아들도 많이 울어야 할 것 같아요."

이와 반대로 내담자 중에는 애써 상담실을 찾았지만 철의 장막처럼 마음을 닫고 오랫동안 줄다리기를 하는 경우도 있다. 대부분 경우 가슴마다 층층이 쌓인 삶의 한스런 흔적들이 슬픔을 안고 웅크리고 있다가 툭 하고 건드리면 터져 나온다. 처음에는 누가 알까 봐, 누가 터치할까 봐 두려워서 아무 일도 없다는 듯 감추다가도 오랜 세월 그 순간만 기다렸다는 듯이 쌓인 아픔과 슬픔이 일순간에 눈물이 되어 흐른다. 한없이, 한없이….

방어기제 그리고 억압과 부정

사람들에게는 성장하면서 욕구와 금지 사이에서 일어난 불안을 처리하고 마음의 평정을 회복시키는 방법이 다양하다. 그런데 사실을 숨기거나 왜곡하고, 감정을 억압하거나 억제하여 사건이 일어나지 않은 것처럼 살아가는 방법을 선택하는 경우가 대부분이다. 수용하기 힘든 현실을 만나면 순간적으로 온몸을 고슴도치같이 움츠리고 돌돌 말아 무의식적으로 마음을 숨긴다. 육체적으로나 정서적으로 자신에게 감당하기 힘든 상황이 다가온다 싶으면 자기를 보호하려고 자신도 모르게 다양한 방어기제defence mechanism, 防禦機制를 사용해 아무 일도 아닌 것처럼 은근슬쩍 넘겨 버린다. 그리고 어떤 창으로도 뚫을 수 없을 것 같은 단단한 방패 뒤에 숨어 안도의 숨을 쉰다.

억압된 공격 충동aggressive impulse, 攻擊衝動을 사회적으로 용납되는 권투나 펜싱과 같은 운동 경기를 통해서 발산하는 것을 일컫는 '승화sublimation, 昇華'라는 긍정적인 방어기제도 있지만, 대부분의 방어기제는 역기능적이다. 방어기제가 작동하면 잠시 마음의 평정을 유지하지만, 무의식적으로 방어했던 사건들이 어느 순간부터 모습을 드러내면 자신과 주변 사람들을 힘들게 한다.

역기능적 방어기제를 사용하다 보면 자신도 모르게 마음 깊은 곳에서 어둡고 탁하고 슬프고 우울하고 절망스럽고 억울하고 분하고 견딜 수 없는 감정들이 부글부글 끓게 된다. 겉으로는 아무 일 없다는 듯이 행동을 하지만 어느덧 감정들이 의지의 통제를 벗어나 약한 부분을 뚫고 나오기 시작한다. 즉 이유 없이 아프고 슬프고 분하고 우울하고 짜증 나고 절망하면서 대인 관계가 어려워지거나 깨지곤 한다. 이것이 반복되면 현실에 잘 적응하지 못하고 삶으로부터 도피하기를 반복한다. 그래서 건강하고 자유로운 아름다운 관계와 행복한 삶을 위해서는 방어기제 뒤에 꼭꼭 숨어 있는 아픔들이 걸어 나오도록 도와야 한다.

어린 시절 같은 마을에 살던 한 친구가 생각난다. 그 친구네가 부잣집은 아니었지만, 시골에서 쉽게 볼 수 없는 가방, 학용품, 유행하는 옷 등을 가지고 있었다. 내 마음 한구석에서는 그 친구에 대한 부러움, 시기심, 경쟁심, 비교의식 등으로 배앓이를 했던 것 같다. 그렇지만 아무렇지도 않은 척 친구 집에 가서 자주 놀고 함께 공부도 했다. 나도 모르게 억압repression, 抑壓과 부정negation, 不定이라는 방어기제가 작용하여 친구가 가진 것들을 애써 무시하고 외면했다. 그 친구를 향한 나의 부정적인 감정을 마음 깊은 곳으로 밀어 놓고 누가 볼세라 덮어 버렸던 것이다.

그러던 어느 날 하굣길에 별일도 아니었을 텐데 그 친구와 심하게 싸워서 교무실에서 손을 들고 벌을 섰다. 그 친구에 대해 못마땅하고 부정적인 감정들이 쌓여 있는 감정의 씨주머니를 그 친구가 툭 하고 건드렸던 것이다. 지금도 그때를 생각하면 부끄럽고 창피하다. 할 수만 있다면 그 사실을 다시 감추고 싶다. 그 친구는 그때의 사건을 기억이나 하고 있을까? 기억하지 못하면 좋겠다. 아니, 똑똑하게 기억하고 내게 화를 내면 더 좋겠다. 기회가 온다면 그 친구를 만나 "그때 속상했지? 억울했지? 정말 미안하다"라고 말해 주고 싶다.

  아직도 충분히 알 수 없는 내 마음의 감정 주머니를 한 번 터뜨려 보고 싶은 마음이 들었다. 봉숭아에 대한 꽃말을 찾아 보니 '나를 건드리지 마세요touch-me-not'라고 되어 있다. 봉숭아가 이런 꽃말을 가진 걸 보면 우리가 붙인 꽃말은 아닌 모양이다. 우리에게 봉숭아란 늘 함께 울고 웃던 꽃인데 'touch-me-not'이라니! 봉숭아가 억울하겠다. 홍난파 선생이 작곡한 「봉선화」라는 노래가 흐르는 곳이면 우리 가슴에 눈물도 함께 흐른다. 그 눈물은 우리의 굴곡진 삶이 만든 한이 녹아나는 눈물이리라. 애절한 가락에 피맺힌 한을 풀어내며 힘든 세월을 견디었으리라. 민족적 감정이든 개인의 감정이든 억압된 것은 반드시 돌아와야 한다. 우리를 힘들게 하기 때문에 웅크리고 있는 아픔과 슬픔은 풀려야만 한다. 그리고 맺힌 한은 여린 꽃으로라도 피어나야 한다.

'touch-me-not!'에서 'touch-me-please!'로

더디게 상담이 진행될 때면 종종 이동식 박사의 상담사례집이나 이론서들을 들춰 본다. 내담자의 핵심 문제를 파악하고 내담자로 하여금 술술 이야기하게 만드는 그의 상담 진행 과정을 지켜보는 것처럼 정독한다. 한마디 말로 내담자가 아픔의 보따리를 풀어헤치게 했던 박사님처럼 원더풀 카운슬러가 되고 싶은 마음이 간절하다. 매번 꼭꼭 싸맨 아픔과 슬픔을 터뜨리기까지 버겁게 씨름하는 나에게 내담자에게 예리하면서도 따스하게 다가가시는 이동식 박사님은 상담의 진수, 그보다 예술 같은 상담을 맛보게 하신다. 나도 봉숭아 씨주머니를 터뜨리듯 아픔의 상처를 툭툭 터뜨리는 상담가가 되고 싶다. 그래서 함께 울고 웃으면서 아픔으로부터 벗어나도록 돕고 싶다.

올여름에 자주 방문했던 분의 집 앞에서 다 자란 봉숭아 씨주머니 몇 개를 터뜨리면서 옛 추억에 잠겼다. 이제는 꽃말을 'touch-me-not!'에서 'touch-me-please!'로 바꿔야 할 것 같다는 생각이 든다. 많은 내담자들이 겉으로는 'touch-me-not!'을 외치면서 괜찮은 척하지만, 마음 깊은 곳에서는 'touch-me-please!'를 눈물로 호소하기 때문이다. 가슴마다 무슨 슬픔과 서러움이 그리 많은지…!

손대면 톡 하고 터질 것만 같은 그대

…

울면서 혼자 울면서 사랑한다 말해도

무정한 너는 너를 알지 못하네

    가슴에서 사랑과 그리움과 행복이 봇물처럼 흘러나오는 그날을 기대하면서 내년에는 봉숭아를 여기저기 심어야겠다. 넘치게 사랑하는데 방법이 서툴러서 전해지지 않은 사랑 때문에 힘들어하는 우리 가족들을 봉숭아 꽃 곁으로 초대하고 싶다. 상담이 막혀 답답할 때면 내담자와 함께 봉숭아 씨주머니를 톡톡 터뜨리며 마음을 열고 싶다. 마음의 씨주머니에 쌓인 까맣게 멍든 씨앗들을 꺼내서 멀리멀리 던지고 싶다. 모든 이들의 응어리들이 툭 터져 멀리 날아가도록. 토실하고 건강한 씨앗들은 민들레 홀씨처럼 가벼이 멀리멀리 날아가라! 더 널리 뿌려지고 더 많은 꽃을 피우거라!

동무야, 물마중 가자
끝내고 싶다, 대물림되는 상처

'야옹 야옹.'

"티거야, 제발 좀 더 자자. 너는 잠도 없니?"

17년째 동거남 티거는 어김없이 아침 6시면 우리 방으로 들어와 잠을 깨운다. 뭉그적거리면 좀 더 큰 소리로 깨운다.

'야~옹 야~옹 야~옹!'

동갑내기 동거남 똘이도 함께 거든다.

'멍~ 멍~ 멍!'

평소에 티격태격하는데 이때는 화음도 잘 맞는다. 인공지능 자명종이 따로 없다. 신경질이 잔뜩 들어간 티거와 똘이의 날카로운 소리에 잠이 겁먹은 생쥐처럼 후다닥 도망간다. 그래도 부족한 잠을 채우려고 못 들은 척 딴청을 부려 보지만 결국 항복한다. 곧 침대로 튀어 올라 얼굴을 툭툭 칠 기세다. 눈 비비고, 기지개 켜고, 하품도 하면서 잠이 덜 깬 사람들이 하는 짓 다 한 후에 비틀거리며 아이들 뒤를 따른다. 늦잠 자고 허둥대지 않게 정시에 깨웠으니 고마워하라는 듯 으스대며 제 물그릇과

밥그릇 앞에 가서 앉는다.

물 달라며 물그릇을 발로 툭 치며 나를 한 번 쳐다본다. 모른 척하면 다시 툭툭 치고 왜 모른 척하냐며 째려본다. 우리 아이들도 이렇게 당당하지 않은데 입양된 아이들 똘이와 티거는 당당하다. 아이들보다 티거와 똘이의 자존감을 훨씬 높게 키운 것 같아 아이들에게 살짝 미안해진다. 아이들도 이렇게 당당하게 자기 요구를 하면 좋을 텐데, 나를 닮아서인지 엄마 걱정에 머뭇거리다가 필요한 것만 겨우 요구한다. 당당히 요구하면 좋을 텐데 꼭 한마디 덧붙여서 나를 더욱 미안하게 만든다.

"꼭 필요한 것은 아니고…." "지금 당장은 아니고…." "엄마 시간이 되면…."

물 한 컵 마시면서 창가에 줄지어 선 별밤지기들이자 우리의 또 다른 가족인 초록이들에게 눈인사하고 물 한 컵씩 아침으로 챙겨 준 후 출근 준비를 한다. 사과 한 쪽과 고구마 한 쪽을 차례로 입에 물고 빠른 손놀림으로 딸아이의 아침 도시락을 챙긴다. 티거, 똘이 그리고 초록이들이 오늘도 내담자들을 포근히 감싸 안으라고 꼬리를 흔들고 손을 들어 배웅한다.

대물림되는 상처

마음이 시리도록 선하고 재능이 많았던 한 중년 여인을 떠올리며 상담실로 발길을 재촉한다. 평소 깊은 불안감으로 인해 까칠하고 푸석푸석한 얼굴과 눈물조차 마른 눈을 대할 때면 풀잎에 맺힌 아침 이슬 몇 방울을 받아서 마른 눈물샘에 떨어뜨려 주고 싶은 여인이다. 황량하고 메마른 광야 같은 그녀의 마음을 맑은 샘물로 얼른 적셔 주고 싶다.

신혼 초부터 반복된 남편의 허세와 거짓말은 자녀들이 성인이 될 때까지 계속되었다. 자녀들도 아빠를 꼭 빼닮아 마음에 드는 구석이라고는 찾아볼 수 없었다. 방문을 닫아 놓고 밤낮 게임만 하는 아들에 대한 원망과 하소연을 녹음기처럼 반복했다. 마음 붙일 친구가 없다면서 주말이면 술을 마시고 집에 돌아와 아무 데나 널브러져 자는 한심한 딸에 대한 절망적인 이야기도 빠지지 않는다. 자신의 마음은 죽음만큼 어둡다고 했다. 이미 슬픔에 익숙한 눈과 잔주름이 서린 눈가, 그리고 마른 눈물샘에서는 또르르 눈물방울이 애처롭게 몇 방울 굴러떨어졌다. 이제는 눈물이 말라 울 힘도 없는 듯했다.

"선생님, 지금이라도 이 엄마가 노력하면 될까요? 어리석게도 제가 먼저 아이들의 마음을 아프고 허기지게 만들었어요. 아직도 사실을 그대로 받아들이고 싶지 않은 마음도 무척 크지만 어쩌겠어요? 받아들여야지요. 저는요, 어릴 때 엄마 눈과 마음에 들고 싶어서 곁에서 잔심부름을 많이 했어요. 궂은일까지 도맡아서 했어요. 그런데도 엄마의 사랑은 제 차지가 아니었어요. 엄마에 대한 원망과 섭섭함이 컸죠. 그런데 분노와 증오가 고스란히 내게 독이 되었네요. 내 상처를 애꿎은 애들한테 쏟아부었나 봐요. 내 문제인데…. 그래도 엄마라고 선생님을 찾네요. 참, 제가 한심한 인간이지요?"

명료화

내담자들은 어디에서부터 잘못된 것인지, 내가 왜 이렇게 아파하는지, 가족들은 왜 저렇게 힘들어하는지 잘 모르는 경우가 대부분이다. 마치 미로를 헤매는 것처럼 불안하고 답답한 마음을 다독거리며 안개가 걷히고 아픔이 보이도록 돕는 것을 상담에서는 '명료화clarification, 明瞭化' 라고 한다. 상담을 통해서 자신을 들여다보도록 돕다 보면 내담자는 자신의 마음에 쌓인 상처가 점점 명료해지면서 마음 깊숙한 곳에 사랑도 있음을 알게 된다. 사랑의 샘이 있음을 알게 되면 스스로 사랑의 샘물을 긷고 싶어 한다. 상담가가 힘을 조금만 보태면 내담자의 마음 깊은 곳에 웅크리고 있던 사랑이 샘솟아서 산속 옹달샘처럼 맑고 잔잔하게 마음이 담긴다.

검정 고무신을 신었는데도 대지의 열기가 뜨겁게 발바닥으로 느껴지는 8월, 쪼르르 이웃집 감나무 밑에 있는 작두 펌프가 있는 샘가로 달려간다. 내 키만한 펌프 옆에 놓인 항아리에서 한 바가지 물을 떠 작두 주둥이에 붓는다. 물이 밑으로 빠지지 않도록 재빠르고 힘차게 펌프질을 한다. 짧고 가볍게 몇 번의 펌프질을 하고 나면 손에 묵직하게 힘이 실린다. 온몸을 실어 힘차게 손잡이를 누르면 땅속 깊은 샘에서 물이 쑥 빨려 올라오는 느낌이 손을 통해 전달된다. 다시 한번 힘껏 펌프질하면 이윽고 하얀 거품을 내며 차가운 물이 콸콸 쏟아진다.

손이 시리도록 차가운 샘물을 벌컥벌컥 들이킨 후 세수하고 나면 샘 주변의 풍경이 들었던 사연들을 전해 준다. 서늘한 아침저녁 나절에 샘가에 모여 쌀도 씻고, 감자도 깎고, 나물도 다듬으면서 푸념을 덜어내던 아낙네들의 이야기가 들려온다. 고단하고 아픈 이야기, 속 썩이는 자식들 이야기, 무심한 남편 이야기, 무뚝뚝한 시아버지 이야기를 너도나도 앞다투어 꺼내 놓는다.

그녀들의 사연을 새가 듣고, 나뭇잎이 듣고, 지나가는 바람이 듣고 위로해 주었나 보다. 아프고 슬프고 힘들었던 이야기들이 어느덧 가벼워진다. 샘가에서는 그냥 들어주고 맞장구만 쳐주는데도 마음이 샘물처럼 시원해진다. 깊은 샘에서 올라온 샘물이 그녀들의 거친 손등을 감싸 주고 가족에 대한 깊은 애정을 만져 주었나 보다. 두서없이 쏟아 놓은 다음에야 물동이는 머리에 이고 채소 바구니는 옆구리에 끼고 서둘러 애증이 오가는 각자의 집으로 돌아간다.

"내일 또 봐!"

사랑의 샘물

지난해 이스라엘 땅에 섰을 때 가슴 뛰게 했던 광야가 눈앞에서 아른거린다. 스데 보케르 Sde Boker 키부츠에서 내려다보는 네게브 광야에는 광활한 황톳빛 외에 다른 빛깔을 찾아볼 수 없었다. 그런데 저 멀리 강이 흐르듯 광야를 굽이치며 지평선으로 사라지는 한 줄의 푸른빛 띠가 눈에 들어왔다. 가이드하던 분이 비가 내리는 우기 때만 잠시 물이 흐른다는 하천 와디 진 Wadi Zin이라고 했다. 비가 내리지 않는 건기에도 깊은 땅속에서 흐르는 물줄기에 지하 30미터까지 뿌리를 내린 에셀 나무들이 긴 띠를 이룬 광경이란다. 에셀 나무 tamarisk tree의 생명력이 경이로워 한 닢 따서 씹었더니 짜고 쓴맛이 났다. 푸른 잎을 내어 삭막한 광야에 한 조각 푸르름을 선물하지만, 에셀 나무에게도 광야의 삶이 퍽 고단했나 보다.

순간 에셀 나무가 내 마음을 격하게 뛰게 했다. 그렇구나! 푸르른 대지 밑에도, 풀 한 포기 찾기 어려운 메마른 광야 밑에도 물이 흐르듯 광야 같은 삶을 살아가는 사람의 마음 깊은 곳에도 사랑의 샘물이 흐르고 있음을 깨닫고 이스라엘 여행 내내 가슴이 뜨거웠다. 상처와 아픔으로 겉모습과 삶은 마르고 거칠고 생기가 없어 보이지만 하늘이 준 마르지 않는 사랑의 샘물이 모두에게 있다. 퍼내도 줄지 않는 사랑의 샘은 누구나 가지고 있다.

서글퍼서 울고, 답답해서 울던 메마른 광야 같던 이 여인에게서 조금씩 희망이 보이기 시작했다. 그녀의 깊은 마음속에 있는 사랑의 열망과 푸르른 간절함이 꿈틀거리고 있기 때문에 그녀가 가슴을 치며 통곡하는 것이라고 말해 주었다. 친정엄마에게 받은 상처와 아픔에 짓눌려 사랑이 올라오지 못했고, 친정엄마가 담아 준 거친 것들이 아이들을 향한 것이다. 그녀의 잘못만은 아니라는 것을 알아차릴 수 있도록 다독여 주었다.

사랑의 물줄기가 그녀의 마음 깊은 곳에 흐르고 있었다. 다만 층층이 쌓여 굳어진 상처로 인해 느끼지 못할 뿐이라며 사랑의 힘을 느끼도록 안아 주었다. 안겨서 펑펑 울던 그녀의 깊은 곳에 있는 아들과 딸에 대한 애정이 그 마음을 옹달샘처럼 채우기 시작했다.

"참 사랑스러운 아들이었어요. 정말 살갑게 재롱부리는 딸이었어요."

상담실 뜰에 샘을 파고 그 곁에 에셀 나무를 심으면 좋겠다! 에셀 나무 주변에는 광야의 거친 황톳빛 흙과 자갈을 깔아놓아야겠다. 삶에 지치고 마음이 메마른 여인들이 찾아오면 그 우물가에서 함께 샘물을 퍼 올리면서 상담하고 싶다. 그런데 남자 내담자들은 어디에서 상담하면 더 좋을까? 물이 콸콸 흐르는 물레방앗간 옆이 적절할까? 아니면 시냇가 참외밭 원두막이 더 정겨울까?

샘물 곁이든 시냇가든 어디든 좋으니 시원한 물을 건네주는 여인이고 싶다. 우리들 마음마다 깊은 사랑의 샘이 있음을 보여주는 샘물가의 여인이 되고 싶다. 오늘도 사랑의 샘을 찾는 이들과 함께 물 마중하러 사과 한 쪽 입에 물고 씩씩하게 집을 나선다.

"초록이들아, 베르디 오페라 중 「히브리 노예들의 합창」을 불러 주면 이 엄마가 오늘은 더 잘할 것 같은데…. 그래 줄 수 있지?"

우리 가슴 속의 기억에 다시 불을 붙이고
지나간 시절을 이야기해 다오
흘러간 운명을 되새기며
고통과 슬픔을 물리칠 때
주께서 우리를 사랑하여
굳건한 용기를 주시리라

장작 타는 냄새 속에 담긴 사연들

지난 기억과 현재의 만남, 핵심감정

    퇴근길 집 근처 골목길에 들어서는데 코끝에 익숙한 고향의 향기가 진하게 와 닿았다. 어둑해질 무렵 우리 동네 이 집 저 집의 굴뚝에서 피어오르는 장작 타는 냄새는 마침 어린 시절 해 질 녘 고향 골목길에 들어설 때의 느낌처럼 온몸을 감싸며 평온함을 느끼게 해 주었다. 내 마음은 어느새 장작 타는 냄새에 끌리어 어릴 적 고향 집 아랫목에 들어가 후닥닥 앉아 버렸다. 세상에서 가장 아늑하고 따스하고 편안한 어머니의 품에서 한참을 머물다 아랫목에 묻어 둔 밥 한 공기 먹고 밖으로 나왔다.

    코끝에 와 닿는 차고 산뜻한 공기를 깊게 들이마시고 내뱉기를 서너 번 했다. 그랬더니 배에서부터 가슴을 지나 목까지 타고 올라오는 뜨거운 기운이 콧등과 눈물샘을 툭 치고 지나갔다.

    '내가 왜 이러지? 누가 나를 건드렸나? 뭐가 어쨌는데? 엄마가 이 순간에 왜 떠오르는 거지? 아, 엄마가 보고 싶었구나! 엄마 품이 그리웠구나! 더 솔직히는 엄마가 내 마음 몰라줘서 많이 서운했었구나!'

    장작 타는 냄새가 마음 깊은 밑바닥에 깊게 깔려 있던 엄마에 대한 그리움을 자극해 눈물샘을 터트리고 말았다.

상담 일지

질문하기도 전에 이미 쓸고 간 감정들, 즉 그리움, 화, 우울, 불안, 공포 등은 우리의 실수와 사건과 문제와 아픔의 뿌리가 된다. 깊게 뿌리 박힌 상처일수록 어렸을 때 어머니나 아이를 돌보는 가까운 가족들과의 관계에서 형성되었다. 상담을 시작할 때면 내담자들은 아동기 때 형성된 부정적 감정 패턴의 영향이 미치는 아픔을 깨닫지 못해서 괴롭고 혼란스러워한다. 그리곤 머뭇거리면서 어릴 적 쓰라린 기억들을 힘들게 털어놓는다. 차츰 현실적인 문제와 자신의 근원적인 상처의 뿌리를 조금씩 알아가게 된다. 그래서 가슴에 맺힌 응어리가 꽃샘바람에 얼음 녹듯이 천천히 녹기 시작한다. 나의 상담 일지에는 상처로부터 자유로워지고 회복되어간다는 내담자들의 이야기들이 빼곡히 담겨 있다. 상담은 사랑에서 소외된 사람들을 돕는 학문이라더니 일지 속 이야기 가운데 사랑이 그리워 뼈가 시리도록 아파했던 사연이 눈에 들어온다.

회색지대에서 살았던 여인

"늘 삶이 회색빛처럼 우울하고 암울해서 미래가 보이질 않아요. 늪 속에 빠져서 머리를 들고 나오기가 너무 힘들어요. 남편에 대한 의심이 나를 너무 비참하게 만들어요. 이번에는 꼭 이혼하기로 마음먹었어요. 매사에 뭔가로부터 쫓기는 듯 불안해서 깊은 잠을 자지 못하고 늘 피곤하고 무기력해요. 한쪽 가슴이 터질 것처럼 아프고 답답해요. 자다가 깨어나서 침대 가장자리를 보면 절벽으로 떨어질 것 같아서 두려워요. 싸우지 않고 살았으면 좋겠어요. … 분하고 원통해서 나에게 피해를 준 가족들이 아주 큰 사고라도 나면 원이 없겠어요. … 내가 어떻게 해야 폭력적인 남편을 잠재우고 같이 살 수 있을까요?"

상담소 문을 열고 들어오면서부터 상담을 마치고 돌아갈 때까지 얼굴 표정, 옷차림, 자세나 행동들과 그때그때 나눈 중요한 이야기들을 읽으면서 한 사람씩 떠올려 보았다. 참 많은 이야기와 북받쳐 올라오는 감정들을 터트리고 표현한 눈물의 흔적들이 상담 일지를 눅눅하게 한다. 그들의 아픔과 상처를 다시 한 번 기도하는 마음으로 어루만지면서 한 장 한 장 넘기는 가운데 일지 속에서 그들을 만난다. 더 잘 돕지 못한 아쉬움과 미안한 마음이 밀려온다. 내담자들이 남겨 놓은 아픔의 흔적을 통해 그들을 향한 나의 기도가 사연들의 깊이만큼 쌓이고 있다.

장작 타는 냄새 속에서 나의 그리움을 찾아냈듯이 쏟아내는 아픔 뒤에 숨어 있는 오래된 상처를 찾느라 갈팡질팡했던 기록들이 다시 말을 걸어온다. 정신 장애로 병원에 입원시킬 수밖에 없었던 남편에게 시달리고, 학교생활 적응에 힘들어하는 자녀를 돌보느라 지쳐서 찾아온 내담자와 반년 동안 상담했던 기록 속에서 다시 만났다. 내담자의 얼굴 표정과 모습, 그리고 억압된 감정들을 끌어올릴 때 힘들어했던 기억들이 서럽게 밀려온다. 그녀는 지나치게 자신에게 의존하는 친정 가족, 남편이 정신적인 고통으로 병원에 입원해 있어도 신혼 초부터 무관심했던 시댁, 자기 자신만 아는 이기적인 남편에 이르기까지 섭섭한 마음에 분노를 참을 수 없었다.

어릴 적 엄마에 대한 내담자의 기억은 늘 화려한 옷차림에 화장을 하고 외출하는 공주 같은 모습이었다. 자신만 아는 엄마와 자신만 아는 남편은 너무도 닮아 있었다. 지금도 그녀는 친정 일까지 끌어안고 한 가정을 힘겹게 꾸려가고 있다.

"이제는 쉬고 싶어요. 수양버들처럼 내 마음이 유연하고 여유로웠으면 좋겠는데…. 마른 수건이 서서히 물로 젖어가는 것처럼요. 서로 다른 색으로 물들면서 조화를 이루어가는 아름다운 단풍처럼 내가 변화되고 싶어요."

지금은 비록 아프지만 한때 푸른 꿈을 마음에 담았던 내담자의 기록이 눈에 들어왔다. 아직도 무지개가 조금 멀리 있긴 하지만 어려울 때 함께해 주어서 감사하다고 카드를 보내온 내담자다. 남편은 꾸준히 약을 복용하고 상담을 받으면서 안정을 찾아가고 있으며, 학교에 잘 적응해서 대학 가는 게 꿈이라던 아들은 드디어 대학에 입학했다는 기쁜 소식을 알렸다. 생활의 안정을 찾아갔던 그녀를 일지 속에서 만나니 요즈음 어떻게 지내는지 궁금해진다.

분노와 사랑이라는 양가감정

상담 일지를 넘기다가 한 대학생 내담자의 이야기에서 머물게 된다. 많은 부분을 도와줄 수 없어서 아쉬움이 크게 남는 학생이었다. 재혼한 엄마에게 짐이 되지 않기 위해 외할머니 손에서 자라다가 미국의 친척 집에 입양되어 살고 있었다. 상담 시간 내내 소리 없이 흐르는 눈물을 닦아냈다. 그를 생각할 때면 손에 든 젖은 화장지를 주무르다가 가루처럼 부서져서 앉은 자리 주변에 하얗게 떨어져 있던 장면이 기억난다.

어릴 적 엄마에 대한 기억은 딱 두 가지였다. 운동회나 소풍 갈 때 엄마는 항상 곁에 없어서 슬펐던 것과 늘 지나다니던 동네 하수구에 빠졌을 때 "엄마 살려줘"라고 소리치니 어떤 동네 아주머니가 구해 주었다는 것뿐이다. 울음소리도 내지 않고 두 눈에서 눈물만 뚝뚝 흘리던 학생은 복합적인 아픔으로 힘들어했다. 세상에서 버려진 존재라는 아픔, 사랑의 거부, 박탈과 거절, 보살핌을 받지 못해 외롭고 슬프고 불안하고 화가 나고 분노로 찬 적개심이 올라와서 더욱 현실이 힘들었다. 게다가 입양된 친척집 사람들이 그의 형편과 사정을 헤아리거나 챙겨 주는 것에는 무관심했고, 자신을 둘러싼 환경 때문에 너무 화가 나서 학교도 휴학한 상태였다. 왜 그렇게 분노가 올라오는지 억제가 안 된다며 울먹였다. 어릴 때부터 쌓인 엄마에 대한 분노와 사랑이라는 양가감정ambivalence/conflicted feelings, 兩價感情 때문에 힘이 없고 연약한 아이는 힘 있는 엄마에게 표출 한 번 하지 못했던 것이다.

이 대학생 내담자는 억압된 분노와 불안이 강하게 올라오면서 친척의 무관심에 강하게 반발하고 싸우게 되었다. 상담을 통해 자신의 어릴 적 모습과 형편을 되돌아보면서 자주 싸우게 되는 근원을 알아가고 이해하기 위해 노력하는 가운데 많이 안정되어 갔다. 친척에 대한 원망과 분노 때문에 미루었던 학교 등록을 마치고 나니 다른 일도 잘 해낼 수 있을 것 같다면서 몇 번 상담을 받다가 중단하게 되어 아쉬웠던 케이스였다.

상담 일지를 쓰는 이유

지속적으로 상담을 받으면서 변화와 성숙을 경험한 내담자들은 가끔 이런 말을 하곤 한다.

"선생님은 제가 한 말을 하나도 놓치지 않고 기억해 주시고, 또 친절하게 이끌어 주셔서 신뢰감이 생기고 다음 상담도 기대돼요."

내담자에게 치료 효과를 더해 줄 수 있었던 것은 상담 일지 덕분이었

다. 상담 중에 나눈 핵심적인 내용을 놓치지 않기 위해서, 그리고 그때의 분위기나 감정 상태를 생생하게 남겨 놓기 위해 기록하는 것을 게을리하지 않았다. 기록하고 나면 나 자신에게도 뿌듯함과 보람을 느끼곤 한다. 그들의 아픔과 고통을 모두 헤아리고 도울 수 있는 능력은 부족하지만, 상담과 상담 훈련을 통해 회복되어가는 나 자신을 믿게 된다.

그동안 기록한 상담 일지는 대부분 불안하고 무겁고 어둡고 막막하고 황당하고 당황스러운 사연으로 시작한다. 상담이 진행되면 밑바닥에 깔린 감정의 원인과 뿌리를 알게 되고 아픔을 수용하는 과정을 거친다. 그리고 수용 받은 아픔은 서서히 엷어지고 아물어가는 이야기로 상담 일지를 채우게 된다.

상담소가 고통과 아픔이 흐르는 냇물에 실려 떠내려가는 시냇가 빨래터였으면 좋겠다. 시집살이하는 며느리들이 모여 시어머니 험담을 하고, 애꿎은 시어머니 모시 적삼을 빨랫방망이로 힘껏 두들겨 패고, 다시 살아갈 용기를 얻는 빨래터가 되었으면 좋겠다. 빨래터 옆에 빨래는 삶는 장작도 몇 단 준비해 놓고, 친정엄마 생각나는 수양버들 한 그루를 심어 그늘을 만들고 싶다. 나의 상담 일지가 두툼해질수록 이 땅의 아픔은 얇아지기를 기대하는 마음으로 지난해 일지를 덮고 새해 첫 일지를 펼친다.

에고! 일기 쓰기, 방학 숙제 좀 제대로 쓸 걸! 이제야 일기에 느낌을 담으라는 선생님의 말씀이 마음에 와닿는다.

"8월 5일. 날씨 맑음. 순님이 하고 고무줄놀이하고 놀았다. 끝."

"8월 6일. 날씨 약간 맑음. 효순이하고 공기놀이하고 재미있게 놀았다. 끝."

"8월 7일. 날씨 흐림. 서운이와 구슬치기하고 정말 재미있게 놀았다. 끝."

옥수수 반쪽에 담긴 미래

나는 엄마가 좋다, 충분히 좋은 엄마

뒤틀린 나이테

아니, 이런! 어제까지만 해도 곧게 서 있었던 나무가 보이질 않는다. 아름드리나무가 잘려나간 운동장에서 뛰놀며 재잘거리던 아이들의 목소리와 나무에 깃들던 새들의 노래조차 들리지 않아 적막하다. 소중한 친구가 떠나간 것 같은 아쉬움에 발길이 나무가 있던 곳으로 향한다. 밑동만 남은 모습이 수십 년의 삶을 잃어버린 이들을 보는 것 같아 가슴이 멍해진다. 잔잔한 호수의 물결이 원을 그리며 펴져 나가듯 나이테는 가지런한 원을 그리고 있다.

"너는 눈보라와 폭풍우 그리고 비바람 치는 세월 속에서 수십 년을 지냈는데도 어쩜 그렇게 촘촘히 원을 그리면서 곱게 자랐니?"

잘 자라 준 나무가 대견하고 부러웠다. 그래서 더더욱 떠나보내는 아쉬움과 속상함에 한참을 그 자리에 서 있었다.

나무 전문가들은 나이테의 굴곡진 모양을 보면 나무가 외부로부터 어

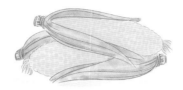

떤 타격을 받아 상처를 입었는지, 혹은 벌레가 갉았는지, 폭풍우로 찢기거나 옆 나무에 치어 휘어진 것인지 알 수 있다고 말한다. 심지어 나이테를 통해 나무가 자란 주변의 기후와 날씨까지도 알아낼 수 있으며, 한번 굴곡이 생기면 다음 해와 그다음 해에도 계속해서 나이테에 영향을 끼친다고 한다.

내담자들의 나이테도 이와 같다. 성장 과정에서 상처를 입으면 그 부분에 굴곡이 생겨 이후 삶이 고르지 않고 계속해서 영향을 받게 된다. 어릴 때 '충분히 좋은 엄마'라는 환경을 경험하지 못하거나, 지나치게 정서적으로 결핍되거나, 과잉보호 등으로 깊이 파인 상처가 근본 원인이 되어 어른이 되어서도 굴곡진 삶을 살게 만든다. 내담자들이 호소하는 갈등, 우울, 불안, 강박신경증 등은 어린 시절 뒤틀린 나이테가 남긴 생채기다. 어릴 때 엄마와 아빠와 가족들로부터 사랑받고 싶은 욕구, 인정받고 싶은 욕구, 지지받고 싶은 욕구 등이 박탈·좌절·거부·무시되거나 상황에 맞지 않은 양육의 흔적들이 고스란히 삶의 나이테에 담기게 된다. 어린 시절에 받은 적절하지 않은 양육은 마음에 생채기를 내고 그 생채기로 인해 계속해서 영향을 받는다. 그리고 어린 시절의 생채기는 계속해서 뒤틀린 나이테를 남긴다.

상담은 주 양육자들의 권위적인 힘에 눌려 할 말을 못하고 아예 입을 다물어 버렸던 억울한 이야기들을 지금 이 자리에서 안심하고 편안하게 끌어내도록 도와서 현실의 아픔과 문제를 풀어나가도록 돕는 것이다. 마음에 심긴 자책감, 죄책감, 수치심, 분노, 적개심, 우울감, 억울함 등을 다루는 과정이다. "입 닥쳐!" "눈물 뚝!" "네가 뭘 안다고!" "사내자식이 이까짓 일로 징징 짜고 그래!" "너를 낳지 말았어야 하는데!" 등의 말을 들을 때마다 꾹꾹 참았던 억울한 감정들을 상담가 앞에서 덜어내는 내담자들의 사연들은 부모의 아픔이 거의 되풀이되었음을 알 수 있다. 그때 못했던 말과 감정을 지금 여기 상담가 앞에서 덜어내면서 조금씩 과거의 아픔에서 가벼워지게 된다.

직면해야 할 감정

"저는 싸우는 걸 아주 싫어해요. 그래서 남편하고 싸우지 않으려고 웬만하면 그냥 참고 넘어갔어요. 그런데 요즈음은 남편 때문에 왠지 모르게 화가 나고 저 혼자서는 아무 일도 할 수 없어서 불안해요. 매일 새벽마다 기도하는데 하나님은 왜 내 기도를 들어주지 않는 거예요? 어렸을 때라 잘 기억은 나지 않지만, 우리 가족은 항상 아버지의 뜻대로 모든 걸 따라야만 했어요. 누구라도 자기 의견을 말했다간 집안이 시끄럽고 난리가 났거든요. 집안이 시끄럽지 않으려면 모두가 조용히 입을 다물어야 했어요. 엄마조차도 무조건…. 아버지가 모든 걸 다 알아서 했어요. 심지어 제가 여행 가방을 꾸리고 있으면 아버지가 다시 싸는 거예요. 제가 하고 싶었는데…. 늘 이런 식이었어요."

"저는 좀 허약하게 태어나서 엄마의 기대에 못 미치는 아이였어요. 그래서 늘 우리 가족으로부터 제외되었어요. 소외되고 이방인 같고…. 그러다 보니 어렸을 때 우리 가정에서 일어나는 일에 대해 저만 몰랐어요. 아예 관심받을 만한 가치도 없는 아이로 취급당했지요. 부모의 손이 별로 필요 없을 정도로 있는 듯 없는 듯 순하게 자랐대요. 처음에는 나도 자기주장을 했지만, 매번 야단맞고 거부당하다 보니 하고 싶은 말을 못 하고 마음과 입을 꽉 다물게 되더라고요. 그래서 제 존재감에 대해 긍정적이지 못한가 봐요…."

"우리 집엔 아들이 귀했어요. 제가 태어나자마자 할머니는 차가운 윗목으로 저를 밀어 버리고 삼 일 동안 젖을 안 물렸대요. 그냥 죽어 버리라고…. 엄마는 딸을 낳은 죄인이 되어서 산후 조리도 못하고 밭일을 나가셨어요. 그 일로 인해 평생 신경통이 왔다고 해요. … 그래서 엄마가 저를 미워하는 건 당연하다고 생각하면서 자랐어요. 내가 아들이 아니어서…, 그게 내 죄는 아닌데도…."

나는 내가 참 좋아

이렇게 내담자들은 자신들의 아픔을 풀어내면서부터 '지금 이 자리 here & now'에서 내가 왜 아픈지 원인을 알아가게 된다. 어렸을 때부터 참 거나 억눌렀던 감정을 힘들게 느끼고 항의하고 호소도 한다. 그때 직면 했어야 하는 감정을 상담가 앞에서 힘겹게 늦은 재경험을 하면서 조금 씩 회복되어 가는 자신을 발견하게 된다.

내담자들은 약속이라도 한 듯이 한발 물러서서 어린 시절 자신의 모 습을 객관적으로 볼 수 있게 되었다고 말한다.

'내가 이렇구나. 내가 이런 모습이었구나.'

부모의 분노, 원망, 슬픔, 속상함, 억울함, 아픔 등이 자신의 마음에 담 겼음을 알게 된다. 그리고 조금은 자유롭게 자신을 받아들인다.

"내가 못나서 그런 것만은 아니었네요."

어느새 자신도 그렇게 하고 있음을 발견하면서 조금씩 변해가게 된다.

"가족들을 탓하는 말이 줄어들고 있어요."

"언제부턴가 남편의 말이 순해졌어요."

"이제는 하고 싶은 말을 조금씩 표현하고 있어요."

잊고 싶어 마음 밑바닥에 숨겨 두었던 아픈 이야기나 결코 다시 떠올 리고 싶지 않은 슬픈 이야기를 담아낸다. 답답한 응어리들을 마음 놓고 쏟아 낼 수 있는 상담소가 있어서 숨을 쉴 수 있으니 고마울 뿐이란다.

어린 시절에 돌봄과 사랑이 부족했다면 지금부터라도 그 결핍을 채워야 한다. 또 충분히 누리지 못해 만족감이 부족하다면 이제부터라도 맛보아야 한다. 심리적 결핍을 채우는 가장 좋은 방법은 현재의 가족으로부터 채우는 것이다. 결혼했다면 결혼으로 형성된 새로운 가족으로부터 충분한 돌봄과 사랑과 격려를 공급받는 방법이다.

옥수수 반쪽에 담긴 미래

얼마 전에 두 살 난 조카딸의 생일을 축하하기 위해 가족들이 모였다. 태어난 뒤 2년 동안 하얀 도화지 위에 부모와 언니들로부터 밀려온 느낌과 경험들을 자신의 언어와 이미지로 마음에 스케치해 나가고 있을 조카딸이다. 그날 조카딸을 보면서 지난 2년 동안 무엇이 담겼는지에 대한 나의 느낌은 참으로 안정되고 편안함이었다.

형님과 아이를 두고 이야기하던 중, 어느 날 아이에게 삶은 옥수수 반쪽을 주었더니 그것을 가슴에 안고 너무나도 만족한 표정으로 행복해하더라는 것이다. 그 말을 듣는 순간 내 가슴은 어느새 아이가 느낀 그 만족감으로 가득 채워지는 경험을 했다. '그래! 아이들은 이런 만족감을 원하는 거야.' 내 삶의 나이테에도 굴곡이 있어 우리 자녀들에게 많이 미안해지는 순간이기도 했다. 우리 아이들에게도 이 만족감을 주었어야 하는데… 나도 할머니가 되면 잘할 수 있을 것 같은데. 슬쩍 겁도 난다. 할머니? 할머니!

이처럼 심리적 만족감을 온몸으로, 그리고 마음속 깊이 느끼는 아이들에게는 아름다운 것들이 담긴다. '세상은 아름다운 곳. 사람들은 나를 사랑해. 나는 소중해. 그리고 내 삶은 행복해!' 엄마의 마음을 아이의 눈높이에 맞출 줄 아는 엄마의 공감의 힘은 항상 그리워진다. 느낀 그대로 온몸으로 만족감을 천진하게 표현하는 아이의 몸동작과 표정이 내 마음에 담겨 이 글을 쓰는 순간에도 잊히지 않는다. 이와 같이 만족감을 경험하고 계속해서 경험할 때마다 아이의 정서는 경험한 만큼 건강하게 성숙할 것이다.

옥수수 반쪽에 담긴 조카딸의 따스한 미래를 마음에 그려본다. 그리고 아이의 흐뭇한 미래를 결정할 수 있는 또 다른 옥수수를 찾도록 돕기 위해 상담실 문을 연다. 오늘은 부부가 참석하는 그룹 치료를 시작하는 날이다. 다음 해에는 상담실 텃밭에 옥수수를 꼭 심어야겠다.

이 원고를 정리하는 해에 남편은 상담소 텃밭과 우리 집 화단의 울타리를 따라 옥수수를 곳곳에 심었다.

"여보, 내 마음 읽어줘서 고마워! 늘 그래 주면 좋겠는데…. 그런데 왜 과꽃 뒤에 옥수수를 심어서 과꽃들의 기를 죽이고 그래요?"

이번에도 남편은 2프로가 부족했다. 에쿠! 내 결핍감이 이번에도 모습을 드러냈네! 도대체 이 결핍감은 언제 떠나려나! 결핍감아, 이 노래를 듣고 싶은데, 언제 이 노래를 들려주련?

오랫동안 사귀었던 정든 내 친구여….

자운영 꽃이 벗겨준 겨울 외투

내 마음 던지기, 투사

출판하기 위해 원고를 정리하면서 다시 한 번 나를 돌아보게 되었다. 내겐 무서운 것들이 참 많았다. 흐르는 깊은 시냇물은 나를 잡아끌고 갈 것 같아서 무서웠다. 깊은 호수에 담긴 달도 무서웠다. 파도치는 바다에 떠 있는 갈매기조차 한가롭게 볼 수 없었다. 천둥 치는 날이면 마루에 걸쳐 앉지도 못했다. 서산에서부터 먹구름이 밀려오면 후다닥 방으로 뛰어 들어가 방문을 꼭꼭 닫고 천둥소리와 번개가 못 들어오길 기도했다. 마을 앞에 펼쳐진 너른 갯벌에 물이 들 때는 한없이 무서웠다. 특히 서산을 넘어 눈보라가 밀려오는 날이면 혼자 있는 것조차 무서웠다. 겨울에는 겨우 눈사람하고만 친했다. 그런데 얄밉게도 남편은 이 모든 것들과 친하다.

무섭기만 한 겨울은 내 곁을 쉬 떠나지 않았다. 아니, 내가 겨울의 끝자락을 쉽게 놓지 못하는 것인지도 모른다. 울타리 밑 노란 개나리가 손짓해도, 앞동산에 진달래가 꽃동산을 만들어도, 복숭아꽃이 문 앞까지 찾아와도 겨울의 끝은 내 마음에서 떠나지 않았다. 따스한 기운이 집 앞에 펼쳐진 너른 들녘을 물들여도 아직 피지 않은 자운영 꽃을 손꼽아 기다리던 단발머리 소녀 시절로 돌아간다.

연애 시절에는 구름 위를 걷는 듯, 또는 바람을 타고 흐르듯 거칠 것 없는 세상이 나를 위해 존재하는 줄 알았다. 나는 우주의 주인공처럼 당당했다. 이전의 나는 어디에도 없었다. 당시 남편은 유난히 긴 나의 머리를 좋아했고, 내가 쓰던 비바리 샴푸 향도 좋아했다. 나를 사랑하기에 내 머릿결도 덩달아 비단결처럼 빛나 보였으리라 여겨 긴 머리를 관리하는 것도 내겐 행복이었다. 어쩌면 남편이 파마머리를 극도로 싫어하게 된 한 사건으로 인해 긴 머리 소녀가 반사 이익을 누린 것일지도 모른다. 내 지성과 미모가 아니라 긴 머리 때문이었다는 게 좀 억울하지만, 그 시절로 갈 수만 있다면 기꺼이 돌아가고 싶다.

파마한 여자들은 억울했다

남편은 산골 초등학교 1학년에 입학한 뒤 학교에서 처음으로 파마머리를 보았다. 동백기름으로 곱게 빗고 쪽머리에 비녀를 꽂은 시골 아낙네만 보았던 초등학생에게 뽀글뽀글 볶은 머리를 하늘로 휘감아 올린 여선생님의 모습은 가히 충격적이었다. 한밤중이나 산속이 아닌 대낮 교실에 나타났으니 실성한 사람 또는 귀신이 아닌 것은 분명한데 분위기가 매우 으스스했다. 화장이라곤 결혼식 때 연지 곤지 찍은 모습이 전부인데 창백한 얼굴에 붉은 입술과 짙은 눈 화장까지 했으니 충격이 이

만저만 아니었다.

그런데 더 큰 충격은 똑같이 생긴 괴상한 여인 두 명이 교실로 들어왔다는 것이다. 그때 처음으로 일란성 쌍둥이를 보았으니 혼이 빠질 만도 했다. 정식 교사인 한 자매는 앞에서 가르쳤고, 다른 자매는 뒤에서 매를 들고 아이들이 움직이기만 하면 회초리로 때렸다. 산과 들로 쏘다니며 놀던 코흘리개 산골 아이들은 몸이 뒤틀리고 좀이 쑤셔 움직일 때마다 뒤에서 날아드는 매를 피하기 위해 눈을 떼서 뒤통수에 붙이고 싶은 심정이었다.

남편은 오랫동안 그때 일을 까맣게 잊고 있다가 파마한 여자들만 보면 자신도 모르게 성질 사나운 여자로 단정하고 불쾌해서 멀리하게 되었다. 파마와 인격은 아무 관련이 없는데도 그렇게 생각했으니 엄청난 인지왜곡cognitive distortion, 認知歪曲이다. 얼마나 많은 파마머리의 여인들이 오해를 받았을까! 나보다 훨씬 예쁜 파마머리 여인들이 남편 앞을 지나쳤을 텐데 참으로 다행이다.

남편이 자주 흥얼거리던 노래에도 다 이유가 있었다.

빗소리 들리면 떠오르는 모습
달처럼 탐스런 하얀 얼굴
우연히 만났다 말없이 가버린
긴 머리 소녀야

노래 속 긴 머리 소녀가 내가 아니라서 질투는 나지만, 남편의 머릿속 긴 머리 소녀가 나보다 더 예쁘다 해도 그 덕에 남편과 만났으니 파마머리에게 고맙다고 생각했는데, 요즘은 고마운지 어쩐지 잘 모르겠다. 그래도 남편이 긴 머리에 눈이 멀었던 시절이 가끔은 그립다.

스키마

이처럼 사람들은 어떤 일이나 사건으로 인해 마음 깊은 곳에 도식schema, 圖式을 갖게 되는데, 이것을 스키마schema라고 한다. 남편은 '파마머리=성질 사나운 여자'라는 인지 도식cognitive schema, 認知圖式을 가지고 있었던 것이다. 스키마는 극히 짧은 순간에 무의식적 · 자동적으로 작용하기 때문에 자신도 모른다. 그런데 안타깝게도 부정적 스키마는 많은 이들의 삶에서 반복적으로 행복을 빼앗는다.

푸름이 밀려오는 들녘을 함께 물들이는 자운영 꽃은 내게 겨울의 무거운 외투를 벗겨주는 긍정적인 스키마와 같아서 해마다 나도 모르게 늦은 봄을 기다렸나 보다. 양식이 모자랐던 보릿고개 시절, 자운영 꽃은 '반양식半糧食'이었다. 내게도 자운영 꽃을 된장에 무쳐서 밥 한 숟가락 정도 넣고 비벼 먹었던 아련한 추억이 있다. 그런데 그런 추억을 넘어 자운영 꽃을 보는 순간 나도 모르게 마음이 따스해지고 생기가 돌았다. 지금은 사람들이 사진에 담아 인터넷에 올린 자운영 꽃을 보는 게 전부지만 그 순간마저도 내 마음이 훈훈해진다.

어린 시절 긴 겨울은 내게 도망치고 싶은 계절이었다. 해안에서 그리 멀지 않은 농촌 마을에 살았기 때문에 겨울은 두려운 계절이었다. 종종 간첩이 나타났다는 소름 돋는 소문이 돌았다. 어른들이 사랑방에 모여 이야기하던 간첩이 해안으로 침투했다거나 간첩이 서산에서 자고 간 흔적이 있다는 말이 내게 스키마로 작용했던 것이다. 그 시절 어린아이에게는 스산한 겨울 날씨가 북한이 남침할 것 같은 음산한 분위기로 느끼게 했다.

한국전쟁 때 인민군과 공산당으로 인해 고통을 받았다며 치를 떠는 마을 어르신들의 이야기가 오버랩되면서 서쪽 산 능선부터 사방이 칙칙해지면서 눈보라가 몰아치는 겨울은 내게 두려움으로 자리 잡았다. 게다가 무섭게 느껴지는 겨울 산길을 따라 아버지에게 도시락을 가져다 드렸던 어릴 적 기억이 나도 모르게 내 마음 깊은 곳에 겨울은 춥고 음산하다라는 두려움으로 자리 잡았나 보다. 그 당시 담벼락에 붙어 있던 반공 포스터는 내 가슴에 스키마를 이미지로 각인시키기에 충분했다.

두려움의 뿌리

벌써 20년 넘게 상담 분야에서 일하고 있지만, 내 두려움의 뿌리는 분명치 않다. 가장 어린 시절까지 샅샅이 돌아보아도 실마리가 묘연하다. 마을 앞 갯벌에 사람이 빠져 죽었다는 이야기와 산기슭 저수지에서 사람이 빠져 죽었다는 이야기가 마음에 담겨서 물을 무서워하는 것일까? 하지만 무서운 천둥 번개와 겨울은 설명되지 않는다.

더 근원적인 뿌리는 기억 저편에 있는 엄마의 품이 아닐까? 엄마는 이미 두 딸을 낳았는데 나를 임신한 사실을 알고부터 이제는 정말 아들을 낳아야 한다며 애를 태우셨다. 매일이 불안의 연속이었을 것이다. 아들 못 낳는다고 소박맞았다는 이야기가 남의 일 같지 않아서 무척 불안하지 않으셨을까? 딸을 낳고 실망하셨을 엄마, 시어머니 눈치를 보면서 세 번째 딸에게 젖을 먹여야 하는 엄마의 마음은 많이 슬프고 무거우셨을 것이다. 엄마의 불안이 고스란히 내게 담기지 않았을까? 그런데 나의 무서움, 불안, 두려움이 엄마 품에서 담겼다고 하기에 엄마는 무척 낙천적이고 유머가 많으시다.

그런 내게도 긴 겨울이 지나고 들에 피기 시작한 자운영 꽃은 겨울이 끝났음을 알리는 따스한 신호였다. 봄마다 꽃분홍에 하얀빛이 어우러진 자운영 꽃은 한두 송이가 아니었다. 마치 오천석의 『노란 손수건』에서 참나무에 걸린 수많은 노란 손수건처럼 논밭과 들과 심지어 골목 담장 아래까지 피어나 겨울이 끝났음을 놓치지 말라고 내게 손짓했다. 혹 내가 못 보고 겨울의 두렵고 무거운 외투를 벗지 못하면 어쩌나 걱정하듯이 여기저기에서 앞다투어 피어났다.

이정자 시인에게도 자운영 꽃은 스키마로부터 그녀를 일으키는 힘이었나 보다.

꽃빛에 스민 마음 한 자락이 갑자기 환해진다

…

자운영 꽃밭을 지나듯 지나온 한 시절이 있어

화인처럼 찍힌 아름다운 날들이 있어

오늘도 한 생을 굳건히 받쳐주고 있는 것이다

많은 이들이 스키마로 인해 고통받으면서도 왜 고통받는지 모르고 힘든 세월을 보낸다. 그러다가 상담실 문을 힘겹게 두드린 그들에게 그들만의 자운영 꽃을 선물하고 싶다. 두려움의 실체가 아직 분명하지 않지만, 간첩은 더 이상 겨울에 오지 않는다고 자기를 다독이면서 눈사람을 만들고 썰매도 타고 화롯가에서 고구마를 구워 먹으며 옛이야기를 나누고 싶다. 그리고 두려움을 이길 수 있는 사랑을 키워가는 사람도 있다는 사실을 내담자들에게 전하고 싶다.

올봄에도 실버들 가지마다, 목련 꽃봉오리마다, 개나리꽃 가지에도 노랑 손수건을 많이 많이 내걸고 싶다. 상담센터 화단에도 자운영을 심어야겠다. 화단에 모든 이들의 아픔을 치유하는 그들의 꽃을 심고 싶다. 이미 내가 심고 싶은 꽃들은 화단을 가득 채우고도 남을 텐데 걱정이다. 은보랏빛 자운영 꽃밭을 마을마다 마음마다 만들려는 꿈을 안고 상담소로 향한다. 다음에 쓰게 될 글에는 좀 더 빨리 회복되는 내담자들의 따스한 이야기를 담고 싶다.

"여보, 자운영 꽃을 심게 텃밭 좀 넓혀 줄래요? 내담자들의 마음에 겨울이 오지 않도록, 사시사철 자운영 꽃을 볼 수 있도록 온실을 만들 순 없어요?"

모란이야? 작약이라니까!

아내와 남편의 모란

"모란이지?"

"아니, 작약이야!"

옥신각신 입씨름하면서 동네 한 바퀴를 휙 돈다. 어느새 온 동네 꽃밭에 입씨름 소문이 돌았는지 속닥거리는 소리로 소란스럽다. 이름도 몰라준다며 섭섭해하던 모란의 마음을 내 얼굴에 살랑 스치던 봄바람이 넌지시 알려 준다.

'그랬구나. 모란이었구나!'

후다닥 지나쳐 온 꽃밭으로 발길을 돌려 다가가 보니 뽀로통한 입술이 금방이라도 터질 듯 단단히 화가 나 있다. 계절마다 당신들 마음에 영롱한 천연의 빛깔을 칠해 준 세월이 얼마인데 이름도 모르냐며 속상해서 눈을 흘긴다. 그때 우리 입씨름의 주인공이 얼굴을 내밀며 내 이름을 아느냐고 묻는데 순간 버벅거렸다. 우리에게 실망했다며 쌩~ 하고 얼굴을 돌린다.

"미안, 정말 미안해!"

당황한 우리 부부는 얼굴이 홍조가 되어 집에 들어서자마자 인터넷으로 검색해 본다. 작약과 모란의 구분법이라는 글과 사진, 그리고 동영상까지 잔뜩 올라와 있다. 우리만 헷갈리는 것이 아닌가 보다. 모란은 나무고 작약은 풀이라 확연히 다르니 헷갈릴 일이 없다고 했다. 그런데 다음 날 막상 어느 집 꽃밭에 핀 꽃을 보고 또 헷갈려서 남편과 다시 입씨름이다.

"작약 같은데?"

"아니야. 꽃잎 좀 잘 들여다봐. 모란이잖아요?"

남의 집 꽃밭에 들어가서 나무인지 풀인지 확인할 수도 없으니 그날도 무승부였다.

미해결 감정

상담실에서 50대 남편과 아내가 상담을 시작하자마자 서로 격하게 입씨름을 시작했다. 진정시킬 겨를도 없이 순식간에 분위기가 냉랭해졌다.

"우리 둘은 도대체 대화가 안 돼요. 부드럽게 말하고 소통하고 싶은데, 아내는 내 말이 끝나기도 전에 잘라 버려요. 얼마나 통명스럽고 쌀쌀맞은지, 기죽을 만큼 말을 쏘아붙여야 직성이 풀리나 봐요. 둘 다 성격이 급하긴 해요. 나도 말을 험하게 하지만, 무시하는 말이 쏟아지면 나도 버럭 소리 지르게 돼요."

한바탕 열을 내고 난 아내는 숨을 몰아쉬면서 말문을 연다.

"말도 마세요. 옆에 앉아 있으면 남을 험담하고 비난에다 입만 열면 부정적인 말만 튀어나와요. 주어도 없이 말을 하면 아주 지겨워요. 머리 아프니까 그만 좀 하라고 하면 영혼 없는 대답으로 '알았어, 알았어!' 하고 발뺌하면 그만이에요. 그러니 제가 잔소리를 안 하겠어요? 성질만 더 나빠졌지요."

이 부부의 불만을 들으면서 순간 부정적인 생각이 스친다.

'이 부부는 대화가 안 될 수밖에 없겠다. 남편의 험담과 비난, 아내의 반복되는 잔소리를 고칠 수 있을까? 대화가 가능하겠어? 입씨름하는 근본 원인은 각자의 미해결 감정unfinished emotion, 未解決感情인데…. 이들이 과연 자신들을 돌아볼 여유를 가지고 진득하게 상담에 임할 수 있을까? 좀 힘들겠는데!'

살짝 스쳐 간 심란한 마음을 뒤로하고 각자의 원가족에 대해 이야기해 보도록 했다.

"어릴 때 부모님이 몇 년 차이로 돌아가셨어요. 의지할 사람도 없이 살았어요. 늘 미래가 불안했지요. 유난히 아내가 곁에 없으면 왠지 모르게 짜증이 올라오면서 화가 폭발해요."

남편이 한 말에 대해 다시 들려주고, 아내가 한 말에 대해서도 다시 들려주기를 반복했다.

"아아, 우리 둘 다 돌봐 줄 보호자가 없었네요. 우리 곁을 영원히 떠나 버렸어요. 더 이상 오지 않았던 사랑이 상처가 되었던 것이군요. 그 상처가 싸우게 하는 근본 뿌리였네요!"

싸늘했던 아내의 눈에서 눈물이 주룩 흐른다.

"듣고 보니 남편이 애처롭네요. 그래서 마냥 자기만 봐 달라고 하는 거였군요. 저도 할 말이 없네요. 엄마가 나를 두고 떠나 버렸으니…. 이를 악물고 아버지 곁에 붙어 있을 수밖에 없었죠. 얼마나 불안했겠어요? 이런 응어리를 가진 우리 둘이 만나 입이 아프도록 싸우고 있었군요. 이제 속이 좀 후련합니다. 왜 그런지 몰랐는데, 제 이야기를 들어주고 정리해 주시니까 알 것 같아요. 외로울 때면 사랑의 결핍이 비난과 부정적인 말을 부추긴 거였어요. 우리 부부는 그저 대화가 안 통한다고만 생각했어요. 이제야 잔소리만 했던 제가 이해가 돼요."

재진술

상담에서는 내담자가 말한 내용 중 중요하고 의미가 있다고 판단되는 부분을 다른 말로 되짚어 주는데, 이를 재진술restatement, 再陳述이라고 한다. 내담자는 상담가의 재진술 내용을 통해 자신의 마음이 충분하고 바르게 상담가에게 전달되었는지 더욱 주의를 기울이게 된다. 내담자는 습관적으로 했던 자신의 말과 자신이 간과했던 마음 깊이 응어리진 부분에 주목하게 된다. 그리고 어릴 적 미해결 감정을 알아차릴 수 있게 된다. 또한 상담가는 재진술을 통해서 내담자의 보이지 않는 마음 깊은 곳을 보이게 할 수도 있다.

그런데 상담 접수할 때나 상담 과정에서 이전에 여러 번 경험한 비슷한 사례인 경우에 상담가가 내담자의 마음을 예단할 때가 간혹 있다. 이럴 때 상담가는 내담자의 마음을 잘못 짚을 수 있고 중요한 것을 놓치는 경우도 있다.

"여보, 전화 받아요. 당신 클라이언트네!"

아직 출근하기 전인데 상담센터의 구글 보이스로 온 전화였다. 남편은 슬픈 모습으로 한참을 통화하고 전화를 끊었다. 내담자에게 감당하기 힘든 일이 있어 이른 아침부터 전화를 한 것이다. 내가 처음 그 내담자의 상담 접수를 받았을 때 그 내담자가 강하고 주도적인 여성일 것이라고 생각했다. 그런데 그날 전화 받았을 때의 느낌은 전혀 그렇지 않아 의아해서 남편에게 물었다.

"그 내담자는 내가 생각하고 있던 것과 다른 느낌이네. 나는 당찬 분이라고 생각했는데…."

"그렇지 않아. 눈물 많고 여린 분이야."

그녀가 내 클라이언트였다면 초기에 좀 헤맸을 수도 있겠다.

몇 마디의 사연을 듣고 건너짚었던 그녀를 보면 모란꽃 고사가 떠오른다. 선덕여왕이 덕만공주였을 때 당나라 태종이 모란 그림과 함께 모란 씨앗을 보내왔다. 공주는 모란 그림에 나비가 없으니 필시 꽃에 향기가 없을 것이라고 말했다. 그런데 당나라에서 모란은 제왕을 상징하는 꽃으로, 모란 그림에 나비를 그리지 않은 경우가 많았다.

나비는 향기보다 꽃 색깔로 꽃을 찾는다. 모란꽃은 덕만공주에게 섭섭했을 것이다.

"공주님, 제게도 매혹적인 향기가 있어요!"

남편과 작약이냐 모란이냐를 두고 티격태격할 때마다 모란이 내게 이렇게 말했을 것이다.

"선생님, 내 겉모습만 보고 건너짚지 마시고 자세히 살펴봐 주세요!"

"그런데 미안하지만 너는 모란이니, 작약이니?"

덕만공주가 나를 보고 빙긋 웃는 것 같아 부끄럽다.

봄을 기다리며

모란을 이야기하면서 김영랑 시인을 부르지 않으면 시인에 대한 예의가 아닐 것이다.

모란이 피기까지는
나는 아직 나의 봄을 기다리고 있을 테요

모란이 피어야만 시인의 봄이 온다고 표현했다. 여기서 시인의 봄은 물리적 시간인 크로노스^{Chronos}가 아니라 의미가 있는 시간인 카이로

스^{Kairos}라는 걸 알 수 있다. 모란이 피지 않은 5월은 시인에게 아직 봄이 아닌 것이다. 봄이 왔어도 그의 마음은 겨울에 머물러 있다. 시인에게 모란은 칼바람 겨울에서 그를 꺼내주는 어떤 것임을 알 수 있다. 시인은 이 시를 통해 모든 이들에게 모란을 열어놓았다. 내담자들에게 따스한 봄을 가져오는 모란은 무엇일까? 받지 못했던 어머니의 그리운 사랑일까? 아니면 억울했던 미해결 감정이 이해받을 때일까? 말없이 꼭 안아줄 때일까?

특히 부부 상담의 경우 남편과 아내 모두의 모란이 피기까지는 부부에게 봄이 오질 않는다. 남편에게는 모란이 피어야 봄이고, 아내는 작약이 피어야 봄이라 느끼는 경우가 있다. 모란과 작약이 피어나는 시기는 고작 한 달 남짓인데, 부부는 이 차이에도 봄과 겨울이 갈려 갈등하곤 한다. 아픔이 어루만져지고 상담을 종결할 즈음이면 그들의 봄이 비로소 올 것이다. 모란과 작약이 한 꽃밭에서 함께 봄을 맞이할 것이다. 그러면 4월과 6월이 같은 봄이 된다.

내게 봄을 가져오는 나의 모란은 무엇일까 생각해 본다. 남편의 모란은 무엇일까? 집과 상담소에 모란을 심어 놓고 모란을 볼 때마다 내담자의 이야기에 끝까지 귀를 기울일 것을 잊지 않고 싶다. 작약도 같이 심을까? 이 꽃들이 피어날 때쯤이면 우리의 입씨름도 끝나고 입씨름하던 부부들도 피식피식 웃을 것 같다.

모란이 뚝뚝 떨어지기 전에 저들의 봄이 오길 애써 기다린다. 헛갈리지 않고 이름을 불러 주는 날이면 모란의 봄도 오겠지! 그때쯤이면 덕만공주도 빙그레 웃을 것이다. 나의 봄, 내담자의 봄, 모란의 봄, 덕만공주의 봄, 모두의 봄을 기다리며….

보랏빛 희망

보랏빛 희망

미국 홈리스들의
대모(代母)
김진숙 목사 이야기

김진숙 지음

아름다운동행

사랑하는 손자 대운(Paul), 대현(John), 손녀 서연(Nina),

그리고 내가 섬기는 홈리스들에게 바친다.

차례

■ 추천의 글 • 8

■ 머리말 오직 십자가만 바라보며… • 18

제1부 존재의 뿌리, 그 아련한 기억들

길바닥에 심은 희망의 씨앗 • 26

함흥, 내 존재의 뿌리 • 40

유년시절, 뼈에 스미던 가난과 서울의 봄 • 54

새벽 기도회에서 결정된 인생행로 • 73

제2부 부르심, 그 길을 따라

지긋지긋했던 한국 땅을 떠나다 • 84

하나님의 손길을 삶 속에서 느끼며… • 103

가슴에 묻은 아들, 형이 • 125

인권운동과 극심한 박해 • 138

목회자의 길 • 148

제3부 보랏빛 사람들의 행진

막달라 마리아 홈리스 여성 교회 • 160

대학 목회 은퇴와 환갑 피크닉 • 170

홈리스 근절 헌의안 통과되다 • 174

교회 은퇴와 또 다른 기회 • 177

보랏빛 셔츠 제작 • 186

둥지 선교회 설립 • 191

아가페 홈리스 교회 설립 • 212

또 한번의 은퇴와 감사 • 215

71세에 목회학 박사 학위 따다 • 224

여성 리더십을 위하여 • 229

마지막 천신만고의 홈리스 교육사역 • 233

이렇게 죽고 싶다 • 239

■ 끝맺는 말 나를 업고 동행하신 분의 이야기 • 243

■ 부록 투병하며 다시 발견한 하나님 • 250

〈주빌리 매뉴얼〉에 실린 추천사 • 264

〈보랏빛 사람들〉에 실린 추천사 • 276

아가페 사랑과 생명의 이야기
그 헌신·끈기·열정에 박수를

• 이유신 목사

University of California–Davis 명예은퇴교수

미국장로교 한인교회 전국총회 은퇴 사무총장

보라빛 셔츠를 입은 '보라빛 여인' 김진숙 목사님을 처음 만났던 것은 제34차 미국장로교 산하 한인교회 전국총회(2005년)에서 였습니다. 집회 설교자(제목: '우리 도시에 샬롬을')로, 그리고 워크숍 리더 (제목: '기아와 무숙자 사역')로 오셔서 교회 자체의 성장에만 촛점을 맞추었던 한인 이민 교회들로 하여금 눈을 들어 지역사회를 보게 하고, 예수님의 음성을 새롭게 듣게 하셨습니다. 곧, 그의 설교는 우리가 그동안 이웃에 있는 주린자, 목마른 자, 나그네 된 자, 헐벗은 자, 병든 자, 감옥에 갇힌 자를 돌아보는 일에 크게 부족하였음을 회개하게 하고, 홈리스 사역에 눈을 뜨게 하며, '가서 너도 이와 같이 하라'는 주님의 음성을 듣게 하셨습니다.

이번에 출판된 '보라빛 희망'은 그저 한 인간의 고통스러웠던 삶과 교훈을 담은 독백이 아니라, 하나님께서 김 목사님의 삶을 통하여 사람을 살리는 거룩한 목적을 위하여 만세 전에 그를 택하시

고, 혹독하게 훈련하시고, 아들의 죽음을 통하여 자신에 대해 죽게 하시고, 타버린 재에서 부활과 소망의 씨앗이 자라게 하신 하나님의 아가페 사랑과 생명의 이야기입니다.

성경 속의 예레미야는 자기 민족을 위하여 눈물로 살았던 눈물의 선지자였다면, 본 서의 저자 김진숙 목사님은 전통적인 가부장 제도 속에서 억압과 고통을 당하며 살았던 지난 세대의 어머니들과 여성들의 고난에 동참하는 아픔의 눈물을 흘렸고, 자식을 잃고 애끓게 우는 어미로서의 처절한 눈물로 살았고, 마지막 40년은 영적, 정신적, 육신적으로 만신창이가 된 홈리스들을 살리기 위하여, 비내리고 바람부는 시애틀의 거리를 누비고, 미국 전역을 누비며 눈물로 희망의 씨앗을 심었던 눈물의 여인이었다는 점이 그 무엇보다도 뜨거운 감동으로 가슴을 울려주고 있습니다. 그래서 김 목사님을 다시 만나면, 아무 말없이 그저 껴안고 뜨거운 눈물을 한없이 흘리고 싶어집니다. 죽을 수 밖에 없는 죄인을 살려주신 주님의 구원에 대한 감사의 눈물, 때를 따라 용기를 주시고 함께 울어주시는 주님의 은혜에 대한 위로와 기쁨의 눈물, 아직 예수 그리스도를 모르고 영원한 집이 없이 세상의 어둠 속에서 헤매는 수 많은 영적 홈리스들에 대한 애통과 간구의 눈물을 더 많이 흘리도록 감동을 준 김 목사님의 자서전은 내가 처한 상황 속에서 하나님 보시기에 가장 값진 삶을 사는 모습을 보여주고 있습니다.

또한 쉬지 않고 배우고, 훈련하여 그의 도움이 필요한 사람들을 위하여 자신을 바쳐 헌신하는 그 끈기와 열정에 박수를 보냅니다. 육신은 그의 말대로 종합병원처럼 온갖 병과 연약함으로 고통 가운데 있었지만, 주어진 일은 포기하지 않고 이루어내고 마는 불굴의 정신력, 하나님의 등에 업혀 그 분의 은혜와 인도하심으로 선한 싸움을 잘 싸웠다는 고백으로 마무리 짓는 김진숙 목사님의 자서전, '보라빛 희망'이 많은 사람에게 도전을 주고, 소망을 주며, 전국에 세워지기 시작한 홈리스 교회들과 이제 시작된 홈리스 교육재단의 발전에 크게 기여하는 씨앗이 되기를 간절히 기도드립니다.

홈리스와 쉼없이 함께한 자취
오는 세대에 남길 최고의 유산

• 정득실 목사

둥지선교회(시애틀) 이사장, 북미주 한인 홈리스 선교협의회(KACH) 회장

목사님을 처음 만난 건 목사님께서 미국장로교 총회 여성목회부 순회사역할 때인 1998년이었다. 오하이오주의 우리지역에 오셔서 민박을 하실 예정이었는데 공교롭게도 민박을 초청하신 분이 일이 생겨 급하게 우리 교회 장로님댁에 모시게 되었다. 다리에 깁스를 하고 오신 목사님을 만난지 19년, 그후 둥지선교회Nest Mission를 세워 함께 섬겨온지 11년, 그 긴 세월동안 가장 가까운 거리에서 함께 사역하며 겪어온 목사님을 소개하는 것으로 나의 추천사를 대신하고자 한다.

지난 27년간 사역을 해오면서 수많은 사람들을 접해왔지만, 김진숙 목사님만한 분을 만나본 적이 없다. 목사님에게는 사람을 끌어당기는 특유의 매력이 있다. 한번 만나뵈면 더 가까이 하고 싶은 마음이 든다. 미국 전역에 100곳이 넘는 민박 가능한 지인들이 계시는 것으로 안다. 목사님은 누구보다도 자기관리가 철저하신 분이시다. 지인들에 대한 관리에서부터 시간관리, 건강관리, 재무관

리, 설교 및 사역관리에 이르기까지 어느 하나 소홀히 여기지 않으신다. 매일 일정표를 들고 연필로 메모하신다. 만나는 모든 사람들을 기록에 남겨 일일이 기억하시고 일이 있을 때마다 연락하시며 관계를 유지하신다. 이처럼 수백명에 이르는 사람들과 의미있는 관계를 유지하시는 목사님이 참으로 존경스럽다. 매번 설교 원고를 직접 작성하고 전달하는 수고를 조금도 불편하게 생각지 않으시고 지금도 그렇게 하고 계신다. 후원금을 보내오시는 분들에게 일일이 감사의 편지나 메모를 보내신다. 홈리스 근절을 위한 방엇 어주기 운동을 위해서 미국기관과 이메일로 주고 받는 업무, 홈리스 지도자 양성 수련회 프로그램, 후원의 밤 행사나 언론 매체와의 인터뷰, 홈리스들에게 3일 동안 모텔에 머물 수 있도록 해주는 성탄절 행사 등을 준비하고 진행함에 있어서 한치의 실수나 부족함을 보이시지 않으신다. 그만큼 철저히 준비하시고 실행에 옮기시는 분이시다. 또한 평생을 천식으로 고생하시고 수많은 수술로 인해 육신은 연약하시지만, 식이요법을 철저히 지키시고 날마다 걷는 일을 쉬지 않으시며 건강을 철저히 관리하신다. 또 돈에 관한한 청렴결백하신 분이시다. 홈리스 사역을 하시기에 수많은 사람들이 후원을 하고 많은 돈들이 오고 간다. 모든 재정에 대한 계산은 단일전도 틀리지 않는다. 심지어 여러 교회를 다니시면서 설교를 하시고 사례비를 받아도, 사람들이 개인 용돈으로 사용하라고 주셔도, 또 자녀분들이 생신이나 기념일에 돈을 드려도 모두 선교회로 돌리신다. 지금까지 외부에서 받으신 돈을 개인적으로 사용하시는 모습을 단 한번도 본 적이 없다. 또한 둥지 선교회를 세우신 이후로 급료를 받으신 적이 없다. 모두 자원봉사로 일하고 계신다. 홈리스 교육을 위한 김진숙 교육재단도 팔순 생신 및 영상출판 기념식에 들어온 기금 전액을 내어 놓으셔서 세워졌다.

목사님은 상처받은 치유자시다. 본서에서 목사님은 개인적인 이야기들을 많이 풀어 놓으신다. 시기적으로는 일제 강점기에서부터 한국전쟁과 이민생활로 이어지는, 지역적으로는 북한과 남한 그리고 미국으로 이어지는 지난 80년의 삶의 애환과 질고를 남김없이 들려주신다. 그 험한 삶의 여정을 어떻게 지내왔는지, 또 그 와중에서 어떻게 이 땅의 가장 어렵고 가엾은 영혼들을 사랑하게 되었는지 말씀해주신다. 이야기를 읽고 있노라면 나도 모르는 사이에 함께 울고 웃는 자신을 발견하게 되고 그 십자가의 길을 사모하고 나도 무언가를 해야겠다고 하는 도전을 받게 된다. 목사님이 걸어오신 그 길이 이제는 수많은 사람들의 안식처요 피난처가 되고 있다. 그런 면에서 자신의 힘겨웠던 삶을 나누어주신 목사님께 감사하고 또 앞으로 본서를 통해 더 많은 사람들이 치유받게 될 것을 기대해 본다.

목사님은 철저히 준비된 사역자요 지금도 끊임없이 일하시는 분이시다. 자그마한 체구의 여성의 몸으로 가장 험하다고 하는 홈리스 사역에 반세기를 헌신해 오신 것도 대단한데, 신학과 사회사업과 정신질환 분야를 모두 공부하시고 오랜 임상훈련을 통해 전문 자격증을 소지하고 매년 시행되는 연장교육을 통해 81세의 연세에도 불구하고 그 자격증을 모두 유지하고 계신다. 워낙 공부하는 것을 즐겨하시지만 공부에만 매달리는 것이 아니라 홈리스사역의 현장을 단 한순간도 떠나본 적이 없다. 지금도 노구를 이끄시고 날마다 홈리스들을 만나러 나가신다. 단순히 나가서 만나는 것이 아니라 홈리스들에게 동기를 부여하고 삶의 변화를 위해 직업훈련과 초급대학 진학을 하도록 독려한다. 그리고 자원하는 홈리스들을 데리고 대학 담당자를 만나 상담, 진로 결정, 원서제출에서 연방정부 재정지원, 입학 및 학업진행, 낙오하지 않도록 과외지도, 끊임없는 격려와 물심양면의 각종 지원 등 쉼없이 홈리스들과 함께 걸으신다. 홈리스들에 대한 목사님의 애정과 열정을 그 누구도 따라갈 수가 없다. 그래서 그 앞에 머리가 수그러진다.

목사님은 항상 여성은 누구나 자기 목소리를 내야 한다고 말씀하신다. 남편이나 아이의 뒤에 가려진 그림자로 살지 말고 당당히 자신의 일을 찾아 자신의 삶을 개척해 나갈 것을 강조하신다. 단지 여성이라는 이유만으로 남성과 차별을 두거나 선입견을 가지는 사회통념을 철저히 배제하신다. 나는 한 여성으로서 다사다난 했던 인생여정을 참으로 아름답고 귀하게 살아오신 목사님의 삶이 여성 독자들에게 좋은 인생의 길잡이가 되어지길 간절히 바란다.

목사님은 평소 '나를 등에 업어 나르시는 하나님' 이라는 표현을 자주 사용하신다. 여중시절부터 본격적으로 신앙생활을 하셨고 예수님의 매력에 푹빠져 평생을 사셨다고 말씀하신다. 예수님이 걸어가신 십자가의 길을 조금이나마 닮고 싶어서 오늘도 그 남은

보랏빛 희망

고난을 자신의 몸에 채우신다. 때론 너무 힘드셔서 내가 왜 이 길을 선택했는가 탄식도 해보지만 금방 돌이키시고 하나님의 인도하심에 철저히 순종하신다. 평생을 입고 다니시는 보랏빛 옷은 예수 그리스도의 고난에 동참하고자 하는 굳은 의지의 표현이요 동시에 순종의 표현인 것이다. 나는 모든 그리스도인들이 이 길을 함께 걸어가기를 기대해 본다.

목사님께서는 평소 손주손녀들에게 자신의 삶을 글로 남겨주고 싶다는 말씀을 하셨다. 나 역시 사랑하는 목사님의 삶과 사역이 역사의 뒤편으로 사라지는 게 안타까웠다. 목사님이 걸어오신 발자취는 오는 세대에 남길 수 있는 최고의 유산인 것이다. 그렇게 바라던 자서전이 출간돼 늘상 듣던 이야기들을 글로 읽으니 감회가 남다르고 감동을 말로 표현할 수가 없다. 이글을 읽는 모든 독자들에게 동일한 감동과 도전이 있기를 간절히 기도해 본다.

언제나 사순절을 살아온 '보랏빛 인생'

• 박에스더

아름다운동행 발행인

시애틀에서 홈리스들의 대모로 불리는 김진숙 목사님과의 만남은, 모든 만남이 그렇지만 참 우연한 만남이었습니다. 2015년 1월 캘리포니아 토런스에서 뵌 목사님은 그야말로 '보랏빛 여성'이었습니다. 백발의 단정한 머리, 자그마한 체구의 단아한 표정, 무엇보다 티셔츠에서 소지품까지 온통 '보랏빛' 일색이던 모습이 인상적이었지요. 왠지 그런 외모에서 예사롭지 않은 기운이 풍겨났는데, 놀랍게도 그것은 홈리스들을 보듬어 오면서 천신만고의 시간을 살아내신 목사님이 훈장처럼 얻게 된 넓고 깊은 가슴의 온기였습니다. 풍요로운 세상에서 오히려 육체적·영적·정신적 빈곤을 겪으며 '죽음에 이르는 병'을 앓고 있는 홈리스들을 치유하는 데 목사님의 이 따뜻한 사랑보다 더 좋은 약은 없었을 것입니다.

저는 목사님의 '보랏빛' 삶과 사역에 대한 이야기를 들으며 마치 감전이라도 된 듯 빨려들었습니다. 아프고, 안타깝고, 때로는 흥분하다 보면 깊은 공감에 이르렀고, 감동이 몰려왔습니다. 목사님의 이야기를 듣다 보니 밤이 깊어 가는지 새벽이 밝아오는지조차 느끼지 못했습니다. 결국 그날 밤의 인터뷰는 밤을 하얗게 새우고도 모자라 이튿날로 이어졌습니다. 저는 한 인생의 신비로움과 또 한 인생을 통해 일하시는 하나님의 경이로움 앞에서 감탄했습니다. 그것은 가히 충격이었습니다.

그 우연한 첫 만남 덕분에 저는 김진숙 목사님의 홈리스 사역 이야기를 기록한 책 〈보랏빛 희망〉을 세상에 내놓는 데 산파의 역을 할 수 있게 되었습니다. 이 일은 영광스럽고 보람 된 일입니다. 이토록 보배로운 이야기를 엮어내는 복은 결코 아무에게나 주어지지 않을 테니까요. 독자들이 이 책을 통해 제가 그날 밤에 누린 감동과 충격을 공유할 수 있으리라 생각하니 오히려 설레기까지 합니다.

일제강점기에 함흥에서 태어나 열 살 때 공산당을 피해 오라버니의 손을 잡고 몇날 며칠을 걸어 월남한 이야기에서, 전쟁과 피난의 아픔, 가난과의 싸움, 남존여비의 사회적 구습을 극복해낸 이야기, 이화여고를 거쳐 한신대 입학에 이르기까지의 특별한 학업 여정, 미국 유학과 결혼, 큰아들의 죽음이 가져온 삶의 전환, 한국의 민주화운동에 참여하게 된 이야기들, 그리고 이런 삶을 기반으로 홈리스 사역에 뛰어들어 헌신하고 순종해 온 이야기들까지…, 그야말로 한 편의 영화나 소설보다 더 드라마틱하고 진한 감동을 느끼게 해줍니다.

한 사람의 홈리스를 위해 어떤 상황에서도 마지막 불꽃을 피우듯 자신의 남은 에너지를 모두 소진하고 마는 모습은 성육신 하신 하나님의 사랑을 보는 듯 합니다. 그리스도의 고난을 묵상하는 40

일, 곧 사순절을 상징하는 색이 보라색이듯 홈리스들과 함께 '보랏빛 여성'으로 살아온 목사님의 삶은 언제나 '사순절'의 시간을 살고 있습니다.

목사님은 이 책에서 풍요의 대명사가 되어버린 미국의 모든 도시들마다 가난한 홈리스가 존재한다는 역설적 현실을 일깨워줍니다. 그리고 교회가 왜 홈리스 사역에 나서야 하고, 이 사역을 어떻게 해야 할지, 성경적 이해와 당신의 삶을 통해 겪은 경험들로써 대답해줍니다.

홈리스 사역을 시작한 뒤 50여 년 동안 그의 관심은 오직 '홈리스 근절'이었고, 이를 위해 사랑의 심장으로 돌보고 가르치고 세우며, 함께 울고 때로는 함께 방황하며 길을 찾았습니다. 그런 변함없는 삶을 통해 홈리스들의 엄마와 언니와 친구가 되었습니다. 자식 같고, 형제 같고, 친구 같은 목사님에게 애정과 친근감을 담아 부르는 호칭 'Jean'에는 집을 잃어버린 사람들의 사랑과 믿음이 고스란히 스며 있습니다. 그래서 목사님은 홈리스들의 가족, 곧 새로운 홈인 셈입니다. 목사님은 회갑잔치도 그들과 함께, 팔순잔치도 그들을 위한 잔치로 만들었습니다. 그리고 지금 여생을 보내고 마지막 시간을 준비하는 일까지도 그들의 희망이 되고자 합니다. 이런 목사님의 삶이 홈리스 사역의 방향이 됨은 물론 그 내용을 채우는 데 기여할 수 있기를 기도합니다.

김진숙 목사님의 이 기념비적 자서전 출간을 허락하신 하나님께 감사와 영광을 올려드립니다.

오직 십자가만 바라보며…

나이가 들다보니 나의 친가나 외가에 대해 내가 알고 있는 게 별로 없다는 사실이 안타깝게 느껴졌다. 특히 외할아버지에 대해! 만약 어머니에 대해 아는 게 좀 더 많았더라면 내가 어디에서 왔는지 분명히 알 수 있었을 것이다.

나는 어려서부터 "머리가 좋다, 똑똑하다, 영리하다"는 말을 많이 들었다. 그래서 나의 총명함이 어디서 온 것인가를 생각하게 되었다. 내게 만약 학문적인 재능이 있다면 그건 아마도 외가 쪽에서 물려받은 걸 게다. 자신의 '뿌리'를 잘 모른다는 안타까움은 내 아들과 며느리, 손자, 손녀를 위해 무엇인가 기록을 남겨놔야 한다는 책임감을 갖게 했다.

처음에는 한글을 잘 모르는 손자와 손녀들을 위해 영어로 글을 쓰기 시작했다. 꽤 많은 분량을 쓰던 중에 지인들로부터 후배들을 위해, 특히 한국의 여성들을 위해 내 이야기를 한글로 쓰면 어떻겠느냐는 요청을 많이 받게 되었다.

나는 사실 다른 사람의 이야기에 별 관심이 없다. 그렇다보니 누가 나 같은 이름 없는 사람의 이야기에 관심을 가질까 의심스러웠고, 게다가 아픈 과거의 기억을 되살리려니 끔찍한 기분도 들었다. 거기서 한걸음 더 나아가 그걸 세상에 노출시켜야 한다니 더더욱 내키지 않았다. 원래 졸필인데다 미국에서 오래 살다 보니 한글 맞춤법에도 자신이 없어 이래저래 망설였다.

그러나 지인들의 요청이 워낙 간절했고 비록 특별한 이야기는 아니더라도 나처럼 아픈 삶을 살고 있는 사람들에게 조금이라도 용기와 위로가 될 수 있다면 나름대로 의미가 있겠다 싶어 이 책을 준비하게 되었다.

나의 색(色)은 보랏빛

'보랏빛'은 나의 삶을 대표하는 일종의 대명사다. 내가 스스로를 '보랏빛 여성'이라고 말한 적은 없지만 나를 알고 있거나 심지어는 나를 잘 모르는 사람들까지도 나를 그렇게 불렀기에 어느새 나의 또 다른 이름이 되었다. 그런데 왜 하필 '보랏빛'인가? 그 배경은 이렇다.

매년 3-4월이면 사순절을 맞게 된다. 사순절은 성회 수요일Ash Wednesday로부터 부활절까지의 40일을 말한다. 이 기간 동안 사람들은 예수 그리스도의 고난을 생각하며 자신의 죄를 회개하고 기도하며 금식하고 주님의 뜻에 따라 살 것을 다짐한다.

강림절이나 사순절 기간 동안 교회의 강대상에 덮는 수건이나 성직자의 스톨Stole(영대(領帶), 성직자용 제복의 띠 모양의 천), 가운은 자색 혹은 보랏빛으로 바뀐다. 자색은 왕의 존엄을 상징하는 색으로 왕으로 오시는 주님을 기다리고 맞이하며 충성을 맹세하는 의미를 갖는다. 이에 반해 보랏빛은 아픔과 고난, 애도와 참회를 상징하는 색이다. 보랏빛 천을 사순절이 아니라 강림절에 사용하는 이유는 임박한 그리스도의 탄생을 의미하면서 앞으로 닥쳐올 그분의 죽음을 예시하기 위한 것이다.

〈막달라 마리아〉 교회에서 홈리스 사역을 시작하면서 나는 '홈리스 근절End Homelessness'이란 글자가 새겨진 셔츠를 제작했다. 그리고 셔츠의 색상을 보랏빛으로 정했다. 사순절의 의미를 떠올렸기 때문이다. 홈리스를 양산하는 우리의 탐욕과 이기심을 회개하고, 홈리스가 생기는 원인을 그들의 게으름 탓으로 돌림으로써 제도적이고 근본적인 원인을 덮어버리는 우리의 무관심과 죄를 회개하고, 동시에 홈리스들의 고난에 참여하며, 그들을 섬김으로써 홈리스 근절에 몸을 바치겠다는 각오를 다짐하는 의미였다. 보랏빛이 예수 그리스도의 고난을 상징하는 것처럼 이는 또한 홈리스들의 고통과 아픔을 상징하는 것이기도 하다. 그래서 1997년부터 지금까지 나는 언제나, 어디서나, 밤이든 낮이든 상관없이 보랏빛 셔츠를 입었고 그 결과 '보랏빛 여성'이라는 별명을 얻게 되었다.

나는 개인적으로 아픔이 많은 사람이다. 공산당 치하에서 살았고, 월남(越南)한 이후에는 한국전쟁과 피난살이를 경험했다. 또 미국으로 이민 간 후에는 졸지에 아들을 잃었다. 그 모든 게 심장 한복판에 파편이 박히는 듯한, 마치 뼈를 끌로 깎아내는 듯한 아픔이었다. 후회와 죄의식으로 살아야 할 이유를 모르겠는, 참으로 견디기 힘든 고통이었다. 그래서 주님의 아픔, 나의 아픔, 남의 아픔을 모두 끌어안고 함께 아파하며 주님을 섬기듯 홈리스들을 섬기는 삶을 살게 되었다.

보랏빛 셔츠 속에 담긴 나의 개인적인 고통은 잘 몰라도 나를 아는 사람들은 보랏빛을 보면 바로 나를 떠올린다. 그리고 나를 떠올릴 때마다 홈리스를 생각하게 된다니 나는 보랏빛으로 선교를 하는 셈이다. 그래서 보랏빛은 내 사역의 색이다. 보랏빛은 내 인생의 색이다. 아픔이 많고 파란만장한 내 인생에 주님이 함께 하시고 함께 아파하시는 것처럼, 나도 홈리스들의 고난에 참여하고 그들의 아픔을 나눔으로써 그리스도의 고난에 참여하게 되니 내 인생이 결국 보랏빛 인생이다.

감사

이 책을 쓰는 데 많은 사람의 협조와 격려가 필요했다. 할 수 있도록 격려하고 교정을 봐 준 엄순희 목사, 물심양면으로 후원해 준 둥지 선교회 동료들과 나의 아들, 손자, 손녀, 며느리에게 감사한다. 특히 원고를 마무리할 때 랜초쿠카몽가Rancho Cucamonga(미국 캘리포니아 주의 도시)의 조용한 빈집을 내주고 필요한 모든 걸 공급하며 격려해 준 스티브와 마씨 부부에게 감사한다. 또 내가 그 집에 머무는 동안 임신 중에도 잔심부름을 해 준 재스민 자매와, 주일에 교회에 데려다 주고 시장을 볼 수 있도록 도와준 이희철 목사 부부에게 감사한다.

아울러 내가 원고를 끝마칠 수 있도록 불편을 감수하며 자신의 거처에 함께 머물 수 있게 해 준 최미길 목사와, 공항에 내리는 순간부터 물질적 지원은 물론 정신적으로도 위로와 격려를 해 준 내 친구 박찬희 권사, 박신화 목사, 김명옥 집사, 조카 한상윤 전도사에게 감사한다.

그리고 선불도 없이 용감하게 덥석 출판을 맡아 교정하는 어려운 과정을 통해 이 졸필을 출판해 주신 아름다운동행 박에스더 대표님과 그 편집 디자인 팀, 그리고 내 이야기와 사역을 엮어서 마지막 교정을 봐준 김지홍 작가에게도 감사한다.

제1부

길바닥에 심은 희망의 씨앗

함흥, 내 존재의 뿌리

유년시절, 뼈에 스미던 가난과 서울의 봄

새벽 기도회에서 결정된 인생행로

존재의 뿌리,

그 아련한 기억들

길바닥에 심은 희망의 씨앗

'아메리칸 드림!'

지금은 많이 퇴색했지만 한때 세계 모든 사람들에게 미국은 '꿈의 나라'였다. 세계에서 가장 강한 국가이자 부유한 국가였고 아무것도 가진 것 없는 이민자들이 새로운 꿈을 꾸고 실현시킬 수 있는 희망의 땅이었다. 하지만 자본주의가 최고도로 발달한 미국에는 그 화려함 만큼 깊은 그늘도 함께 공존한다. 그 그늘이 바로 내가 섬기고 있는 홈리스들이다. 세상에서 가장 부유한 나라에 넘쳐나는 극빈자들, 이 극명한 대조가 바로 '미국의 역설'이다.

사실 미국은 하나의 국가가 아니다. 그 내부를 들여다 보면 두 개의 나라로 구성돼 있음을 알 수 있다. 하나는 '부자 미국'이고 다른 하나는 '가난한 미국'이다. 미국은 지난 30년간 경제적으로 더

부강해지고 세계에서 가장 살기 편한 나라가 됐다. 하지만 '부자 미국'과 '가난한 미국' 사이에 가로놓인 빈곤의 간극은 전혀 좁혀지지 않았다.

매일 밤 70~100만 명의 홈리스들이 미국의 거리를 배회하고 있다. 70년대 성인 남성이 주류를 이뤘던 미국의 홈리스 대열에서 이제 여성과 학생, 아이들까지 볼 수 있게 됐다. 빈곤과 실직, 장애 등으로 인해 막다른 골목으로 몰려가는 이들 홈리스들의 평균 수명은 48세다. 거기에 노인 홈리스들의 증가는 '가난한 미국'의 미래를 더욱 암담하게 만들고 있다.

존슨(가명)은 컴퓨터공학Computer Science을 전공한 60대 남성이다. 한때는 잘나가던 엔지니어였지만 그만 사고로 뇌에 손상을 입었다. 그 이후로 그는 심한 건망증 증세를 보이기 시작했고 일상적인 생활이 불가능해졌다. 그동안 번 돈도 제대로 관리할 수 없게 되자 결국 갖고 있던 집마저 은행에 빼앗긴 채 거리로 내몰리게 됐다. 남루한 차림새에 심한 악취를 풍기는 모습에서 과거 컴퓨터 프로그래머였던 그를 떠올리기란 여간 어려운 일이 아니다.

자넷(가명)은 아직 젊은 여성이다. 그런데 놀랍게도 그녀에게는 벌써 여섯 명의 자녀가 있다. 그리고 이 아이들의 아버지는 모두 제각각이다. 그는 말로 표현하기 힘들 정도로 고통스런 과거를 갖고 있다. 한때 지역 갱단에 인질처럼 붙잡혀 있었는데 그곳에서 그가 당한 폭력은 인간의 상상을 초월하는 것이었다. 그곳의 깡패들은 자넷의 머리에 총구를 들이댄 채 강간을 했고 수시로 협박을 하

거나 피 묻은 옷 빨래 같은 허드렛일을 시켰다. 그런 혹독하고 절
망적인 상황에서도 그는 하나님을 의지하며 소망의 끈을 놓지 않
았다.

어느 날 한 청년이 나를 찾아왔다. 그는 자신은 쇼어라인^{Shoreline}
초급대학에 다니고 있는데 경제적인 이유로 월세방에서 쫓겨났
고 자동차마저 견인을 당해 한뎃잠을 자게 됐다고 말했다. 겉으로
보기에 그 청년은 아주 똑똑해 보였고 말도 잘했다. 그러면서 "자
동차만이라도 되찾을 수 있으면 한동안은 그곳에서 잘 수 있을 텐
데…"라며 말끝을 흐렸다. 청년의 자동차를 견인해 간 회사에 전
화해보니 500불만 내면 차를 되돌려 줄 수 있다는 것이었다. 선교
회와 재단이 공동으로 그 돈을 부담키로 하고 그 청년의 차를 찾아
주기로 했다. 이미 선교회를 떠난 청년에게 전화를 걸어 '버스를
탔지만 다시 돌아오겠다'는 말을 듣고 우리는 그를 기다렸다. 청년
이 돌아오면 함께 차를 되찾으러 갈 생각이었다. 처음에는 선교회
사무실이 있는 교회 안에서 기다리다 교회 문을 닫을 시간이 돼 밖
에 나가 기다렸다. 그러나 청년은 끝끝내 돌아오지 않았다. 아마도
자신의 사정을 이야기하면 돈을 줄 거라고 예상했는데 직접 차를
찾아 준다고 하니 도망가 버린 것 같았다. 며칠 후 약에 취한 목소
리로 내게 전화를 건 그 청년은 "살아남기 위해 어쩔 수 없었다"고
말했다.

홈리스는 '죽음에 이르는 병'을 앓고 있는 사람들이다. 겉으로
보기에는 멀쩡한 사람도 내면은 이미 만신창이다. 이들 대부분은

술과 마약에 찌들어 있고 살고자 하는 의지가 별로 없다. 일도 제대로 못하고 약속도 잘 안 지키며 제 시간에 자고 일어나는 일상적인 생활조차 힘겨워한다. 사회생활에 필요한 책임감이나 참을성, 자신에 대한 결단력도 결여돼 있다.

홈리스들의 이런 특성은 정신적으로 문제가 있어서기도 하지만 상당 부분은 환경 문제에서 기인한다. 이들은 성장기에 정상적인 가정에서 부모로부터 보살핌을 받거나 교육을 받은 경험이 없다. 성장하면서 제멋대로 살았기 때문에 의지도 약하고 훈련과 규칙을 견디지 못한다. 게다가 육체적인 노동을 견딜 수 있을 만큼 건강한 사람도 별로 없다.

특히 여성의 경우는 상황이 더 심각하다. 힘이 약한 여성 홈리스들은 두드려 맞거나 강간을 당하고 심지어는 살해당하는 경우도 있다. 이런 여성들은 결손 가정, 폭력 가정에서 성장한 경우가 대부분이고 부모들은 정신질환을 앓고 있거나 술과 마약의 구렁텅이에 빠져있기 일쑤다. 이런 환경에서 이미 너무 많은 상처를 입고 파괴된 여성 홈리스들은 부모의 영향을 받아 술과 마약을 하고 매춘, 절도, 거짓말, 폭력 등으로 구치소를 들락거린 '화려한' 경력을 갖고 있다. 그래서 정신적으로나 성격적으로 장애가 있어 자존감이나 인간으로서의 존엄성 같은 것은 버린 지 오래된 사람들이다. 오로지 살아남기 위해 폭력적으로 변하고 자신을 보호하기 위해 항상 방어 태세를 취하고 있다. 훔치고 거짓말하며 상대방을 이용하는 것이 이들이 사는 방법이다. 개중에 얌전하고 순한 여성들도 있는데 이들은 그저 난폭한 여성 홈리스들의 먹잇감일 뿐이다.

천신만고의 이야기

나는 지난 40년을 이런 사람들을 위해 살아왔다. 홈리스라고 단순히 그저 '홈리스'인 것은 아니다. 육신적인 홈리스가 있고, 정서적인 홈리스가 있다. 또 사회적인 홈리스가 있고, 영적인 홈리스도 있다. 이런 홈리스들의 공통적인 특징 가운데 하나는 '도중하차'한 사람들이라는 것이다. 이들은 중학교, 고등학교, 대학에서 도중하차하고, 직장과 생업에서 도중하차했으며, 결혼생활에서 도중하차한다. 이뿐만이 아니다. 가족이나 친구 관계에서 도중하차, 가정에서 도중하차, 부모 역할에서 도중하차, 심지어는 자식 역할에서 도중하차한다. 사회에서, 그리고 결국에는 자신의 인생 전체에서 도중하차한다. 이렇게 모든 것에서 도중하차해서 더 이상 갈 곳이 없이 떨어지는 나락이 '홈리스'다.

2015년에 친지, 친구들이 준 팔순 생일선물을 재원으로 '김진숙 홈리스 교육재단'을 설립한 이유는 바로 이것 때문이었다. 홈리스들이 갖고 있는 모든 '도중하차' 중에서 가장 기본, 즉 '학업'을 다시 세우면 결과적으로 모든 도중하차에서 회복하는 길이 열릴 거라는 믿음을 갖게 된 것이다. 이에 부응해 20대부터 60대에 이르기까지 다양한 홈리스들이 학업을 이어가고자 하는 의지를 표명해

보랏빛 희망

왔다. 그들 중 진지하게 학업 의사를 갖고 있다고 생각되는 사람들을 한 명 한 명 면담해서 11명을 올 겨울학기에 등록시키는 데 이르렀다. 하지만 그 과정은 그야말로 '천신만고의 이야기' 일 수밖에 없었다.

나는 우선 용접을 배우고 싶다는 네 명의 홈리스들을 데리고 에버렛Everett 초급대학의 문을 두드렸다. 초급대학 과정에 대해 전혀 알지 못했던 나는 학교를 찾아가는 일부터가 쉽지 않았다. 에버렛 대학은 우리가 있는 린우드Lynnwood에서 버스로 40분가량 떨어진 곳에 있었다. 등록을 하러 가던 날은 비바람이 몰아치는 추운 겨울이었다.

에버렛 대학 캠퍼스는 언덕 위에 있었다. 젊은이들에게는 큰 부담이 되지 않을 높이였지만 나로서는 쉽지 않았다. 홈리스 중 한 명이 우리가 가야 할 건물의 위치를 알고 있는 것처럼 먼저 앞서 걸어갔기에 다른 사람들은 모두 그를 따랐다. 나는 그들의 걸음걸이를 따라잡는 것만으로도 힘이 들었고 기침이 터져 나왔다. 가다 힘들면 쉬고 가다 힘들면 쉬며 한참을 올라갔는데 아무리 생각해도 이렇게 먼 거리가 아닐 듯 싶었다.

결국 언덕 중간에 있는 한 빌딩에 들어가 우선 비바람을 피하며 미리 약속을 한 대학 직원에게 전화를 걸었다. 그의 설명을 들어보니 우리는 전혀 다른 방향으로 가고 있었던 것이다. 할 수 없이 힘겹게 오른 언덕길을 다시 내려와 완전히 반대 방향에 있던 건물을 간신히 찾아냈다. 우리가 도착하니 관계 직원 3명이 나타나 입학과정을 상세히 설명해줬다. 여기까지는 희망적이었다. 문제는 그 다음부터였다.

연방 정부로부터 학비를 보조받기 위해서는 각자가 컴퓨터에서 해야 될 작업이 많았다. 그런데 이것이 장난이 아니었다. 신청서에 기록하는 항목을 단 하나라도 빼먹거나 정확하게 적지 않으면 그 다음 단계로 나아갈 수가 없었다. 결국 묻고 기록하다 포기하고 돌아갔다가 다시 학교로 찾아가 신청서 양식과 씨름하다 되돌아가고를 반복했다. 그렇게 해서 우리는 그 학교를 네 번이나 찾아갔다. 진이 빠지는 일이었다.

물론 우리가 잘 몰랐던 탓도 있었지만 학교의 어느 누구 하나 제대로 가르쳐주는 사람이 없었고 그저 네가 알아서 하라는 식이었다. 담당자는 전화 연락도 잘 안 됐고 거리가 멀어 추운 겨울에 학교를 찾아가는 일 자체가 너무 힘들었다. 지원자 중 한 명은 결국 참다 참다 폭발해서 진학을 포기하고 사라져 버렸다. 우리에게는 아무런 말도 하지 않아 우리는 그 다음날 추운 버스 정류장에서 벌벌 떨며 오랫동안 그를 기다려야 했다. 천식에 노구를 끌고 왔다 갔다 해야 했던 나로서는 이 모든 것이 너무도 힘든 일이었다.

홈리스들이니 개인적으로 컴퓨터를 갖고 있을 턱이 없었다. 그러니 아무리 힘들고 멀어도 신청서를 작성하기 위해서는 그 대학의 도서관으로 가야만 했다. 단순히 항목을 채워 넣는 것에서 담당자와 메일을 주고받는 일, 심지어는 로그인 아이디와 비밀번호를 기억하는 일까지 문제가 한두 가지가 아니었다. 홈리스 중 한 명은 수속작업을 할 때 입력했던 아이디와 비밀번호를 기억하지 못해 애를 먹었고 메일이 먹통이 되는 등 수시로 발생하는 문제에 우리는 한없이 지쳐갔다.

이렇게 악전고투하며 수속작업을 진행하는 동안 나는 이들에게 커피나 닭구이를 사다주며 계속 다독였다. 하지만 결국 에버렛 초급대학에 진학하겠다고 마음을 먹었던 네 명의 홈리스들은 공부를 시작하기도 전에 지리한 수속과정을 견디지 못해 손을 들고 말았다. 그들에게는 이런 서류작업을 끝까지 계속할만한 인내심도 없었고 감당하기에는 그 과정 자체가 너무 어려웠던 것이다.

에버렛 대학 등록에 실패한 후 나는 기계과를 지망한 또 다른 홈리스 두 명을 데리고 이번에는 쇼어라인Shoreline 초급대학으로 향했다. 쇼어라인은 그리 멀지 않았지만 중간에 버스를 한 번 갈아타야 갈 수 있는 곳이다. 버스는 30분에 한 대씩 오는데 한 번 놓치면 추운 길바닥에서 30분을 기다려야 했다. 게다가 버스 노선이 온 동네를 뱅글뱅글 다 돌아가도록 짜여져 있어 막상 오랜 시간이 걸렸다.

입학을 담당하는 직원들은 매우 친절해서 잘 설명해주고 기계과 실습장을 견학시켜주기도 했다. 나와 함께 간 두 홈리스는 무척 좋아했고 나 역시 이번에는 꼭 성공하겠다고 다짐했다. 그런데 이들과 학교를 찾은 날 내 아들은 심장 검진을 받으러 병원에 가야했다. 새벽부터 병실에 들어가 있던 아들 곁에서 기도하며 함께 있고 싶었지만 그들과의 약속을 지키기 위해 어쩔 수 없이 병원을 나서야 했다.

홈리스들과의 약속은 매우 중요하다. 이들은 항상 누군가로부터 버림을 받으며 살아왔기에 마음속에 깊은 상처를 안고 있다. 따라서 홈리스 사역을 하는 동안만큼은 그들을 실망시키지 않겠다는 게 나의 목표였다. 그리고 그 시작은 철저하게 약속을 지키는 것이었다.

하지만 나 역시 한 명의 '어미'였다. 하루 종일 그들과 함께 학교에 있었지만 온통 아들 걱정 뿐이었다. 검사 결과가 궁금해 견딜 수 없었다. 만약 결과가 심각한 것이라면 어떻게 해야 좋을지 몰라 막막했지만 결코 내색을 할 수 없어 가슴앓이를 했다. 중간 중간 며느리에게 전화를 걸어 경과를 물어보았지만 예정된 시간이 훨씬 지났는데도 계속 결과가 나오지 않았다는 말만 들을 수 있었다. 뭔가 심상치 않음을 나는 직감했다.

오후 늦게 전화를 했더니 심장에서 막힌 데가 두 곳 발견돼 즉석에서 스텐트Stent(혈관 폐색 등을 막기 위해 혈관에 주입하는 것)를 넣었고 스텐트가 닿지 않는 구석에서는 심장마비까지 일어났다는 것이었다. 나는 일과를 마친 후 홈리스들을 보내고 반쯤 정신이 나간 상태로 병원을 향했다. 그날 밤 내내 아들은 가슴이 아프고 숨을 못 쉬겠다며 힘들어했다.

다음 날, 나는 또 다른 두 명의 홈리스를 데리고 이번에는 노스 시애틀North Seattle 초급대학으로 향했다. 한 명은 오로라 빌리지Aurora Village 버스 정류장에서, 다른 한 명은 린우드 99번가 정류장에서 만

나기로 되어 있었다. 비바람이 심해 들고 있던 우산이 휙휙 뒤집어
지는 날씨였다. 그런데 린우드 정류장에서 만나기로 했던 홈리스
는 약속 장소에 나타나지 않았다. 우리는 폭우가 쏟아지는 길거리
에서 30여분을 기다렸지만 그는 끝내 나타나지 않았다. 심지어는
전화 한 통화 없었다. 우리는 할 수 없이 그냥 학교로 향했다.

　미리 약속을 했던 노스 시애틀의 교수는 우리를 친절하게 맞아
줬다. 그리고 우리를 직접 경리과 책임자에게 데리고 가서 소개해
줬다. 그 덕분에 수속이 순조롭게 진행됐다. 즉석에서 필요한 경비
를 지불하고 과정을 선택하기 위한 시험까지 치르게 한 후 일사천
리로 수속을 마쳤다.

결코 쉽지 않은 일들

　교육의 기회를 제공한다는 것과 이를 유지한다는 것은 전혀 다
른 일이다. 내가 홈리스 교육재단 사역을 하면서 뼈저리게 통감한
사실이다. 홈리스들에게 목표를 제공하고 그 목표를 향해 계속 나
아갈 수 있도록 동기를 부여하고 격려하는 건 정말 어려운 일이다.

　그는 매우 똑똑한 50대 남성이었다. 다시 공부를 하고 싶다고
해서 학교를 연결시켜주고 자주 만나 진척도를 점검했다. 학업이
어찌되어 가는지 묻고 많이 격려해주고 가능하면 도중하차를 막으
려고 다각도로 노력했다. 그러나 쉽지 않았다. 그는 정신적인 장애

가 있었다. 마음의 변화가 심했고 결국 도중하차하고 말았다.

누군가가 도중하차할 때마다 내 가슴은 무너진다. 당사자들은 잘 몰라도 나는 그 한 사람을 위해 너무 많은 시간과 노력과 에너지를 투자하기 때문이다. 주님의 마음으로 그 한 영혼을 위해 고군분투하지만 처음 결심과 달리 쉽게 포기하고 마는 홈리스들을 볼 때마다 나는 사실 영혼이 무너지는 것 같은 좌절감을 느낀다. 그의 포기는 단순히 그 한 사람만의 것일 뿐 아니라 내가 애끓는 심정으로 길거리에 심은 한 떨기 희망이 스러지는 것이기 때문이다.

그렇다고 늘 실패만 하는 것은 아니다. 50대 남성 다음으로 학업에 도전한 홈리스들은 모두 11명이었다. 이들은 인근 에드먼드 Edmonds 초급대학으로 진학했다. 우리는 먼저 GED과정(고등학교 졸업과정)에 지원하고 수속을 밟았다. GED과정은 대학과정보다 쉬워서 연방정부의 경제적 도움이 필요 없었고 모든 문제를 학교에서 해결해 주었다.

한 학기가 끝났을 때 두 사람이 도중하차했다. 봄 학기가 시작되고 나는 한 달 동안 서울을 다녀왔다. 그 사이 두 명이 이사를 해서 떠났고 다른 두 명은 공부가 힘들다며 도중하차했다. 남은 다섯 명 중 본인이 아프거나 가족이 아프다는 이유로 또 다시 두 명이 휴학을 했다. 결국 세 명이 남았다. 내가 돌아왔을 때 이 세 명은 계속해서 공부하고 있었다.

땅에 뿌린 씨가 다 말라죽는 건 아니다. 많은 수가 새의 먹이가 되거나 싹을 틔우지 못해도 그 중 일부는 살아남기 마련이다. 이런 '살아남은 자'들이 곧 희망의 씨앗이다. 이들에게는 미래가 있고 보람이 있다. 그리고 시간이 흐를수록 이런 희망의 씨앗들은 늘어난다. 의료정보기술Medical Info Technology을 공부하던 한 여성 홈리스는 상위 2퍼센트에 속하는 좋은 성적을 받고는 그 성적표를 내게 보여주며 기뻐 어쩔 줄을 몰라 했다. 그녀의 남편 역시 기술학교를 다닌다.

또 다른 50대의 한 여학생 역시 우리의 '기대주'다. 법학을 공부하는 그녀와 한 주 내내 연락이 끊겼던 적이 있다. 전화를 하고 메일에 메시지까지 보내도 감감무소식이었다. 할 수 없이 이 여학생이 묵던 모텔로 연락을 해서 그녀가 병원에 입원했다는 소식을 듣게 되었다. 나는 즉시 병원으로 찾아갔다. 그녀는 중환자실에 있었다. 과거 받았던 수술의 후유증으로 그녀에게는 방광에 문제가 있었다. 그녀는 소변을 정상적으로 볼 수가 없었고 하루에 네 번씩 튜브로 몸 안의 소변을 빼내왔던 것이다. 그런데 이 과정에서 균이 몸 안으로 들어가는 건 치명적인 일이었는데 염려하던 일이 터지고 만 것이다.

병원에서 나는 그녀가 학교에도 아무런 연락을 하지 않았다는 사실을 알게 됐다. 그 과정은 무단결석을 하면 제명이었다. 다음 날, 나는 아침 일찍 그녀의 학교로 향했다. 그리고 학과 사무실을 찾아가 그녀의 사정을 이야기했다. 학교에서는 선처해 주기로 했고 나는 안도의 한숨을 내쉬었다. 그녀는 이후 열심히 공부하고 있고 스스로 보람을 찾고 있다.

홈리스들은 거의 대부분 육체적으로, 정신적으로, 영적으로 문제를 안고 있다. 이들은 보통 사람들보다 훨씬 더 어려움을 견디지 못하는 데다 격려도 많이 필요로 한다. 그래서 나는 수시로 이들의 학업을 점검하고 제반 문제를 함께 해결해가며 돌봐준다. 그래도 도중하차하는 이들이 속출한다. 그러니 나로서는 이 모든 과정이 정말 힘들 수밖에 없다. 공부할 학생을 모으고, 이들을 등록시키고, 공부를 봐주며 지속시키고, 거기에 도중하차를 막기 위해 이들과 함께 걸으며 모든 시련을 견디는 과정 자체가 그야말로 '천신만고'이다. 그래서 나의 이야기는 늘 '천신만고의 이야기'일 수밖에 없다.

하지만 나는 결코 포기할 수 없다. 스스로를 절망의 구덩이로 내던졌던 이들이 가냘픈 희망의 빛줄기를 발견하고 온갖 어려움 속에서도 공부를 계속하며 마침내 좋은 성적을 얻었을 때 그것은 그들의 희망인 동시에 나의 희망이고 빛줄기다. 공부를 한다는 그 사실 한 가지만으로 그들의 얼굴이 빛이 나고 환하게 미소가 피어오를 때 죄로 죽을 수밖에 없는 인간에게 구원의 희망을 주신 하나님의 은혜를 되새기게 된다. 그렇게 절망 속에서도 삶은 다시 계속된다. 우리는 그렇게 살아가는 것이다.

금년 7월, 나는 이들과 함께 홈리스 지도자 수양회를 가졌다. 아름다운 바닷가에서 2박 3일 동안 맛있는 음식을 먹으며 평소에는 결코 누릴 수 없었던 자신만의 방에서 마음껏 샤워도 했다. 또 예배를 드리고 찬양과 성경공부를 하면서 영적으로 하나님과 교제

하는 시간을 가졌다. 그런 시간을 통해 이들은 육적으로, 정서적으로, 영적으로 힘을 얻었고 새롭게 살아갈 수 있는 희망도 얻었다.

이번 수양회의 주제는 '선한 싸움을 잘 싸우자'였다. 갖가지 질병을 앓으며 집이 없어 길가, 자동차, 모텔을 전전하며 공부하는 이들의 삶은 그 자체가 살아남기 위한 몸부림이고 전쟁이다. 나는 이를 '선한 싸움'이라고 부른다. 이들이 이 싸움을 잘 싸워 살아남을 수 있도록 나도 함께 피투성이가 되도록 몸부림 치고 있다. 비록 여든이 넘은 노구지만, 이들의 선한 싸움에 힘을 보태주는 아군이고 전우이자 후원병이고 싶다. 그리고 어떤 의미에서는 나 자신이 홈리스였다. 내 삶의 과정이 그러했고 유년시절부터의 성장과정이 그러했다. 육체적, 정서적, 영적, 사회적 홈리스로 살아온 파란만장한 삶은 그들만의 것이 아니고 곧 내 이야기가 되기도 한다. 다음 장 부터는 내 자신의 인생 이야기를 나누려고 한다. 홈리스 상태는 다양한 관점에서 이해해 볼 수 있다. 폭넓은 시각에서 보자면 홈리스 이야기는 많은 사람들의 이야기가 될 수 있다.

함흥, 내 존재의 뿌리

나의 외할아버지는 함경남도 함주군의 현감을 지낸 학자였다. 때로는 학생을 가르치기도 했는데 나는 이 이야기를 어머니에게 들었다. 제자 중에 샘표식품 사장님은 명절이면 간장을 선물로 가져왔다. 또 묵정동에 있던 샘표식품 회사 앞에 어머니와 올케가 작은 잡화점을 열 수 있도록 자리를 마련해 주기도 했다. 외할아버지는 은퇴 후 연금이 나오면 돗자리를 깔고 관복을 차려 입은 채 궁궐 쪽을 향해 절을 한 후 그 연금을 받으셨다.

외할아버지에게는 아들이 두 명 있었는데 둘 다 일본에서 공부했다. 해방 후 나는 큰 외삼촌을 뵌 일이 있다. 그분 역시 학자였다. 키가 크고 인물과 체격이 꼭 장군 같은 점잖은 어른이었다. 나는 외할아버지의 모습을 기억하지 못하지만 외삼촌을 통해 어렴풋이 그 모습과 인격을 짐작해 볼 수 있었다. 작은 외삼촌은 젊은 나이에 일찍 세상을 뜨셨다. 외할머니는 사진으로만 봤는데 어머니와 비슷했다. 어머니와 외삼촌은 별로 닮은 데가 없었던 것으로 기억한다.

친할아버지는 금광을 해서 큰 부자가 되었다고 들었다. 부인이 둘 있었는데 노년에 어떤 사람에게 저격을 당했고 그 후유증으로 별세하셨다. 금광을 하고 갑부가 되는 과정에서 누군가에게 원한을 샀는지도 모를 일이라고 짐작해 본다. 나는 친할아버지의 모습은 기억 못하지만 그분의 아들과 딸, 즉 우리 아버지와 고모는 기억한다. 어쩌면 내 모습이 고모와 닮은 것도 같다. 자주 보지는 못했지만 나는 고모를 좋아했다.

이들을 기억할 수 있는 사진 같은 것은 단 한 장도 남아 있지 않다. 한국전쟁 때 모두 불에 타서 없어졌기 때문이다. 지금 내가 기억하는 것은 대부분 어른들에게서 들은 것과 내 마음에 남은 어렴풋한 인상뿐이다.

폭력적인 아버지와 고통 속의 어머니

아버지(김인원)는 1899년 7월 18일 생이다. 미남은 아니지만 보통 키에 피부가 희고 말씀이 없었다. 부잣집 아들로 태어나 여자들과 놀기를 좋아하는 호남이었다. 어머니와 결혼한 후에도 함남고보를 다니면서 기생집을 드나들었고 기생첩까지 둔 것으로 보아 열심히 공부하는 착실한 학생은 아니었던 것 같다. 장남이 태어난 후에도 다른 여자와 살았다고 들었다. 화를 내고 때리고 부수는 모습 외에는 별다른 기억이 없다. 그저 끔찍하게 무서운 분으로 기억한다.

지금도 아버지의 폭력적인 모습이 선명하다. 아버지는 간혹 집에 오면 오빠들의 성적표를 조사했다. 이때 오빠들의 성적이 만족스럽지 않으면 야단치고 회초리로 때렸다. 그러다가 한 번은 어머니까지 때리기 시작했다. 집에서 애들 공부도 봐주지 않고 무얼 했느냐는 것이다. 어머니를 때리다가 분이 풀리지 않았는지 어머니의 머리채를 잡아 부엌으로 질질 끌고 가서는 아궁이에 어머니의 머리를 집어넣으려고 했다. 우리가 모두 울고불고 매달려 아버지를 말렸다. 그때를 생각하면 지금도 눈물이 앞을 가리고 소름이 끼치면서 심장이 멎을 것만 같다.

나중에 큰오빠가 장가가던 날에도 난리를 쳤다. 사돈댁 손님들이 다 자고 있는데 잔칫떡을 뒤집어엎고 상을 부수면서 난동을 피웠다. 나는 그때 너무 겁이 나서 앞집으로 도망을 쳤다. 어린 시절 내 기억 속의 아버지는 참을성이 없고 매우 난폭한 사람이었다. 아버지가 오는 날은 지옥이었고 우리끼리 있을 때는 천국이었다.

몇 년에 한 번 아버지가 집에 오면 이름을 불러주는 자식은 나밖에 없었다. 두 아들에겐 그냥 "야!"라고 불렀다. 술손님들을 데려와서는 나를 불러 당신의 무릎에 앉혔는데 그 무릎조차 무섭게 느껴졌던 기억이 있다. 아버지는 그렇게 몇 년에 한 번 우리 집에 와서는 아무 말 없이 그저 한동안 존재하다 사라졌다. 나중에 길에서 아버지와 비슷한 사람을 보았는데 끔찍하게 느껴졌다. 지금 이 나이가 되어서도 아버지를 이렇게 표현할 수밖에 없다는 사실이 미안하고 서글프다.

어머니 박효숙 권사는 1898년 4월 26일(음력) 생이다. 6남매 중 다섯째로 태어나셨다. 위로 오빠 두 분이 계셨는데 한 분은 내가 태어나기 전에 이미 세상을 뜨셨다. 그리고 어머니 위로 언니(큰 이모)가 두 분 계셨다. 그분들이 살던 고장 이름을 따서 제일 큰 언니를 "조양 큰어마이", 둘째 언니를 "지경 큰어마이", 아래 여동생은 "운전 아주마이"라고 불렀다.

어머니가 어렸을 때는 딸은 공부를 시키지 않는 가부장적 시대였다. 그래서 공부를 하지 못했지만 머리는 명석한 분이었다. 다른 아이들이 와서 외할아버지에게 글을 배울 때 아이들의 어깨 너머로 글을 배우고 밥을 하면서 부엌 바닥에 부지깽이로 글자를 써가며 언문(한글)을 떼었고 한문도 약간 안다고 말하셨다. 경우가 바르고 늘 공평한 판단을 하는 분이었다.

20살 때 중매로 19살의 아버지와 결혼했다. 아버지는 경제적으로는 동리 최고의 부자였지만 항상 다른 여자와 지냈고 집에만 오면 어머니를 심하게 구타하며 학대했다. 이 때문에 어머니는 많이 울었고 한 많은 인생을 사셨다. 어머니는 우리 삼 남매를 거의 홀로 키우셨다.

내가 기억하는 어머니는 매우 부지런했고 음식과 바느질 등 못

하는 것이 없었다. 다재다능해서 혼자서 세 사람 몫의 일거리를 감당하셨다고 들었다. 얼굴은 아니지만 성격은 내가 어머니를 많이 닮은 것 같다. 내가 부지런을 떨 때마다 어머니는 "네가 나를 닮았으니 어쩌면 좋냐"며 안타까워하셨다. 나는 친구들에게 "내 어머니가 궁금하면 나를 보면 된다"고 말하기도 했다.

어머니와 나는 단 둘이 살았던 시간이 많다. 오빠들은 항상 공부하러 함흥으로, 서울로, 일본으로 떠나 있었다. 당시에는 그런 곳에 자식을 유학 보내는 게 재력가들의 소망이었다. 밤이 되면 어머니는 촛불 밑에서 '전책'(소설)을 읽으셨다. 자주 울었고 소화불량으로 침을 맞으러 다니시던 일도 기억한다. 한 번은 아버지에게 맞아 허리를 다쳤다. 일어나지를 못해 내가 앞집에서 밥을 얻어다 어머니에게 드렸다. 굶어 죽을 생각을 하고 있던 어머니가 그런 나를 보고 마음을 고쳐먹었다는 이야기를 들었다.

어머니가 내 공부를 도와주지는 못했어도 밤에 내가 공부할 때면 말없이 내 옆에 앉아 바느질을 하며 나를 지켜주셨다. 내가 이따금 "어머니, 내가 이걸 할 수 있을까요?"라고 물으면 "니가 한다면 하겠지비"라고 대답해 주시곤 했다. 내가 할 수 있다고 생각하면 할 수 있을 것이라는 어머니의 대답은 훗날 내가 스스로 일을 해결하는 추진력과 자신감의 근거가 되어 주었다. 당신은 공부를 할 수 없었지만 어머니는 누구나 공부를 해야 한다는 생각을 강하게 가지고 계셨다. 그리고 여성이기 때문에 학대를 받으며 살아야 한다는 것을 부당하고 억울하게 생각하신 것 같았다. 그래서 "나는 공부를 안 시켜 이렇게 되었지만 너는 많이 배워서 나처럼 살지 말아야 한다"고 항상 일러주셨다.

젊어서 함흥에 살 때는 교회에 나가셨는데 우리 가족이 선덕이라는 시골로 이사를 간 후에는 교회를 나가지 못했다고 들었다. 할아버지가 돌아가신 후 많은 토지를 관리하기 위해 아버지는 우리 모두를 데리고 선덕으로 이사했다. 훗날 내가 예수를 믿고 어머니를 교회로 인도했다. 그후로 어머니는 열심히 교회에 나가셨다. 특히 서울 오장동에 있는 제일장로교회에 오랫동안 출석하셨다. 또 장충동의 신일장로교회에서는 권사로 섬기셨다.

큰 오빠와 작은 오빠

나보다 15살 연상인 큰 오빠 김진호는 1920년 1월 6일 생이다. 큰 오빠는 나나 작은 오빠와는 달리 예쁘장하게 생긴 미남이었다. 친절하고 상냥하며 자상하고 여성적이어서 친척 언니들도 모두 큰 오빠를 좋아했다. 모습과 성격이 외탁을 한 모양이었다. 그런 큰 오빠에게서 어머니의 모습을 찾아볼 수 있다. 어머니가 시장에 다녀오기 위해 아기였던 나를 큰 오빠에게 맡기면 큰 오빠는 기저귀까지 다 빨아 말려서 착착 개어 놨다고 한다.

한국전쟁 때 전사한 큰 오빠다. 친척 한 분이
오빠 시계와 이 사진을 전해 주었다. 큰 오빠
의 마지막 모습인 셈이다. 우리 가족은 지난
63년간 이 사진 한 장을 쳐다보며 아파하고 울
며 살아왔다.

큰 오빠는 내게 아버지와 같은 존재
였다. 남한으로 피난을 온 후에는 어머
니와 동생 둘, 거기에 자기 식구(아내와
두 어린 아들)까지 7명을 건사하느라 고생
을 많이 했다. 군대도 입대를 하면 관사
를 준다고 해서 육사 특기로 입대해서
소위로 제대(육사 9기)했다. 방 두 개짜리
관사를 얻어서 살았는데, 군인 생활 한
지 겨우 2년 만에 전쟁이 일어났다. 그리
고 전사할 당시 오빠에게는 4살짜리 아
들 영수(1946년 8월 15일생)와 2살짜리 아
들 철수(1948년 10월 5일생), 그리고 26세의
아내 박유복(1924년 6월 28일생)이 있었다.

작은 오빠 김진우는 1923년 5월 19일
생이다. 작은 오빠는 호적상 나이가 실제보다 3살이 더 많게 기록
되어 있다. 당시는 사람들이 일본군에 끌려가지 않으려고, 또 나중
에는 인민군에 징집되지 않으려고 나이를 올리거나 내려서 제 생
일을 제대로 갖고 있는 사람이 드물었다. 하여튼 작은 오빠는 공부
하라고 함흥에 있는 친척집에 보내 하숙을 시켰는데 거기에서 마
음 고생을 많이 했다고 들었다. 어머니로부터 떨어지고 거기에 아
버지에 대한 반항심 때문이었는지 중학교에 입학한 후에도 소설만
읽고 공부는 하지 않았다고 한다.

작은 오빠가 암 치료차 시애틀에 왔을 때(1988년 성탄절부터 1989년 2월 29일까지) 억지로 한 번 찍은 사진이다. 앞줄 가운데가 오빠이고 오른쪽이 작은 올케, 왼쪽이 나다. 뒷줄 오른쪽부터 영수, 작은 오빠 셋째 딸 경희, 내 아들 용수, 그리고 남편이다. 오빠는 항암 치료를 받아 많이 수척해졌는데 이것이 마지막 모습이다. 잘 찍힌 작은 오빠의 사진이 없어 서운하던 차에 뒤늦게 한 장이 나타났는데 그것이 다음 사진이다.

고등학교 입학시험에 떨어진 작은 오빠가 재수를 하기 위해 집에 와 있던 기억이 난다. 내가 10리 떨어진 소학교(현재의 초등학교)로 등교할 때면 작은 오빠도 재수하기 위한 학교로 간다며 어느 지점까지는 함께 걸어갔던 것이 생각난다. 평소에 작은 오빠는 공부하기를 싫어해서 어머니와 아버지에게 야단과 매를 제일 많이 맞았다.

작은 오빠는 사진 찍는 것을 싫어해서 남겨 놓은 사진이 별로 없다. 남한에서의 피난 생활 중에 한 번은 두 오빠가 직업 시험을 치르러 간 일이 있다. 형제가 앞뒤로 나란히 앉았는데 앞에 앉은 작은 오빠가 다리를 하도 떨어 큰 오빠의 책상이 흔들려 글을 쓸 수 없었다. 작은 오빠는 그냥 앉아 있을 때도 다리 한 쪽을 떠는 습관이 있었다. 그래서 큰 오빠가 시험관을 불러 앞에 앉은 사람에게 다리 좀 떨지 말라고 말해 달라고 부탁했다는 것이다. 큰 오빠는 작은 오빠를 놀릴 때마다 이 이야기를 두고두고 했다.

어머니의 눈물로 아롱진 유년시절

나는 1935년 7월 26일(음력) 함경남도 함흥시 성청정 3정목 95번지에서 부잣집 삼남매 중 막내딸로 태어났다. 연이어 아들만 셋을 낳고 내가 태어났기 때문에 친할머니는 "고것 잘했다"고 좋아하셨단다. 오빠 중 한 명은 내가 태어나기 전 세상을 떠났다. 경제적으로 안정된 집에 태어난 나는 잘 먹고 좋은 옷 입어가며 공주처럼 살았다. 하지만 그것은 10살까지였다.

유년 시절 내 잔뼈는 어머니의 눈물로 굵어졌다. 부잣집에 시집을 왔지만 아버지의 폭력과 학대로 어머니는 늘 눈물로 세월을 보냈다. 그런 어머니를 보며 나도 함께 울었다. 불행했던 어머니는 신경성 속병을 많이 앓았는데, 나 역시 그런 어머니의 병을 따라 앓아서 어려서부터 평생을 소화불량에 시달렸다. 어머니에 의하면 나는 5살에 백일해를 앓은 다음부터 매년 겨울이면 기관지염으로 고생을 했다. 병원을 자주 갔고 말라리아까지 앓았다. 마음이 아픈 딸로 태어나 몸도 마음도 모두 아픈 아이로 자랐다. 그리고 어른이 되어서도 자주 앓으며 살았다.

나는 혹독하게 폭력을 당하며 한 속에 살았던 어머니의 눈물로 잉태되었을 것이다. 그러니 어머니 뱃속에서부터 "왜 또 이런 세상에 여성 하나를 내놓으려고 하느냐"며 어머니의 자궁벽을 쳤을지도 모를 일이다. 잉태된 순간부터 내가 여성주의자가 된 것은 자연스러운 일일지도 모른다. 대여섯 살 때였던가? "여자는 왜 남자와 결혼해서 맞으며 사는가, 바보인가?"라며 어머니에게 대들었던 것을 기억한다.

나는 유교를 신봉하는 가부장제 사회에서 태어나 애통해 하던 한 여성을 보았고, 그의 고통에 함께 아파하고 울며 '왜 여자는 이런 불이익을 당해야 하는가'란 의문을 품으며 성장했다. 그래서 어머니는 "너는 이 다음에 커서 밥 지을 줄 몰라도 좋고, 시집 안 가도 좋고, 애를 못 낳아도 좋고, 요리 빨래 청소를 못해도 좋다. 공부를 많이 해서 스스로 서며 절대로 학대 받지 않는 자신 있는 여성이 되어라. 절대로 나처럼 살지 말라"고 하셨다.

나는 이것이 내 어머니가 내게 주신 여성신학이라고 믿는다. 여성신학이 별건가? 하나님이 당신의 형상을 닮은 사람, 즉 여성으로 지어주셨으니 자신의 존엄성을 인정하고, 여자이기에 받는 모든 학대와 불이익에 항거하며, 억울한 여성들과 연대하여 함께 울어주고 변호해주고 격려해주며 사는 것 아니겠는가? 그래서 나는 어머니 뱃속에서 여성신학을 안고 잉태되었고, 여성신학을 안고 세상에 태어났으며, 여성신학을 안은 채 잔뼈가 굵었고, 여성신학을 안은 채 늙어가고 있다고 말한다.

사실 나에게는 큰 오빠가 아버지였다. 큰 오빠는 나를 인정해주고 칭찬해주었다. 5~6살 때부터 내가 크면 서울 유학을 시켜준다고 약속했고, 더 크면 미국 유학도 시켜준다고 말했다. 동네 사내아이들이 내게 못되게 굴면 나는 "우리 아버지에게 이를 거야"가 아니라 "우리 오빠에게 이를 거야"라고 했을 정도로 큰 오빠가 내게는 의지처이고 힘이자 '빽'이었다. 내게 큰 오빠만큼 좋은 사람은 세상에 없는 듯 했다. 그 아버지의 아들인데 어떻게 이렇게 다른 사람일 수 있을까? 나는 큰 오빠가 외갓집 선비들을 닮아서 그런 것이라고 훗날 생각하게 되었다.

큰 오빠는 나중에 일본으로 유학을 가 와세다 대학에서 공부했는데 아버지는 부자임에도 불구하고 학비를 대주지 않아 고생을

보랏빛 희망

많이 했다고 한다. 이 소문을 들은 어머니는 '모친 위독'이라고 전보를 쳐서 큰 오빠를 불러 들였다. 그래서 큰 오빠는 공부를 도중하차한 격이 되고 말았다. 지금 생각해보면 큰 오빠는 서양 문물에 관심이 많았던 것 같았다. 그 당시 벌써 동생을 미국에 유학 보낼 꿈을 가지고 있었으니 말이다.

아버지가 어머니를 학대하는 것을 보면서 여성으로서의 자존감을 가질 수 없었지만 어머니와 오빠들의 격려가 내가 구김살 없이 발랄한 아이로 자랄 수 있도록 만들어 주었다. 그들은 내가 여자아이라고 차별하지 않았다. 오빠들은 어디를 가든 늘 나를 "내 여동생"이라며 자랑스럽게 소개했다. 나이 차이가 많다보니 우리 삼남매는 서로 싸워 본 적이 없다. 나는 오빠들의 사랑을 많이 받았고 나이 많은 오빠들에게 항상 순종했다.

아름다운 고향집 풍경

나는 함흥 시내에서 출생했다. 하지만 할아버지가 돌아가시자 아버지는 조상들의 토지가 있는 선덕(함경남도 함주군 선덕면 명호리 59번지)으로 이사를 했다. 선덕은 시골이어서 버스도 없고 학교를 가려면 10리 길을 걸어야 했다. 우리 집은 그곳에서 '함흥집'으로 불렸는데 다른 집들과는 좀 떨어져서 언덕에 위치해 있었다.

지금 생각해보면 그곳은 그림으로 그려놓고 싶을 정도로 아름다운 곳이었다. 집 뒤에는 산이 병풍처럼 둘러서 있고, 집 바로 뒤에는 작은 과수원이 있었다. 과수원에서는 주로 홍옥이라는 사과가 열렸는데 나는 까치가 먹던 사과만 따가지고 내려와 먹었다. 그 사과의 겉은 빨갛다 못해 거의 까만 색깔이었고 속은 완전히 노란색이었다. 그리고 과즙은 꿀처럼 달았다. 까치는 그런 사과만 골라서 파먹었다.

집 뒷산 밑에는 밤나무가 여러 그루 서 있었다. 밤이 다 익으면 저절로 땅에 떨어졌다. 새벽에 뒷산을 올라가 보면 밤새 많은 밤이 떨어져 있었다. 나는 그런 밤들을 치마폭 하나 가득 주워 가지고 내려왔다. 산에서 집으로 돌아오는 길에 자연 샘이 하나 있었는데 우리는 그 물을 마시고 자랐다.

집에서 왼쪽으로 약 100보 거리에 화장실이 있었다. 화장실과 집 사이에는 작은 집 한 채만한 광이 있었고 그 안에는 작은 방들이 여러 개 있었다. 한 방에는 곡식, 다른 방에는 사과, 또 다른 방에는 밤과 다른 것들이 저장되어 있었다. 그리고 그 중에 한 방은 어머니가 나들이하실 때 옷을 갈아입는 곳이었다.

집 앞 뜰에는 코스모스와 다른 여러 꽃들이 피어 있었다. 그 한가운데에는 무궁화나무를 심어놓았다. 아버지는 자식은 돌보지 않았지만 그 나무만은 열심히 돌보았다. 아버지와 우리는 한 마당 두 집으로 살았다. 화장실에 가거나 마당에서 무궁화를 돌볼 때나 마주칠 뿐이었다. 부모 자식 간이라기보다는 그저 옆집에 사는 이웃과 다를 바 없었다.

우리 집에서는 아랫동네가 훤히 내려다 보였다. 아랫동네 멀리 뒤쪽으로는 강이 흘렀는데 그 강에서는 잉어와 여러 가지 고기가 잡혔다. 우리 집에서 앞집까지는 언덕으로 이어져 있었다. 나는 겨울이면 그곳에서 썰매를 탔다. 앞집은 500보 가량 떨어져 있었는데 어머니가 출타하면 그 댁 할머니가 나를 돌봐주셨다. 우리 앞집은 가난해서 제대로 밥을 해먹지 못했다. 조개를 잡아다 삶아서 저녁끼니를 해결하기 일쑤였다. 그럴 때 나도 끼어서 같이 먹던 생각이 난다. 앞집의 조밥이 먹고 싶으면 어머니가 합에 담아준 이밥을 업어서 갖다주고 조밥을 얻어 먹었다.

　앞집을 지나 더 아래로 내려가면 우리 과수원이 하나 더 있었다. 아래쪽 과수원에서는 '스미토'라는 복숭아가 주로 열렸고 배나무도 있었다. 아래쪽 과수원은 규모가 커서 과수원을 지키는 할아버지가 한 분 있었다. 이 할아버지는 과수원 안에 있는 집에 거주하면서 식사는 우리 집에서 했다. 아래쪽 과수원에서 500보 가량을 더 내려가면 다른 동네로 가는 길이 여러 개로 갈렸다. 거기서 오른쪽으로 돌아 반마일 가량 올라가면 세 번째 과수원이 나타났다. 거기에서는 주로 국광이라는 사과가 열렸다. 세 개 과수원의 사과나무 수가 5천그루라고 했다.

　지금 생각해보면 내 고향은 풍광이 너무도 아름다운 곳이었다. 언젠가 통일이 되면 내 손자들이 할머니의 고향을 방문할 수 있는 기회가 마련되길 바란다. 그래서 할머니가 말했던 그 모습 그대로 잘 있는지 확인해주면 좋겠다.

유년시절, 뼈에 스미던 가난과 서울의 봄

나는 소학교(지금의 초등학교)를 만 8살에 들어갔다. 또래 아이들이 많은 탓에 학교에 자리가 없어 1년 밀린 것이다. 학교는 집에서 10리나 떨어진 시내에 있었던 탓에 나는 산을 넘고 들을 건너 학교를 다녔다. 주로 동네 아이들과 함께 다녔지만 혼자 가야할 때도 있었다. 큰 오빠가 한때는 내가 다니던 소학교의 선생님을 해서 오빠와 함께 다닌 적도 있었다.

소학생 시절 나는 여름이면 말라리아를 많이 앓았다. 열이 심해지면 선생님이 집으로 가라며 조퇴를 시켰다. 그래서 뜨거운 여름날 10리 길을 펄펄 끓는 몸으로 혼자 걸었다. 몸이 덜덜 떨리고 걷는 게 힘에 부치면 여름 햇살이 뜨거운 길가에 주저앉곤 했다. 그렇게 걷다 앉다를 반복하며 집에 도착할 즈음이면 완전히 정신을 잃었다.

그런 나를 어머니는 항상 업어 주셨다. 어머니 등에서 몇 시간씩 정신을 잃은 채 자고 나면 열이 좀 내리곤 했다. 그때 어머니의 등은 한없이 포근했다. 그래서 나는 지금도 어려울 때마다 주시는 하나님의 위로를 "하나님은 나를 등에 업어 위로하시고 여기저기 데려다 놓으신다"고 표현한다. 지금도 그때의 어머니 등과 하나님의 위로를 생각하면 저절로 감사의 눈물이 흐른다. 사람들은 하나님을 남성으로 알지만 하나님과 예수님은 긍휼하시고 따뜻하셔서 아플 때 우리를 업어주던 어머니의 자애로운 품성도 갖고 계신 분이다. 그래서 나는 "어머니 하나님"이라고 자연스럽게 부른다.

소학교에 다니던 1945년 8월 15일, 해방을 맞았다. 큰 오빠는 라디오를 통해 일본 천황이 항복했다는 뉴스를 듣고 펄펄 뛰며 기뻐했다. 그때 기뻐하는 온 민족을 보면서 '해방'의 의미에 눈 뜨기 시작했다. 해방은 사람들에게 자유와 평안을 가져왔다. 일본 군인으로 전쟁에 나가지 않아도 되는 자유, 하고 싶은 일을 할 수 있는 자유, 조국을 사랑하고 생각할 수 있는 자유, 애국가를 부를 수 있는 자유, 모국어로 자기 생각을 말하고 글을 쓸 수 있는 자유, 눈치 보지 않고 행동할 수 있는 자유, 원하는 직업을 가질 수 있는 자유가 바로 해방이었다. 어려서 그 의미를 충분히 이해할 수는 없었지만 나는 '해방'과 '자유'라는 개념을 사랑하게 되었다.

해방 후 우리는 함흥과 선덕을 오가며 살았다. 아침에 선덕에서 출발하면 10살 된 아이의 걸음으로 강을 끼고 산을 돌아 연포를 지나고 흥남과 본궁을 지나 함흥에 도착하면 저녁이 되었다. 정확히 하룻길이었다. 함흥에 잠시 살았을 때는 황금정 소학교에 다니기도 했다. 함흥 시내에서 약간 벗어난 사포리라는 동네에 외갓집 큰아버지가 사셨던 것을 기억한다. 해방 후 오빠들이 그 옆에 집을 짓기도 했는데 얼마 못 살고 선덕으로 갔다가 다시 서울로 떠나게 되었다.

공산 치하와 월남

해방되었다고 춤을 추던 날은 그리 오래 지속되지 않았다. 북한에는 공산주의 정부가 들어서고 소련 사람들이 오고갔다. 소련 사람들은 팔에 시계를 주렁주렁 달고 다녔다. 소련 사람들이 물건을 뺏거나 훔친다는 소문이 나돌았다. 지주였던 우리 가족은 재산을 뺏기고 언제 잡혀갈지 모른다는 불안 속에 살았다. 동네 유지였던 아버지 친구 몇 명이 맞아 죽었다는 소문도 들렸다. 하지만 아버지는 재산과 토지만 뺏기고 목숨은 구했다. 동네를 위해 토지를 내주어 학교도 건축해주고 소작인들에게는 인심을 얻은 모양이었다. 그나마 다행이었다.

나는 우리 가족을 대표해서 부역을 나갔다. 나 외에는 부역을 나갈 사람이 없다고 판단한 탓이었다. 10살 나이에 대야 하나를 머리에 이고 부역을 나가 내가 우리 집을 대표한다고 말했다. 우리

  보랏빛 희망

형편을 잘 아는 동네 사람들이 그런 나를 받아주었다. 대야에 담아주는 흙을 이어 나르고 논에 모를 심으면서 강제 노동에 참여했다. 그러면서 선택의 자유가 없이 그저 순종할 수밖에 없는 약자의 고통을 체험했다.

국가는 일본 기미가요에서 김일성 찬양가로 변하고 호칭도 동무로 바뀌었다. 학교에서는 일본말은 완전히 버리라고 했고 김일성 장군 노래만 매일 부르라고 시켰다. 70여 년이 흐른 오늘도 나는 기억하기조차 싫은 그 노래를 여전히 기억한다. 그런 환경 속에서 우리는 1년을 견디었다.

상황은 갈수록 험악해졌다. 소련 사람들이 여자를 겁탈한다는 소문이 나돌았다. 우리 과수원에도 심심치 않게 소련 군인들이 나타났다. 그들이 나타날 때마다 나는 올케 언니를 방 안에 숨겨놓고 나가서 몇 마디 배운 소련 말로 원하는 게 뭐냐고 물었다. 소련 군인들은 때로는 날계란을 가지고 와서 삶아 달라거나 사과를 달라고 했다. 10살 먹은 여자아이라고 성폭력에서 제외되는 것은 아니었지만 나는 올케 언니를 보호해야겠다는 생각밖에 없었다. 겁이 없었던 건지 철이 없었던 건지 모를 일이다.

어머니와 큰 오빠 식구는 공산 치하에서 살 수 없다며 1945년 겨울 월남했다. 하지만 큰 올케는 해산을 위해 다시 선덕으로 돌아왔다. 그리고 1946년 8월 15일 영수를 낳고 어머니와 함께 다시 서울로 돌아갔다. 나는 작은 오빠와 함께 남아 집을 지켰다. 오빠가 일하러 간 사이 나는 산에 올라가 나무를 주워 새끼줄에 묶었다. 그리고 그것들을 어깨에 지고 집으로 내려와 밥을 했다. 갑자기 가난해진 우리는 일꾼도 없어 모든 것을 직접 해야 했다. 나는 울지 않고 못한다고 하지 않고 직면한 현실에 충실했다. 1947년 여름까지 나는 작은 오빠와 선덕에 있었다.

그러다 그해 가을 작은 오빠와 함께 철원까지 기차로 가서 삼팔선을 넘는 다른 무리들과 합류했다. 안내자를 한 명 고용해서 오로지 밤길, 산길로 걸었다. 아슬아슬하고 무서웠다. 며칠 밤을 걸었는지 잘 모르겠다. 나는 오빠의 손을 꼭 잡은 채 자면서 길을 걸었다.

그러다 어느 산 속에서 공산군에게 잡혔다. 우리는 남자는 남자대로 여자는 여자대로 마주보는 방에 갇혔다. 나는 혹시 남자들만 따로 데려갈까 봐, 그래서 오빠를 잃게 될까봐 밤새도록 자지 못하고 뜬눈으로 밝혔다. 공산군은 그 다음날 집으로 돌아가라며 우리를 돌려 세웠다. 우리는 한참 집으로 되돌아가는 척 걸어가다가 다시 되돌아와서 삼팔선 쪽으로 숨었다. 낮에는 자고 밤에 다시 안내자를 대동하여 삼팔선을 향해 걸었다.

한참을 그렇게 걷다가 깊은 밤 산 속에서 인기척을 느낀 우리 그룹은 삽시간에 산산이 흩어졌다. 오빠와 나만 남고 함께 길을 가던 사람들은 온데간데없이 산 속으로 사라졌다. 우리 두 사람은 방향도 모른 채 깜깜한 산 속을 헤매다가 일행과 다시 마주쳤다. 알고 보니 우리를 혼비백산하게 만든 사람들은 우리처럼 월남하던 또 다른 그룹이었다. 서로가 서로를 혼비백산하게 만든 것이었다. 그때 나는 비록 어린 나이였지만 목숨을 걸고 자유를 찾는 사람들

보랏빛 희망

의 심정이 무엇인지 알 수 있었다.

필사적인 노력 끝에 우리는 한탄강에 이르렀다. 한탄강 물이 너무도 차가웠지만 우리는 희망과 기쁨에 차서 그 강을 건넜다. 그리고 또 한참을 걸어서 검문소에 도착했다. 그 검문소가 있던 곳이 바로 '이남 땅'이었다. 우리는 너무도 기뻤다. 검문소의 미군들이 우리 머리와 뒷등에 DDT를 뿌렸다. 겨우 11살짜리가 철원에서부터 서울까지 걸어서 간 것이다. 지금으로서는 상상조차 할 수 없는 일이었지만 그때는 그만큼 절박했다.

하지만 아버지는 끝내 선덕을 떠나지 않았다. 작은 어머니가 서울 안암동 여자라고 했는데 왜 떠나지 않았는지 나는 항상 궁금했다. 아마도 현재는 뺏겼지만 언젠가는 찾을지도 모르는 토지 때문이었을 것이라고 훗날 생각해 보았다. 그래서 우리는 그 무서운 아버지와 1947년 미련 없이 헤어졌다. 그 후 그분이 보고 싶다거나 궁금하다는 생각을 그 누구도 해본 적이 없다. 어떻게 생각하면 우리 아버지는 불행하고 불쌍한 사람이다. 아내와 자식 셋이 그렇게 영원히 그를 떠났기 때문이다.

서울, 그리고 이화여중

당시의 서울은 함흥 시내와 비슷했지만 네온사인이 더 많고 더 화려했다. 우리는 마침내 가족과 합류했다. 하지만 서울에서의 생활은 그리 녹록지 않았다. 집은 말할 수 없이 추웠고 보리밥은 정말 맛이 없었다. 가난해졌다는 사실이 현실로 다가왔다. 북한에는 집이 세 채나 있었지만 서울에서의 우리는 큰 오빠 친구 집 방 한 칸에 6식구가 함께 지내야 했다. 난생 처음으로 배고프고 추운 게 어떤 건지 피부로 절감했다. 빈곤이란 그런 것이었다.

우리는 오빠 친구 집에서 며칠을 묵은 뒤 돈암동 아파트를 얻어 이사했다. 거기에는 방이 두 개 있어서 오빠네 식구가 한 방을 사용했고 우리가 나머지 한 방을 사용했다. 나는 돈암국민학교(초등학교) 4학년으로 편입했다. 함경도 사투리를 쓰고 있던 나는 사내아이들로부터 놀림을 받았다. 그런데 학교에 처음 간 날 수학시험을 보았다. 나는 98점을 받았다. 방과 후 몇몇 아이가 우리 집에 따라왔다. 친구가 되자는 것이었다.

그곳에서 나는 빈부의 격차를 체험하기 시작했다. 싸가지고 오는 도시락 반찬부터 달랐다. 그러나 나는 주눅들지 않았다. 나는 가난이 전혀 부끄럽지 않았다. 6학년에 올라가니 어떤 아이는 벌써부터 과외 공부를 했다. 그럴 형편이 되지 못한 나는 자습서를 사서 밤낮으로 읽었다. 담임선생님은 마음이 착해 공부하라고 아이들을 다그치지 않았다. 여름이면 책상 밑에 숨어서 자는 아이가 많았다. 그래도 나는 혼자 책상에 앉아 자습서를 공부했다. 나는 우등생이었고 아파도 지각하지 않았고 결석도 하지 않았다. 아파도 학교에 가서 앓았다.

나는 아침이면 일찍 일어났다. 올케 언니가 큰 오빠의 아침 식

보랏빛 희망

사를 준비하는 동안 조카 영수를 업고 전차 정거장에 나가 줄을 섰
다. 항상 줄이 길어서 오래 기다려야 했기 때문이었다. 그러면 아
침 식사를 마친 오빠가 나와 내가 맡아놨던 자리에 서서 바로 전차
를 탔다. 그렇게 큰 오빠를 보내고 나는 집으로 들어가 아침밥을
먹고 학교로 갔다.

4년 동안 춥고 배고프고 고달픈 생활을 했다. 초등학교 6학년
때 우리는 다시 회현동으로 이사했다. 큰 오빠는 회현동에 있는 어
느 미국인 호텔에서 통역관으로 일했다. 어머니는 그 호텔에서 빨
래 일을 하신 적도 있다. 경제적으로 무척 어렵던 시절이었다. 우
리가 살았던 큰 적산집이 바로 길가에 있어서 만두를 쪄서 지나가
는 사람들에게 판 적도 있었다. 작은 오빠는 미국에서 온 구호물자
로 반죽을 해서 호떡을 만들었다. 설탕물이 줄줄 흐르던 그 호떡을
나는 너무도 맛있게 먹었다.

1949년 나는 돈암국민학교를 졸업했다. 졸업할 때 나는 우등상
과 개근상을 받았다. 국민학교 4학년에 서울에 와서 6학년으로 졸
업하는 3년 동안 우리는 4번을 이사할 정도로 고생을 했다. 하지만
이런 경험이 훗날 집이 없어 고생하는 사람들을 사랑하는 계기가
될 줄 누가 짐작이나 했겠는가!

집에 돈이 없었던 나는 공립학교인 무학여중에 입학할 생각이었
다. 그런데 담임선생님은 이화여중으로 가라고 했다. 그래서 나는
어떤 학교인지도 모른 채 이화여중 입학시험을 쳤다. 이화여중은
부잣집 아이들이 많이 오는 학교였다. 피난민 아이에게는 어울리지

도 가당치도 않은 학교였다. 이화여중 운동장 옆에는 언덕이 있었다. 나는 그 언덕의 나무 밑에 홀로 서서 시험을 치러 온 아이들을 위해 부모들이 마실 것을 사주며 위로하고 격려하는 모습을 내려다보고 있었다. 그러다가 종이 치면 다시 들어가서 시험을 쳤다.

당시 우리는 사돈뻘 되는, 훗날 미스코리아가 된 박현옥과 한 집에 살았다. 그들은 2층에서, 우리는 아래층에서 살았다. 시험 결과가 발표되던 날, 현옥이와 나는 시험에 떨어졌다고 생각해 그냥 집에서 뒹굴었다. 큰 오빠가 발표를 보고 와서는 둘 다 떨어졌다고 말했다. 우리가 실망하자 오빠는 웃으며 "아니야, 둘 다 합격했어"라고 말했다. 어머니와 오빠는 기뻤지만 학비를 댈 형편이 못되는지라 "누가 이화여중에 시험을 치라고 했느냐?"며 야단을 쳤다. 가지고 있는 돈은 학비의 절반도 되지 않았다.

큰 오빠가 이화여고 교장 신봉조 선생님을 만나 사정을 설명했다. 서울 유학을 보내주겠다고 약속했던 오빠인데 동생이 이화여중에 합격했다는데 왜 기쁘지 않았겠는가! 신봉조 선생님은 "그냥 있는 돈만 가지고 아이를 데려 오라"고 해서 나는 겨우 학교에 다닐 수 있게 되었다.

이화여중 학생들은 대부분이 잘 사는 집 아이들이라 멋쟁이들이었다. 그들에 비하면 나는 그야말로 굴러 온 피난민이었다. 그런데도 나는 당당했다. 교복이 없어 나는 어머니 친구 딸에게 국방색 여군 윗도리를 얻어다가 곤색 물을 들인 다음 흰 칼라를 달아 입고 다녔다. 누가 봐도 이화여중 교복이 아니었다. 그래도 아이들은 나를 업신여기지 않았다. 내가 울고불고 하면서 교복을 해달라고 떼를 썼더라면 어머니와 오빠가 어떻게 해결했겠지만 나는 그러지 않았다. 기꺼이 그것을 입고 다녔고 한 번은 떨어진 운동화를 주어다가 꿰매 신기도 했다. 번쩍거리는 가죽 구두를 신고 다니던 아이들의 눈에는 내가 거지로 보이지 않았겠는가? 그러나 나는 전혀 개의치 않았다.

비오는 날에는 자가용으로 등교하는 애들도 많았고 대부분은 비옷을 입고 다녔다. 내게는 우산도 비옷도 없었다. 그런 모든 것은 내게 사치였다. 나는 동복이든 하복이든 단벌이었다. 밤에 빨아 말려서 아침에 다려서 입었다. 묵정동에 살 때는 여름 교복이 구겨질까봐 버스를 안타고 정동에 있는 학교까지 걸어 다녔다. 그런데도 어떤 이유에서였는지 몰라도 나는 주눅 들지 않았고 창피해하지도 않았고 사달라고 조르지도 않았다.

한국전쟁과 고난의 연속

그럭저럭 중학교 일 년을 마치고 2학년에 올라갔을 때 전쟁이 일어났다. 학교에서 점심 도시락을 먹다 말고 집으로 돌아갔다. 당시 내 나이가 15살이었다. 일본으로부터 해방된 지 5년이 채 못 돼서 전쟁이 일어난 것이다. 서울에 피난 온 후 집이 없어 고생을 하던 큰 오빠는 관사를 준다는 말에 육사 특기생으로 입대했다. 그래서 묵정동 군인 관사에 방을 두 개 얻었다. 그때나 지금이나 가난한 사람들이 군에 입대하고 전쟁에 나가 죽는다. 전쟁이 죄고 가난이 죄다.

1950년 6월 25일은 주일이었다. 묵정동 관사에 살 때 큰 오빠는 사복을 입고 머리에 기름을 발라 얌전하게 빗어넘긴 채 외출을 했다. 오빠는 항상 단정하고 깨끗한 멋쟁이였다. 상냥하고 친절해서 여자들로부터 인기가 많았다. 그날 아침 집을 나서던 게 내가 본 오빠의 마지막 모습이었다. 나의 후원자이자 아버지였던 큰 오빠와의 이별은 나를 너무 아프게 했다. 나는 아버지 없이는 살 수 있지만 큰 오빠 없이는 살 수 없었다. 올케 언니와 어머니와 나는 매일 울었다. 이 글을 쓰면서 지금도 운다.

전쟁이 일어난 지 3일 만에 인민군이 서울에 들이닥쳤다. 말도 안 되는 이야기였다. 준비 없이 당한 전쟁인지라 3일 만에 서울이 함락된 것이다. 우리는 피난도 못 갔다. 정치인들은 자신들만 살기 위해 국민을 버리고 한강 다리를 끊었다. 많은 사람들이 서울에 갇혔다. 우리 가족은 피난민인데다 북한에서는 숙청 대상인 지주였고 대한민국 군인의 가족이었다. 우리는 총살 대상이라는 불안 속에서 떨었다.

인민군이 들어온 지 며칠 후 나는 한강 근처에서 셔츠 바람으로 잡혀가는 미군을 보았다. 그때 본 그 미군의 얼굴을 60년이 지난 지금도 생생하게 기억난다. 우리나라를 도우러 왔다가 잡힌 그를 보았을 때 나는 가슴이 많이 아팠다. 한국전쟁에서 죽은 미군의 수가

보랏빛 희망

5만8천 명이고 미국으로 돌아가 자살한 재향군인의 수는 전쟁터에서 죽은 군인의 숫자보다 더 많다고 들었다. 남·북한에서 죽은 사람의 수도 각각 1백만 명이 넘는다. 큰 오빠도 그 중의 한 명이다.

이 전쟁은 수많은 과부와 고아, 거지들을 양산해냈다. 나는 전쟁은 용서받지 못할 죄라고 생각한다. 어린 조카들과 올케 언니와 어머니와 내가 겪은 고생을 생각하면, 그리고 전쟁에서 가족을 잃고 오늘까지도 아파하는 많은 사람들의 한을 생각하면 전쟁은 정말로 용서받지 못할 죄다. 게다가 미군을 포함한 많은 다른 나라의 젊은이들이 우리 땅에 피를 뿌리고 뼈를 묻었다. 이 전쟁은 너무도 많은 생명을 앗아갔다.

밤에 몰래 오빠의 군복을 태우던 일도 정말 가슴 아픈 경험 중의 하나였다. 군인 가족이라는 증거를 없애기 위해서였다. 우리는 언제 죽을지 모르는 조마조마한 삶을 살았다. 묵정동 관사에서 나와 옛날에 살던 판잣집에 숨어 살았다. 앞문, 뒷문 다 열어놓고 앞문으로 잡으러 오면 뒷문으로, 뒷문으로 오면 앞문으로 도망갈 준비를 하고 살았다.

그러다 하루는 작은 오빠가 잡혀갔다. 잡혀가다 화장실에 간다고 하고 도망쳤다. 우리 식구는 서울을 떠나 큰 오빠 친구가 사는 경기도 구둔이라는 곳으로 내려갔다. 거기서 작은 오빠는 그 집 부엌에 토굴을 파고 3개월을 숨어 살았다. 영어사전 하나로 그 긴 시간을 버텼다. 작은 조카 철수는 당시 2살이었는데 이질에 걸렸다. 너무 말라 다리가 비틀어지고 사람 몰골이 아니었다. 큰 올케는 돈을 벌러 서울로 가고 2살과 4살짜리 두 어린 조카는 어머니가 돌봐야 했다.

15살 나이에 나는 가족의 밥벌이를 해야 했다. 200리 길을 걸어서 서울에 쌀을 가져다 팔고 받은 돈으로 다른 물건을 사다 다시 시골에 파는 동네 여자들을 따라나섰다. 나더러 그렇게 하라는 사람은 없었지만 그래야만 할 것 같았다. 200리는 끼니때만 빼고 쉬지 않고 걸어서 이틀이 걸리는 거리였다. 길을 걷다가 날이 어두워지면 나는 다른 여자들과 함께 노숙을 했다. 그리곤 날이 밝으면 쌀 한 말을 머리에 이었다 어깨에 졌다 하면서 서울로 향했다.

서울에 도착하면 쌀을 판 돈으로 고무신을 샀다. 그러고는 다시 이틀간 200리 길을 걸어 집에 도착하면 나는 더 이상 일어설 수 없는 앉은뱅이가 되었다. 다리와 발목이 너무 아파서였다. 그렇게 가져온 고무신을 어머니가 동네에 나가 보리와 감자로 바꾸었다. 3개월간 4번의 왕복, 즉 800리를 걸었다. 어린 나이에 너무 많이 걸은 탓에 나는 키도 크지 못하고 무릎의 연골도 일찌감치 무리가 왔다. 지금도 그때 고생했던 생각을 하면 가슴이 아프고 숨이 막힐 것처럼 눈물이 흘러내린다. 전쟁은 나와 내 가족들을 고통 속으로 밀어넣었다.

마치 30년과도 같은 3개월의 시간이 흐른 1950년 9월 28일, 서울이 수복된다는 소문을 들었다. 유엔군이 인천에 상륙, 서울로 향하고 있다는 소식이었다. 얼마나 기뻤는지 모른다. 그날은 마침 내가 쌀을 팔고 고무신을 사서 떠나려던 바로 전날 밤이었다. 나는

보랏빛 희망

화원시장 근처 친척집에서 잤는데 밤에 눈을 떠 보니 옆집에 불이 났다. 옆집과 친척집과는 사람 하나가 지나갈 수 있을 정도의 좁은 공간밖에 없었다. 불이 옮겨오는 것은 시간문제라고 생각한 나는 배낭을 메고 "불이야!" 소리를 지르며 집에서 뛰쳐나갔다. 친척집 식구들은 모두 곤하게 잠든 상태였다.

그날 밤 길거리는 아수라장이었다. 폭격에 맞아 피를 흘리는 사람, 당황해서 이리저리 뛰는 사람, 부상자를 옮기기 위해 들 것을 찾는 사람 등 온갖 사람들이 길거리로 뛰쳐나와 헤매고 있었다. 남산에 숨은 인민군을 향해 미군이 인천항에서 대포를 쏘고 있다는 것이었다. 인근의 집들이 다 불에 타고 사람들이 죽어가고 있다고 했다. 남산은 10~20분 정도 걸으면 올라갈 수 있는 매우 가까운 거리였다. 쫓겨 후퇴하던 인민군은 서울 시내에 불을 지르고 보는 사람마다 죽이며 도망하는 중이라 했다. 한쪽에서는 대포를 쏘고 한쪽에서는 도망가면서 총을 쏘고 그야말로 전쟁의 한복판이었다.

밤새도록 총 소리와 대포 소리를 들으면서 길가를 헤매다가 새벽을 맞았다. 서울이 드디어 수복이 되었는지 사방이 조용해졌을 때 나는 거기서 멀지않은 곳에 있는, 우리가 옛날에 살던 집으로 가려고 길을 나섰다. 오장동 근처의 집들은 폭격을 맞아 동네가 완전히 폐허가 되었고 죽은 시체들이 길거리에 널려 있었다. 나는 널브러져 있는 시체들을 피해가며 이전의 판잣집으로 향했다. 하지만 판잣집은 사라지고 없었다. 어머니가 항아리에 담아 땅에 묻어 두었던 소지품과 사진들도 온데 간데가 없었다. 모두가 폐허가 되었다.

고무신을 짊어지고 시골로 돌아왔다. 고무신을 팔아 감자와 보리를 준비한 우리 가족은 서울로 돌아왔다. 그렇게 전쟁이 끝났더라면 얼마나 좋았을까! 서울로 돌아와 두세 달을 살았을까, 전세가 다시 불리해져 피난을 떠나야 한다는 이야기가 들렸다. 바로 1 · 4 후퇴였다. 우리는 군인 가족이라 기차에 태워준다며 속히 서울역으로 가라고 했다. 도착해보니 기차는 이미 만원이라 문으로는 들어갈 수가 없었다. 할 수 없이 유리창을 통해 기차에 올라탔다. 기차 안은 사람들로 콩나물 시루였다. 미처 기차 안으로 들어오지 못한 사람들은 문에 매달리거나 기차 지붕으로 올라가 피난길에 올랐다.

피난 기차는 부산진까지 가는데 12일이 걸렸다. 기차는 가다가 몇 시간씩 정차를 했다. 그럴 때면 사람들은 기차에서 내려 밥을 해먹고 기차가 출발하면 밥솥을 든 채 유리창을 통해 기차에 올랐다. 난리도 그런 난리가 없었다. 부산진역에 도착해보니 여관은 모두 초만원이었고 물 한 모금 살 곳이 없었다. 전국에서 피난민들이 부산으로 쏟아져 들어왔다. 우리 같이 부산에 아무런 연고도 없던 사람들은 방을 얻지 못해 보따리를 베개 삼고, 땅바닥을 구들 삼고, 하늘을 천정 삼아 부산진 역 마당에서 며칠 밤을 보냈다. 완전히 홈리스였다. 하지만 이 경험이 훗날 나로 하여금 홈리스들의 아픔을 이해하는 계기가 될 줄 누가 알았으랴!

역 마당에서 노숙을 한 지 3일째 되던 어느 날, 한 노인이 와서는 우리에게 자기 집 마당으로 들어와 자라고 말했다. 그래서 그분 집 마당 안에 텐트를 쳤다가 다시 레이션 박스로 하꼬방을 지어 다

부산의 영도섬에서 찍은 것이다. 그때 우리는 중학교 3학년이었다. 나는 나무로 만든 사과 궤짝을 책상 삼아 열심히 공부했다.

섯 식구가 3년을 살았다. 겨울에는 돌 하나를 달구어 수건에 싸서 한 가운데 넣고 큰 이불 하나 덮고 다섯 명이 거기에 발을 넣은 채 자곤 했다. 그 집 마당에는 우리 가족 외에도 다른 피난민들이 있었다. 그때 내 나이가 아직 만 16세가 되기 전이었다.

어머니와 함께 나는 생계를 도왔다. 어머니는 길에서 작은 판자 위에 물건을 놓고 행상을 하셨고 나는 부산 야미시장에 가서 물건을 사왔다. 부산진에서 야미시장까지는 걸어서 한 시간 정도 걸렸다. 새벽 3시만 되면 나는 어머니와 함께 거리로 나가 몫 좋은 자리를 잡았다. 집 주인이 대문을 잠가 놓았기 때문에 어머니와 나는 담을 넘었다. 올케 언니는 오징어를 삶아서 기차역에 나가 손님들에게 팔았다. 그렇게 우리는 겨우 입에 풀칠을 하게 되었다.

그렇게 서러운 피난살이를 하다 나는 이화여고가 부산 영도 섬에 텐트를 치고 학교 문을 열자 중학교 3학년으로 복귀했다. 각 학년마다 한 방에 다 모이다보니 우리 반은 120명이나 되었다. 그때 이봉국 영어 선생님이 얼마나 혹독하게 그리고 잘 가르쳤던지 나는 걸으면서, 기차 안에서, 밤에 자면서, 잠꼬대까지 영어로 했다. 오늘 내게 조금이라도 영어 실력이 있다면 그것은 다 그때 배운 것이다. 나는 이봉국 선생님께 평생을 감사했다.

부산의 단칸 하꼬방에서 3년을 지낸 뒤 우리 가족은 서울로 돌아왔다. 서울은 무척 한가했다. 피난을 떠났던 사람들이 미처 돌아오지 않은 시점이었기 때문이다. 작은 오빠가 한 음식점을 지키고 있어 달라는 부탁을 받은 탓에 우리 가족은 방이 열 개나 있는 텅 빈 음식점으로 들어갔다. 오빠네가 안방을 사용하고, 어머니와 나와 어린 조카들과 큰 올케는 각각 방 한 칸씩을 차지했다. 나는 매일 신나게 다른 방으로 옮겨 다니며 공부를 했다.

고등학교 2학년 때 영어를 가르친 분은 김숙동 선생님이었다. 그분은 영어 수업 시간에 들어오면 맨 앞에 앉은 내 머리를 장난삼아 회초리로 툭툭 건드리며 "김진숙이 해석해 봐" 하셨다. 나는 그 선생님한테도 영어를 많이 배웠다. 이봉국 선생님과 김숙동 선생님은 나의 영어 실력의 기초를 놓아주신 분이다. 영어 문법을 제대로 공부하면 회화도 정확하게 구사할 수 있다는 것을 나는 훗날 깨달았다.

보랏빛 희망

운동 시간이 끝난 후 운동복을 입은 채로 찍은 사진. 오른쪽 사진은 나를 예수
님께 인도한 조영순과, 왼쪽 사진은 나중에 여의사가 된 성영자하고 찍은 사진
이다. 두 사진에서 오른쪽이 바로 나다. 다음 사진은 운동부 아이들인데 앞 줄
맨 왼쪽에 앉은 아이가 바로 나다. 나는 운동부에서 멀리뛰기와 단거리를 했다.
그러나 매일 방과 후 연습을 시켜서 공부에 지장이 많았다. 결국 체육 선생님께
야단을 맞으며 중도 하차했다. 마지막 사진은 겨울 교복을 입고 찍었다. 맨 왼
쪽이 나인데 여군 옷을 고쳐 만든 교복을 입었다.

새벽 기도회에서 결정된 인생행로

어머니는 함흥에 사실 때 우리 남매들을 데리고 교회에 출석
하셨다. 그러나 선덕으로 이사를 간 후에는 더 이상 교회에 나가지
않았다. 동네에 교회도 없었거니와 시댁이 미신을 믿는 탓에 어쩔
수가 없었던 것이다. 그런데 서울에 와서 국민학교를 다닐 때 교인
인 친척 할머니의 권유로 교회에 몇 번 나간 일이 있다. 남산에 있
는 어떤 교회와 정동교회, 그리고 영락교회였다. 그때 신발을 벗고
예배당에 들어가던 일이 기억난다.

내가 본격적으로 교회에 나가기 시작한 것은 이화여중 친구였
던 조영순 때문이었다. 전쟁이 일어나기 전인 1950년대 정동교회
였다. 하지만 부산으로 피난을 가면서는 다시 교회를 나가지 않았
다. 당시는 믿음도 없었거니와 먹고 사는 일과 공부 때문에 교회에

보랏빛 희망

이 사진 속의 어른이 종교부의 오주경 선생님이고 여학생은 나다. 오주경 선생님은 어머니처럼 인자하셨다. 나는 이분의 인도로 종교부에서 열심히 봉사했다. 학교에서는 당시 감리교 감독이었던 변홍구 박사님의 성경 시간에 열심히 공부했고 내게 세례를 준 분도 그분이었다. 만 18세 되던 해였다. 나는 변 박사님이 인도하는 성경 공부 시간이 좋았다. 주님은 당시 사회적으로 가장 낮고 가난하고 병들고 소외된 사람들을 사랑하셨다. 그런 주님의 모습을 보면서 나도 가난한 사람들을 위해 살겠다는 각오에 불이 붙기 시작했다.

가는 일은 생각조차 할 수 없었다.

전쟁이 끝나고 학교로 복귀하면서 아침마다 정동교회에서 열리는 채플chapel에 참석했다. 그러다 친구인 이계숙의 권유로 제일교회에 가 보았다. 제일교회는 콘센트 가건물 안에 예배당을 마련하고 그곳에서 예배를 드리는 개척교회였다. 이계숙이 교회 학생회에 가입하자고 해서 함께 가입을 했다. 그리고 그곳에서 점점 신앙에 불이 붙어 성경에 눈을 뜨기 시작했다. 고등학교 2학년 말쯤부터는 우리 반의 종교 부장까지 맡아 아침 첫 시간에 기도를 인도했다. 이때가 성령님이 내게 처음으로 역사하신 시점이라고 믿는다. 물론 그 이전부터 내 인생은 하나님 손 안에 있었겠지만 이때부터는 내가 의식하는 가운데 확실하게 하나님께서 내 인생에 개입하셨다.

당시 제일교회 담임이었던 이기병 목사님은 예배 시간을 엄수하셨다. 어린 나를 자주 수요 예배나 새벽 기도회 시간에 목회 기도를 시켜 나의 신앙을 키워 주었다. 아마도 하나님은 이기병 목사님을 통해 나를 준비시키셨던 것 같다. 나는 교회 학생회에서 웅변 대회를 열었을 때 '사랑'이란 제목으로 일등을 했다.

그리고 절대 잊을 수 없었던 또 하나의 경험은 강성일 선생님의 설교였다. 다른 대학에서 강의하시던 이 여 선생님은 이화 채플 시간에 가끔 오셔서 설교를 했는데 까만 치마에 연분홍색 저고리와 화장을 약간 한 아주 아름다운 여성이었다. 목소리도 조용조용해서 낮게 설교를 했는데 그분의 설교는 나의 흉금을 울리곤 했다. 나는 그 선생님의 설교에 완전히 반해서 동네 친구 한 명과 그 선생님이 살던 사직동에 방을 얻고 저녁마다 선생님 댁에 가서 선생님을 쳐다보다 왔다. 나는 그 선생님처럼 되고 싶었다. 하지만 돈이 없어서 선생님 동네에 사는 일은 오래가지 못했다. 성령님께서는 아마도 강 선생님을 통해 나의 마음으로 들어오신 것 같았다.

고등학교 3학년 때 받은 소명

고등학교 졸업반이던 1954년 겨울, 나는 제일교회 100일 새벽 기도회에 꼬박꼬박 참석했다. 축농증 수술을 해서 몹씨 아플 때도 새벽 기도회는 빼먹지 않았다. 당시 집안 어른들은 내게 법대나 의대에 가라고 했다. 나는 새벽 기도회에서 하나님의 뜻이 무엇인지를 놓고 기도했다. 아무런 응답이 없던 하나님은 100일이 거의 다 되어가던 어느 날 새벽 신학 공부를 하라는 비전을 주셨다.

1955년 이화여고를 졸업한 나는 새벽 기도회에서 받은 계시대로 한국신학대학에 진학했다. 한국신학대학을 요즘은 한신대학 신학대학원이라고 부른다. 한신대에서 나는 김정준 교수님의 사랑을 많이 받았다. 자신을 나의 아버지라고 할 정도로 특별한 애정을 주었다. 댁으로 찾아가면 같이 식사도 하고 이야기도 잘 나누어주셨다. 글과 언변이 모두 좋았고 명 강의를 하는 교수요, 설교가요, 학자였다. 젊었을 때 폐병으로 마산 요양원에서 마지막 날들을 보내면서 관까지 준비해 놓은 입장에서도 같은 병으로 죽어가는 동료들의 시중을 들었다. 그러다 완치되어 '관에서 나온 사나이'란 별명을 얻었다.

1956년인가 57년인가 정확치 않은데, 한국 교회가 미국 선교사들에게 반기를 든 일이 있었다. 우리는 더 이상 어린애가 아니니 일일이 간섭하고 지도할 필요가 없다는 성명을 냈다. 이 성명을 내기 위한 회의가 성남교회에서 열렸다. 김 박사님은 당신이 시무하

고등학생 시절 나는 제일교회 주일학교 교사로 학생들을 가르쳤다. 열심히 심방을 하며 학생들을 가르친 결과 우리 반의 출석률은 항상 100퍼센트였다. 나는 제일교회에 큰 오빠의 아들인 영수와 철수를 항상 데리고 다녔다. 두 아이는 내 등에 오줌, 똥을 싸면서 자란 아이들이다. 큰 올케는 아들을 '애비'라고 부르지만 나는 지금도 70살이나 된 조카를 "영수"라고 부른다. 자식이나 다름없는 조카의 이름을 그대로 부르는 것이 너무나 자연스러우니 어찌하랴. 위의 사진 속에는 영수와 철수도 끼어 있는데 너무 오래되어 알아볼 수가 없다. 내 옆구리에 기대어 있는 것이 철수고 그 옆에 있는 애가 영수인 것 같다.

수유리 버스에서 내리면 한신대 캠퍼스까지 가는 길은 까마득했다. 족히 5리는 걸어야 했던 것 같다. 학교 캠퍼스는 언덕에 있었는데 지금 가보면 그 언덕이 온데간데없이 사라지고 평지로 변했다. 동자동 캠퍼스에서 1학년을 시작했고 3학년과 4학년은 이 수유리 캠퍼스에서 공부하고 졸업했다. 내가 공부하던 시절에는 쟁쟁한 교수님이 여러 분 계셨다. 사진의 김정준 박사님은 영국 에든버러에서 신학박사를 받았다. 또 미국의 예일, 하버드, 프린스턴, 유니온 신학교 등 일류 학교에서 공부한 학자들이 많았다.

내가 김정준 박사님의 애제자였음을 지금도 잊지 못한다. 사진은 박사님이 영국 에딘버러 대학으로 유학을 떠나시던 날 김포 비행장에서 찍은 것이다. 박사님은 나의 귀중한 멘토 중 한 분으로 책의 교정도 봐 드리고 성남교회 시절에는 교회 사무실에서 설교를 받아 적기도 했다.

던 교회에서 일어나는 일에 같이 있기가 난처했던지 나더러 어디 좀 같이 가자고 했다. 그래서 버스를 타고 간 곳이 서울 근교였다. 우리는 논 사이의 약간 높은 언덕에 앉아 여러 가지 이야기를 하며 시간을 보냈던 기억이 난다.

김 박사님과 함께 잊지 못할 교수님 중 한 분이 이우정 교수님이다. 당시 학교에서는 영어 원서를 읽었는데 우리 학년에는 원서 독서반이 없어서 나는 상급반에 가서 공부했다. 이우정 교수님은 내가 시험을 너무 잘 봤다며 105점을 주셨다. 나는 늘 공부가 재미있었다. 한 학기에 독일어 시험을 6번 본 적이 있는데 그때 600점을 받았다. 문익환 목사님에게는 히브리어 수업을 받았는데 세 번 시험에 300점이 나왔다. 그런데 네 번째 시험을 봐야 할 때 수술을 받게 되어서 나중에 혼자 별도로 시험을 볼 수 있게 해달라고 부탁했다. 하지만 문 목사님은 안 된다며 300점을 4회로 쪼개 평균 75점을 주었다. 그렇게 해서 내 성적에 불명예스러운 75점짜리 오점이 남게 되었다.

마지막으로 잊지 못할 분은 김재준 목사님이다. 우리가 미국에서 한국 민주화 운동에 동참한 이유가 김대중 씨와 김재준 목사님 때문이었다. 70~80년대 북미주 민주화 운동에 몸을 담으신 김재준 목사님을 따라 우리도 그 운동에 참여했다. 우리가 살던 세인트루이스에서 연중행사를 개최하고 김재준 목사님, 문재린 목사님, 김상돈 장로님, 문동환 목사님 등 거물급 인사들을 우리 큰집에 모시기도 했다.

나는 신학교에 다니는 동안 정식 예배 외에 다른 학교 행사에
는 별로 참석하지 않았다. 나는 지역사회나 농촌 봉사에도 관심이
없었다. 20살에 신학대학을 가서 시험 점수는 항상 90점에서 100
점을 받았지만 내가 정작 신학을 얼마나 이해했는지는 지금도 의
문이다.

한국신학대학 졸업과 유학

대학을 졸업 때가 가까워 왔을 때, 나는 내가 당연히 1등으로 졸
업할 것이라고 생각했다. 그런데 다른 학생이 1등이고 나는 2등이
라는 소문이 들렸다. 나는 교무실로 찾아가 성적을 다시 계산해 달
라고 요청했다. 교수님들이 재평가에 들어갔고 내가 1등이라는 결
론이 나왔다. 내가 그런 요청을 한 것은 1등 하는 것이 중요해서가
아니라 정의justice를 찾고 싶어서였다. 신학대학이 생긴 이래 여학
생이 1등한 것은 처음이라고 야단이 났다. 상대 남학생에게는 좀
미안한 마음이 들었다.

대학 졸업식 날 이름도 모르는 어떤 여 선교사는 내가 너무 자랑
스럽다며 나를 끌어안아 주었다. 지금은 다 옛 일이 되어 버렸지만
당시 나는 교수님들이 여학생에게 1등을 주기 싫어 일부러 그런 것
이 아닐까 하는 의구심을 떨칠 수 없었다. 그렇지 않고서야 어떻게
그렇게 바로 결과가 뒤집어질 수 있었는지 알 수가 없었기 때문이다.

1등 졸업 상품으로 웹스터 영한사전을 받았다. 영어 공부를 계속하라는
의미였을까. 당시 함태영 부통령이 신학대학의 명예학장이었는데 너무
연로한 탓에 우등생들에게 상장을 수여하고는 자리에 앉아야 했다. 사
진은 내가 그분에게 상장을 받는 장면과 돌아서서 내려오는 장면이다.
감격스러운 순간이다.

나에게 그 졸업식은 정말로 의미가 깊었다. 그리고 어머니에게도 마찬가지였다. "많이 배워 나처럼 살지 말라"던 어머니는 그 누구보다도 기쁘고 뿌듯했을 것이다. 대학 졸업과 1등은 내가 눈물로 얼룩진 삶을 살아온 어머니에게 드릴 수 있는 가장 큰 선물이었다. 자식 공부 때문에 그토록 애를 쓴 어머니이니 자식의 대학 졸업장과 우등상은 어머니에게 이 세상 그 무엇보다도 값진 위로였을 것이다. 나 역시 자식을 낳아 키워보고 잃기도 해보니 그런 어머니의 심정을 누구보다 더 잘 알 것만 같다. 하나님께 감사할 뿐이었다.

어머니는 내가 미국에서 사회사업 석사와 목회학 박사 학위를 받을 때는 참석하지 못했다. 아마도 그 자리에 계셨다면 자신의 슬픔을 모두 보상받은 것처럼 기뻐하셨을 것이다. 나는 미국으로 유학을 떠나기 전에 단국대학 영문학과로 편입해 영문학사도 취득했다. 미국에서 신학 석사를 하려면 학위가 하나 더 있어야 했기 때문이다. 어머니는 그 자리에 참석을 하셨는데 너무도 기뻐하셨다.

그리고 1960년 가을, 나는 마침내 미국 유학을 떠나 시카고대학 대학원으로 진학했다. 그 전에 한신대 대학원에 들어가 한 학기 공부를 한 후 유학생 시험에 합격했고 시카고대학으로부터는 장학금도 받았다. 당시 유학생 시험은 조선시대 장원 급제만큼이나 힘들고 어려운 일이었다. 나로서는 대단한 명예였다. 25년을 살면서 내게 가장 기쁘고 명예로운 일은 이화여고 졸업과 한신대 1등 졸업, 그리고 미국 유학 시험의 합격이었다. 전쟁을 겪으며 서러운 피난민으로 성장했던 아이에게 그보다 더 뿌듯한 일이 어디 있겠는가!

하지만 유학 1년 만에 나는 다시 한국으로 돌아와야 했다. 경제적
인 어려움이 발목을 잡았던 것이다. 나는 돌아올 때 반드시 다시
미국으로 건너가 공부를 끝마치겠노라고 자신에게 다짐했지만 다
시 되돌아가는데 무려 10년의 세월이 걸렸다.

제2부

지긋지긋했던 한국 땅을 떠나다
하나님의 손길을 삶 속에서 느끼며…
가슴에 묻은 아들, 형이
인권운동과 극심한 박해
목회자의 길

부르심,

그 길을 따라

지긋지긋했던 한국 땅을 떠나다

내 남편은 전쟁에서 잃은 큰 오빠와 나이에 생일까지 같았다. 내가 절망하면 큰 오빠처럼 격려해주고, 나의 어려움을 이해하며 물질적·정신적 궁핍까지 채워준 좋은 오빠요 후원자였다. 아버지 사랑을 모르고 자란 데다 큰 오빠를 잃은 후 처음으로 받아본 타인의 돌봄과 사랑이어서 나는 늘 남편이 고마웠다. 우리는 결혼 전이나 후나 그가 친구들을 만나는 자리에는 항상 같이 다녔다. 남편의 가까운 친구들은 일본 명치대학 동창들로 대부분 판사나 변호사, 은행가였다.

남편은 한국신학대학에 입학해 10년 만인 1956년 졸업했다. 한때 우리 교회 전도사도 해서 우리 가족과도 막역한 사이였다. 하지만 결혼하려고 하자 집안의 반대가 강력했다. 그는 두 번째 결혼이었고 나는 초혼이었던 탓이다. 나는 그만두자고 했지만 그는 자신의 목숨을 걸겠다고 했다. 별 것 아닌 나 같은 사람 때문에 목숨까지 걸다니, 그리고 그가 정말로 나 때문에 죽을까봐 겁이 나서 결국 나는 그와 결혼했다.

그런데 정작 결혼을 하고 보니 남편은 연애를 할 때와는 너무도 달랐다. 가족을 부양하는 남편, 자녀들의 아버지로 의지하고 살만한 사람이 못 되었다. 활발하고 사교적인 데다 남을 돕고 대접하기를 좋아하는, 그냥 놀기를 좋아하는 사람이었다. 직업을 가지고 있는 때보다 직업이 없는 때가 더 많았다. 새벽에 일어나고 규칙적으로 일하는 것을 싫어했다. 그러니 포도청 같이 무서운 목구멍을 어찌 감당하겠는가!

나는 수술했을 때만 빼고 거의 매일 일을 했다. 생계를 유지해야 했고 꼬박 꼬박 집세를 지불해야 했기 때문이다. 육아와 생계를 혼자 책임져야 했다. 특히 임신을 하고는 입덧이 너무 심해 고통이 컸다. 이 모두가 너무나 무겁고 가혹한 짐이었다. 그래서 나는 그에게 내 인생을 맡기기는 어렵겠다는 사실을 직감했다. 나는 스스로에게 홀로서기를 다짐했다.

직장생활을 계속하며 다시 공부할 수 있는 기회를 찾았다. 하지만 쉽지 않았다. 현실의 벽은 견고하고 높고 가혹했다. 나는 불만을 토해내기 시작했고, 산다 안 산다 소리가 나오고, 아이들을 두고 집을 들락날락하는 어른답지 못한 행태를 보였다. 그때 일을 생각하면 아이들에게 너무 미안하고 유명을 달리한 아들 형수에게 너무 미안해서 가슴이 저려온다.

남편은 일본 명치대 법대와 한신대를 나왔기 때문에 결혼할 당시 나보다 학문적으로는 훨씬 앞선 사람이었다. 그러나 수십 년을 그는 제자리에 머물러 있었고 나는 쉬지 않고 공부했다. 그래서 그를 따라 잡았을 뿐 아니라 신학문을 공부해서 나중에는 오히려 그보다 앞서게 되었다. 우리는 신학 사상이나 정치사상은 서로 잘 통했다. 내가 새로운 학설을 말하면 그는 아주 놀라워했다. 리더십이 있었고 가족 외에 남들에게는 더할 나위 없이 고마운 사람이었다. 그는 놀기를 좋아했고 정반대로 나는 놀 줄을 몰랐다.

반대하는 결혼을 한 탓에 작은 오빠는 우리를 외면했다. 나는 천식으로, 소화불량으로, 입덧으로 고통스러워하며 직장생활을 했다. 1년에 한 번씩 사글세를 전전하며 아이들이 귀여운지 어떤지도 모른 채 정신없이 살았다. 집세 내고 애기 봐주는 사람 월급 주고 나면 반찬은 두부와 콩나물이 전부였다. 남편도 미웠고 세상 사람이 다 미웠다. 그때 일을 생각하면 남편과 아이들에게 영원히 미안하고 또 미안하다.

지금은 대부분의 여자들이 일을 하기 때문에 아이를 남에게 맡기는 것이 문화가 되었지만 당시는 대부분의 엄마들이 직접 육아를 담당했다. 그래서 늘 아이들과 함께 시간을 보낼 수 없었던 나는 항상 두 아들 형이(형수의 애칭)와 용이(용수의 애칭)에게 미안했다. 형이는 아버지를 닮아 건강했지만 용이는 돌이 지나기 전에 폐렴에 걸려 병원에 입원한 적이 있다. 주사가 아픈 것을 기억하고

보랏빛 희망

흰 가운 입은 사람만 병실에 들어 오면 울었다. 형이는 전형적인 사 내아이였던 반면 용이는 자상하고 친절했다. 손님이 오면 방석을 내 오며 아랫목을 권했고, 과일과 칼 을 가지고 와서 깎아 손님을 대접 하라고 하기도 했다. 용이가 서너 살 되었을 무렵 내가 직장에서 오 면 엄마가 그리워서 내 팔을 아래

아들 용이가 애기 때 사진이다. 내가 미 8군에 근무할 때 직장 상사가 미국에 갔다 오면서 사다 준 애기 옷 을 입고 있다.

위로 훑고 만지면서 좋아했고, 아침에 출근하면 "엄마, 또 사무실 가야 해?" 하며 아쉬워했다. 그 모습이 아픈 기억으로 가슴에 남아 있다.

　돌이켜 보면 당시는 내 남편 같은 사람이 많았던 것 같다. 교육 수준이 높아 눈만 높았지 생활력이 없는 사람들이었다. 자신의 수 준에 맞는 일을 찾기가 어려웠던 것이다. 하지만 그런 남편도 일단 세상을 떠나니 내게 서운하게 했던 일은 모두 잊혀지고 내가 그에 게 못했던 것들만 생각난다. 그에게도 좋은 점이 많았는데 제대로 칭찬 한 번 못해주고 격려해주지 못한 것이 못내 가슴 아프다. 맛있 는 것이 있으면 자기 입보다 내 입에 먼저 넣어주려고 했고, 내가 하 는 일을 장하다고 칭찬하고, 내가 준비한 설교는 무조건 다 좋다고 해주었는데 나는 고맙다는 말 한 마디를 제대로 하지 못했다. 생활 이 어렵고 원망이 커서 다른 것에는 모두 눈을 감아 버렸던 모양이

다. 왜 그렇게 후회할 일만 많이 남겼는지 자신이 원망스럽고 밉다.

미 8군에서 근무

공부를 중단하고 미국에서 돌아온 나는 무엇을 해야 할지 몰라 망설이고 있었다. 그런데 미국으로 떠나기 전 약간 안면이 있었던 미국인 선교사를 길에서 우연히 마주쳤다. 내 이야기를 들은 그가 앞으로 뭘 할 거냐고 물었다. 내가 아직 생각 중이라고 했더니 그는 미 8군에서 일해 볼 생각이 있느냐고 물었다. 한국 주둔 미군과 그 가족을 위한 피엑스PX가 40여 개 있는데 그 매상을 총괄하는 경리 사무실이 미 8군 안에 있다는 것이었다. 나는 신학교 출신인데 어떻게 경리를 하느냐고 하자 그는 배워서 하면 되지 않겠느냐고 했다. 그렇게 해서 나는 미 8군에 취직이 되었다.

그런데 나는 내가 그렇게 숫자를 다루는 일에 흥미를 느끼게 될 줄은 몰랐다. 그 사무실에는 20여 명이 앉아 하루 종일 계산기를 두드렸는데 그 일이 재미있었다. 그러다가 미국인 회계사가 진급하자 그 일을 내게 맡겼다. 원래는 한국인에게는 맡기지 않는 일이었다. 많은 액수의 현금을 취급해야 했기 때문이었다. 나는 냉장고만 한 금고에 권총 몇 자루를 항상 넣어 놓는 작은 방에 앉아 미군과 직원들의 월급을 처리했다. 매일 저녁 미국 돈 몇 자루와 권총 몇 자루를 군인이 가지고 오면 나는 그것을 받아 금고에 보관하고

1년에 2주씩 미국 본부에서 온 전문가들에게 감사를 받았다. 감사를 마친 그들은 '세상에서 최고의 회계사'란 칭찬을 남기고 떠났다. 5년간 미 8군에서 일하면서 '이 달의 최우수 직원상' (The Employ of the Month)을 타기도 했다. 사진은 바로 그 상을 타는 장면이다.

박도운 전도사가 살아 있다면 정말 좋으련만 그는 이미 오래 전에 세상을 떠났다. 행신교회 교인들은 어린아이에서부터 노인에 이르기까지 모두 힘을 합해 직접 벽돌을 찍어 나르며 교회를 지었다. 교회 주춧돌에 1966년 8월 21일이라고 쓰여 있다.

다음날 아침 다시 다른 군인에게 그것을 내어 주었다. 그러면 그 군인이 그것을 은행으로 가지고 갔다.

내가 미 8군에서 근무하던 시절, 큰 보람을 느낀 일이 있다면 그것은 경기도 고양에 있던 행신장로교회의 건축을 도와준 일이다. 당시 행신교회를 섬기던 박도운 전도사는 매주 나를 찾아와 교회를 하나 지을 수 있도록 도와 달라며 애걸했다. 나는 용수를 임신해서 만삭의 몸이었다. 나는 만삭의 몸을 이끌고 인근 주둔 미 사단을 토요일마다 찾아갔다. 그렇게 해서 사단장을 만나 이곳에 교회를 하나 지어 달라고 부탁했다. 얼마나 내가 자주 찾아갔던지 그곳에서는 "토요일은 김 여사의 날"Mrs. Kim's Day라고 부르며 반갑게 맞아줄 정도였다. 결국 사단장의 허락을 얻어 미군이 건축 자재와 시멘트 등을 실어다 주어 행신교회가 건축되었다.

지금 생각하면 참으로 얼토당토않은 요구를 한 것이다. 그런데도 미군이 그것을 받아들였다. 어떻게 그렇게 함부로 군수품을 내줄 수 있었는지 짐작도 가지 않는다. 나 역시 한없이 무모했다. 만삭이 된 몸으로 버스를 타고 덜컹거리는 시골길을 위험한 줄도 모르고 돌아다녔다. 용감한 건지, 순진한 건지, 아니면 무식한 건지 모를 일이지만 젊어서부터 나는 문제를 보면 서슴없이 달려들어 해결하곤 했다. 타고난 천성이 나는 사회사업가였던 모양이다.

돌이켜 보면 결국 하나님의 도우심이었다. 농사를 짓는 가난한 교인들이 무슨 재주로 교회를 지을 수 있었겠는가? 미군들의 마음에 신앙이 깊이 잠재해 있었다 하더라도 하나님의 도우심이 없었

보랏빛 희망

다면 절대 불가능한 일이었다. 없는 곳에 있게 하시고, 불가능을 가능하게 하시는 하나님의 역사라고 간증할 수밖에 없는 사건이었다. 지금도 그때 일을 생각하면 감개무량하고 하나님께 너무 감사하다. 이 역사를 행신교회에 전하고 싶다.

한국 주둔 케어에서 근무

1965년 봄 나는 강서구에 있는 내발산동으로 이사했다. 그리고 미국사회사업기관인 케어CARE에 취직을 했다. 평소 나는 교회 제도 안에 갇혀 사역을 하기보다는 예수 그리스도를 본 받아 가장 가난하고 소외된 사람들을 섬기는 일을 하고 싶었다. 어찌 보면 타고난 사회사업가였다. 하지만 당시 나는 사회사업이 무엇인지, 그것이 무얼 의미하는지조차 몰랐다. 오직 아는 것이라곤 성경에 쓰여 있던 예수님의 삶이었다. 케어에서 그런 용어를 처음 접했을 때 나는 사회사업이 예수님의 전문 분야라고 믿었다. 케어에 취직했던 것도 그런 의미에서였다. 케어는 전쟁 후 우리 사회에 널려 있던 전쟁 과부, 고아, 노인, 거지들을 도왔다.

전쟁으로 인한 고아와 나환자 거지가 많았던 60년대 케어는 경기도 인근의 12개 나환자촌에서 환자들을 위한 자활 프로그램을 시작했다. 그리고 그 일의 담당자로 나를 지명했다. 다른 케어 직원들은 여자가 감당하기엔 너무 벅찬 일이라며 거절하라고 말했다. 하지만 나는 좀 생각이 달랐다. 나처럼 신학을 공부한 사람이 이 일을 거절한다면 도대체 누가 그런 일을 하겠느냐고 생각했다. 주님의 사역이라는 생각이 들었던 것이다. 그 일을 하다 전염이 된다면 그 또한 하나님의 뜻이었고, 하나님의 뜻이 그렇다면 내가 어디에 있든지 그런 일은 일어날 것이었다. 그러나 하나님의 뜻이 그렇지 않다면 내가 나환자를 섬기더라도 하나님이 나를 보호하실 것이었다. 나는 모든 것을 주님께 맡기고 그 일을 맡기로 결심했다. 이것 역시 성령님께서 직접 개입하시고 내 마음을 주장하신 결과라고 간증하고 싶다.

내가 그곳에서 한 일은 나환자촌을 방문해 환자들과 면담하고 그들이 필요로 하는 부분에 대해 프로그램 계획서를 써서 뉴욕 본부로 보내는 것이었다. 그러면 본부에서 필요한 자금을 보내주었다. 나는 환자들이 농사를 지을 수 있도록 농기구와 씨앗을 사주고, 가축을 키울 수 있도록 새끼 돼지와 병아리를 사주었다. 또 공동 우물을 파주거나 아이들이 공부 할 수 있도록 책과 학용품을 사주었다. 나환자촌의 사람들이 새로운 삶을 찾을 수 있도록 이끌어 주는 자활 프로그램을 계획하고 추진하는 것이 내 일이었다.

염려와 달리 환자들을 직접 만나 대화하고 일을 해보니 싫다거나 무서운 감정이 전혀 일어나지 않았다. 오히려 그들이 불쌍하고 안타까워 오직 돕고 싶다는 마음만 일어났다. 그들과 악수를 하거나 함께 식사를 해도 전혀 거부감이 일지 않았다. 나환자촌에서는 가을이 되자 우리가 사 준 병아리가 자라서 알을 낳았다며 계란 두

내가 면담하러 온다고 나환자촌 대표가 양복을 차려 입고 나왔다. 벙거지에 깡통 하나 들면 영락없는 거지지만 제대로 옷만 차려 입으면 우리와 다를 바 없는 신사이고 숙녀이다. 이 사람이 어디 나환자로 보이는가? 모든 것이 우리의 선입견이고 차별이다. 모두가 하나님의 형상을 닮은 하나님의 백성이다. 지금 내가 섬기는 홈리스들도 마찬가지다. 깨끗하게 씻고 제대로 된 옷을 갖춰 입으면 우리와 똑같은 사람이다. 하나님의 자녀들이다.

어 꾸러미를 가져왔다. 하지만 다른 케어 직원들은 그 계란에 손도 대지 않았다. 그리고 내게 '나환자들의 친구'라는 별명을 붙여 주었다.

나중에 나는 거의 수십만 불에 달하는 케어 전체의 예산을 다루는 경리 업무까지 담당하게 되었다. 지금도 그렇지만 그때에도 나는 가칭 '무현금 정책'No cash policy을 적용했다. 사회사업을 할 때 현금을 주면 상대방이 간혹 지원금의 일부를 떼어 먹고 전액을 다 자활 프로그램에 사용하지 않을 수도 있기 때문이다. 잘못된 관습 때문에 환자들은 간혹 내게 '와이로'(일종의 뇌물)를 봉투에 넣어 가져왔다. 하지만 나는 그것을 반드시 돌려주었다. 다른 케어 직원들은 나보고 한국보다는 미국에서 살아야 맞을 사람이라고 말했다. 신앙인으로서 당연한 일이었지만 두부와 콩나물로 연명하는 처지에 그럴 수밖에 없었던 것이 아이들에게는 많이 미안했다. 제대로 못 먹여서 미안했고 옷도 장난감도 사줄 수 없어서 한없이 미안했다.

발음장로교회 터를 닦다

내발산동에서 사는 동안 보람된 일이 또 하나 있었는데 그것은 발음장로교회 터를 닦아준 일이다. 발음교회는 옛날에 지은 작은 단칸짜리 방에서 예배를 드리고 있었다. 당시 우리 집에서 교회까지는 가는 길도 없어서 그냥 논과 밭을 건너 교회로 가곤 했다.

그런데 어느 날 교회를 섬기던 이주식 목사님이 교회 밑에 있는 언덕을 밀어서 그곳에 교회 건물을 제대로 짓고 싶다고 하셨다. 하지만 아무런 능력도 없는 내가 어떻게 그 일을 돕겠는가? 생각다 못해 나는 당시 김포 근처에 주둔하고 있던 미군 공병대를 찾아갔다. 그리고 부대 사령관을 만나 이 고장에 있는 동안 좋은 일 하나만 하라면서 교회 터를 닦아야 하니 불도저를 지원해 달라고 말했다. 그런데 그 주가 끝나기도 전에 불도저를 한 대 싣고 미군 다섯 명이 나타났다.

　처음에는 하루면 될 것이라고 들었는데 막상 일을 시작하고 보니 어림도 없었다. 작업 첫날 나는 직장을 쉬고 감독을 하고 그 다음 날 출근을 할 생각이었는데 저녁부터 급성 중이염이 시작되었다. 귀가 다 곪는 동안 나는 통증이 너무 심해 직장도 못 나가고 집안에서 베개를 높이 쌓아 놓고 엎드린 채 끙끙 앓았다. 그러면서도 몇 시간마다

교회 터 깎는 작업이 끝나던 날 너무 수고했다며 이주식 목사님이 네 명의 미군들에게 점심을 대접하는 장면. 맨 앞에 돌아앉은 사람이 목사님이고 그 맞은 편 여자가 나다. 그리고 나머지는 미군들인데 한 명은 사진을 찍느라 등장하지 않는다. 1970년 내가 한국을 떠날 때까지만 해도 교회 건축을 하지 못했는데 몇 년 전 귀국했을 때 가보니 교회가 잘 지어져 교인들이 예배를 드리고 있었다. 나는 옛 일을 생각하며, 또 이주식 목사님을 생각하며 예배 시간 내내 울었다.

작업 현장에 나가 여기를 더 깎아라, 저기를 더 깎아라 하면서 감독했다. 하루면 끝난다던 작업은 무려 닷새가 걸렸고 그 작업이 끝나던 날 나의 중이염도 나았다. 신기한 우연의 일치였다.

　돌이켜 생각해 보면 미군들은 정말 마음이 선했다. 키 작은 젊은 한국 여자가 와서 터무니 없는 부탁을 하는데도 그걸 무시하지 않고 다 들어주었으니 말이다. 그리고 중이염이 나은 시점과 교회 터를 깎는 시점이 절묘하게 맞아 떨어졌다는 사실도 그냥 우연으로 넘길 수는 없는 일이었다. 하나님이 개입하지 않으시고는 절대 일어날 수 없는 일이었다. 하나님이 하신 일이었다.

괴로운 인생길

나는 내발산동에 살면서 서울 시내에 있는 직장에 다녔다. 직장으로 가는 버스를 타려면 김포가도까지 나와야 했는데 그러려면 아무것도 없는 허허 벌판 길을 반마일이나 걸어야 했다. 비가 잦은 여름에는 길이 진흙탕이었고 추운 겨울에는 눈이 쌓여 걸을 수 없을 정도였다. 눈이 많이 와서 퇴근한 나를 남편이 집까지 업고 들어간 적도 한두 번이 아니었다.

어렸을 때 나는 부엌에 들어가 본 적이 없을 정도로 귀하게 자랐다. 집에는 어머니까지 여자가 세 명이나 있어서 빨래는 물론이고 설거지 한 번 해 본 적이 없었다. 물론 밥도 할 줄 몰랐다. 그랬던 내가 천식을 앓으면서 버스를 타고 장거리에 있는 직장으로 출퇴근을 하고 아이들을 키우면서 집안일까지 하려니 너무도 힘들었다. 당시에는 대부분의 여성들이 다 그렇게 살았지만 내게는 그것이 너무도 힘들었다. 물론 직장 여성은 그리 많지 않던 시대였지만.

출퇴근을 할 때마다 지나쳐야 하는 김포 벌판은 바람이 장난이 아니었다. 5살 때부터 앓기 시작한 천식으로 나는 매년 겨울이면 기침을 심하게 했고 자주 기관지염에 걸렸으며 소화불량과 가슴앓이로 고통을 겪었다. 당시 작은 오빠는 사업이 잘 돼서 넉넉하게 살았다. 그래도 친정에 도움을 청하지 않았다. 결혼 문제로 오빠와의 관계가 소원해져서 어디까지나 내 힘으로 살려고 애썼다. 어머

보랏빛 희망

니는 잘 사는 아들과 함께 살면서 내가 사는 꼴을 보면 항상 가슴 아파 하셨다.

직장생활을 했지만 월급은 늘 빠듯했다. 한 달의 반은 구멍가게와 약방에서 외상으로 가져다 먹고 월급날 빳빳한 새 돈으로 외상값을 갚고 나면 월급은 절반밖에 남지 않았다. 그래서 또 외상을 하게 되고 다시 월급을 받아 갚는 다람쥐 쳇바퀴 도는 듯한 생활을 계속했다. 구멍가게나 약방에서는 기꺼이 내게 외상을 주었다. 월급날이면 반드시 전액을 갚는 성실한 손님이었기 때문이다.

동네에 학교가 없어서 형이는 양천 초등학교로 보냈다. 형이가 학교에 가려면 5리나 걸어서 그 무서운 김포가도를 건너야 했고 거기서 또 5리를 걸어가야 했다. 아침에는 아버지가 데려가고 저녁에는 내가 직장에서 돌아오는 길에 데려왔다. 내가 형이를 데리러 갈 때까지는 선생님이 형이를 돌봐 주었다. 참으로 어렵고 못할 짓이었다. 내가 직장생활을 한 탓에 용이는 주로 발음교회 이연옥 집사님이 돌봐 주셨다. 나는 그분에게 평생을 갚아도 다 못 갚을 빚을 진 사람이다. 언젠가 서울을 방문했을 때 선물을 한 번 사다 드렸을 뿐 제대로 은혜를 갚지 못해 여전히 미안하고 가슴 아프다. 그분의 영정 앞에 사과를 올린다.

김포가도는 원래 아스팔트 고속도로가 아니었다. 그런데 60년대 초반쯤 아스팔트 포장을 해서 현대식 고속도로로 탈바꿈했다. 고속도로가 되자 문제가 심각해졌다. 대부분의 자동차들이 과속을 했다. 내발산동에 살던 사람들은 내발산동 네거리에 내려 그 고속도로를 건너야 했는데 그 과정에서 사고가 빈번했다. 한 번은 저녁 무렵 내가 남편과 동네 사람 몇 명과 함께 길을 건너게 되었다. 고속도로를 횡단하던 우리는 김포 쪽에서 달려오는 차를 보고 길 중간에 멈춰 섰는데 한 여자가 미처 차를 발견하지 못하고 계속해서 길을 건넜다. 총알 같이 달려오던 차는 그 여자를 그대로 들이 받았고 여자는 공중으로 붕하고 날아가 떨어졌다. 여자는 병원으로 옮기던 중 숨을 거두었다.

또 한 번은 고속도로 옆에 서서 버스를 기다리던 여학생 서너 명이 미군 지프차에 들이받혀 길 옆 구덩이로 떨어졌다. 마침 그 광경을 보게 된 나는 여학생들을 그 차에 태우고 김포에 있는 병원으로 데려갔다. 병원에서는 응급치료를 하고 큰 병원으로 데려가라고 했다. 그래서 미군들이 그 학생들을 데려갔다. 그만큼 김포가도는 무서운 곳이었다.

발음에 사는 게 힘들었고 학교에 다니는 형이도 너무 힘이 들었다. 나는 게다가 미국으로 다시 돌아가야 한다는 생각을 버리지 못하고 있었다. 결국 1968년 겨울 미국에 있던 애들 고모에게 7살짜리 형이를 먼저 보내기로 결심했다. 아이가 가 있으면 나 역시 다시 미국으로 갈 기회가 쉽게 올 것이라고 믿어서였다. 하지만 그것은 한심한 생각이었다. 자신의 꿈 때문에 어린 아이를 홀로 타국으로 떠나보낸 것이니 얼마나 모진 어미인가! 보내놓고 얼마나 울었는지 모른다.

내가 직장생활을 한 탓에 형이는 어렸을 때부터 혼자 있는 시

보랏빛 희망

간이 많았다. 형이를 봐 줄 사람이 없을 때는 영등포에 살던 남편의 사촌 누나에게 여러 번 맡겼다. 지금 이 글을 쓰면서 그때 생각을 하니 눈물이 앞을 가리고 가슴이 터질 것처럼 아프다. 삶이 너무 고달파서 어린 자녀를 버리고 도망가는 여자들의 심정을 헤아려 보았다. 나쁜 여자라고 다들 욕 하지만 정작 그런 입장이 되면 이성적인 판단을 하기가 어려워진다. 막다른 골목에 몰리면 살고자 하는 인간 본연의 욕망만 남는다. 그러니까 남편이나 자식을 버릴 수 있는 것이다.

어쩌면 하나님은 내게 힘든 삶을 살아봄으로써 가난한 사람들의 심정을 이해할 수 있도록 한 것일지도 모른다. 아니, 그것은 하나님의 뜻이 아닐지도 몰랐다. 그저 내가 그런 삶을 살았기에 가난한 사람들의 마음을 이해할 수 있게 된 것일 것이다. 하나님은 내게 그렇게 힘든 삶을 허락하실 분이 아니다. 모든 어려움은 인간이 자초한 것이다. 그리고 그 어려움을 통해 배우며 성장한다고 생각한다. 인생의 고난은 영혼의 피가 되고 살이 된다. 그래서 나는 많은 어려움을 겪었지만 결코 하나님을 원망해 본 적이 없다.

하나님께 드린 서원 기도

삶은 갈수록 수렁이었다. 전쟁과 가난 속에서 나는 한없이 허우적거렸다. 하지만 아무리 발버둥 쳐도 그 수렁에서 빠져 나올 수가 없었다. 수렁은 발버둥 치면 칠수록 더 깊이 나를 빨아들였다. 그런 처절한 상황 속에서 내가 찾을 수 있는 분은 오직 하나님뿐이었다. 그동안은 아무리 힘들어도 친정에 가서 우는 소리 안 했고 하나님께도 매달리지 않았다. 그저 내 힘으로 살려고 발버둥을 쳤다. 그런데 더 이상 감당할 수가 없었다.

결국 나는 하나님께 살려 달라고 애원했다. "하나님, 제발 저를 여기서 빼내 주십시오. 그러면 하나님이 하라시는 대로 다 하겠습니다. 이 수렁에서 저는 죽을 것만 같습니다. 더 이상 살 수가 없습니다. 한국을 떠나게 해 주십시오. 제발 저를 여기서 구해 주십시오. 형이를 만나러 가야 합니다. 아이를 혼자 보내놓고 어미가 어찌 살겠습니까? 제발 저를 이 나라에서 놓아 주십시오."

하나님이 나의 이 기도를 듣고 함께 우셨던 것일까? 1970년 내게 다시 미국으로 갈 수 있는 기회가 왔다. 내 친구가 미국의 연합 그리스도교 교단에서 1년간 문화 교류를 위한 자원 봉사자를 구한다는 광고를 가져다주었다. 나는 여기에 지원했고 모든 것이 순조롭게 진행되어 마침내 나는 미국으로 떠날 수 있게 되었다.

하지만 마지막 복병이 나를 기다리고 있었다. 김포공항을 떠나던 날 내게 마지막으로 펼쳐진 장면은 지옥이었다. 낯선 사람이 공항으로 쫓아와 나도 모르는 남편의 빚을 갚고 떠나라는 것이었다. 나는 전혀 알지 못하는 일이었고 또 그걸 갚을 만한 돈도 없었다. 그 사람들은 내가 떠나면 남편에게는 빚을 돌려받을 수 없다고 생각한 모양이었다. 내 남편 친구들 사이에서 나는 '보증수표'란 별

공항으로 배웅을 나온 가족과 친척, 친구들이다. 내가 평생 돌아오지 않을 것을 알았음인지 많이들 배웅을 나왔다.

명을 얻고 있었다. 그래서 그들은 나를 인질로 삼으면 돈이 나올 것이라고 생각한 모양이었다.

나는 너무 슬퍼서 친척과 친구들이 잔뜩 배웅을 나온 자리에서 펑펑 울었다. 울고 또 울었다. 눈물이 꼭지 빠진 수돗물처럼 흘렀다. 결국 남편의 사촌형이 그 돈을 책임지기로 하고 나는 그들로부터 풀려날 수 있었다. 나는 내가 그렇게 눈물이 많은 것을 그때 처음 알았다. 남편과 5살 난 어린 용이를 두고 떠나는 모진 어미가 된 것도 서러웠는데 이런 날벼락이 또 어디 있단 말인가! 나는 갖고 있던 모든 눈물을 김포공항에 뿌리고 마침내 한국을 떠났다.

엄마를 태운 비행기가 하늘로 날아가고 엄마 없는 집에 들어서며 서운했을 어린 용이를 생각하면 지금도 심장이 칼로 난도질당하는 듯한 아픔을 느낀다. 나는 참으로 몹쓸 어미였다. 어린 형이를 먼저 보내 놓고 울고, 이제는 또 어린 용이를 뒤에 남겨놓고 울어야 하는 나는 왜 이렇게 울 일이 많은지, 왜 나는 울면서 살아야 하는지 원망스러웠다. 나 자신의 고통이 너무 커서 나를 보내놓고 눈물로 세월을 보낼 어머니 생각은 깊게 하지 못했다. 자식 키워봐야 아무 소용없다는 말은 맞는 말이다. 그저 자신의 문제만 중요하고 제 자식만 소중해서 부모는 뒷전으로 물릴 수밖에 없었던 내 행동에 스스로 놀랄 뿐이다.

1970년 4월 18일, 나는 한국을 떠났다. 다시는 돌아오지 않겠다고 다짐하며 영원히 떠났다. 내가 받은 초청장은 고작 1년짜리였지만 내 마음은 영영 떠났다. 고향을 떠난 후 23년간의 서울 생활은 가난과 전쟁, 피난과 생활고, 병과 온갖 고통으로 가득한 것이었다. 나는 다시는 뒤돌아보고 싶지 않았다. 지긋지긋한 땅을 뒤로하고 나는 미련 없이 떠났다. 그것은 당시를 살아내야 했던 수많은 여성들의 공통적인 괴로움이었지만 나는 왜 그리 힘겨웠는지 모르겠다. 나를 낳아주고 길러준 조국에게 너무 미안한 일이었지만 나는 미국이라는 도피처를 향해 도망을 쳤다.

그러나 조국이란 그렇게 쉽게 떠날 수가 없는 존재인 모양이다. 지금도 애국가를 부르면 콧날이 시큰해온다. 도망친다고 외면할 수 있는 조국이 아니었던 것이다. 결국 나는 한국 민주화 운동을 통해 한국 사람임을 다시 절감하게 된다. 핏줄은 그렇게 쉽게 끊어지는 것이 아닌 것이다.

보랏빛 희망

하나님의 손길을 삶속에서 느끼며…

꼭 잠긴 옥문을 열어 사도 바울을 해방시키신 것처럼 하나님은 나의 옥문도 열어주셨다. 남편과 아들에게 내년에는 꼭 미국으로 데려가겠다고 약속을 하고 나는 한국을 떠났다. 내 나이 35살이었다. 미국 세인트루이스에 도착하자마자 나는 형이부터 찾았다. 2년 만의 모자 상봉이었다. 형이는 초등학교 1학년을 마치고 미국으로 떠났다. 그 2년이란 시간이 너무 길었던 것일까? "엄마, 보고 싶어요"라고 편지를 보내오던 형이가 나를 보고 서먹서먹해 하던 모습을 잊을 수가 없다.

우리는 손을 잡고 한없이 길을 걸었다. 그렇게 걷다가 사진 찍고, 또 걷다가 사진을 찍으며 반가움을 표현했다. 얼마간의 시간이 흐르자 형이가 말도 하고 얼굴에 화색이 돌았다. 그렇게 한 주

형이와 세인트루이스에서 만난 첫날 찍은 것이다. 2년이란
시간 동안 쌓인 서먹함이 이 사진을 찍으며 다 풀렸다.

일을 형이와 함께 지내고 나는 또 떠나야 했다. 자원 봉사자 훈련을 받아야 했기 때문이다. 나는 형이에게 한 달 후에 데리러 올 것을 약속하고 필라델피아로 향했다.

연합그리스도교 국내 선교 본부는 미국 필라델피아 포츠타운Pottstown에 있었다. 독일, 일본, 한국, 미국 등에서 온 11명의 자원 봉사자들은 이곳에 한 달간 머물면서 교육을 받았다. 우리는 필라델피아의 저소득층 사람들, 흑인 빈민촌, 고아원, 개인 가정 등을 방문하며 미국 문화를 체험했다. 자원 봉사자 11명 중 내가 가장 나이가 많았다.

우리 일행은 백인 교회와 흑인 교회를 다녀온 후 흑·백 인종 문제에 관한 질문으로 밤새도록 지도 목사님을 괴롭혔다. 논점은 '미국 같은 기독교 나라에서 왜 백인과 흑인이 교회를 따로 하고 함께 앉아 예배도 드리지 않는가' 였다. 지도 목사님은 백인이었는데 미국의 인종차별에 대해 설명하기 위해 애를 많이 썼다. 하지만 설명이 너무 어려웠는지 모노폴리Monopoly란 게임을 가져와서 가르쳐주며 설명을 했다. 이 게임은 돈 있는 사람이 땅을 다 차지한다는 규칙을 갖고 있다. 우리는 게임을 하면서 그 것이 갖고 있는 부

보랏빛 희망

당성을 놓고 핏대를 올려가며 싸웠다. 미국의 경제적인 불평등을 보여준다는 게 우리의 생각이었다. 세계 최강국 미국의 밑바닥을 게임을 통해 어렴풋이 짐작할 수 있었다.

캠프 모발에 배치 받다

교육을 마친 나는 미주리 주 캠프 모발Camp Moval이란 곳에 배치를 받았다. 그곳에는 연합그리스도교단의 수양관이 있었다. 세인트루이스에서 서쪽으로 50마일 떨어진 곳에 있는 유니온이란 작은 도시에서 다시 8마일 정도 떨어진 시골이었다. 나는 형이를 데리고 그곳으로 갔다. 형이는 그곳의 학교에 입학하고 나는 일을 시작했다.

엠마 루 사모는 목사 부인회 모임이나 여선교회 모임에 갈 때마다 나를 데리고 가서 소개시켰다. 그리고 주일에는 나와 형이를 자신의 교회로 데려갔다. 그렇게 해서 우리는 아주 친한 친구가 되었다. 이 분들은 나의 서원 기도를 이루어 주기 위해 하나님께서 예비하신 귀중한 멘토들이었고 미국에서 내가 뿌리를 내릴 수 있도록 초석이 되어주었다. 현재 목사 부부는 막내아들이 사는 텍사스 주 리타이어먼트 홈Retirement Home에 산다. 수년 전 내가 루이지애나로 가는 길에 그곳에 들려 이틀 밤을 묵으면서 회포를 풀기도 했다. 두 분 다 90세가 넘었다.

수양관에는 여러 채의 빌딩이 있고 연못까지 있었다. 왼쪽 사진은 수양관 앞에서 찍은 형이와 나다. 오른쪽 사진은 레이먼드 바이쩌(Raymond Bizer) 목사님과 엠마 루(Emma Lou) 사모다. 내게는 너무도 소중한 사람들이다. 바이쩌 목사님은 나의 상관이자 수양관의 책임자이다. 목사님이 간장과 고춧가루를 구해다 줘서 나는 모든 음식에, 심지어는 햄버거에도 간장과 고춧가루를 뿌려 먹었다. 그래야 뭔가를 먹은 것 같았기 때문이다.

수양관에 오던 날부터 하나님은 나를 훈련하기 시작하셨다. 하나님은 마치 내가 하나님께서 하라는 대로 하겠다던 약속을 제대로 지키는지 살펴보시려는 듯 헤엄도 못 치는 나를 미국이란 큰 바다에 던져 넣고 살아남는지 보시려고 하는 것 같았다. 수양관에서 내가 하는 일은 한복을 차려입고 수양관에 오는 모든 교회 그룹에게 한국을 소개하는 것이었다. 매달 용돈으로 주는 20불 외에는 따로 받는 것이 없는 무보수 자원봉사였다. 내가 세상에 태어나서 처음 해보는 봉사활동이었다.

보랏빛 희망

아직은 영어가 유창하지 못한 나로서는 대중 앞에 서서 한국에 대해 설명해야 한다는 게 부담스러웠다. 그래서 나는 무슨 말을 어떻게 시작해야 할지도 모르고 영어도 부족하니 그냥 궁금한 것들을 물어보라고 말했다. 그랬더니 어떤 사람은 한국 기독교에 대해 물어보고, 또 어떤 사람은 한국전쟁에 다녀왔다면서 전쟁이야기를 물었다. 나는 내가 대답할 수 있는 질문이 나오면 열정적으로 단어를 물어 가며 설명을 해주었다. 특히 한국전쟁과 관련된 이야기는 바로 나의 이야기였기 때문에 더 열정을 쏟을 수 있었다.

그 외의 시간에는 부엌에 가서 요리하고 설거지를 도와주었다. 그러고도 시간이 나면 속옷까지 다 젖도록 방을 청소하는 일을 도왔다. 강연 외의 일들은 내 일이 아니었지만 기왕 봉사를 할 바엔 제대로 하기로 하고 기꺼이 나섰다. 나는 밤낮으로 쉴 새 없이 뼈가 부서지도록 일했다. 아무 조건이나 기대 없이 닥치는 대로 일했다. 그러고는 매달 자세한 보고서를 써서 파즈타운에 있는 본부로 보냈다. 본부에서는 마치 영화라도 보듯이 나의 보고서를 즐겁게 읽었다고 한다. 이런 것들이 훗날 내가 이 나라에 뿌리를 내리는 데 기초가 될 줄 누가 알았겠는가! 훗날 이들이 나를 위해 좋은 추천서를 써줄 것이라고 누가 짐작이나 했겠는가!

나에 대한 이야기가 퍼지면서 교단에서는 다른 곳으로도 나를 부르기 시작했다. 그 해에 나는 대략 100여회 강연을 하게 되었다. 그러는 동안 입이 저절로 터졌다. 수월하게 영어로 강연을 할 수 있게 된 것이다. 무조건 바닷물에 밀어 넣고 수영을 가르치듯이 하나님은 나를 영어를 하지 않으면 견딜 수 없는 환경 속으로 밀어넣으셨다. 이것이 미국에서 살아남기 위한 나의 첫 걸음이었다. 고등학교 시절 영어 문법을 착실하게 배운 탓에 말을 배우는 게 그리 힘들지는 않았다. 10년 전 미국에서 1년 동안 공부한 경험도 큰 도움이 되었다.

이 언어 훈련은 훗날 내가 대학 목회 사역과 홈리스 교회, 그리고 미국 전역의 500여 개 교회에 설교하러 다닐 때 필요한 디딤돌이 되었다. 미리 알고 훈련시킨 하나님의 놀라운 섭리와 계획에 대해서는 그저 입을 딱 벌리고 감탄할 뿐이다.

직장이 생기다

자원봉사를 시작한 지도 어느덧 5개월, 미국에서 첫 추수 감사절을 맞았다. '굿 사마리탄 홈'Good Samaritan Home(은퇴자들의 요양 시설)이란 곳에서 초청이 왔다. 추수 감사 전날 시설의 노인들에게 강연을 하고 감사절 아침 예배에서는 설교를 하라는 것이었다. 나는 그곳에 가서 감사절 전날 밤 강연을 하고 함께 찬송가를 부르며 유쾌한 시간을 보냈다. 참석자들은 무척 좋아했다.

그리고 다음 날 아침 감사 예배에서 설교를 했다. 무슨 말을 했는지는 다 잊었지만 이 말만은 기억한다. "추수 감사란 무엇인가? 칠면조 고기 먹고 휠체어 타고 교회 가고 따뜻한 시설에서 편하게 시간을 보내는 것이 추수 감사의 진정한 의미인가? 우리나라엔 전쟁으로 자식을 모두 잃은 독거노인과 고아, 과부들이 너무 많다. 그들로서는 지금 여러분이 누리는 혜택을 상상조차 할 수 없다. 그렇게 괴롭고 아픈 삶을 사는 사람들에게 추수 감사는 어떤 의미이겠는가?"라며 열변을 토했다.

설교가 끝나고 시설 책임자가 6개월 후에 자원봉사 일이 끝나면 자기 시설에 와서 일하지 않겠느냐고 물었다. 하지만 입 속으로 중얼거리듯 하는 말인지라 정확히 알아 듣기는 어려웠다. 그래서 나는 잘 모르겠다고 대답했다. 그리고 수양관으로 돌아가 바이쩌 목사님에게 보고했더니 "왜 모른다고 대답을 했느냐?"며 당장 전화해서 "6개월 후에 가겠다"고 하라고 야단쳤다.

그렇게 해서 나는 1971년 5월 말 자원봉사가 끝나는 대로 곧장 굿 사마리탄 홈으로 옮겨갔다. 이 시설은 미시시피 강 언덕에 위치한 아주 아름다운 건축물이었다. 그곳에서는 침실 두 개에 가구까지 갖추어진 직원 아파트를 제공하고 아침과 점심은 물론 월급으로 200불을 주었다. 따로 구직 활동을 하지 않았는데도 마치 미리 예비해 두신 것처럼 일자리가 저절로 굴러 들어온 셈이다. 외국인인데 직업과 집과 월급이 한꺼번에 해결되는 이런 복덩어리가 또 어디 있겠는가! 1년을 강행군으로 언어 훈련을 시킨 하나님께서 직접 알선하신 일자리였다.

나는 그곳에서 보조 복지사Assistant Social Worker로 일했다. 외국인으로서는 언감생심 꿈도 꾸어 볼 수 없는 자리였다. 시설의 노인들은 비교적 건강한 편이었다. 6층은 병원 겸 양로원이었는데 내가 하는 일은 이곳에 입원한 노인들의 자활 프로그램을 진행하는 것이었다. 노인들을 모아 놓고 노래도 하고, 간단한 것들을 만들거나 게임을 하면서 즐겁게 시간을 보낼 수 있도록 도와주고, 그들의 이야기를 들어주거나 상담도 해줬다. 이런 활동을 '놀이치료Recreational therapy'라고 불렀다. 그 이전까지는 들어보지도 못한 일이었다.

나는 이 일을 하나하나 물어 가며 여러 자원 봉사자들과 함께 배워나갔다. 정말 열심히 했다. 그곳의 노인들은 젊었을 때는 내로라하는 직업과 경력을 가진 쟁쟁한 사람들이었다. 하지만 늙고 병들고 보니 남은 것은 오직 고독뿐이었다. 그렇게 외로운 이들에게 내가 할 수 있는 건 친절하게 대해 주고, 사랑을 많이 베풀고, 말을 열심히 들어주고, 재미있는 프로그램을 짜고 시행하는 것이었다. 덕분에 그들로부터 옛날 노래를 많이 배울 수 있었다. 뭔가를 함께 하며 돕는 게 내 역할이었다. 당시는 피부로 느끼지 못했지만 이제 내가 늙다 보니 그것이 노인들에게 얼마나 필요한 일이었는지를 새삼 깨닫게 된다.

감사한 일이었다. 하나님은 수양관에서 내게 언어 연습을 시키셨고, 또 남에게 나의 재능과 시간을 나누는 연습도 시키셨다. 그런 후에는 사마리탄 홈에서 마지막 황혼길을 걷는 늙고 외롭고 아픈 노인들을 사랑하는 연습을 시키셨다. 하나님의 치밀하신 준비에 나로서는 그저 감탄할 뿐이다.

보랏빛 희망

식구들과의 재회, 그리고 병

굿 사마리탄 홈에서 일한 지 1년 5개월째 되던 1972년 10월 나는 식구들을 미국으로 초청했다. 한국을 떠나면서 "내년에 데려가마"라고 한 약속을 지킨 것이다. 사마리탄 홈의 책임자 목사님은 나를 잘 보셔서 내게 영주권을 얻어주시려고 서류를 준비 중에 계셨다. 게다가 내 남편이 미국으로 오기도 전에 자활 프로그램에서 일할 수 있도록 자리를 마련해 주겠다고 약속했다. 내가 당사자를 만나보지도 않고 어떻게 그런 결정을 내리느냐고 말했지만 목사님은 "그 아내에 그 남편 아니겠느냐"며 물어볼 필요도 없다고 말했다.

그렇게 해서 우리 부부는 우리가 나서서 일을 찾을 필요도 없이

우리 다섯 식구가 성탄절에 옷을 차려 입고 행복하게 사진을 찍었다.

저절로 직업이 생겼다. 식구들이 미국으로 왔을 때 내게는 이미 집이 있었고, 차가 있었고, 남편의 직업까지 준비되어 있었다. 아이들은 곧바로 학교에 다니기 시작했다. 이 얼마나 놀라운 행운인가! 하나님의 도우심이 없고서야 어찌 이런 축복이 가능하겠는가! 내 인생은 중요한 고비마다 이런 고백과 간증으로 가득 차 있다.

우리 가족이 함께 살 수 있게 되어서 무척 행복했지만 그런 기쁨도 잠시였다. 남편은 미국에 오자마자 운전을 배운다며 차를 끌고 나가 나무를 들이 받았다. 직장에서는 한국 남성으로서의 자존심이 깎인다며 간호사들과 잘 지내지 못했다. 그런 모든 것이 내게는 스트레스였다. 나는 천식 이외에도 가슴앓이 병이 있었다. 낮에는 일하고 밤에는 밤새도록 가슴앓이를 하고 아침이 되면 직장에 나갔다. 수간호사는 남편이 간호사들에게 잘 협조하지 않는다고 나를 불러대기 일쑤였다. 아이가 학교에서 말썽을 부리면 엄마를 호출하는 것과 같았다. 장난이 심한 형이와 용이가 집안에서 큰 소리로 떠들거나 밖에서 뛰어다니는 것이 거주하는 노인들의 눈에 거슬리기 시작했다. 불평들이 쏟아져 나왔다.

어느 날 저녁, 너무도 속이 상한 나는 아파트 앞을 흐르는 미시시피 강 건너편의 불빛들을 바라보며 한없이 울었다. 강 건너의 불빛은 마치 영등포에서 한강 건너 바라보던 마포의 불빛 같았다. 갑자기 다시는 오지 않겠다고 다짐하며 떠났던 조국의 어머니가 그리웠다. 그래서 울고 또 울었다. 아무리 울어도 울음은 멈춰지지 않았다. 무려 한 시간 이상을 계속 울고 있자 당황한 남편이 나를

보랏빛 희망

병원 응급실로 데려 갔다. 하지만 병원에서도 내 울음은 멈춰지지 않았다. 결국 나는 주사를 맞고 입원했다.

나중에 내가 정신과에서 배운 상식으로는 이런 경우를 신경쇠약Mental breakdown이라고 진단할 수 있다. 상태가 일시적인 것이면 치료가 가능하지만 상태가 계속되면 만성질환으로 고착되고 낫기도 어렵다. 나는 그동안 아무리 힘들어도 자살을 생각해 본 적은 없었다. 울 일은 많았지만 그렇다고 그렇게 긴 시간 동안 울음을 그치지 못한 적은 없었다. 아마 당시 내 마음 상태는 정신이 돌아버리기 직전이었던 것 같다.

그렇게 입원을 하고 종합 검사를 받았다. 검사 결과 담낭(쓸개)에 돌이 가득 찼다는 것이었다. 지난 10년간 내가 가슴앓이를 한 원인이 그것이었다. 한국에서는 의사들이 이를 알아내지 못해 나는 10년이란 긴 세월을 매일 밤 가슴앓이를 하며 살았다. 병원에서는 입원한 김에 떼어내자고 해서 수술을 했다. 지금은 개복을 안 하고 주사기로 **빼낸다**는데 당시는 가슴을 많이 째고 쓸개를 떼어냈다. 그래서 나는 졸지에 '쓸개 빠진 사람'이 되었다.

큰 수술을 받고 퇴원을 했지만 나는 제대로 쉴 수가 없었다. 대신 일을 해 줄 수 있는 사람이 없었다. 쉬지도 못하고 다시 출근을 해 일을 했더니 수술 받은 자리가 쉽게 아물지 않았다. 그래서 내 배에는 가슴 쪽으로 가로지르는 큰 흉터가 있다. 그러나 더 이상 가슴앓이를 안 하니 마치 새 인생을 찾은 것 같았다. 잘 먹고 소화도 잘 되고 이전에는 전혀 기대하지 못했던 축복이었다. 하나님은 그렇게 불행한 상황 속에서도 밝은 소망을 찾게 하셨다. 결국 완전한 불행이란 없었다. 언젠가는 소망이란 친구가 찾아오기 마련이었다. 귀중한 삶의 교훈을 배운 셈이었다.

마침내 내 집을 마련하다

굿 사마리탄 홈에서 우리가 살던 아파트는 시설물의 맨 끝 쪽에 있었다. 그런데 아이들 때문에 입주 노인들로부터 불평을 듣게 되자 우리는 이사를 가기로 했다. 그래서 주변의 아파트들을 알아보았으나 아이가 많다고 선뜻 세를 주는 주인이 없었다. 그래서 아예 단독 주택을 보기로 했다. 물론 수중에 저축해 논 돈 한 푼 없는 빈털터리였기에 단순히 그냥 한 번 보겠다는 마음이었다. 그냥 구경만 하는 데야 돈 드는 일도 아니니 말이다.

그래서 한 번은 방이 다섯 개나 있는 오래된 저택을 보았다. 그 저택은 다락에도 방이 두 개 더 있어서 그것까지 합치면 침실이 일곱 개나 되는 3층 집이었다. 지하실에는 보일러와 세탁기가 있었는데 그것까지 포함하면 4층짜리 건물이었다. 1973년대 가격으로 2,500불을 내라고 했는데, 단돈 100불 마련도 힘든 우리로서는 그야말로 그림의 떡이었다.

그런데 이상한 일이 벌어졌다. 그 집의 주인은 먼 곳으로 직장이 옮겨져 빨리 그 집을 팔고 이사를 가야할 형편이었다. 그래서

보랏빛 희망

집 주인은 가격을 대폭 깎고 그 차액은 집값에 포함되어 있던 대출금에 넣어, 살면서 우리가 갚을 수 있도록 편의를 봐 주었다. 게다가 우리에게 그 집을 소개시켜 주었던 부동산업자는 돈 한 푼 안들이고 그 집을 살 수 있는 방법을 제시해 주었다. 그야말로 하늘이 내린 천사들이었다. 집 주인과 부동산업자가 서로 방법을 찾아 돈 한 푼 없이 집을 살 수 있도록 만들어 준 것이었다. 게다가 집 주인은 자신의 짐을 다 가져갈 수 없다며 절반 이상을 그대로 우리에게 남겨 주었다.

불가능한 일이 정말 기적처럼 벌어졌다. 비록 오래된 집이긴 했지만 커다란 단독 저택이 돈 한 푼 없는 우리에게 저절로 굴러 들어왔다. 세상에 어떻게 이런 일이 가능하단 말인가? 저간의 사정을 알 수 없었던 다른 교인들은 몇 년 만에 바로 집을 마련한 우리를 보고 어디서 그런 큰 돈을 마련해 왔느냐며 의아해했다. 나는 우리도 잘 모르고 설명하기도 어려운 일이라고 대답했다. 당시는 지금처럼 돈을 싸가지고 오는 사람이 거의 없었고 대부분 학생이거나 가난한 사람들이었다. 하나님의 역사가 아니고서는 일어날 수 없는 일이었다. 아이들은 너무 좋아하며 각자 자기 방을 하나

집을 마련한 후 우리 식구는 여행도 갔다. 차를 몰고 남쪽 뉴올리언스로 갔는데 그곳의 물은 무척 따뜻했다. 물속에 들어 앉아 낚싯대를 던지면 고기가 물렸다. 일어서 있는 것이 형이고 엄마 아빠 가운데서 목만 내놓은 것이 용이다.

씩 차지했다. 하늘의 천국이 우리에게 쏟아져 내려온 것 같았다.

당시 우리가 다니던 한인교회 목회자들은 대부분 유학생이었다. 그래서 주일에 식사할 곳이 마땅치 않아 우리 집에 오곤 했다. 그런데 목사님이 오면 다른 교인들도 따라 붙어서 같이 왔다. 그 결과 주일이면 우리 집은 많은 교인들로 북적였다. 이들은 우리 집 냉장고에 있는 것들을 다 꺼내 지지고 볶아 먹으며 외로움을 달랬다. 작은 교회였기에 그런 것이 가능했다.

세인트루이스는 주일이면 식료품 가게가 문을 열지 않았다. 다리를 하나 건너가면 일리노이 주였는데 거기에서는 주일에도 가게 문을 열고 장사를 했다. 그래서 우리는 일리노이 주까지 건너가 식료품을 사다가 손님 대접을 하곤 했다. 그러다가 그것도 부족해 큰 냉동고를 하나 사다 놓고 정육점에 가서 소고기와 돼지고기를 사다 냉동고에 채워 넣고 주일이면 교인들을 대접했다.

인권 운동을 시작하다

정확한 날짜는 기억나지 않지만 1970년대 미주 기독학자회 초청으로 김대중 전 대통령이 세인트루이스에 와서 강연을 한 적이 있다. 이때 김재준 목사님이 북미주 한국 인권 문제에 개입하면서 우리도 목사님을 따라 한국 민주화를 위한 프로그램을 진행하는 등 다양한 활동을 시작했다. 당시 우리가 출석하던 트리니티 연합

보랏빛 희망

맨 왼쪽이 선우학원 교수이고, 왼쪽에서 세 번째가 김재준 박사다.

왼쪽부터 문동환 박사, 문재린 목사, 김재준 박사, 그리고 이우정 선생과 내 남편이다. 사진 속의 인물들은 회의가 끝나고 모두 우리 집에 머무르셨다. 그때 내가 냉면을 만들어서 대접했던 것으로 기억한다. 이 분들 중에는 이미 세상을 떠난 분도 여러 분 계신다. 그때만 해도 인권운동이 그리 활발하지 못했다. 한 번은 워싱턴에서 모임을 가졌는데 참석자가 너무 없어 김재준 목사님이 많이 실망을 했다. 아침 식사 자리에서 그 말씀 없으신 분이 나를 가리키며 "이번 모임은 너를 본 것 외에는 아무 보람도 없었다"고 하셨다.

그리스도의 교회Trinity United Church of Christ에서 김재준 목사, 문재린 목사, 김상돈 전 서울시장, 선우학원 교수, 미주리 대학의 조승순 교수 등을 초청해 강연회를 한 적이 있다. 그때 이분들은 우리 집에서 묵었다.

이런 일들이 계기가 되어 남편과 나의 인권 운동은 세인트루이스에서 그 싹을 틔웠다. 선우학원 교수 측과 김재준 목사님을 포함한 우리 측이 갈라지는 사건도 우리가 마련했던 세인트루이스 회의에서 벌어졌다.(선우학원 교수 측은 선 통일을(사상은 둘째이고 통일이 우선이라는 생각), 김재준 목사님 측은 민주주의가 먼저 확립되고 민주주의로 통일해야 한다는 주장이었다.)

공부와 새로운 직업

남편이 사업을 시작하고 나도 좀 더 공부를 하기 위해 굿 사마리탄 홈을 그만 두었다. 남편의 사업을 도우면서 나는 이든 신학교Eden Seminary에서 목회자를 위한 목회임상실험 훈련을 1년간 받았다. 그때 학교에서는 내게 목사 안수를 받을 생각이 있느냐고 물었다. 미처 준비가 되어 있지 못했던 나는 그냥 임상실험 교육만 받기로 했다. 이 교육은 시체의 해부와 수술 관람까지 포함하는 무거운 여정이었다. 그러나 보람이 있었다. 목회할 마음도 없고 안수 받을 생각도 없었지만 나는 이 과정을 수료했다. 당시 신학 공부를 하고 싶다고 말만 했으면 학교 측으로부터 전 학년 장학금으로 공부할 수 있는 기회를 제공받을 수 있었는데 나는 그것을 선택하지 않았다. 지금도 그때 그렇게 하지 않은 걸 몹시 후회한다.

목회임상실험 훈련을 받고 난 다음 나는 계속해서 공부를 했다. 하지만 남편의 사업을 도우면서 사회사업이란 학문을 하는 것이 그리 쉽지는 않았다. 그때 어머니가 미국엘 와 계셨는데 사위와 함께 이구동성으로 "김진숙에게도 어려운 것이 다 있어?"라며 놀렸다. 겁이 나서 첫 해에는 제일 어렵다는 과목만 하나씩 하다가 그것들을 다 통과하고서야 자신감을 얻어 그 다음 해부터 풀타임으로 학업에 뛰어 들었다. 그렇게 해서 내 나이 마흔 두 살에 사회사업 석사 학위를 얻었다.

공부는 재미있었다. 사회사업가로 현장에서 일한 경험이 많았기 때문에 이론이 쉽게 머리에 들어왔다. 나는 동급생들에 비해 나이를 많이 먹은 대학원생이었다. 한국 유학생들은 내가 도서관에 들어가면 모두 내 옆에 둘러앉아 도움을 청했다. 나는 그들을 내 차에 싣고 우리 집에 가서 냉면을 해 먹이기도 했다. 1960년 도중하차했던 공부가 17년 만에 만회되기 시작한 것이다. 나는 열심히 공부했다. 내가 학교에서 늦게 귀가하는 날이면 형이 큰길가까지 나와 기다려 주었다.

일 년 간의 인턴십은 세인트루이스 메디컬 스쿨St. Louis Medical School의 정신병원에서 받았다. 이유는 명확하지 않지만 나는 정신과 전문 사회사업의 길을 택했기 때문이었다. 어쩌면 한국의 나환

졸업식 사진들이다. 대부분이 어둡게 나왔다. 기쁜 날이었지만 아침부터 남편이 형이를 야단치며 소리를 지르는 바람에 분위기가 잔뜩 가라앉았다. 카메라도 서글펐는지 사진들이 제대로 나오지를 않았다. 남편은 잘 나가다가 버럭 소리를 질러 사람을 주눅 들게 하는 재주를 가지고 있다.

자만큼이나 어렵고 가엾은 민중이 정신질환자라고 생각했기 때문인지도 모른다. 하여튼 그 병원에서 나는 정신질환 홈리스들을 대하게 되었다. 이 경험이 훗날 정신질환 홈리스들을 섬기는 초석이 될 줄이야 하나님 외에 누가 알았겠는가! 하나님의 훈련 과정이 이렇게 계속해서 치밀하게 이루어지고 있음을 나는 미처 깨닫지 못하고 있었다.

그리고 1977년 5월 나는 마침내 졸업을 했다. 경제적인 이유로 중단했던 공부를 16년 만에 마무리할 수 있게 된 것이다. 가족들 모두 나의 졸업을 축하해 주었다. 남편도 졸업식에 참석해 나를 대견한 표정으로 바라보았다. 그리고 졸업 기념으로 빨간색 도요타 웨건을 선물로 사 주었다. 물론 매달 불입해야 하는 할부금은 내 몫이었지만 말이다.

나는 졸업을 하자마자 일리노이 주의 지역 정신건강원Community Mental Health Center에 취직이 되었다. 지역 정신건강원은 정신질환자나 마약에 중독된 홈리스들, 정신박약 환자들을 치료하는 주립 시설이다. 어쨌든 그렇게 바로 취직이 된 걸 보면 학위와 훈련이란 좋은 것이다. 내가 살던 곳에서 동쪽으로 다리 하나만 건너면 일리노이 주가 되는데, 그 지역 명칭이 이스트 세인트루이스East St. Louis

보랏빛 희망

다. 미국 내에서도 가난하기로 소문난 곳으로 완전히 흑인 빈민촌이다. 누가 누구를 죽였고 누가 누구를 강간했다는 소식이 매일의 뉴스거리인 험한 곳이다.

갓 졸업한 햇병아리 석사 사회사업가가 주립 시설에 고용이 됐다는 것은 하나님의 중재 없이는, 그야말로 기적이 아니고서는 있을 수 없는 일이었다. 그 자리로 말하자면 흑·백인 직원 12명을 거느리고 하루 종일 100여 명의 정신질환자와 정신박약자들, 그리고 홈리스들을 버스로 데려다가 치료를 하는, 그곳에서 가장 큰 프로그램을 지휘 감독하는 일이다. 환자들에게 점심도 해 먹이고, 교육 자료도 취급하고, 특히 12명이나 되는 직원들의 관리, 지도, 연장교육까지 겸하고, 지역사회와 그 환자들의 가족과도 많이 상대해야 하는 중요한 자리다.

건강원의 다른 직원들은 모두 개인 상담만 하는 사람들이었다. "이도 나기 전에 콩밥을 먹는다"는 속담이 바로 나의 경우를 두고 하는 말이었다. 아무리 일 년간 정신병원에서 훈련을 받았다고는 하지만 나 같이 현장 경험이 전무한 햇병아리 석사는 명함도 내밀 수 없는 어려운 일이었다.

그런데 어떻게 내게 또 다시 '잠가 둔 옥문이 열리는 기적'이 일어날 수 있었던 것일까? 나중에 내가 전해 들은 바로는 이렇다. 상당한 경력을 가진 실력자들이 내 자리에 지원을 했는데 그 건강원 내에서 지원자들의 평가를 놓고 추천한 사람들 사이에서 알력이 벌어졌다고 한다. 서로 밀고 당기다 보니 엉뚱하게도 쟁쟁한 실력자들을 다 제쳐놓고 추천자들과 아무 연관이 없었던 나를 선택하게 된 것이다. 전혀 의외의 결과가 나온 셈이다. '잠겨 있는 옥문이 열리는 기적'은 이런 방식으로 일어났다.

일단 취직은 했지만 나 같은 햇병아리가 할 수 있는 것은 그리 많지 않았다. 그저 열심히 하는 것 외에는 다른 방법이 없었다. 나는 팔을 걷어 부치고 발로 뛰었다. 시설 안에서는 환자들을 친절하게 대하고, 목사처럼 환자들의 가정을 심방하거나 임시 숙소에서 머물고 있는 홈리스들을 심방했다. 또 지역사회의 지도자들을 만나고, 식량을 얻어다가 곡간에 차곡차곡 쌓아 놓고, 얻어온 자금으로 일리노이 대학의 교수들을 모셔다가 직원들에게 연장 교육을 시키고, 직원들을 거리낌없이 대하고, 다른 직원들과 화목하게 열심히 일을 했더니 일년 안에 그 기관의 책임자로부터 "당신은 하늘이 우리 기관에 보내준 천사"라는 평가를 받게 되었다.

이 세상에는 다양한 민족이 있다. 나는 좋은 사람과 나쁜 사람이 따로 정해져 있는 것이 아니라고 생각한다. 모든 사람은 피부색과 관계없이 모두 하나님께서 당신의 형상대로 지으신 하나님의 백성이라는 사실을 나는 흑인 직원들과 함께 일하며 깨달았다. 다만 어렵고 척박한 환경이 사람을 나쁘게 변화시킬 뿐이다. 이런 경험은 훗날 나의 홈리스 사역에 바탕이 되었다. 하나님이 미리 나를 훈련시키신 것이다.

시설에 오는 환자의 대부분은 흑인이었다. 정신건강원에서 근무하기 전에는 은퇴한 노인들, 즉 세상에서 가장 외로운 이들을 사

보랏빛 희망

정신건강원에서 내가 거느렸던 수하 직원들이다. 거의가 흑인이고 비서만 백인이었다. 나는 이곳에서 2년 밖에 일을 못했다. 사진에 있는 흑인 직원들과는 아주 잘 지냈다. 지금도 우리는 서로를 그리워한다. 비록 2년 밖에 일을 안 했지만 20년지기가 되어 버렸다. 이들과 많은 기쁨과 슬픔을 함께 나누었다. 내가 그 기관을 떠나기 얼마 전 지역사회 지도자들, 기관 책임자들로부터 추천서 40통을 받아 미국 교통부에 의료시설이 구비된 버스를 신청했다. 신청서를 받은 교통부 직원은 "추천서를 40통이나 받아본 적이 없었다. 당신은 그 지역에서 국회의원으로 출마해도 되겠다"고 했다.

어맨다 머피(Amanda Murphy) 박사는 나의 상관이었다. 심리학 박사로 남편은 의사였다. 함께 일하면서 나의 소중한 친구가 되었다. 인간성도 좋았고 나를 "하늘이 보내 준 천사"라고 할 정도로 나의 노력을 인정해 준 사람이다. 그가 준 격려와 인정은 낯선 사회에서 지도자로 두 발을 디디고 서는 데 밑거름이 되었다. 내가 아들을 잃고 무덤, 직장, 집을 헤매고 다닐 때 "이제는 우리가 당신에게 갚을 차례"라며 내가 결근하는 시간을 근무 시간에서 제하지 않았다. 그리고 밥도 사주면서 위로를 해 주었다. "언제쯤이면 살겠다는 작정을 할 것인가? 사람마다 살 수 있는 시간의 길이가 다른데 당신은 언제쯤이면 아들의 시간이 17년 밖에 안 된다는 사실을 받아들일 것인가? 당신 아들은 다른 사람이 71년을 살아도 못하는 일(대통령 상, 금메달 등)을 17년 만에 다 이루었다고 믿지 않는가?" 그렇게 나로 하여금 생각을 많이 하게 하고 현실을 받아들이도록 이끌어 주었다. 그래서 나는 늘 그가 고맙다.

랑할 수 있도록 훈련시키셨던 하나님이 이번에는 백인 사회 속에서 차별받고 무시당하는 흑인들을 존중하고 사랑할 수 있도록 훈련시키셨다. 나 혼자서는 감당하기 어려운 일이었으나 하나님이 함께 하심으로써 모든 것이 가능했다. 목숨을 주시기까지 우리를 사랑하신 주님이 함께 하셨기에 내가 그들을 사랑하는 일이 가능했다. 내가 발걸음을 뗄 때마다 나와 동행하는 하나님의 임재를 느끼는 삶이었고 일터였다.

가슴에 묻은 아들, 형이

맏이인 형이는 공부를 잘했다. 1976년 8학년(중학교)을 졸업할 때는 백인 아이들이 다니는 학교에서 1등을 했다. 학교 측에서는 동양인에게 1등을 주기 싫어 모의고사를 두 번이나 봤다. 그런데도 두 번 다 형이가 1등을 하는 바람에 어쩔 수 없이 형이에게 1등상을 줄 수밖에 없었다고 한다. 형이는 교장 선생님의 오픈카를 타고 온 동네를 한 바퀴 돌았다. 전통적으로 1등한 아이에게 주는 영광이었다. 우리는 직장 때문에 그 모습을 볼 수는 없었다.

친구들 사이에서 형이의 별명은 '걸어 다니는 백과사전'이었다. 1등 상품으로 트로피를 두 개나 탔다. 큰 트로피에는 '학문적 성취 Scholastic achievement'라고 쓰여 있었고, 작은 트로피에는 '가장 재능 있는 사람The Most talented'이라고 쓰여 있었다.

공부를 잘했던 형이와 달리 둘째 용이는 정이 많고 따뜻한 아이였다. 커서는 몸과 마음이 아름다운 미남 청년이 되었다. 용이는 늘 형의 그늘에 가려져 잘 드러나지 않았다. 조용하고 착해서 특별히 지적하거나 야단맞을 만한 일을 하지 않았다. 훗날 우리가 형이에게만 관심을 가지고 자기는 등한시 했다고 불평을 털어 놓았다. 부모가 엄해서 자신은 숨을 죽이고 살았다는 것이다.

그리고 보면 우리는 부모 노릇을 제대로 못한 죄인들이다. 용이는 장성하여 사회생활을 하고 남편이 되고 아이들의 아버지가 되었을 때도 늘 '천사표'로 불렸다. 하지만 나는 그런 용이의 모습이 늘 마음에 걸린다. 어려서부터 반항 한 번 제대로 못해 보고 늘 양보만 하면서 자라 성인이 되어서도 자기주장을 못하고 양보만 하고 사는 것 같아 내 마음이 안타깝고 아프다. 자신을 돌보고 자신을 위해 살았으면 하는 바람이다.

어려운 가운데서도 아이들이 잘 자라서 공부도, 운동도 잘해서 이제는 살만하다고 안도의 한숨을 내쉴 무렵 청천벽력 같은 일이 벌어졌다. 1978년 4월 30일 아들 형이가 세상을 떠났다. 좀 잘 살아 보려고 미국으로 왔는데, 아이들을 더 이상 고생 안 시키려고 미국으로 왔는데, 교육 한 번 마음대로 시켜 보려고 미국으로 왔는데, 아이는 한순간에 내 품을 떠나 버렸다. 내가 세상을 살고, 또 살아야만 했던 목적이 완전히 무너져 버렸다.

자식을 잃은 어미의 심정을 도대체 어떻게 표현할 수 있겠는가! 이 세상에서 가장 귀중한 것을, 다시는 얻을 수도, 볼 수도 없이 영

보랏빛 희망

교장 선생님으로부터 1등상을 받고 있는 형이.

형이와 용이는 운동 감각이 좋았다. 아버지와 이복 누나가
스케이트 선수여서인지 둘 다 운동을 잘했다. 그리고 손자
손녀들까지 그런 능력을 물려받았는지 운동 능력이 뛰어났
다. 두 아이는 대회만 나가면 늘 트로피를 타서 우리 집에
는 트로피가 수십 개 있다. 사진은 12개 주 선수들이 모인 중
서부 선수권대회에서 형이가 주먹으로 격파하는 공수도 시
범 장면이다.

형이가 11학년 되던 해 마지막 모습이다. 다니던 고
등학교 앞에서 사진을 찍었다. 하지만 내 꿈속에는
늘 어린아이로 나타난다. 어렸을 때 고생을 많이 시
킨데 대한 죄의식 때문인 모양이다. 사진 속의 장성
한 모습을 꿈속에서 한 번이라도 보고 싶다.

원히 놓쳐 버린 그 아픔과 허탈감, 무력감, 절망감을 어디에 비하겠는가! 세상에 그 어떤 말로 그 아픔을 전달할 수 있겠는가! 세상이 온통 암흑 속으로 사라져 버리는 통증을 무엇으로 달랠 수 있겠는가! 나는 완전히 혼이 나갔다. 생의 의지를 잃어버렸다. 더 이상 살고 싶지가 않았다. 나는 절망의 깊은 나락으로 한없이 추락해 떨어졌다.

처음 미국으로 이민을 와서 8년여 동안은 봄이 오는지 가는지, 꽃이 피는지 지는지, 눈이 오는지 그치는지 쳐다볼 새도 없이 먹고 살기 위해 정신없이 뛰었다. 그렇게 허둥대며 살다 조금 생활의 안정을 찾게 되었는데 갑자기 하늘의 해와 달이 모두 떨어지고 세상이 와르르 무너져 내렸다. 내가 굳건히 디디고 있던 대지가 끝을 알 수 없는 어둠 속으로 순식간에 무너져 내렸다. 나는 삶의 의미를 잃었고 나의 삶 자체를 원망하기 시작했다.

도대체 나 같은 인간이 왜 이 세상에 태어난 것일까? 3살 때 어머니가 성천강에서 빨래하는 동안 나는 물에 빠져 한참 있다 떠올랐다는데 왜 그때 아주 영원히 가라앉지 못했을까? 초등학생 때 말라리아를 많이 앓았는데 왜 그때 죽지 못했을까? 어릴 때 나는 어머니가 앓는 병은 다 따라서 앓았다는데 왜 그때 죽지 않았던 것일까? 한국전쟁 때 그렇게 많은 사람들이 죽었는데 나는 왜 그때 죽지 못한 것일까?

내 속으로 낳은 아들과의 생이별은 심장을 비수로 쪼개고 뼈를 깎는 것처럼 아팠다. 내 영혼은 멋대로 밖으로 튀어나가 집 잃은

보랏빛 희망

홈리스가 되었다. 돌아올 수 없는 다리를 건너 절망이란 짐승들이 들끓는 허허벌판 광야에서 죽은 마른 뼈들 속에 섞여 사망의 골짜기를 방황했다. 모든 것이 내 잘못이요, 모든 것이 내 탓이요, 모든 것이 내 죄 값이요, 그렇게 나는 자복했다. 매일 아들 무덤 앞에 앉아 목 놓아 통곡하며 "저는 여자도, 어미도, 인간도 아니고 죽을 자격밖에 없으니 하나님께서는 제발 나를 벌하시고, 놓으시고, 버리시고, 용서도, 불쌍히 여기지도, 위로도, 축복도 하지 마옵소서. 그저 아들 무덤 옆의 땅이 쫙 갈라져 저를 삼키게 하소서"라고 울부짖었다. 나는 살기를 거부했다.

야곱은 얍복 강가에서 환도 뼈가 부러지도록 축복해 달라고 밤새 하나님과 씨름을 했다(창 32:22-32). 하지만 나는 제발 나를 버리고 죽여 달라고 하나님과 씨름을 했다. 무려 1년이란 긴 시간을 내 몸의 모든 뼈와 살과 영혼까지 모두 부서지고 내려앉을 때까지 하나님을 밀어냈다. 그런데도 하나님은 끝까지 나를 꽉 껴안고 놓아주지 않으셨다. 결국 나는 기진맥진하여 "하나님께서 이기셨으니 이제는 마음대로 하시라"고 항복했다. 흔히 죽은 자식은 가슴에 묻는다고 하지만 나는 내 아들 형이를 가슴보다 더 깊은 곳, 내 영혼 속에 묻었다.

세인트루이스에는 추억이 너무 많았다. 형이를 땅에 묻고 나는 눈물로 세월을 보냈다. 사람 몸의 75퍼센트는 물이라고 하지만 나는 내 몸 속에 그렇게 많은 눈물이 있을 것이라고는 상상을 못했다. 형이와 같이 햄버거를 먹던 가게를 지나며, 함께 운동하던 공원을 지나며, 그 아이가 다니던 학교, 살던 동네, 살던 집, 살던 방, 그 모든 것이 내게는 눈물이었다. 집을 나서며 울고, 들어오며 울고, 밥상에서 울고, 자면서 울고, 걸으면서 울고, 운전대를 잡으며 울었다. 무덤 앞에 앉아 통곡하는 게 매일의 일과였다.

아이의 무덤은 그리 가까운 곳에 있지 않았다. 그런데도 나는 어떤 날은 집을 나서는 즉시 무덤부터 들렀고, 어떤 날은 직장에 도착하자마자 되돌아서서 무덤으로 갔다(거리가 20여 마일은 되었다). 또 어떤 날은 저녁에 퇴근하자마자 무덤으로 달려갔다. 나는 완전히 넋이 나간 사람처럼 살았다. 아니, 산 것이 아니었다. 허깨비처럼 육체만 움직이는 죽은 사람이었다. 무덤의 잔디를 들어내고 꽃밭을 만들고 매일 들러 물을 주는 미친 짓을 했는데 가족과 친구들, 묘지 관리인조차 그런 나의 미친 짓을 막지 않았다. 당시 내 친구들은 내가 영영 돌아올 수 없는 다리를 건넜다고 생각했다고 한다.

울며불며 지낸 세월이 어느덧 가을로 접어 들었다. 그러던 어느 날 나는 형이의 무덤이 푹 꺼진 것을 발견하고 정신이 번쩍 들었다. 꽃밭을 만들고 여름 내내 물을 주었기 때문에 그렇게 된 것이었다. 나는 내가 그 동안 완전히 미친 짓을 하고 있었다는 것을 깨달았다. 나는 묘지 관리인을 찾아가 다시 잔디를 입혀달라고 부탁했다. 그는 흔쾌히 다시 잔디를 덮어 주었다.

형이가 떠나자마자 나는 헛것을 보고 헛소리를 듣게 되었다. 형이 방에서 인기척이 났고 내가 부엌에서 방을 향해 걸으면 바람같

보랏빛 희망

다시 잔디를 입힌 형이의 무덤이다. 어머니와 아버지, 용이가 함께 무덤을 찾았다. 형이의 묘지에 갈 때마다 나는 항상 "형이에게 간다" 혹은 "형이를 보러 간다"는 표현을 썼다. 이 사진 뒤에는 다음과 같은 글이 적혀 있다. '형이 묘를 꽃으로 덮고 거기에 가서 그것을 가꾸는 것이 낙이다. 이 불쌍한 엄마는 형이 묘에 가 앉아 울고 오는 것이 낙이다.'

이 무엇인가가 나를 따라왔다. 퇴근해서 집에 오면 집 안의 문 뒤마다 검은 옷차림의 사람이 숨어 있다가 나를 해치려는 것만 같아 무서웠다. 그 두려움이 너무 커서 살 수가 없을 정도였다. 당시 나는 내가 죽어야 한다고 생각했거나 아니면 죽고 싶었기 때문에 그런 경험을 했을 것이다.

용이가 학교에서 돌아오면 나는 무서워서 혼자 있기 힘드니 밖에 나가지 말고 내 옆에 딱 붙어 있으라고 말했다. 용이가 함께 있어도 남편이 가게 문을 닫고 들어올 때까지는 여전히 불안했다. 집 안에서도 벽에 딱 붙어 앉아 있어야지 그렇지 않으면 누군가가 바로 뒤에 있는 것만 같아 두려웠다. 그런 나를 보고 한 번은 용이가 이렇게 말했다. "엄마, 내게도 인생이 있는데 엄마가 적응을 해야지 맨날 나를 붙들고 이렇게 꼼짝도 못하게 하면 어떡해?" 그 말을 들은 나는 "그래, 네 말이 옳구나. 내가 적응을 해야 하는데… 어떻게 하면 좋을까?" 나는 용이를 시애틀에 있는 누나 집으로 휴가를 보냈다. 혼자 생활할 수 있도록 노력하기 위해서였다.

그렇게 용이를 시애틀로 보내고 나 혼자 있던 어느 저녁이었다. 남편이 퇴근해서 돌아오기까지는 아직 시간이 꽤 남아 있었다. 갑자기 창자가 끊어지는 것처럼 격렬한 통증이 찾아왔다. 엉금엉금 기어 화장실까지는 갔지만 통증이 너무 심해 밖으로 나오지도 못하고 그 안에서 거의 다 죽어가고 있을 때 남편이 돌아왔다. 남편은 나를 병원 응급실로 데려가려고 했지만 내가 더 이상 움직일 수가 없었다. 부축을 받아 겨우 거실까지는 나왔지만 죽어도 더는 움직일 수가 없었다. 소파에 그대로 널브러져 결국 병원으로 가지 못했다.

그 날 이후 이런 통증이 수시로 찾아왔다. 첫날처럼 격렬한 통증은 아니었지만 낮이든 밤이든 시간을 가리지 않고 불쑥불쑥 통증이 이어졌다. 거의 1년간 계속된 이 통증은 사실은 내가 형이의 혼에게 이야기한 다음부터 찾아온 것이었다. 그때 나는 이렇게 말했다. "아마도 내가 너의 이름을 너무 많이 불러 네가 집을 떠나지 못하고 나를 따라다니는 모양인데 이제 이름을 부르지 않을 테니 하나님 앞으로 들어가거라. 네가 다시 살아서 돌아오지 못할 거라면 이렇게 나를 따라다니는 것은 너무 무서워서 내가 살 수가 없으

보랏빛 희망

니 그만 하나님 앞으로 들어가거라."

그 뒤부터 통증이 시작되었다. 어떻게 생각할지 모르지만 내 생각으로는 이랬다. 상상을 초월할 정도로 우는 엄마를 떠날 수 없어 그 영혼이 내 주위를 맴돌았거나, 아니면 내가 아들을 놓는 것이 너무 아파서 그랬을 것이다. 그것 말고는 달리 해석할 방법을 찾을 수 없었다. 심리학적으로는 극심한 충격으로 인한 정신이상Psychosis이나 애통 반응Grief reaction이라고 보아야 할 것이다. 하여튼 일시적인 정신병 발작임에는 틀림이 없었다. 제대로 치료를 하지 못하면 고질병이 될 수 있는 병이었다.

다행히도 병이 더 심각해지지 않았던 것은 많이 울 수 있었기 때문이었다. 그리고 내가 하는 모든 미친 짓을 주변 사람들이 막지 않고 그대로 두었다는 점과 나를 이해하고 위로하는 친구들이 주변에 많았다는 점이 중요한 역할을 했던 것 같다. 마지막으로 나를 치유에 이르게 한 중요한 또 하나의 요인이 있었으니 그것이 바로 '찬송'이다.

나와 함께 우는 하나님

나는 울컥하는 감정이 가슴에서 치밀어 오르면 누가 목을 졸라 죽이기라도 하는 듯 숨을 쉴 수가 없었다. 그럴 때마다 나는 찬송가를 펴놓고 첫 장에서부터 끝 장까지 통곡하며 불렀다. 그렇게 찬송가 한 권을 다 부르고 나면 비로소 숨도 쉴 수 있었고 밥도 먹을 수 있었다. 그 중 특히 더 많이 부른 찬송이 '나는 어찌해야 좋을지, 어디 가야 좋을지 모르니 인도하소서'였다.

그런데 참 이상한 일이었다. 이 경험이 훗날 내가 홈리스 교회에서 사역할 때 홈리스들이 찬송을 통해 치유를 경험하게 하는 찬양 사역으로 이어질 줄 누가 감히 짐작이나 했겠는가! 사실 찬양은 말문과 기가 막혀버린 사람에게는 그것이 말이고, 대화고, 울부짖음이고, 정서적 표현이고, 기도고, 고백이고, 회개다. 그래서 찬양을 통해 영적, 정신적, 육신적 치유에 이를 수 있다.

형이가 죽었을 때 나는 하나님의 위로를 바라지 않았다. 그러니 사람의 위로는 더더욱 바라지 않았다. 그런데도 너도 나도 나를 위로하려 애썼다. 어떤 목사 친구는 "이제는 잊어야지 어쩌겠는가?" 했고 어떤 이는 죄의 값이라고 했다. 전혀 위로가 되지 않았다. 공연히 "자식은 가슴에 묻는다"는 말이 나왔겠는가? 누가 죄의 값을 몰라 그것을 굳이 찾아와 알려준단 말인가?

그런데 내가 별로 좋아하지 않는 목사 친구가 와서는 별다른 말 없이 혼자 찬송을 불렀다. 또 우리가 나가던 교회의 원로 목사님은 위로 카드에 '목회를 하면서 이렇게 할 말을 잃은 적이 없다'고 적었다. 장례식에서 그 목사님의 설교 제목은 "내가 뭐라고 해야 하나What Can I Say"였다. 내게는 그렇게 할 말을 잃어 말을 못하는 사람들이 더 위로가 되었다. 왜냐하면 내가 당면한 현실이 바로 그것, "할 말을 잃었다"였기 때문이다.

보랏빛 희망

나는 또한 자살 충동을 많이 느꼈다. 그래서 응급 약통을 몽땅 버리고 벽에 장식으로 걸어놓았던 식칼도 치웠다. 그런데 남편은 내가 치워 논 식칼을 다시 꺼내 제자리에 걸어 두었다. 그래서 나는 계속 치우고 그는 계속 도로 갖다 거는 숨바꼭질이 계속 되었다. 둘 다 이유는 설명하지 않은 채 이런 짓을 반복했다. 나는 남편에게 그 칼이 무서워서 그런다는 말을 하지 못했다.

꿈속에서는 늘 자동차의 브레이크가 고장 나서 정지할 수 없었다. 생명줄을 놓고 싶은 것이었다. 죽고 싶은 욕망이 그런 형태로 꿈속에 나타난 것이다. 그래서 나의 이런 꿈 이야기를 들은 머피 박사는 내게 언제쯤이면 다시 살 생각을 하게 될 것이냐고 물었다.

나는 아무런 희망도, 빛도 없이 오직 고통과 절망으로 가득 찬 나날을 보냈다. 집과 무덤과 직장만을 다람쥐 쳇바퀴 돌 듯 헤매던 어느 날 저녁, 나는 아들 무덤 앞에 앉아 심장이 터져라 목 놓아 울고 있었다. 그런데 갑자기 어깨에 다른 사람의 손길이 느껴져 얼굴을 들어보니 어떤 남자가 옆에 서 있었다. 그 남자 역시 울고 있었다. 그는 나에게 "왜 그렇게 우느냐?"고 물었다. 나는 "아이를 여기에 묻었다"고 대답했다. 그리고 그에게 "그런데 당신은 왜 우느냐?"고 물었다. 그는 내 아들 옆의 무덤을 가리키며 "나는 여기에 내 아버지를 묻었고 내게도 그만한 나이의 아들이 있다"고 대답했다. 그날 내 어깨에 닿은 그의 손길은 예수님의 따뜻한 손길같이 느껴졌고, 그의 얼굴을 덮은 눈물은 주님의 눈물로 보였다.

이 체험은 '나와 함께 우시는 주님을 보았다' 는 간증이 되었다.

내가 애통할 때마다 나와 함께 애통해 하시는 주님의 얼굴을 영안
으로 볼 수 있었고 그것은 내게 위로가 되었다. 나는 주님의 눈물
을 밥으로 살았고 주님의 등에 업혀 날아다니는 사람이라고 고백
한다. 가난과 아픔, 고통과 절망에 신음하며 영육으로 집 잃은 나
를 구원하신 주님의 은혜가 나처럼 몸과 마음과 영혼이 아픈 사람
들을 사랑하고 이해하고 동정하고 섬기며 그들을 위해 살고 죽을
수 있도록 준비시키셨다는 사실, 아니 나의 이런 체험에서 그런 동
기를 얻었다고 말해야 옳을 것이다. 이것이 훗날 내가 홈리스들을
섬기는 사역에 몸을 바치는 이유가 되었다.

세인트루이스를 떠나 시애틀로

세인트루이스는 우리에게 제2의 고향이었다. 그러나 남편은 더
이상 이곳에서 살기 힘들다며 다른 곳으로 떠나자고 했다. 이런 큰
일을 겪었을 때는 중요한 결정을 하지 말라는 전문가들의 충고도
있었지만 어쩔 수 없이 남편의 의견을 따르게 되었다.

그 죽음의 도시를 떠나는 마지막 날 밤, 나는 꿈을 꾸었다. 가
지가 무성한 큰 나무가 온통 불타고 있었다. 그 나무는 형이의 무
덤 앞에 서 있는 바로 그 나무인 것 같았다. 그런데 갑자기 불이 꺼
지면서 나무가 온통 재로 변했다. 그리고 이어 그 잿더미에서 꽃이
피었다. 너무도 생생하고 엄청난 꿈이라 깨어나서도 한동안 몸이

떨렸다. 나는 이 꿈을 하나님
이 주시는 또 하나의 계시라
고 생각했다. 정확한 의미는
알 수 없었지만 소망을 주시
는 계시임에는 틀림없었다.

훗날 이 꿈 이야기를 들은
미국인 여 목사 친구는 "죽음
에서 부활을 주시는 계시"라
고 해석했다. 이런 계시를 통
해 죽음의 도시를 떠나라고
하심이 분명했다. 그렇게 세
인트루이스를 떠나 시애틀로

시애틀에 도착해서 연합그리스도교단 교회를 찾았으나 없
었다. 성령님은 우리를 메이플우드(Maplewood) 장로교회
로 인도하셨다. 사진은 메이플우드 교회의 윌슨(Wilson) 목
사님과 바바라(Barbara) 사모님이다. 이분들은 내가 목사
안수를 받고 대학 목회를 할 수 있도록 도와주시고 하나님을
대신해서 나를 등에 업고 다니며 키워주신 멘토들이다.

향하는데 우리 집 거실이 교회가 되는 환상이 줄곧 마음에 떠올랐
다. 시애틀에서 교회를 섬기라는 계시일까? 하지만 몽매한 나는 알
아들을 수 없었다.

자동차를 타고 시애틀로 향하는 길은 무려 일주일이 걸렸다. 우
리는 서두르지 않았다. 시애틀은 전반적으로 아름다웠고 우리 집
은 지은 지 채 7년이 안 되는 새 집이었다. 집 주변에는 나무가 많
았고 뒤로는 목초지역으로 작은 개울도 있었다. 기분 전환이 되었
다. 세인트루이스에서 나를 지겹게 따라다니던 환각도 없어졌다. 7
월의 햇살이 밝고 싱그러웠다.

인권운동과 극심한 박해

우리가 시애틀로 이사를 오던 다음 해인 1980년 한국에서 광주사태가 벌어졌다. 시사잡지 〈뉴스위크〉에는 우리 형이 또래 아이들의 시체가 널려 있는 모습과 계엄군에게 끌려가는 모습이 사진으로 실렸다. 자식을 잃고 울고 있던 우리로서는 눈이 뒤집히는 일이었다. 사람의 생명이 이토록 귀한데, 아이 하나만 죽어도 이렇게 고통스러운데 어떻게 그렇게 많은 젊은이를 함부로 죽일 수 있단 말인가? 마치 내 자식을 잃은 것처럼 울분을 느낀 우리는 당장 시애틀의 한인들을 초청하고, 워싱턴에 한국인권옹호협회를 만들었다.

한국인권옹호협회의 목적은 광주사태에서 벌어진 참혹한 살상의 책임을 묻고 김대중 씨를 구명하기 위한 것이었다. 협회의 이사

보랏빛 희망

회는 한미 합동으로 조직했고 전계상 박사, 엄정춘 씨, 이선복 씨, 최익환 박사, 김형중 형제, 박정신(당시 워싱턴대학의 한인학생회장), 브루스 커밍스Bruce Cummings와 짐 팰럿Jim Palate 교수(워싱턴대학), 잭 윌슨Jack Wilson 목사, 빌과 잰 케이트Bill and Jan Cate(시애틀 교회협의회장) 목사 등이 이사로 참여했다. 그리고 워싱턴 주의 20개 이상의 인권 그룹들이 합세했다.

우리는 한국에서 독재 대통령이 시애틀을 방문할 때마다 그 호텔 앞 혹은 연방법원 앞 광장에서 규탄 시위를 벌였다. 관을 만들어 메고 걸으며 시위를 하기도 했고, 때로는 LA에서 온 젊은이들이 징과 꽹과리를 두들기며 우리의 시위에 합류하기도 했다.

시애틀에는 필리핀의 독재자 마르코스를 반대하거나 남아프리카의 인종정책에 반대하는 등 20개의 인권단체가 활동하고 있었다. 이들 단체들은 서로의 시위에 함께 참석하면서 도왔다. 그리고 그 당시부터 지금까지 채널 5, 킹 TV의 로리 마츠카와Lori Matsukawa 가 우리 팀이 되어 한국에서 무슨 일이 일어났다 하면 대학 목회실로 나를 찾아오곤 했다.

한번은 전두환 대통령인지 노태우 대통령인지 기억이 확실하지 않지만 어쨌든 두 대통령 중 한 명이 시애틀을 방문한 적이 있었다. 그때 수행원 수십 명이 먼저 와서 현지의 상황을 살피고 우리를 처리하려고 한다는 소문이 돌았다. 그러나 영사관에서는 우리를 건드리지 말라고 했다는 것이다. 왜냐하면 시애틀 교계와 보도진, 다른 인권단체 등이 다 연결되어 있었기 때문에 건드리면 오히려 골

시위 현장에서 당시 워싱턴대 한인학생회장이었던 박정신과 대화하는 장면.
시위 강연마다 윌슨 목사님이 참여했는데 오른쪽 사진에서는 내 바로 뒤, 왼쪽 사진에서는 강연자가 바로 윌슨 목사님이다.

치 아파진다고 설득했다는 소문이었다. 맞는 말이다. 우리를 건드렸다면 이들이 다 들고 일어나 국제 문제로 비화되었을 것이다.

김대중 씨의 미국 망명 시절, 우리는 그분을 모셔다가 시국 강연회를 가졌다. 당시 워싱턴대학의 케인홀Kane Hall은 사람들로 꽉 찼다. 한국의 정치적인 상황에 대해 그만큼 사람들의 관심이 컸던 것이다. 그 이전에 그분을 사형시킨다고 해서 구명운동을 벌였는데 다행히도 무사해서 그렇게 강연하는 모습을 보니 너무 감격스러웠다. 나는 강연회 내내 맨 앞자리에 앉아 계속 울었다. 이희호 여사는 그런 나를 보고 "한국에서는 이우정 선생이 앉기만 하면 우는데 여기에 그런 사람이 또 있네?"라고 말했다.

당시는 우리가 파산하기 전이라 강연회가 끝난 다음 김대중 씨와 다른 손님들을 우리 집으로 모셔 식사를 대접했다. 그런데 그 이후부터 엄청난 박해가 시작되었다. 우리를 '빨갱이'라고 낙인을 찍고 죽이겠다는 전화가 걸려오기 시작했다. 심지어는 영사의 자동차 바퀴가 펑크 나면 그게 우리 짓이라고 뒤집어씌우기까지 했다. 정말 어이가 없는 일이었다.

하지만 그런 박해 덕분에 나는 오히려 인권상을 타게 되었다. 우리가 한인사회로부터 당하는 고통을 알아차린 지역사회에서는 공론이 일어 1981년 유엔 시애틀 챕터UN Seattle Chapter가 인권상을 주었다. 일종의 위로였던 셈이다. 내가 오늘까지 받은 22개의 상과 감사장 중 첫 번째 것이었다. 나는 너무도 황송했다. 내 민족은 나를 빨갱이라고 부르며 없는 누명까지 씌워 죽이려고 하는데 이방

민족인 시애틀 UN 지부에서는 오히려 인권상을 주었던 것이다. 종족을 초월해서 정의의 잣대로 우리의 민주화 운동을 장려하고 위로해 주었다.

하버뷰 정신병원에서 일하다

시애틀로 이사 온 나는 남편의 사업을 도우면서 계속해서 일자리를 찾고 있었다. 남편의 사업은 우리가 인권운동을 한다는 이유로 박해를 받아 내리막길을 걷고 있었다. 그래서 내가 빨리 일자리를 구해야 했는데 그게 말처럼 쉽지가 않았다. 나는 하버뷰Haborview 병원 원목으로 있는 친구에게 가서 자원 봉사를 시작했다.

하버뷰 병원은 일반병동 건너편에 정신병동이 있었다. 나는 자원 봉사 원목으로 일반병동에서 입원 환자들을 심방하고 기도해주는 일을 했다. 그리고 점심시간이 되면 건너편 정신병동에 가서 혹시 일자리 광고가 붙어 있을까 싶어 매일 게시판을 들여다보았다. 신학사, 문학사, 사회사업 석사 등 학위를 세 개나 가지고 좋은 직장에서 일했던 나였지만 이제는 그 병동에서 나오는 청소부 아줌마가 오히려 부러울 지경이었다.

그러던 어느 날 정신병동 게시판에 정신질환 치료자를 구하는 광고가 한꺼번에 세 개나 붙었다. 나는 바로 지원서를 냈고 1981년 드디어 하버뷰 정신병원 입원병동 정신질환자 상담자Mental Health

Practitioner로 취직이 되었다. 그 병원 건물의 땅 주인은 주 정부였고 운영은 워싱턴 주립대학 의과대학이 맡고 있었다. 내가 할 일은 입원병동의 중증 정신질환자 3명을 맡아 보살피는 것이었다.

사실 이전 병원의 환자들은 대부분 외래 환자여서 그렇게 중환자는 아니었다. 또 내가 하는 일의 대부분도 병원의 경영 및 관리였다. 그런데 하나님은 이번에는 중증 정신질환자를 직접, 그리고 집중적으로 치료할 수 있도록 훈련을 시키시는 것 같았다. 당시 나는 이 두 가지 경험 모두가 훗날 내게 뼈가 되고 살이 될 줄을 알지 못했다. 하지만 하나님이 하시는 일은 정말 치밀하고 정확했다.

그곳에서 나는 자살을 기도하여 들어온 환자들과 홈리스들을 많이 만났다. 그러면서 막연히 나처럼 신학과 사회사업, 그리고 정신질환 치료 경험을 가진 사람이 홈리스들을 위해 할 일이 분명히 있을 것이라고 생각해 보게 되었다. 하지만 그곳의 보수가 좋았고 보험도 들어 논 것이 있어서 선뜻 다른 일을 시도할 수가 없었다.

1982년 내가 다니던 병원에서는 새로운 외래 치료 프로그램을 시작하면서 석사 수준의 사회사업가와 간호사를 채용한다는 광고를 냈다. 나는 그 프로그램에 지원했고 다행히 채용이 되어 간호사와 팀이 되어 열심히 일했다. 이 일은 증상이 심하고 만성이 된, 그리고 의사의 말을 전혀 듣지 않고 길에서 헤매는 정신질환자들을 한 사람이 13명씩 맡아 치료하고 관리하는 일이었다. 아주 힘들고 스트레스를 많이 받아야 하는 일이었다. 하지만 동시에 중증 환자들의 생을 돌보는 보람된 일이기도 했다.

나는 이 일을 1986년까지 하고 같은 해에 파이어니어 스퀘어 클리닉Pioneer Square Clinic으로 전근했다. 이 병원에서는 정신질환 상담자로 루터런 컴퍼스 여성 쉼터Lutheran Compass Women's Shelter, YWCA 여성 쉼터YWCA Women's Shelter, 엔젤라인 우먼스 데이 센터Angeline Women's Day Center 등으로 일주일에 한 번씩 출근해 정신질환자를 돌보는 일을 하게 되었다. 그리고 나머지 이틀은 파이어니어 클리닉에서 외래 환자들을 돌봤다. 그 세 곳의 노숙 여성 쉼터에서 나는 첫 정신질환 상담자였다.

여성 쉼터에서 나는 점심때면 따뜻한 음식을 준비해 환자들에게 대접했다. 물론 내가 해야 될 일은 아니었고 그저 자발적으로 한 일이었다. 나는 여성 쉼터 한 곳 당 평균 15명의 정신질환자들과 마약·술 남용이나 중독자들을 치료했다. 세 군데의 쉼터에서 내가 돌본 환자는 평균 40~50명을 넘었다. 처음에는 세 명의 입원 환자를 돌보다 이어 13명의 외래 환자, 나중에는 40~50명의 환자를 치료하게 된 것이다.

나는 중증 입원 환자에서 시작해 점점 그 수를 늘려가며 단계적으로 나를 훈련시키는 하나님의 섭리가 내 삶 속에서 진행되고 있음을 깨닫게 되었다. 같은 대학병원 안에서 입원 병동에서 외래로 옮겨가며 10년을 일했다. 그 경험이 훗날 내가 정신질환 홈리스들을 섬기는 일에 능력과 실력과 바탕이 될 줄 누가 감히 짐작이나 했겠는가!

박해와 파산

　남편은 운영하던 상점 유리창에 '김대중 구명운동', '한국 민주화'라고 써 붙이고 장사를 했다. 그 결과 '빨갱이'란 누명을 쓰게 되었고 장사도 잘 되지 않았다. 소문에 의하면 영사관이 방해를 했고, 현 정부를 지지하는 보수적 성향의 교포들과 신문이 합세하여 불매운동을 벌였다고 한다. 순진한 교포들은 우리 가게에 가면 자신도 '빨갱이'라는 딱지가 붙을까봐 두려워 발길을 끊었다고 한다. 심지어는 우리 가게 근처에 다른 가게를 하나 열어 영업에 피해를 주기도 했다. 시애틀 주재 〈조선일보〉가 그 일에 앞장을 섰다고 한다. 결국 남편의 사업은 파산으로 몰려갔고 우리는 집까지 넘긴 채 빈털터리가 되었다.

　자식을 떠나보내는 일 다음으로 힘든 것이 파산하는 일이었다. 나는 정신적으로 큰 충격을 받았고 불안증까지 생겼다. 가슴과 머리에 구멍이 나는 것 같은 긴박감을 느끼면서 잠도 못 자고 툭하면 울었다. 그때 만약 내게 직장이 없었다면 우리 식구는 말 그대로 길바닥에 나앉았을 지 모른다. 이사를 할 때는 이사 비용조차 없어서 메이플우드 교회 교인 23명이 와서 짐을 날라 주었다. 교포 사회에서는 "김대중 씨 구명운동 하다가 그 집이 망했다"는 소문이 돌았다.

　그때나 지금이나 내가 분명히 아는 한 가지는 나처럼 공산주의의 희생자들이 북한 정부를 좋아하기는 정말 어렵다는 사실이다. 고향에서 처음 만난 공산주의는 너무도 잔인하고 무서웠다. 자라서 머리로는 같은 민족이니 서로 사랑하고 도우며 미워해서는 안 된다고 생각하지만 솔직히 말해 그것이 가슴으로는 잘 안 된다. 그런데도 1980년대 대부분의 교포들은 반한과 반독재의 차이를 제대로 이해하지 못하는 것 같았다. 우리가 한 것은 반독재였지 반한은 아니었다.

그리고 한 가지 또 안타까운 건 그 당시 기독교인들은 한국의 독재를 찬성하고 후원하는 것은 정치활동이 아니고 반대하는 것만 정치활동이라며 비난했다는 사실이다. 특정 정치형태를 찬성하고 후원하는 것 역시 정치적인 활동이다. 반대하는 것만이 정치활동은 아닌 것이다. 그런 의미에서 사람은 정치적인 동물임에 틀림없다.

김대중 씨를 포함해 인권운동 하던 사람들을 지지하고 후원했다는 이유로 집을 빼앗기고 파산하는 일은 미국 같은 민주주의 국가에서 절대로 일어날 수 없는 일이었다. 그러나 당시의 한인교포 사회는 미국에서 살면서 민주주의의 혜택을 받고 있었지만 실제로는 민주주의를 이해하지 못하고 있었던 것이다. 사고는 여전히 한국적인 이데올로기에 매몰돼 있었던 것이다. 지금도 많은 교포들이 이민 올 당시의 한국 문화 속에 살고 있으며 그 이후 변화된 한국 문화에도, 그렇다고 몸을 담고 있는 미국 문화에도 적응하지 못한 채 살고 있다.

시애틀에서 함께 일했던 '한총련'이란 단체가 있었는데, 그 단체 회원들과 우연한 기회에 이야기를 나누게 되었다. 나와 남편은 체제에 관계없이 독재적인 정부 형태에 대해서는 모두 반대한다는 입장을 갖고 있었다. 그것이 필리핀이든, 북한이든, 남아프리카 공화국이든, 지역에 관계없이 독재적인 권력 형태라면 우리는 반대해야 한다고 생각했다. 모든 독재는 사람들의 기본 권리를 박탈하기 때문이다.

그런데 그 그룹의 청년들 가운데는 "김일성 주석은 잘 하고 있다"고 말하는 친구들이 있었다. 그래서 우리는 그것은 아니라고 맞섰다. 그들이 보기에 우리는 극히 보수적인 사람들이었고 보수적인 사람들의 눈에는 우리가 빨갱이로 비쳤다. 양쪽 다 우리를 제대로 평가하지 못한 것이다. 우리는 오로지 기독교 신앙의 입장에서, 하나님의 형상으로 하나님이 창조하고 축복해주신 인간의 기본권을 주장한 것뿐이다. 정치적인 보복과 살상에 대해 신앙적으로 항거한 것뿐이다. 생각이 다르다고 해서 사람을 고문하고 죽이는 것은 결코 용납될 수 없는 일이다.

우리에게 80년대는 악몽의 시대였다. 공산주의 사상을 가진 사람들로부터는 '골동품'이라고 비판 받았고, 독재도 좋다고 하는 사람들로부터는 '빨갱이'라고 비판을 받았으니 정말 아이러니하지 않을 수 없었다. 그래도 빈손으로 나앉은 우리에게 하나님은 절대 무심치 않으셨다. 오히려 새로운 인생의 장을 열어주셨다. 빈곤과 노숙이란 어둠의 길을 걷는 사람들을 위해 예수님이 하신 것처럼 섬기는 사역의 길을 활짝 열어주셨다. 다른 차원의 인권운동으로, 새로운 구원 사역으로 옮기라고 우리를 밀어붙이신 것 같았다. 그것이 나를 향한 그분의 진정한 뜻이었던 것이다.

목회자의 길

나는 하나님께 죽여 달라고 떼를 쓰면서 그저 찬송만 불렀다. 하나님은 우리가 시애틀로 이사왔을 때 갑자기 나의 영안을 열어주셨다. 그래서 나는 밤낮으로 미친 듯이 성경을 읽었다. 성경을 몇 번이나 통독했는지 모른다. 남편의 낚시를 따라가서는 해가 지고 글이 안 보일 때까지 쉬지 않고 성경을 읽었다. 그러다가 갑자기 "내 눈이 열렸다"며 환호성을 치곤했다.

그러던 어느 날 나의 멘토였던 윌슨 목사님이 나에게 목사 안수를 받으라고 권했다. 기도 중에 그런 마음이 들었다며 바로 행동에 옮겼다. 윌슨 목사님은 자신이 섬기고 있던 메이플우드 교회 당회와 교회가 속한 노스 푸젯 사운드North Puget Sound 노회 목회위원회에 나를 천거해 주었다. 그러나 해당 노회에서 다시 공부를 하라고 권유했을 때 나는 뒤로 한 발 물러났다. 내 나이 이미 50인데 어떻게 공부를 하겠느냐고 사양했다.

그러나 노회 목회위원회와 윌슨 목사님은 나의 그런 말을 무시하고 "할 수 있다"며 밀어 붙였다. 마치 하나님께서 그분들을 통해 내가 저항할 수 없도록 밀어 붙이시는 것처럼 보였다. 한동안 거절하던 나는 더 이상 저항할 수 없어서 결국 시애틀의 풀러 신학대 분교 대학원에 입학하게 되었다. 대학원에서 나는 신약신학에서는 역사적인 예수를, 교회사에서는 교회와 사회를 선택할 수 있도록 허락 받아 재미있게 공부했다. 신학교에서는 내가 원하는 것을 가르치지는 않았지만 그렇다고 내가 추구하는 바를 가로막지도 않았다.

학교에서는 나의 신학사, 문학사, 사회사업 석사를 인정해 주었고, 사회사업 분야에서 일한 경력들을 선택 과목으로 쳐 주었다. 그리고 석사 과정의 신학 과목(구약신학, 신약신학, 조직신학, 석의학, 교회사, 설교 학) 등을 하는 것으로 목사 안수 자격을 인정해 주었다. 공부는 늘 너무 재미있었다. 영적으로는 기뻐서 찬송을 부르며 다녔으나 직장을 다니면서 공부를 했기 때문에 육신은 너무 힘들어 했다. 머리부터 발끝까지 온 몸에 두드러기가 돋을 정도로 고생을 했다.

미국에서 목사 안수 후보자는 노회 시험을 두 번 거치도록 되어 있다. 하나는 전 노회원 앞에 서서 나는 왜 목사 안수를 받으려고 하는 지를 설명하고 신앙고백을 하는 것이고, 다른 하나는 교육과 총회에서 내려 온 필기시험, 그리고 모든 준비를 마친 상태에서 치르는 최종 구두시험이다. 거기에서 통과하면 안수식을 하게 된다.

첫 관문을 통과하던 날 나는 "이제 내게 남은 것은 살아도 주를 위해 살고 죽어도 주를 위해 죽는 일뿐"이라고 말했다. 나는 그 말을 맨 앞자리에 앉아있던 남편이 알아들을 수 있도록 한국말로 할 수 있게 해달라고 부탁해 허락을 얻었다. 그러고는 남편을 향해 그 말을 하는데 마치 터진 수도꼭지 같이 쏟아지는 눈물을 감당할 길이 없었다. 왜냐하면 가장 소중했던 자식을 잃고 죽음의 문턱을 수시로 넘나들며 얻은 결론이 그것이라는 것을 제대로 아는 사람은 남편뿐이었기 때문이다. 그날 그 자리에 참석한 수백 명의 목회자들과 장로들 가운데 마른 눈으로 돌아간 이는 거의 없었다고 한다.

미국 장로교 목사가 되다

나는 풀러 신학교에서 소정의 교육 과정을 마치고 미국장로교 총회에서 내려오는 시험도 다 통과를 했다. 그리고 2년 후 노회 석상에서의 둘째 관문인 구두시험에서도 만장일치로 통과되어 목사 안수를 받을 수 있는 모든 준비를 다 마쳤다. 1987년 4월 12일 노스 푸젯 사운드 노회는 메이플 교회에서 내게 정식으로 목사 안수를 해 주었고 나는 마침내 미국장로교총회의 목사가 되었다.

나에게 4월은 무척 의미 있는 계절이다. 부활절이 있고 내가 미국에 도착해 새로운 삶을 시작한 것이 4월 18일이다. 또 내 아들의 생일과 그 아이가 세상을 떠난 것이 각각 4월 25일과 30일이다. 그래서 나는 영적으로 새로 태어나는 행사를 4월 12일 주일에 치르기로 한 것이다. 4월은 내게 죽음의 달이자 부활의 달이기도 하다.

노회 석상에서 치른 나의 시험 과정과 안수식은 많은 사람들의 마음에 오늘까지 가장 감명 깊은 사건으로 남아 있다고 한다. 신학교를 졸업하고 28년 만에 온갖 풍상을 다 겪은 뒤 하나님의 은혜로 이루어진 일이라고 모두가 믿었기 때문이다. 그때 내 나이가 52세였다. 여자 나이 쉰이 넘으면 말 그대로 쉰 세대인데 나는 펄펄 날랐고 인생의 또 다른 장을 시작하고 있었다.

미국장로교회에서는 한정미 목사가 나보다 먼저 안수를 받았고 내가 두 번째였다. 한인 여성으로서 우리는 미국장로교에서 최초로 안수 받은 사람들이다. 안수식과 설교, 기도, 찬양 등 모든 순서는 두 가지 언어로 이루어졌고 모든 순서에는 남녀를 함께 참석시켰다. 그제야 나는 죽음의 도시 세인트루이스를 떠나던 밤 하나님이 주신 계시의 의미를 알 수 있을 것 같았다. 그 계시는 큰 나무에 불이 붙고 나무가 재로 변한 뒤 그 재 속에서 다시 꽃이 피어나는 환상이었다.

나는 이전에 정신적으로, 그리고 영적으로 이미 죽었다. 키엘케고르가 절망을 "죽음에 이르는 병"이라고 말했듯이 나는 절망에 빠져 하나님까지 밀어내며 살기를 거부한 적이 있었다. 그런데 오늘 안수를 받고 목사가 된 것은 그 죽음에서 다시 일어나는 일이었다. 하나님께서 재에 생명을 불어 넣어 다시 살리신 기적이다. 나

미국 노회에서 노회장이 질문하고
안수 받을 사람이 응답하는 모습.

안수가 끝나면 노회 목회위원회에서 안수 받은 사람의 목에 스톨을 걸어준다. 왼쪽 사진은
처음으로 목에 스톨을 걸어주는 장면이고 오른쪽 사진은 스톨을 걸고 돌아서는 장면이다.
이로써 안수자가 목사가 된 것을 최종적으로 선포하게 된다. 안수가 끝난 후 축도는 안수를
받은 목사를 시킨다. 그래서 내가 평생 처음으로 축도를 하는 모습이다. 내 안수식에서 설교
하신 분이 나의 멘토 중 한 분이자 대선배이신 정용철 목사님이다. 이분이 은퇴한 후 시애틀
에 필그림 교회를 개척해서 섬기실 때 나는 어른 성경반을 가르쳤다. 주일 아침에는 메이플
우드 교회에서 예배드리고 오후에는 필그림 교회에 가서 봉사했다.

의 서원 기도를 들으시고 오늘까지 계시로 인도하신 주님은 나를 그저 죽은 재로 남아있게 하지 않으셨다. 오히려 그 재에서 다시 꽃이 피는 기적을 보여주신 것이다.

질문과 대답하는 과정을 거쳐 그곳에 참석한 목사와 장로들이 모두 나와 내 머리에 손을 얹고 안수를 했다. 그렇게 나는 미국장로교Presbyterian Church USA의 목사가 되었다. 지금은 한인 2세들이 많아 언어가 큰 문제가 되지 않지만 우리 시대에만 하더라도 한국 남자가 미국장로교에서 목사 안수를 받는 것은 대단히 힘든 일이었다. 그런데 52살이나 먹은 여자가 목사 안수를 받았으니 다들 정말 대단한 일이라고 칭찬을 해주었다. 하지만 그 일은 내가 한 것이 아니다. 나의 삶에서 내가 혼자 힘으로 이뤄낸 것은 거의 없다. 모두가 하나님께서 직접 개입하신 결과이며 목사 안수 역시 그분이 밀어 붙이심으로써 이루어진 사건이다.

워싱턴 주립대학에서의 목회와 계시

내가 목사가 되자 윌슨 목사님은 나에게 워싱턴 주립대학에서 학원 목회를 해보면 어떻겠느냐고 제안했다. 물론 한국교회에서 사역하면 어떻겠느냐는 제안도 받았지만 단호하게 거절했다. 진보적 성향을 가진 내가 한국교회에서 잘 견딜 수 있을지 자신이 없었기 때문이었다. 목회를 늦게 시작한 만큼 내게는 목회를 할 시간이 길지 않았고 그것을 투쟁하는데 보내고 싶은 생각은 없었다. 그래서 내가 하고 싶은 목회지를 찾아 짧은 시간에 열심히 하면 그것으로 족하겠다는 생각이었다.

그래서 첫 목회지로 워싱턴 주립대학에서 외국 학생을 위한 학원 목회를 개발하는 일을 선택했다. 당시 워싱턴 주립대학에는 외국 학생 수가 전체 학생의 20퍼센트를 차지할 만큼 많았다. 이들은 주류 사회와 환경에 제대로 적응을 못해 낯설고 외로운 사람들이었다. 이들을 위한 특수목회를 개발하는 게 내 일이었다. 그동안 나는 내가 하던 모든 사회사업을 목회라고 생각하면서 열심히 했지만 이번 일은 달랐다. 왜냐하면 나 자신이 안수 받은 목회자가 되었기 때문이다. 그래서 더 열심히 예배와 설교와 성경공부를 준비했다.

나의 사무실은 커버넌트 하우스Covenant House에 있었고 장로교를 대표하고 있었다. 그래서 나는 발이 닳도록 대학교 캠퍼스를 누비며 세계 여러 나라에서 온 학생들의 학생회를 방문하고 학교 인근에 있는 학생 아파트까지 심방을 했다. 나는 파트타임으로 정신병원의 외래진료 사역과 대학목회 두 사역을 동시에 섬겼다. 일의 양은 두 코스가 다 풀 타임 사역 이상이었다. 특히 정신질환이 있는 한인 학생들은 내가 직접 상담하고 치료하거나 정신과 의사와 협력하여 상담을 진행하기도 했다. 여기에서도 나의 과거 정신질환 경험이 요긴하게 쓰였다.

나는 학생들과 예배드리고, 기도하고, 성경을 가르쳤다. 제3세계의 학생들로부터는 미국과 제3세계 간의 관계에 대해 배웠고, 제3세계에 대한 미국의 정치적이고 경제적인 역할에 이들이 믿음을 통해 어떻게 영향을 미칠 것인가에 관해 물었다. 이렇게 열심히 사역을 하던 나에게 하나님은 또 하나의 엄청난 계시를 주셨다.

외국 학생 환영 만찬 장면. 나는 키가 작아 늘 의자 위에 올라서서 이야기했다. 학생들은 항상 배고파했고 내가 만든 한식을 무척 좋아했다. 지역 사회에서 온 손님들도 마찬가지였다.

내가 목사 안수를 받은 지 꼭 1년째가 되던 1988년 부활절 새벽의 일이었다. 꿈속에서 하나님은 나를 단칸짜리 방에 마련된 작은 교회의 문 안쪽에 세워놓고 이렇게 말씀하셨다. "거기에 십자가를 심으라. 그리하면 그것이 지붕 밖으로 자라 나갈 것이다." 모세가 타지 않는 불 속에서 하나님의 음성을 들었던 것처럼, 나도 타지 않는 불 속에서 영어로 그 말씀을 들었다. "Plant the Cross. It will grow through the roof." 나로서는 꿈속에서 하나님의 음성을 듣는 일이 처음이라 감격하고 떨렸다. 계시는 분명했지만 나는 그 말씀이 무엇을 뜻하는 건지 알지 못해 여러 해 동안 고민했다.

어쨌든 당시로서는 그때 하고 있던 일이 계시의 뜻이라고 생각해 더 열심을 내었다. 그러던 중 의사들도 모르는 병을 앓게 되었다. 할 수 없이 병원에 누워 있던 나는 하나님께 넋두리를 늘어놓았다. "이렇게 병원에 누워 있을 시간이 없습니다. 제가 앓는 병의 의미가 무엇입니까? 제게 주신 그 꿈의 뜻은 또 무엇입니까? 제가 알아 듣게 분명히 말씀해 주십시오." 그런데 갑자기 병실 안이 눈처럼 희고 환해지면서 비몽사몽간에 영안이 열렸다. 하나님은 "십자가를 심으라"는 계시가 바로 홈리스 여성 목회를 하라는 비전임을 밝혀 주셨다.

십자가는 세상에서 가장 고통스럽고 참혹한 형틀이다. 예수님께 십자가는 치욕과 멸시, 가족과 사랑하는 제자와 동족, 그리고 하나님의 버림까지를 의미하는, 육신적인 고문을 넘어 정신적이고 영적인 아픔이자 번뇌이고 외로움이었다. 그리고 예수님의 이 고통이 바로 오늘날 가난과 병과 학대와 강간과 버림과 무시와 절망에 몸과 영혼이 모두 밟히고 찢기고 버려져 길거리를 배회하는 홈리스들의 아픔이자 외로움이다.

동시에 십자가는 모든 버림받은 사람들에게 하나님의 긍휼이자 그리스도의 사랑이며, 환영, 높임과 용서, 소망, 은혜, 재생, 부활이다. 이것들은 홈리스들이 절망과 죽음에서 일어나기 위해 가장 필요로 하는 힘이고 생명이다. 아울러 십자가는 집이나 명예, 이름이나 지위도 없이, 심지어는 생명까지 세상의 모든 죄인들에게 나누어 주신 주님의 정신이기도 하다. 그래서 세상적이고 물질적인 교회와 그리스도인들이 빨리 되찾아야 할 그리스도의 발자취요 거울이요 생명이다.

미련한 나는 계시의 의미가 바로 이런 것을 홈리스와 기독교인들의 생활 속에 심으라는 뜻임을 뒤늦게 깨달았다. 십자가를 심는 사역이란 교회 벽에 나무 십자가를 걸어만 두는 것이 아니라 죽어가는 이들을 일으키고, 살아 생동하는 십자가를 사람들의 마음과 생활 속에 심으라는 뜻이었다. 십자가는 하나님의 마음에 드는 생활 그 자체를 의미하는 것이었다. 나는 이것이 하나님께서 내게 말씀해 주신 계시의 의미라고 믿는다. 그래서 막달라 마리아 교회의 로고는 노숙이란 죽음의 병을 앓고 있는 여성들이 교회를 통해 치유되고 자유롭게 되어 소망 가운데 기뻐하며 춤을 추는 모습을 나타낸 것이다.

나는 지병이던 기관지 천식이 극심해져 63세(1998) 때 7년이나 섬기던 노숙 사역에서 은퇴하려고 준비했다. 하지만 하나님은 은퇴하기 두 달 전 또 다른 계시로 장로교 총회의 부름을 받게 하시고 7년 동안 전국적인 순회 설교의 길로 올려놓으셨다. 나는 방문하는 교회마다 버림받은 홈리스들을 긍휼히 여기고 그리스도가 우리를 대신해 십자가를 지신 것처럼 홈리스들과 사랑과 축복을 나누고 소망을 주어 죽음에서 일으키자고 외쳤다. 이 또한 그리스도의 십자가를 심는 사역이었다. 두 번째 은퇴 이후 오늘까지 내가 계속하고 있는 사역은 모두가 주님의 십자가를 심는 사명을 다하는 일이다.

제3부

막달라 마리아 홈리스 여성 교회

대학 목회 은퇴와 환갑 피크닉

홈리스 근절 헌의안 통과되다

교회 은퇴와 또 다른 기회

보랏빛 셔츠 제작

둥지 선교회 설립

아가페 홈리스 교회 설립

또 한번의 은퇴와 감사

71세에 목회학 박사 학위 따다

여성 리더십을 위하여

마지막 천신만고의 홈리스 교육사역

이렇게 죽고 싶다

보랏빛 사람들의

행진

막달라 마리아 홈리스 여성 교회

생각해보면 나는 거의 20여년을 섬김 사역을 계속해 왔다.
한국에서는 전쟁고아와 과부, 그리고 나환자들을 섬겼고 미국에서
는 노인과 정신질환자들을 섬겼다. 하지만 아들을 잃고 한 번 죽었
다 살아나는 경험을 한 다음부터는 나처럼 아픈 사람들과 홈리스
들이 눈에 들어오기 시작했다. 이전의 섬김 사역은 신학도로서 사
명감을 갖고 한 의무적인 것이었지만 아들을 잃고 난 후 나는 상대
방의 아픔을 내 가슴으로, 영안으로, 영성으로 보게 되었다. 즉, 완
전히 주님께 잡힌바 되어 상대방의 가슴이 내 가슴 속으로 들어오
고 내 가슴이 상대방의 가슴 속으로 들어가게 된 것이다. 이렇게
해서 이전 20년과는 질적으로 전혀 다른 30여년의 홈리스 '근절'
사역이 시작되었다.

보랏빛 희망

내가 홈리스 교회를 개척하여 섬기게 된 데에는 몇 가지 동기가 있다.

첫째, 내가 정신병원 입원병동, 외래 정신건강원, 그리고 지역사회의 쉼터에서 자살을 기도하다 들어온 환자들, 자신을 버린 채 파괴적인 생을 살아가는 사람들을 보면서 절실하게 느낀 건 '이들에게는 반드시 하나님이 계셔야겠다'는 것이었다. 그러나 그 시설들에서는 종교적인 접근을 허용하지 않았다. 정부의 자금으로 운영하는 기관들인 탓에 이런 문제에는 명확하게 선을 긋고 있었다. 하지만 나는 상담과 치료도 중요하지만 이들이 하나님을 만날 수 있게 해 준다면 틀림없이 그들의 삶이 달라졌을 것이라고 생각하게 되었다. 이러한 생각들 속에서 막연하게나마 홈리스 사역에 대한 꿈이 싹트고 있었다.

둘째, 미국은 경제적으로는 세계에서 가장 부유한 나라다. 그럼에도 불구하고 정신질환, 마약, 술 등 각종 중독에 시달리는 홈리스가 너무 많다는 사실이다.

셋째, '잘 살아보려고 미국으로 왔는데 어떻게 사는 것이 주님의 마음에 드는 삶인가, 나는 어떻게 아메리칸 드림American Dream을 좇을 것인가, 어떻게 주님의 꿈Dream을 좇아 살 것인가' 하는 질문에 봉착했다. 예수님은 가난하고 병들어 그 사회에서 버림받은 사람들을 사랑하고 섬기셨다. 나는 그것이 바로 주님의 꿈이고 그 꿈을 좇아 사는 것이 옳다고 생각했다.

넷째, 술과 마약에 찌들은 홈리스들은 모두가 죽음에 이르는 병을 앓고 있더라는 사실이다. 그들은 겉으로 보기에는 멀쩡했지만 속은 모두 병이 들어 살고자 하는 의지나 결단력, 책임감, 꾸준한 노력, 참을성이 없었다. 일도 제대로 못하고, 약속도 안 지키고, 제 시간에 일어나고 자는 일상적인 일도 제대로 하지 못했다. 이런 것은 정신의 문제이기도 했지만 환경의 문제이기도 했다. 이들은 성장할 때 제대로 된 가정에서 제대로 된 부모밑에서 제대로 사는 모습을 본 적이 없었다. 그저 멋대로 자라고 멋대로 살았기 때문에 의지가 약하고 훈련과 규칙을 견디지 못했다. 또 육체적인 노동을 견딜 만큼 건강한 사람도 별로 없었다.

이런 사람들은 한번 홈리스가 되면 이것이 만성질환처럼 굳어져 가정과 사회에서 버림을 받게 된다. 그러고는 스스로 절망감에 사로잡혀 자포자기해 버리는 것이다. 험한 홈리스 생활 속에서 어느덧 피해망상 환자가 된 사람들이었다. 키엘케고르가 "절망은 죽음에 이르는 병"이라고 말한 것처럼 절망으로 가득 찬 홈리스 생활은 육신적으로나 정신적으로나 영적으로 죽음에 이르는 병이었다. 이것은 약물로 치료가 되는 병이 아니었다. 교회를 통해 영적으로, 신앙적으로 치유되어야 할 병이었다.

왜 여성 교회인가?

그럼 홈리스 가운데에서도 왜 하필 여성 교회인가? 그 이유는 이렇다.

첫째, 여성의 몸으로 홈리스가 되어 길에서 산다는 것은 단 한 순간도 마음을 놓을 수 없다는 것을 의미한다. 여성 홈리스의 삶은 쉽게 도둑맞고, 매 맞고, 강간당하고, 심하면 살인까지 당할 수 있는 삶이다. 이는 아이들도 마찬가지다. 그래서 다른 무엇보다도 홈리스 여성을 섬기는 사역이 최우선이 되어야 한다.

둘째, 이 여성들은 과거에 결손 가정이나 폭력 가정, 정신질환이나 술과 마약을 남용하는 가정에서 이미 너무나 많은 상처를 입고 파괴된 사람들이다. 이들은 이미 과거에 술과 마약을 했거나 매춘과 도둑질, 거짓말, 폭력 등으로 구치소나 감옥살이를 한 '화려한' 경력을 가진 여성들이다. 그래서 정신적으로, 또는 성격에 장애가 있는 사람들이라 자존감이나 인간으로서의 존엄성 같은 것은 버린 지 오래다. 살아남기 위해 난폭해지고 항상 방어태세에 돌입해 있는 여자 깡패들도 있었다. 훔치고, 거짓말하고, 상대방을 이용하는 것이 살아남기 위한 일종의 생활수단이 되어 버린 사람들이다. 개중에 얌전하고 순한 여성들은 난폭한 여자들의 먹잇감이 되었다.

셋째, 이런 여성들은 그들을 하나님의 품으로 인도해서 허물어진 자존감을 세워주고 하나님의 형상대로 지어진 원래의 모습을 회복할 수 있게 도와주어야 한다.

넷째, 하나님은 이런 여성들이 믿고 있듯이 정죄하고 벌하시는 하나님이 아니라 사랑하고 용서하며 함께 아파하고 울어주는 하나님이심을 체험하고 용기와 희망을 얻게 도와주어야 한다.

다섯째, 사회와 교회가 그들에게 가한 상처를 치유해 주어야 한다.

여섯째, 이들은 냄새 나고 다른 사람들과 달라서 일반 교회에는 가기를 꺼려하고 교회도 이들을 감당할 수 없다. 따라서 이들이 아무런 위협 없이 안전하게 예배드릴 수 있는 그들만의 공간이 필요하다. 그들의 비정상적인 모습이 허용되고 환영받는, 여성 홈리스들만의 예배처가 필요하다.

일곱째, 여성이 홈리스가 되면 대부분의 경우 아이를 동반한다. 이 아이들은 당연히 홈리스로 성장하게 된다. 그런 의미에서 여성의 노숙 근절은 미래 노숙을 근절하는 기초가 된다.

마지막으로 여덟째, 가장 중요한 이유다. 내가 1988년 부활절 새벽에 받은 "십자가를 심으라"는 계시는 수년 후 "여성 교회를 하라"는 하나님의 명령임이 또 다른 계시를 통해 밝혀졌다. 천식이 심해져 죽음이 앞에 보이는 상황에서도 그러한 하나님의 명령을 따르는 것 외에는 다른 길이 없다고 생각했다.

왜 막달라 마리아 교회인가?

성경에 나온 대로(눅 8:1~3) 막달라 마리아는 귀신에 들렸다가 치유를 받고 예수님의 삶과 가르침, 고난과 부활의 증인이 된 여성이다. 나는 막달라 마리아 교회의 주제가 되는 성경 말씀으로 "나는 주를 보았다"(요 20:18)를 선택했다. 홈리스 여성들이 마리아처럼 예수님의 능력으로 갖가지 병과 문제로부터 치유 받고 주님을 만나 새로운 삶을 찾고, 사랑과 긍휼의 증인이 되고, 자신이 만난 주님을 증거하기 위해 "나는 주를 보았다"고 외치는 자리에 서기를 원해서 지은 교회 이름이다.

첫 예배의 시작

나는 막달라 마리아 교회를 열기까지 거의 3년이란 세월을 고민하고 기도하며 헤매었다. 그러다가 1990년 5월경, 내가 이전에 인권 운동하면서 사귀었던 시애틀의 여성 지도자들을 대학 목회 사무실로 불렀다. 그리고 나의 꿈을 소개했다. 그들은 여성 홈리스들을 위한 나의 비전을 크게 환영했다. 나는 교회의 큰 그림을 제안서로 정리해서 그들에게 넘기고 서울로 여행을 떠났다. 다시 미국으로 돌아왔을 때 그들은 나의 제안을 그대로 받아들였다. 교회 이름도 내가 처음에 제안했던 대로 막달아 마리아 교회로 정해졌다.

1990년 늦가을 나는 가까운 친구 중 한 명인 잰 케이트Jan Cate와 함께 시내로 나갔다. 교회 건물을 마련하기 위해서였다. 우리는 미국 제일감리교회로 가서 히어홀처Hierholtzer 목사를 만났다. 그리고 그에게 방 하나만 달라고 요청했다. 그는 담당 위원회와 의논해야 한다고 말했다. 나는 "그럴 시간이 없다. 하나님께서 내게 계시를 주셨는데 여성들이 저 밖에서 죽어가니 시급한 상황이다. 작은 방의 한 구석이라도 주면 홈리스 여성들과 만나겠다"고 말했다. 그랬더니 그는 그럼 언제부터 교회를 시작하겠느냐고 물었다. 내가 한두 달 후인 1991년 1월 19일이라고 하자 그는 놀란 표정을 지으며 "그렇게 빨리?"하고 되물었다.

어쨌든 나는 히어홀처 목사의 허락을 얻어 10여 명이 앉을 수 있는 작은 방을 구했다. 그곳은 제일감리교회 찬양대가 옷을 벗어 걸어두는 공간으로 피아노가 한 대 놓여 있었다. 주일에는 교회에서 이 방을 사용했기 때문에 우리는 예배를 토요일에 드려야 했다. 자원봉사자들도 주일에는 자신들의 교회에서 예배를 드려야 하기 때문에 오히려 토요일이 더 좋다고 했다. 대부분의 쉼터들은 홈리스들을 새벽에 내보냈다. 그래서 이들은 길가나 공원에서 부족한 잠을 잤다. 우리는 춥고 배고프고 화가 난 여성 홈리스들을 따뜻하게 맞이하기 위해 따끈한 커피와 아침을 준비해 놓고 오전 7시에 문을 열었다.

우리의 첫 예배는 이렇게 시작되었다. 모든 것을 체계적으로 다 준비해 놓고 시작하는 미국 장로교회와 달리 성령님의 강권적인 역사에 떠밀려 즉흥적으로 시작되었다. 내 성격이 일단 시작하면 중도에 하차하지 않는 편이기도 했지만, 또 우리 주님은 내가 구하기 전에 알아서 예비하시고 공급하시고 채워주시는 분이라는 것을 알고 믿었다. 나는 이런 주님을 많이 경험했기 때문에 전혀 의심도, 두려움도 없었다. 교회를 시작하기 두 주 전에 내가 일하던 세 곳의 쉼터 여성들에게 우리 교회의 목적을 알리고 땡전 한 푼 없이 빈손으로 문을 열었다.

첫 날에는 별 준비도 없었다. 다섯 명의 자매들이 왔다. 그 중의 한 사람이 페니 보그Penny Bog였다. 그리고 내 친구 다나 프라이 디쿠Donna Frye DeCou 목사가 와서 피아노를 쳐 주었다. 하지만 얼마 지나지 않아 공간이 좁아서 예배가 불가능할 정도가 되었다. 다른 공간이 필요했다. 교회에 요청을 해서 새로운 공간을 허락 받았다. 그러나 새로 옮긴 방은 교회가 결혼식 등 행사로 자주 사용하는 공간이었다. 결국 우리는 건물 맨 아래 지하층으로 옮길 수밖에 없었다. 우리는 솥과 그릇, 찬송가, 성경, 심지어는 재봉틀까지 이고 지고 지하실로 내려갔다. 속상해서 울먹이는 나를 오히려 다른 자매들이 위로했다.

시간이 흐르면서 지하층의 방도 점점 좁아졌다. 그래도 지하층은 방 한 쪽에 부엌이 있어서 편리했다. 공간이 좁아서 의자가 서로 닿을 정도로 옹기종기 모여 앉아 수십 명이 예배를 드렸다. 하루는 내가 설교 중이었는데 몸싸움이 벌어졌다. 뒤에 앉은 한 자매가 장난이었는지 모르겠지만 어쨌든 앞에 앉은 자매의 머리채를 끌어당겼다. 앞에 앉은 자매가 발끈해서 서로 치기 시작했다. 나는 설교를 중단하고 가서 뜯어 말리고는 설교를 계속했다. 그러자 의자가 날아가고 우산이 날아가면서 다시 몸싸움이 계속되었다. 나는 두 자매 가운데 서서 예배를 방해할 거면 한 사람은 밖으로 나가라고 했다. 그러자 한 자매가 "내가 나갈 테니 돌아오면 점심을 주겠느냐?"고 물었다. 그래서 내가 동네를 몇 바퀴 돌고 화를 가라앉힌 다음 돌아오면 점심을 주겠다고 하고 계속해서 예배를 드렸다. 두 사람을 다 내보내면 밖에 나가 죽고 살기로 싸움을 계속할 것이기 때문이었다.

어쨌든 지하층의 방도 비좁아져 우리는 바로 옆의 큰 홀로 나가 예배를 드리게 되었다. 그래도 부엌 시설은 작은 방의 것을 계속 사용했다. 그 홀은 공간은 넓었지만 어둠침침했다. 그래서 한인교회 청소년들이 와서 페인트를 칠해주었다. 우리는 따뜻한 아침식사 후 한 시간 동안 신나게 찬양하고 대화 설교와 죄를 종이에 써서 헌금으로 바치는 예배를 드렸다. 치유를 목적으로 하는 예배였기에 일반적인 예배와는 좀 다른 형태로 진행되었다.

여성 교회의 독특한 사역으로 '속옷 사역'을 들 수 있다. 홈리스 여성들은 겉옷이든 속옷이든 대부분 남이 입던 것을 입게 된다. 좋은 마음으로 옷을 나누는 사람들도 거의 대부분 자신이 입던 옷을 가져오기 때문이다. 하지만 남이 입던 속옷을, 그것도 몸에 잘 맞지도 않는 속옷을 입는 일은 절대로 유쾌한 경험이 아니다. 딱 맞고, 예쁘고, 편하고, 남의 몸에 닿지 않는 새 속옷은 여성의 자존심이다.

그래서 자매들의 자존감과 존엄성을 높여주기 위한 사역의 하나로 3개월마다 새 속옷을 한 벌씩 배급했다. 다른 교회로 설교를 하러 갔을 때 나는 여성 신학은 속옷신학으로부터 시작된다고 말했다. 그러면 미국 교회의 교인들은 대부분 웃음을 터뜨렸다. 하지만 이것은 절대 웃을 일이 아니다. 남녀를 불문하고 속옷은 인간의 자존감을 세우는 기본이다. 남이 입던 속옷을 입어보지 않은 사람은 이 말의 무게를 절대로 이해할 수 없다.

비록 3개월 간격이긴 했지만 속옷을 사는 비용도 만만치 않았다. 그럴 때마다 나는 상점에 가서 사정을 이야기하고 할인을 받아서 그중 저렴한 것으로 구입하곤 했다. 그런데 한 번은 〈시애틀 타임즈Seattle Times〉의 칼럼니스트인 진 가든Jean Godden이 '속옷 교회 Lingerie Church'란 제목으로 신문에 우리 교회를 소개했다. 그 칼럼을 읽은 한 백화점에서 속옷을 주겠다고 해서 우리는 경제적으로 숨통이 트였고 좋은 속옷을 자매들에게 배급할 수 있었다.

대학 목회 은퇴와 환갑 피크닉

자원봉사로 시작했던 막달라 마리아 사역은 풀타임 사역으로 발전했다. 그러다가 대학 목회를 시작하면서 각각 50퍼센트씩 시간을 나눌 수밖에 없게 되었다. 그러나 사역의 양이 많아져 하나님이 "죽을래, 아니면 하나 놓을래?" 하시는 지경에 이르러서야 나는 대학 목회에서 은퇴하기로 마음을 먹었다. 대학 목회야 누구나 할 수 있는 일이었지만 홈리스 여성 교회는 아무나 할 수 없는 일이었기 때문이다.

되돌아보면 대학 목회를 한 7년 동안 행사를 참으로 많이도 치렀다. 내가 마지막으로 낸 보고에 의하면, 학생과 지역 사회에서 온 참석자들을 위해 밥상을 332번 차렸고, 예배를 포함해서 종교와 사회, 교회의 국제문제 이해와 참여 등의 행사를 673번 했다. 그 중 국

아들 용이는 학생 시절부터 나의 멘
토 윌슨 목사님과 함께 엄마의 사역
을 도왔다. 참 좋은 아들이다. 아들
뒤에서 고기를 굽고 있는 것이 나다.
아들, 손자, 손녀, 며느리가 다 나의
홈리스 사역을 돕는다. 나는 세상에
태어난 보람을 느낀다. 천하사람 모
두에게 감명을 주었어도 내 자식을
감동시키지 못했다면 나는 세상을
산 의미가 없었을 것이라고 고백한
다. 그래서 나는 내 아들, 손자, 손녀,
며느리에게 늘 고맙다.

시애틀에는 지역 아시아 사람들의 제반사를 다루는
〈인터내셔널 이그제미너〉(International Examiner)
라는 신문이 있다. 이 신문은 제 소리를 못 내고 사는
소수민족을 대변해주는 사람들에게 감사의 표시로
'지역사회 목소리상'을 시상한다. 나는 1993년 5월 26
일 이 '지역사회 목소리상'을 수상했다. 나처럼 별 볼
일 없는 사람에게 이 상이 주어졌으니 그저 감사할 따
름이다. 윌슨 목사님과 함께 상을 받는 장면이다.

1994년 3월 5일 세계 여성의 날(International Women's
Day)에서 상을 받았다. 막달라 마리아 노숙여성 교회 사역
때문에 주어진 상이었다. 이 날 행사에는 내 홈리스 자매들
이 함께 참석했고 우리 찬양대가 찬양도 했다. 아들, 며느리
와 함께 어린 대운이도 와서 축하해 주었다.

제 정세 의식화에 대한 행사가 40번이었다. 대학 목회에 관련된 지역 사회에서의 설교, 강연, 회의 참석 등이 685회, 학교 캠퍼스에서의 심방이 136회, 학생 이벤트와 그들을 위한 준비 모임 참석이 212회, 학생들과 관련된 사람들의 심방과 면담·상담이 505회였다.

내가 은퇴할 때 한 동료 목사는 "한 시대 Era가 끝났다"고 표현했고 또 다른 동료 목사는 "냉랭하던 대학 목회실이 천국 잔칫집으로 변했다"고 말했다. 이것이 어떻게 나 같은 힘없는 사람이 감당할 수 있는 일이었겠는가? 오로지 성령님께서 나를 업고 함께 하셨기 때문에 가능한 일이었다.

환갑잔치 피크닉

내 생일은 여러 개다. 본 생일은 음력 7월 26일이지만 피난 왔을 때 기록자의 실수로 12월 26일로 변경되었다. 그러다가 6·25 전쟁 이후에는 또 누군가의 잘못으로 7월 13일이 되었다. 법적 서류에 그렇게 기록되어 있고 아이들과 친구들까지도 7월 13일로 기억하고 있기에 그냥 7월 13일을 내 생일로 지킨다.

요새는 사람들이 다 오래 살기 때문에 굳이 환갑을 기념하지 않는다. 그러나 나의 경우는 달랐다. 나처럼 병치레가 많은 사람이 60까지 살아남았으니 특별한 날이 아닐 수 없었다. 그래서 이 날을 어떻게 의미 있게 보낼까 생각한 끝에 버스로 갈 수 있는 근교 메드로나 파크Madrona Park에 자리를 마련하고 홈리스 자매들과 친구, 친지들을 초청했다.

초청장에는 선물이나 꽃을 가져오지 말라는 부탁을 담았다. 꼭 선물을 주고 싶은 사람은 '홈리스가 없는 밤' 행사를 진행할 수 있도록 행사비 후원을 할 수 있다고 적었다. 이 날 음식과 프로그램은 내 아들과 며느리가 책임졌고 전문 음악인을 초청하여 홈리스 자매들이 좋아하는 음악을 종일 틀었다. 이 날 피크닉은 홈리스들에게 가장 즐거운 시간이었다. 자기들을 사랑하는 목사이자 자신들이 사랑하는 목사의 60회 생일날이었기 때문이고 음악이 좋아서였다.

점심 식사 후 홈리스 자매들은 춤을 추기 시작했다. 내가 그들을 섬기는 동안, 그리고 그 후에도 그렇게 즐거워하는 모습은 본일이 없다. 그들도 우리와 똑같은 감정과 정을 가진 사람들이다. 다만 환경이 그들에게서 웃음과 즐거움과 행복감을 모두 빼앗아간 것뿐이다. 그 모두를 되돌려주는 것이 '정의'다. 그러므로 홈리스 사역은 '정의 사역'이다. 나는 춤을 출 줄 모르지만 몸을 움직이는 것으로 기쁨을 대신했다.

홈리스 근절 헌의안 통과되다

1995년 미국장로교총회 직원 수련회가 시애틀에서 열렸다. 500여 명의 직원이 해마다 여러 도시를 다니며 직원 수련회를 가졌는데 이 해에는 시애틀이 장소로 선정된 것이다. 시애틀 노회에서 주일 아침예배를 맡았는데 행사 준비를 주관한 데니스 휴즈 Dennis Hughes 목사가 나에게 설교를 부탁했다. 직원 수련회의 주제는 '화합 Unity' 이었다.

나는 새벽에 시애틀 시내로 나가 이 골목 저 골목에서 홈리스 여성들을 모았다. 어떤 이는 간밤에 길에서 자면서 소변을 옷에 지려 아랫도리가 젖고 냄새가 말이 아니었다. 그렇게 8명을 내 밴에 태우고 행사 장소인 메리어트 호텔로 갔다. 호텔에 도착해서는 일단 화장실에 가서 홈리스 자매들을 씻기고 옷을 갈아 입혀 예배 장소로 데려갔다.

드디어 내 설교 차례가 되었다. 나는 서두를 "우리는 오늘 아침 시애틀 시내에서 혼란chaos으로 출발했지만 지금은 화합Unity을 이루어 이렇게 여러분 앞에 섰다"로 꺼냈다. 그러고는 마이크를 홈리스 자매 한 사람, 한 사람에게 대주면서 우리 9명이 자기 자신의 이야기를 풀어가는 방식으로 설교를 했다. 설교가 끝나고 나서는 모두 함께 찬양을 했다. 설교를 들은 많은 참석자들이 눈물을 흘렸다. 나는 이 설교로 미국장로교에서 순식간에 유명 인사가 되었다.

'믿음의 여성상' 수상과 헌의안

1997년 6월, 루이빌에서 열린 미국장로교총회에 참석했다. 총회 여성 분과에서 주는 '믿음의 여성상'을 수상하기 위해서였다. 이때는 보랏빛 셔츠를 제작하기 전이라 차신덕 권사님의 도움으로 여러 색상의 셔츠 앞뒤에다 '여성 홈리스 근절'이라는 문구를 새겨서 입고 갔다.

그런데 시상식 때 시애틀 노회가 제출한 홈리스 근절에 대한 헌의안 통과를 위해 몇 장로와 함께 발언하는 기회를 얻게 되었다. 발언자에게 허락된 시간은 단 5분이었다. 그래서 나는 '홈리스 근절'이 새겨진 셔츠를 입고 왔다갔다하며 시위하는 것으로 발언을 대신했다. 이 방법은 효과가 있었다.

사실 나는 상을 받기 직전인 1997년 봄, 내가 속해 있던 시애틀 노회의 몇 개 회원 교회에 여성 홈리스 근절에 대한 헌의안을 총회에 내도록 제안하고 그 헌의안 내용 준비를 함께 했다. 여성 홈리스 근절을 위해서는 교단 차원의 협조가 절실했기 때문이었다.

　　우리 시애틀 노회가 제출한 헌의안은 루이빌 총회를 통과하느냐 혹은 부결되느냐 하는 기로에 서 있었다. 나로서는 믿음의 여성상보다 그 헌의안을 통과시키는 일이 더 급선무였기에 헌의안을 위한 발언도 하였던 것이다.

　　헌의안의 골자는

　　1. 미국장로교회는 여성과 아이들의 홈리스 근절 운동을 개시하라.

　　2. 모든 장로교회는 방 하나씩을 열어 홈리스들을 환영하라.

　　3. 홈리스 근절이 새겨진 셔츠를 모두 입어라.

　　4. 초교파적으로 다른 교단과 연합하여 홈리스 근절 사역에 동참하라 등이었다.

　　미국장로교 제209차 총회(1997)는 시애틀 노회의 헌의안을 승인했고, 다음해인 1998년 제210차 총회에서 또다시 추가 헌의안까지 승인했다.

교회 은퇴와 또 다른 기회

나는 1998년 2월 막달라 마리아 교회에서 은퇴했다. 내 몸이 사역을 감당할 수 없었기 때문이었다. 시애틀은 바닷가에 위치한 지역이었다. 그래서 비가 오고 바람이 많이 불었다. 그런 시애틀의 길바닥에서 홈리스 사역을 한 지 7년, 나의 지병인 천식은 갈수록 심해졌다. 어떤 날 아침에는 거의 반쯤 죽은 상태로 잠에서 깨기도 했다. 게다가 나는 홈리스 여성들이 앓는 모든 병을 같이 앓기도 했다. 아무래도 하나님께서 부르실 날이 가까워진 것 같아 준비 차 교회를 은퇴하기로 하고 이사회에 통고했다.

어느 날 저녁 이사회가 주최한 송별회에서 나는 너무도 놀라운 선물 하나를 받았는데 바로 여기에 수록한 만화다. 이 만화는 내가 홈리스 여성이 가득 탄 배를 물 위로 끌고 가는 모습을 그린 것이

보랏빛 사람들의 행진

다. 그 배 안에는 예수님이 홈리스 여성과 아이들 틈에 함께 앉아 계신다. 무엇을 말하려 함인가? 나의 사역을 천재적으로 잘 표현해 준 만화란 생각이 들어 그날부터 지금까지 나 자신의 로고로 사용한다. 만화 바로 밑에는 "Jean walks on the water"란 말이 쓰여 있는데 황송해서 그 말은 지워버리고 사용한다.

또 다른 계획

죽음을 준비하는 나에게 하나님께서는 또 다른 계획을 준비하셨던 것일까? 은퇴하기 두서너 달 전에 하나님께서 치밀하게 준비하신 다음과 같은 일이 먼저 일어났다. 미국장로교총회 어느 분과의 주최로 빈곤에 대한 워크숍이 열렸는데 내가 홈리스 문제에 대한 워크숍 리더로 초청을 받게 되었다. 나중에 알게 된 일이지만 이 워크숍에 참석한 사람들 중에 총회 여성목회분과 디렉터인 바바라 두에이Barbara Dua 목사도 끼어 있었다.

워크숍에서 한 참석자가 홈리스 여성을 교회로 받아들이는 일은 너무 위험하다고 말했다. 그래서 나는 "지난 40여년을 (1997년 당시) 홈리스들과 함께 했고, 그들을 내 차에 태워 안 간데 없이 돌아다녔지만 아무 일도 일어나지 않았다. 세상만사 위험이 따르지 않는 일은 아무것도 없다. 그렇게 무서우면 예수 믿는 일도 할 수가 없지 않은가? 그러나 내게는 그것도 두 달밖에 남지 않았다. 왜냐하면 나는 두 달 후에 은퇴하기 때문"이라고 말했다. 그런데 하나님의 방법은 참으로 신비롭다. 나의 "두 달 후면 은퇴한다"는 말이 바바라 두에이 목사의 마음을 자극했다. 홈리스 사역의 위험성 논쟁이 오히려 바바라 목사로 하여금 나를 발탁하게 하는 동기가 될 줄 누가 짐작이나 했겠는가?

바바라 목사는 그 다음 날 나에게 만나자고 하더니 자신과 함께 총회에서 일하고 싶은 생각은 없느냐고 물었다. 나는 죽음을 준비하기 위해 은퇴하려는 사람인데 다시 일한다는 생각을 해 본 적이 없어 바로 대답하기는 어렵다고 말했다. 그러자 바바라 목사는 한 번 진지하게 생각해보고 자신에게 연락을 달라고 부탁했다.

그렇게 집으로 돌아와 일주일 정도 지났을 때 바바라 목사에게서 전화가 걸려왔다. 한 번 생각해 보았느냐는 것이었다. 그녀는 그러면서 내게 미 전역의 장로교회를 돌면서 여성과 아이들의 홈리스 근절을 촉구하고 그 방안을 제시하는 순회 설교를 해보라고 권유했다. 그것이 내 일이라는 설명이었다. 그래서 나는 이 나이에 총회 사무실이 있는 루이빌로 이사를 갈 수는 없다고 했더니 바바라 목사는 내 집을 거점으로 순회 설교 계획을 세우고 총회 사무실에는 몇 개월에 한 번 정도만 와도 된다는 것이었다.

총회 여성목회부에서는 적극적으로 나를 원했다. 지병인 천식이 너무 심해서 개인적으로는 일을 할 수 없는 처지였지만 하나님의 뜻이 그렇다면 어쩔 수 없는 일이라는 생각이 들었다. 순회 설교를 다니다가 죽더라도 할 수 없는 일이었다. 나로서는 거절할 수 없는 하나님의 부르심이었다. 나는 결국 여성목회부의 제안을 받아들였다.

바바라 목사와 이런 대화가 오고 간 것이 1997년 12월경이었다. 바바라 목사는 당장 일을 시작하는 것이 좋겠다고 했다. 그래서 내가 교회를 곧 은퇴하는데 두 달 정도 쉬고 1998년 2월부터 일을 시작하면 어떻겠느냐고 제안했다. 바바라 목사는 흔쾌히 동의해 주었다.

참으로 신기한 일이었다. 내가 계획한 것이 아니었다. 시애틀 노회로 하여금 그 헌의안을 제출토록 한 사람이 나였는데 결국 그 헌의안을 전국 교회에 알리고 실천하도록 촉구하는 일도 결국 내가 맡게 되었다. 결코 우연일 수가 없었다. 하나님의 치밀한 섭리 속에 이루어진 일이라고 밖에는 생각할 수 없었다. 하나님이 또 한 번 내게 지금까지의 모든 경험을 살려 일 할 수 있는 더 큰 마당을

열어주셨다. 내 교구가 이
번에는 미국 전국으로 확대
되었다. 어떻게 이것이 내
가 원한다고 될 수 있는 일
이겠는가! 감탄하고 놀라지
않을 수 없는 일이다. 나는
이 모든 것이 하나님의 계
획하심이라고 간증한다.

총회 여성목회부의 동료들이다. 맨 뒷줄 오른쪽에서 세 번째가
바바라 두에이 목사다.

이렇게 해서 1998년 2월
부터 나는 새로운 사역을 시작했다. 총회 여성목회부를 대표해서
2년 반 동안 미 전역을 순회하게 되었다. 작은 여행 가방 하나를
끌고 나는 미국 전체 땅의 3분의 2를 비행했다. 당초 계획은 2년
만 여성목회부를 위해 일하고 그만 둘 계획이었으나 하나님은 또
다른 계획을 마련해 놓으셨다. 장로교 총회 기아 프로그램에서 다
시 나를 채용한 것이다. 그래서 그 다음 4년을 지역교회를 의식화
하고 교육하는 순회 설교를 계속하게 되었다.

순회설교 다니며 100집에 민박

미국 전국에 내가 언제든지 방문하여 잠시 머무를 수 있는 집이
100군데나 있다. 따지고 보면 보통 부자가 아닌 셈이다. 한국에서

는 집이 없어 1년에 한 번씩 아이들을 데리고 이사를 다녀야 했고, 서울에 피난 왔을 때는 집 때문에 큰오빠가 군에 입대하여 목숨을 바쳐야 했다. 또 부산 피난 중에는 하꼬방에서 3년을 살아야 했던 나인데 미국에서는 무려 갈 집이 100채나 된다는 게 말이 되는 이야기인가? "하늘이 소나기 같이 내려부은 은혜"라고 밖에는 설명이 안 되는 일이다.

내가 버팔로의 어느 미국 교회 초청으로 설교하러 갔는데 그때 민박을 제공한 사람이 엘리자베스 란키Elizabeth Lonkey 여사였다. 그녀는 사전에 보낸 편지에서 자기 집 뒷마당이 바로 유명한 나이아가라 폭포라고 했다. 도착해보니 정말 그 집 뒤편으로는 나이아가라 강이 흘러 폭포와 합류했다. 다음 사진은 그 집에서 그녀의 딸과 함께 찍은 것이다. 몇 년 후에 들으니 그녀는 세상을 떠났다고 한다. 참 좋은 사람이었는데 서운한 일이다.

나는 교회에서 초청을 받을 때마다 호텔에서는 안 자니 민박을 주선해 달라고 부탁했다. 그리고 호텔비를 낼 돈으로 홈리스를 도우라고 말했다. 내 의도를 이해한 교회들은 기꺼이 민박을 주선해 주었다.

한 번은 지구에서 제일 높다고 하는 배로 알래스카Barrow Alaska에 있는 교회의 초청을 받았다. 방문했을 때가 11월이었는데 온 천하가 눈으로 덮이고 바다까지 얼어 있었다. 초청자와 함께 바닷가로 나갔는데 사진과 같이 고래의 턱뼈가 서 있었다. 그 턱뼈를 보며 요나의 이야기를 생각했다. 사진에서 볼 수 있듯이 고래의 턱뼈는

여러 주, 여러 도시에서 나를 환영해 준 분들이다. 미국 오렌지카운티에 있는 박찬희 권사님 댁이다. 박 권사님 댁은 LA에 가면 묵는 남가주의 내 집이다. 박 권사님은 내가 방문하면 친구들을 초청해서 나와 친교를 나눌 수 있는 기회를 만드셨다.

내 키의 두 배가 넘는다. 나 같은 사람 몇 명이라도 삼킬 수 있는 크기다.

나는 순회 설교를 하러 다니면서 내가 아는 찬송가가 나오면 머플러를 흔들어가며 신나게 불렀다. 영어 찬송 중에 '부름 받아 나선 이 몸'과 같은 소명 찬송가가 있다. 가사가 "Here I am Lord, Is it I Lord? I have heard you calling in the night. I will go Lord, If you lead me I will hold your people in my heart"이다. 나는 내 설교가 끝날 때 이 찬송을 연주해 달라고 미리 부탁했다. 그러고는 머플러를 흔들며 하나님의 부름을 듣는 모습, 그 명령에 따라 가는 모습, 하나님의 인도하심 따라 하나님의 백성을 가슴에 안는 모습을 율동으로 보여준다. 사람들은 이 찬송이 나를 위해 지어졌다고 말했다. 아래의 사진은 그 찬송가를 부르고 기립박수를 받는 장면이다.

주빌리 매뉴얼Jubilee Manual 출판

순회 설교 여정을 시작한 지 2년여쯤 되자 그동안 강연과 워크숍 때마다 원고로 한 장씩, 두 장씩 쓴 기록들이 모여 300여 페이지에 달했다. 총회 기아 프로그램에서 이것을 책으로 출판하자고 해서 그렇게 하기로 했다. 당시 내 상관이었던 게리 쿡Gary Cook 목사, 바바라 두에이 목사와 나의 목회학 박사 논문 지도교수였던 빌 케이트Bill Cate 박사가 이 책의 추천사를 써 주었다. 이 책에는 내가 개발한 홈리스 근절 77가지 방안과 내가 2년간 방문한 127개 교회의 사역 소개가 수록돼 있다. 그 내용을 여기에 다 소개할 수는 없을 것 같다. 관심 있는 사람들은 나의 웹사이트 jeankimhome.com에서 그 내용을 살펴 볼 수 있고 내려 받을 수도 있다.(추천사는 이 책 뒷부분 부록에 실려 있다.)

여성목회부와 기아 프로그램에서의 4년을 더해 총 6년을 순회 설교를 했다. 비행기를 184번 타고 날아다니며 31개 주, 96개 도시에서 430개 교회와 그룹에게 홈리스 근절을 촉구하는 설교 내지는 워크숍을 430회나 진행했다. 한번 나가면 한 도시에서 여러 교회나 그룹에 설교를 했다. 내가 설교한 430개 교회나 소그룹 중 101곳 (23%)이 한인교회였다. 처음에는 관심을 갖는 한인교회가 거의 없었지만 차차 그 수가 늘어났다. 기아 프로그램에서 출판한 내용들은 'Jean Kim says End Homelessness' 비디오로 제작되어 전국 장로교회에 배부되기도 했다.

보랏빛 셔츠 제작

'민음의 여성상'(賞)을 받을 때 입었던 셔츠에 사람들이 많은 관심을 보였다. 막달라 마리아 교회 자매들도 그렇고 후원자들도 내 셔츠를 어디에서 구할 수 있느냐고 물었다. 그래서 단체로 셔츠를 제작했다. 1998년 봄의 일이었다. 막달라 마리아 교회의 로고를 넣고 색상은 보랏빛으로 했다. 홈리스 근절이라는 문구가 새겨진 셔츠를 시애틀의 홈리스 여성들이 입기 시작했다. 2년 후 내가 총회 기아 프로그램으로 자리를 옮겨 순회 설교를 계속할 때 기아 프로그램에서는 총회 로고를 넣어 같은 셔츠를 제작했다.

1998년 나의 제안으로 시애틀 노회는 다시 97년의 헌의안을 보강해서 보충 헌의안을 제출하게 되었다. 그 때 나는 이미 총회 여성목회부에서 일하고 있을 때였다. 시애틀 노회가 보낸 헌의안에는 전 장로교회 교인들이 홈리스 셔츠를 입자는 조항이 들어 있었다. 그런데 시애틀 노회 총대 중에 이 헌의안을 위해 발언을 해 줄 사람이 참석하지 못하는 일이 벌어졌다.

그 전날 나는 홍보 차원에서 젊은 학생 총대YAD, Young Adult Delegate 들에게 홈리스 상황에 대해 설명하고 보랏빛 홈리스 티셔츠를 나누어 준 일이 있었다. 아무도 그 헌의안에 대해 설명해 줄 사람이 없는지라 내가 일어나서 말을 하게 되었다. "그 헌의안은 내 노회(시애틀 노회)에서 제출했는데 아무도 설명할 사람이 없다. 하지만 나는 총회 직원이라 발언권이 없다. 그러나 내가 여기 살아 있음을 기억하라!"고 한마디 던지고 앉았다.

그러자 어젯밤 내게서 티셔츠를 받았던 학생 총대 중 누군가가 "Let her speak"(그녀가 발언하게 하라)고 외쳤다. 그러자 사회자가 법을 어겨가며 발언권을 주었다. 나는 일어나 앞뒤로 돌며 "보라! 이 셔츠에 쓰인 메시지를 읽을 수 있는가? 내가 이 내용을 설명하려면 30분 이상 말을 해야 하지만 이 셔츠를 입고 비행장이나 시장을 한 바퀴 돌면 수백 명이 홈리스를 근절해야 한다는 메시지를 읽게 된다. 그래서 장로교인들이 이를 입어야 한다는 헌의안이 올라온 것"이라며 역설했다.

사실 그 헌의안 내용을 작성한 사람은 나였다. 설명하는 일은 그야말로 식은 죽 먹기였다. 결국 이 헌의안은 50명이 모인 소위원회에서 그대로 통과되었고 총회석상에서도 아무런 이의 없이 통과되었다. 아무도 토를 다는 사람이 없었다. 깐깐하기 그지없는 장로

장로교 총회에서 홈리스 근절 목사로 일할 때 어떤 총회에서 박스로 집을 짓고 사람들이 벽돌 하나에 자기의 소원을 쓰고 1달러씩 후원을 하게 했다. 내 뒤에 있는 푸른색 종이의 리스트는 내가 개발한 77가지 홈리스 사역 방안이다. 이것 역시 여성과 아이들의 노숙은 근절되어야 한다는 캠페인의 일부였다. 그날부터 오늘까지 나는 매일 밤낮으로 항상 보랏빛 홈리스 셔츠를 입고 있다.

교인들이 앉아서 "제작비는 누가 댈 것인가? 수익금은 어찌하고?" 같은 질문조차 없이 그대로 통과되었다는 것은 사실 기적이었다. 총회 직원인 내가 발언권을 얻은 것도 그날의 기적 중 하나였다. 성령님께서 그 위원회 사람들을 벙어리로 만드신 것 같았다.

그렇게 해서 만들어진 보랏빛 티셔츠는 큰 인기를 얻었다. 심지어는 내 손자, 손녀도 이 티셔츠를 즐겨 입었다. 당시의 경험을 말하라면 마치 오순절 다락방에 오셨던 성령님의 역사 같았다. 미국 교회, 한인교회 할 것 없이 많은 사람들이 전국적으로 보랏빛 티셔츠를 입었다.

티셔츠의 색깔이 왜 보랏빛인가에 대해서는 이미 이 책의 서문에서 언급했다. 내가 언제나 이 티셔츠를 입고 다녔기에 '보랏빛 여성'이란 별명을 얻었다. 다른 의상들, 가령 양말, 운동화, 여행가방, 핸드백, 모자까지도 보랏빛을 택하다 보니 나는 항상 보랏빛을 입는 사람이 되어버렸다. 자주 가는 병원이나 식당, 심지어는 버스를 타거나 공항의 검문대를 통과할 때에도 사람들은 "보랏빛을 좋아하는가 봐요, 완전히 보랏빛으로 통일했네?"라며 한마디씩 던진다. 그때마다 나는 이것이 "나의 선교 색깔"이라며 가슴에 새겨진 "홈리스 근절" 글자를 보여준다. 그러면 사람들은 "좋다"거나 "원더풀Wonderful"이라고 대꾸한다.

나는 "홈리스 근절"이 새겨진 보랏빛 셔츠를 막달라 마리아 교회를 섬기는 동안(1991~1998) 막달라 마리아 교회의 로고를 넣어 제작했고, 미국 장로교 총회 직원으로 전국의 장로교회를 다니며 홈리스 문제에 대해 의식화하고 홈리스 근절을 촉구하는 순회설교를 하는 동안(1998~2003) '모든 사람의 홈리스 근절' 문구와 미국 장로교 로고를 넣어 제작했다. 또 둥지 선교회를 섬기는 동안에는 (2006~2013 현재) 선교회 로고와 홈리스 근절 문구를 넣어 티셔츠를 제작, 많은 사람들로 하여금 입게 하고 있다.

보랏빛 희망

둥지 선교회 설립

나는 홈리스 근절을 위해 미국 전역을 돌며 순회 설교를 했다. 수많은 미국의 도시와 시골을 다녀봤는데 그 어느 곳에도 홈리스가 없는 지역은 없었다. 물론 내가 사는 린우드Lynnwood(시애틀 시내에서 북쪽으로 15마일 정도 떨어진 도시)도 예외는 아니었다. 나는 린우드에 살면서 시애틀 시내에 홈리스여성교회를 개척해서 섬겼다. 시애틀이 워싱턴 주에서 홈리스가 제일 많은 곳이기도 했지만 내가 과거에 일한 정신병원과 쉼터들이 있어 시내에 있는 홈리스들과 홈리스 단체들을 많이 알고 있었기 때문이다. 그런 탓에 린우드 지역공동체에 대해서는 별로 아는 것이 없었다.

그러나 시간이 흐르면서 린우드에도 홈리스가 많다는 사실을 알게 되었다. 그래서 은퇴 후에는 멀리 갈 필요 없이 내 주변의 홈리스들을 섬기는 것이 좋겠다는 생각이 들었다. 2004년 나는 샌프란시스코 신학교에서 한국신학대의 여자 후배를 만나게 되었다. 그 후배는 한국으로 되돌아가기도 마땅치 않고 미국에 계속 머무는 것도 힘들어하기에 시애틀에 와서 홈리스 사역을 해보는 것은 어떻겠느냐고 제안했다. 후배는 그래서 우리 집에 머물면서 터코마에서 홈리스 사역을 시도했다. 그러나 여러 가지 주변 사정으로 인해 뜻을 이루지 못하고 샌프란시스코로 돌아가고 말았다.

후배가 떠나고 얼마 후, 2005년 가을경 이경호 목사와 옥민권 목사가 나를 찾아와 이대로 사역을 그만둘 생각이냐, 우리가 무엇인가 해야 하지 않겠느냐고 물었다. 그래서 나는 두 사람에게 내가 하는 홈리스 사역(노숙근절사역) 방식에 동의하느냐고 되물었다. 그러자 그 두 사람은 그렇다고 말했다. 결국 그런 동의하에 우리는 린우드 에드몬드 지역에서 새로운 홈리스 사역을 시작하기로 합의했다.

시애틀 시내에는 내가 개척한 막달라 마리아 교회가 있었고 다른 사역단체들도 많으니 이런 시설이 전혀 없는 곳에서 새롭게 개척을 하자고 제안했다. 아울러 내가 제일 많이 시간을 내야 할 형편이었기 때문에 내가 통근하지 않고 가까이에서 할 수 있는 곳이 바로 린우드 에드몬즈였다.

이렇게 합의를 보고 2006년 둥지 선교회를 시작했다. 지금 와 생각해보면 둥지 선교회를 통해 놀라운 결실을 맺도록 함께 걸어주신 하나님의 은혜에 만감이 오간다. 그동안 옥민권 목사는 세상을 떠났고 내 머리는 완전히 백발이 되었다. 남들은 자금과 다른 기반들을 모두 준비해놓고 시작한다는데 우리에게는 "하나님 도와주세요" 하는 믿음 외에는 아무 것도 없었다. 오로지 정득실 목사 내외가 주는 십일조가 유일한 재원이었다.

2006년 12월 이사회를 조직했다. 옥민권 목사, 이경호 목사, 정득실 목사, 권준 목사, 김양옥 장로, 강성림 목사, 김진숙 목사 등 일곱 명이 이사로 등재되었고 주정부에 비영리 단체로 등록했다. 그리고 그 이듬해인 2007년 3월 연방세무국으로부터 면세인가를 받아 합법적인 단체로 출발했다. 내가 그 모든 절차를 직접 맡아서 했다.

연방세무국의 신청 서류는 너무 많고 복잡하여 대부분의 경우는 많은 수임료를 주고 변호사에게 맡겼다. 하지만 나는 내가 직접 서류를 들고 다니며 사람들에게 이것저것 일일이 물어가며 진행을 했다. 심지어는 공항에서 비행기를 기다리는 동안에도 우연히 만난 사람들과 이야기하다 변호사를 만나면 이 부분에 대해 물어가며 그렇게 등록 절차를 밟았다. 결국 나는 변호사의 힘을 빌리지 않고 혼자서 이 일을 해냈다. 비록 시간은 많이 걸렸지만 이 일을 진행하며 많은 것을 배웠다.

이렇게 설립된 둥지 선교회의 목적은 이렇다.

1. 이스라엘 민족이 가나안 땅으로 들어갈 때 그들이 짓지 아니한 집과 풍부한 자원은 모두가 하나님이 주신 것이니 그 도시의 가

난한 사람들을 도우라(신 8~15장)고 말씀하신 대로, 우리가 미국에 이민 와서 자리잡고 잘 살 수 있는 것은 모두가 하나님의 은혜이고, 우리는 미국에 여러모로 빚진 자들이니 지역사회의 가난한 사람들을 도와야 한다. 그러므로 워싱턴 주의 한인교포들이 이 땅에서 받은 축복의 일부를 지역사회의 가난하고 집이 없는 사람들을 위해 내놓아 이들의 재활사역에 동참한다.

2. 선행을 배우며 공의를 구하고 학대 받는 자, 고아와 과부를 변호하고 돕지 않으면 예배도, 헌금도, 찬양도 의미가 없다고 하신 말씀(사 1:11~17)에서 오늘의 사회에서는 성경 말씀의 과부와 고아에 해당되는 사람들이 바로 홈리스들이다.

3. 홈리스를 사랑하고 그들과 동고동락 하시던 예수 그리스도의 긍휼한 마음을 우리의 마음으로 삼아 홈리스들을 사랑하고 그들을 하나님께로 돌아오게 하자.

4. 장로교 총회의 홈리스 근절 운동에 동참해서 홈리스 근절을 중요한 목적으로 한다.

둥지 선교회의 사역은 모든 것을 다 잃어버린 홈리스들에게 직업과 거처를 마련해주고 짓밟힌 존엄성과 소망을 회복시켜 주며 하나님과 예수님께 돌아오게 하는 지역선교. 이 사역은 영적인 구원사역에 육적인 궁핍(거처와 일자리)을 동시에 충족시킴으로서 통전적 구원에 이르며 그들이 잃어버린 샬롬을 회복하고 성실하고 생산적인 시민으로 거듭나게 인도하는 선교사역이다.

식당에서 만나 홈리스 수양회 출발
준비하면서 기도하는 모습.

둥지선교회를 후원하는 형제교회 긍휼팀과 함께 찍은 사진.

매 금요일 저녁상을 차려 홈리스들을 대접하는 모습.

매 금요일 저녁상 전에 드리는 예배에서 홈리스 찬양팀이 찬양하는 모습.

홈리스들이 지도자 수양회에서 열심히 공부하는 모습.

둥지 선교회의 사역

둥지 선교회는 처음에 'Washington State Korean-American Christian Coalition for the Homeless'(WA KACCH, 노숙자를 위한 워싱턴 주 한인 기독인 협의회)로 등록되었다. 워싱턴 주의 기독교인을 포함해 모든 한인들이 다 참여할 수 있도록 하기 위해 지은 이름이다. 하지만 너무 길어서 'WA KACCH'로 줄여 부르고 '둥지 선교회'라는 예명을 붙였다. "예수께서 이르시되 여우도 굴이 있고 공중의 새도 거처가 있으되 인자는 머리 둘 곳이 없다 하시더라"(마 8:20)는 말씀처럼, 예수님의 마음을 담은 이름을 짓고자 한 뜻이었다. 그러다 2013년 아예 영어 이름도 'Nest Mission'으로 고쳤다.

둥지 선교회에서 하는 사역은 다음과 같이 정리할 수 있다.

1. '둥지' 제공

마태복음 8장 20절 말씀처럼 홈리스로 사신 예수님의 처지를 생각하며, 그리고 "내가 진실로 너희에게 이르노니 너희가 여기 내 형제 중에 지극히 작은 자 하나에게 한 것이 곧 내게 한 것이니라"(마 25:40) 하신 말씀을 생각하며 많은 천사들이 보내준 선교 헌금으로 홈리스들에게 둥지를 얻어준다. 임시숙소에 머물던 홈리스들이 거처는 구했지만 보증금이나 집세가 없어 이사를 하지 못하는 경우 이를 지원해준다. 집세의 경우는 지불할 능력이 있는 사람들에

한해 첫달치를 지원하며 두 번째부터는 스스로 해결하는 것을 원칙으로 한다.

집세 보조를 신청하는 홈리스들은 대부분 아이가 딸린 젊은 여성들이다. 그런 사람들 가운데 이런 자매가 있었다. 그 자매에게는 자녀가 여섯 명이나 있었다. 깡패들의 폭력을 피해 남가주에서 시애틀로 도망쳐 쉼터에 거주하고 있다가 어렵게 살 집을 구했다. 그런데 보증금 800달러가 없어서 이사를 못 간다고 하기에 선교회에서 도와주었다. 그 자매가 당한 폭력은 상상을 초월하는 것이었다. 머리에 총을 들이대는 남자들에게 강간을 당하기 일쑤였고 피 묻은 빨래를 하거나 수시로 협박을 당했다. 그러다 도망을 쳤다. 여섯 아이의 아버지가 다 달랐다. 그런 혹독하고 절망적인 상태에서도 그 자매는 하나님께 의지하는 깊은 신앙을 갖고 있었다.

2. 응급 둥지 제공

홈리스 생활 중 병이 나 길에서 살기 너무 어려워졌지만 중증은 아니라서 입원이 어렵거나 수술 후 병원에서 쫓겨나 길거리에서 살 수밖에 없는 환자들에게 증세에 따라 며칠에서 길게는 한두 달까지 머물 수 있는 응급 둥지(모텔)를 제공한다. 어느 홈리스 남성이 탈장 수술을 했는데 병원은 걷지도 못하는 사람을 마취에서 깨자마자 바로 퇴원을 시켰다. 그래서 내가 차로 데려다가 응급 둥지로 데려갔다. 또 다른 홈리스는 습한 시애틀 날씨 때문에 발가락이 짓물러 뼈가 튀어 나오는 사고를 당했다. 그는 발을 절단해야 하는 위기까지 내몰렸다가 응급 둥지에서 두 달간 치료받으며, 최악의 상황은 면할 수 있었다. 많은 홈리스들이 이런 응급 둥지가 자신들의 생명을 살리는 구명줄이었다고 고백했다.

3. 성탄절 둥지 제공

예수님은 마구간에서 태어났다. 당시 비록 호텔은 없었을지라도 여관도 있었고 산파 집이나 일반 가정집이라도 있었을 텐데 말이다. 그러므로 예수님은 나면서부터 홈리스였다. 나는 성탄절이 되면 항상 이런 생각이 떠올랐다. 그래서 어느 해인가 홈리스들에게 모텔 방을 성탄절 선물로 제공하자고 제안했다. 선교회 식구들은 다소 의아해 하기는 했지만 그래도 내 의견에 따라 주었다.

홈리스로서 말구유에서 태어나신 예수님이 당시 가장 절실하게 필요로 했던 건 무엇이었을까? 아마도 편히 누울 수 있는 따뜻한 방이었을 것이다. 그래서 예수님의 생신 축하를 가장 보람 있게 하고, 성탄절의 의미를 그 자체로 복음 선포의 기회로 삼기 위한 방안의 하나로 매년 12월 24일에서 26일까지 3일만이라도 홈리스들을 따뜻한 방에서 쉬게 하면서 그리스도의 은혜를 생각할 수 있는 기회를 주고 싶었다. 물론 더러운 몸을 씻을 수 있고 갈아입을 속옷과 양말, 간식을 포함한 필수품 선물 보따리와 식사도 제공한다.

홈리스들의 반응은 뜨거웠다. 어떤 홈리스 형제는 "세상에 이런 일도 있는가"라며 눈물을 흘렸고, 어떤 홈리스 자매는 "우리 가족조차 성탄절에도 나를 따뜻한 방으로 들어오라 하지 않는 데 당신들은 다른 민족임에도 불구하고 어떻게 우리를 돕습니까?" 하면서 눈물을 흘렸다. 미국의 King 5 TV 방송은 "There is a room in the Inn"(오늘밤 여관에 방이 있다)이라는 제목으로 이런 이야기를 방송하기도 했다.

4. 찬양

홈리스 찬양팀도 있다. 홈리스들은 자신의 모든 아픔과 상처를 찬양에 담아 하나님께 바친다. 하나님도 기뻐 들으실 것이다. 지역 교회들 중에는 우리 찬양팀을 초청하는 교회들도 있다. 찬양팀의 문은 항상 열려 있어서 누구든 음악에 재질이 있는 사람은 즉석에서 찬양팀에 세운다. 찬양은 치유와 구원의 지름길이다.

5. 식사 대접

둥지의 밥상은 이렇게 시작되었다. 홈리스들을 직접 섬기고 싶다는 후원자들의 요청에 따라 나의 모교회인 메이플우드 장로교회에 '둥지밥상'을 차렸다. 이 과정에서 절대 빼놓을 수 없는 두 사람이 있는데 바로 이성호·이종미 집사다. 이들은 4년 동안 둥지밥상을 전적으로 책임지고 마지막 부엌 설거지까지 관장했다. 비가 오나 눈이 오나 변함없이 꾸준히 섬긴 귀한 자원 봉사자들이다. 이성호 집사는 보잉Boeing사에서 중요한 책임을 맡고 있다가 지금은 보잉사의 중국 지사로 발령받아 그곳에 가 있다. 그래서 현재는 또다른 선한 자원 봉사자 권무성 집사가 밥상을 책임지고 있다.

우리 찬양팀 지도자 부부다. 남편은 목사이고 부인은 연방정부에서 일하는 환경학 박사다. 이들은 하나님이 보내준 천사다. 찬양 지도자가 없어 내가 여러 미국 교회와 한국 교회에 호소했지만 아무도 도와주지 않았다. 그런데 이들은 메이플우드 교회로 자원봉사를 요청했고 다시 나에게 연결되어 우리 찬양팀을 돕게 되었다. 나는 이들을 "하늘에서 뚝 떨어진 선물"이라고 간증한다. 남편은 바이올린을 켜고 부인은 지휘하며 노래도 한다.

선교회의 정다운 밥상 풍경. 좋은 식사는 육신에 영양을 공급하고 정신적 · 영적으로 기쁨과 만족감을 준다. 또 마음이 아프고 슬픈 사람들에게는 위로를 주고 무시당하는 사람들에게는 자신감, 버림받은 사람들에게는 사랑, 죄의식 속에 사는 사람들에게는 용서, 병든 사람들에게는 보약이다. 외로운 사람들은 함께 식사함으로써 가족 공동체를 경험한다. 주님께서는 "내가 곧 생명의 떡이니 내게 오는 자는 결코 주리지 아니할 터이요 나를 믿는 자는 영원히 목마르지 아니하리라"(요 6:35) 하신다.

둥지밥상은 매주 금요일 저녁예배 후 교인들이 밥상을 차려 대접하는 방식으로 열린다. 마치 예수님을 대접하듯 정성스레 차리기 때문에 밥상은 늘 진수성찬이다. 처음에는 메이플우드 장로교회가 한 달에 한 번, 윤석정 집사와 김영희 장로(당시는 집사)가 한 달에 한 번 맡기로 하고 시작되었다. 이후 주위의 교회들이 이 일에 합세했다. 밥상은 오직 육신의 양식만을 제공하는 자리는 아니다. 찬양과 기도, 예배를 드리고 생활필수품도 나누는 의미 있는 행사다. 또 성경공부도 하고 이를 통해 지도자도 양성된다. 홈리스들은 신앙 안에서 자신들의 과거를 씻고 새사람이 되고 있다. 어떤 홈리스는 "금요 예배가 나의 주일 예배"라고 고백한다.

6. 필수품 배급

"헐벗은 자를 입힘은 곧 내게 한 것이라"는 말씀대로 매주 금요일 저녁 식사 후에는 버스표와 옷, 신발, 속옷, 양말, 비누, 샴푸, 면도칼 등 생활필수품을 전달한다. 특히 속옷은 반드시 새 것으로 준다. 홈리스들에게 버스는 긴요한 교통수단이다. 그러나 그 비용이 만만치 않다. 겨울철에는 장갑, 모자, 담요, 겨울용 재킷, 비옷 등도 제공한다. 공원에서 자는 사람들에게는 텐트와 카트 등도 제공한다.

7. 영성 훈련

둥지 사역은 밥 먹이고 예배드린다고 끝나는 일은 아니다. 우리는 홈리스들이 믿음 위에 굳게 설 수 있도록 하기 위해 영성훈련을

보랏빛 희망

수양회에 참석한 지도자들과 홈리스 형제자매들.

한다. 그리고 늘 남에게 도움만 받는 사람이 아니라 자신의 재능과 시간으로 봉사도 하는, 책임감 있는 지도자로 양성하기 위해 매년 여름 지도자 양성 수양회를 연다. 예배와 찬양, 기도, 성경 공부, 특별 강연 등을 통해 참석자와 지도자 전원이 변화를 경험하기도 한다.

8. 대학 진학과 구직 활동

선교회에서는 대학College에 가고 싶은 사람, 금주Sober하고 싶은 사람, 일Work하고 싶은 사람들의 그룹을 만들어 개인 지도 한다. 우선은 식당에 모여 허기를 채운 다음 상담과 지도에 들어가는데 처음에는 10여명의 홈리스들이 이 개인 지도에 참여했다. 우선 이들이 얼마나 책임감이 있고 진심을 갖고 참여하는지 측정하기 위해 매일 할 수 있는 일과를 내주고 시험해 보았다. 이들은 만나는 장소와 시간을 바꾸면 거의 기억하지 못했다. 또 대학에 가서 입학원서를 내거나 신문이나 주정부 기관에서 직업을 찾고 금주자 모임 등에 참석토록 독려했지만 제대로 이행하지 못했다. 그렇게 몇 개월이 지나자 단 3명만 남았다. 가장 어려운 건 금주였다.

이들은 또한 성장과정에서 제대로 된 부모의 돌봄을 받은 적이 없고 제멋대로 자란 사람들이 대부분이었다. 게다가 홈리스 생활을 하면서 거의 자포자기 상태에서 폐인이 되다시피 한 사람들이다. 그러니 제대로 된 가정에서 성장했고 성실하게 매일매일을 살아가는 사람들로서는 이들을 백번 죽었다 깨나도 이해하기 어렵다. 둥지 식구들 역시 인내심의 한계에 부딪히는 경우도 많다. 어쨌든 이 그룹은 목요일 5시에 모인다.

9. 성경공부

2011년 처음 시작됐던 지도자 수련회의 열매로 성경공부가 태어났다. 그러나 우리는 장소가 없어서 겨울에는 린우드 도서관에서 모였고, 여름에는 근교에 있는 윌콕스 파크Wilcox Park에서 모이기도 했다. 윌콕스 파크까지는 버스가 없어 한참을 걸어 인근 오로라 에비뉴Aurora Ave의 버스 정류장까지 가야 했다. 버스는 30분에 한 대씩 있어 버스를 타기 위해서는 한참을 기다려야 했다.

3개월을 충실하게 참석한 사람들에게는 좋은 성경책을 한 권씩 상으로 주었다. 성경책은 비를 맞지 않도록 케이스에 담아 비닐 주머니에 넣어가지고 다니도록 했다. 성경책을 가지고 다니게 했더니 홈리스 형제들은 아무데서나 성경책을 읽을 수 있어 너무 감사하고 기쁘다고 말했다.

이 사진은 너무도 귀한 것이다. 성경반 회원인 데이비드 형제가 버스를 기다리는 동안 땅에 앉아 성경을 읽는 모습이다.

최근 우리는 3개월간 개근을 한 사람에게는 50달러짜리 백화점 상품권을 상으로 주기로 했다. 그런 다음부터 10~13명이 열심히 나온다. 그들이 성경공부를 위해 왔든 상품권을 위해 왔든 아니면 그저 한끼 식사를 해결하기 위해 왔든 그건 큰 문제가 되지 않는다. 함께 앉아 말씀을 듣다 보면 그래도 마음에 남는 말씀이 있을 것이고 그러다 보면 예수님을 알아갈 거라고 생각해 그런 방법을 사용해 본 것인데 효과가 대단했다.

어떤 홈리스들은 성경 말씀에 자신의 어려운 상황을 비추어 보고 삶의 방향을 찾는 등 성경 공부 훈련이 영혼 구원의 지름길이 되기도 한다. 도서관에서 모였을 때는 내가 코스트코Costco에 가서 뜨거운 피자를 사왔다. 피자가 식지 않게 담요로 덮어 15분 가량 걸리는 도서관으로 가져가면 성경 공부 멤버들이 기다리고 있다가 한 명은 재빨리 피자박스를 안고, 또 한 사람은 음료수 박스를 들고, 또 다른 한 사람은 접시 등 여러 가지 그릇을 들고 도서관 안의 작은 방으로 달려갔다. 그래서 뜨거운 피자를 먹으며 성경공부를 했다. 때로는 금방 오븐에서 구운 닭고기를 사가지고 가서 같은 방법으로 먹었다.

우리는 성경 공부를 통해 치유가 이루어질 수 있도록 하기 위해 노력했다. 성경 말씀과 지식이 홈리스들의 생활에 적용될 수 있도록 서로 마음을 열고 어려움을 나누며 성경의 진리가 그들의 아프고 어려운 삶에 인도자가 될 수 있도록 만들었다. 그래서 이 시간은 '치유의 성경공부Therapeutic bible study' 시간이었다. 아울러 나의 상담기술과 경험이 많은 도움이 되었다. 나는 과거 정신병원에서 일한 경험을 활용해 그들의 상황을 알기 위해 귀기울였다.

우리는 함께 식사하며 많은 이야기를 나누었기 때문에 성경 공부 하는 데 거의 두 시간 정도가 필요했다. 돌아가며 성경을 읽고 해석하며 자신들의 삶을 연결시키는 데 많은 시간이 필요했고 공부가 끝난 다음에도 자신과 서로를 위해 기도하는 습관을 키워 주었다. 그래서 우리 성경반 멤버들은 거의 다 기도를 할 수 있게 되었다.

10. 일거리 찾기

홈리스들이 스스로의 힘으로 일거리를 찾는 건 너무 어려운 일이다. 그래서 내가 생각해 낸 게 교계에 호소해 홈리스들이 할 수 있는 막일을 얻어내는 것이었다. 그래서 "일거리를 구합니다. 가정이나 사업체, 특히 연로하신 분들의 집과 마당 청소, 집수리, 페인

트 칠 하는 일을 합니다"라고 안
내문을 만들어 많은 교회에 보
냈다. 교회에서 일거리를 주면
2~3명씩 조를 짜서 데리고 갔
다. 우리가 주로 한 일은 집이나
마당 청소, 집수리, 페인트 칠
하기, 이삿짐 나르기 등이었다.

그런데 일을 맡기는 사람들
은 홈리스들을 꺼려했다. 그래
서 내가 홈리스 형제들과 늘 동
행했다. 비록 함께 일을 할 수는
없지만 내가 있으면 일거리를
준 사람들도 안심을 하고 홈리
스 형제들은 더 열심히 일하는
모습을 보였다.

유리창을 닦고 나무를 자르고 풀을 깎는 선교회 식구들.
풀을 깎기 어려운 노인들이 우리를 불렀다. 서로에게 도
움이 되는 일이다.

11. 빨래와 샤워 돕기

홈리스들에게는 빨래를 할 곳이 없다는 사실이 고통이다. 비록
홈리스라고 하더라도 옷은 깨끗한 것을 입고 싶어 한다. 남루한 차
림새 때문에 홈리스로 보이면 그 순간부터 사회에서 벌레 취급을
받는다고 한 형제가 말했다. 그래서 이들은 가능하면 옷을 깨끗하
게 입는다는 것이다. 위생은 건강과 깊은 관계를 맺고 있다. 나는

동네 세탁소와 계약을 맺었다. 내 서명이 있는 쿠폰을 가지고 오는 사람에게는 낮은 가격에 세탁을 해주고 그 대금은 매주 내가 들러 지불하기로 한 것이다.

샤워는 토요일 아침 한 교회의 이동식 샤워 시설을 이용했는데 항상 길게 줄을 섰다. 일주일에 겨우 샤워를 한 번 하는 셈이니 여름에는 보통 힘든 일이 아닐 수 없다. 그래서 선교회에서는 지역사회의 레크리에이션 센터와 계약을 맺어 홈리스들의 샤워 문제를 해결해 주려고 노력 중이다.

12. 생일 축하

매달 첫 주 그 달에 생일을 맞은 사람들에게 케이크와 선물을 준다. 이들은 대부분 가족과 떨어져 있고 가족조차 이들이 어디에 살고 있는지 알지 못하기 때문에 이들이 생일 축하를 받는 경우는 거의 없다. 처음에는 선물을 봉지별로 준비하여 주었는데 이 방법은 너무 번잡해서 지금은 선물카드로 대신한다.

13. 응급 문제 해결

이제는 선교회가 지역 교회들에게도 알려져 교회가 해결하지 못하는 문제는 선교회에 의뢰한다. 일종의 지역 교회들과의 파트너십인 셈이다. 이런 일이 있었다.

차에 딸린 트레일러에서 생활하는 홈리스가 있었는데 그만 이 차가 고장이 나서 어느 교회 마당에 서 버렸다. 교회에서는 당연히 차를 옮기라고 했다. 하지만 그 홈리스에겐 차를 고칠 돈도, 옮겨갈 만한 곳도 없었다. 게다가 집 역할을 하는 차이니 쉽게 포기할 수도 없었다. 정비소에 알아보니 수리하는 데 850달러나 들었다. 아는 후배에게 부탁해 봐도 600달러 정도가 필요했다. 결국 할 수 없이 지역 교회 목회자들에게 전화해 100달러, 150달러 이런 식으로 얻고 선교회가 200달러를 부담해 차를 고쳐 주었다.

한 번은 루터교회 목사로부터 전화가 왔다. 자기 교회에 가끔 나오는 가난한 이웃이 어린 아기가 있는데 길거리로 나앉게 생겼다는 것이었다. 그러니 선교회에서 도와달라는 이야기였다. 그래서 그 교회와 협력해 그 가족을 임시 거처가 마련될 동안 모텔에 묵을 수 있게 조치했다. 다 적을 수는 없지만 이런 예는 비일비재하다. 우리 선교회가 지역 교회와 협력하는 사역의 일환이다.

14. 야드 세일

활동비를 마련하기가 너무 힘들어 야드 세일을 계획했다. 이 일을 위해서는 지역 교회의 협조가 필수적이었다. 그래서 나는 편지를 썼다. "홈리스들이 야드 세일이나 세차를 할 수 있게 교회 마당 한 구석을 허락하거나 교회 바자세일 때 초청해 주시면

여름에 홈리스들이 시온장로교회 마당에서 야드세일 하는 모습. 그날의 매상 수입 전액은 홈리스에게로.

저희도 함께 바자세일을 하고자 합니다. 홈리스들이 파는 물건은 둥지 선교회가 제공합니다."

교회 마당을 허락하는 교회가 있으면 그간 모아 놓았던 물건들을 싣고 가서 홈리스들이 판매를 했다. 점심값, 기름값, 필요 장비를 선교회에서 부담하고 판매액 전부를 홈리스들에게 주었다. 그렇게 해도 최저 임금에 해당하는 수익밖에 나오지 않았다. 하지만 비상금으로는 나름대로 유용한 돈이 되어 주었다. 가령, 트레일러에 사는 사람들은 기름값으로, 공원에서 자는 사람들은 식품 구입비로 긴급 상황시 의미 있게 사용했다.

15. 법률 상담 제공

홈리스들은 구치소를 제집 안방 드나들 듯 한다. 잘 나타나다 한동안 보이지 않는다 싶으면 구치소에 간 것이다. 이들은 이런저런 이유로 시도 때도 없이 경찰에 잡힌다. 그래서 법률 상담이 꼭 필요하다. 나는 자원봉사 변호사들과 함께 '희년 법정Jubilee Court'을 꼭 마련하고 싶다. 유대 풍습에는 매 50년마다 빚을 탕감해 주고, 뺏긴 토지를 원 소유주에게 돌려 주고, 노예로 팔려간 사람들은 다시 집으로 돌아가고, 토지도 일 년을 쉬게 한다. 마찬가지로 홈리스들에게도 '희년 법정'을 통해 자유의 길을 열어주고 싶다.

16. 피크닉

선교회로부터 집세를 보조 받은 사람들의 얼굴을 볼 기회는 자

보랏빛 희망

주 없다. 선교회에서 이들을 직접 면담하는 게 아니라 홈리스 기관 상담자들의 판단과 추천에 따라 일을 진행하기 때문이다. 그래서 이들의 모습은 일 년에 한 번 피크닉에서 볼 수 있다. 피크닉에서 이들은 서로 간증도 하고 매우 즐거워한다.

둥지 찬양대와 자원봉사 청소년들이 함께 찬양하는 모습. 매주 금요일마다 예배와 찬양, 밥상이 이루어지고 있는 메이플우드 교회 뒷마당은 여느 공원 못지않게 아름다운 풍광을 자랑한다.

17. 그 외 다른 사역들

지역의 홈리스들을 위해 다양한 기관들과 협력한다. 가령 코너스톤의 의료팀은 홈리스들을 위해 예방접종을 해준다. 홈리스들만큼 의료 봉사를 필요로 하는 사람들도 없을 것이다. 대부분 치아에 문제가 있고 건강 상태가 나쁘다. 혈압, 비만증, 당뇨, 심장병, 위장병 등 온갖 질병을 다 가지고 있다. 그러나 응급 상황이 아니면 병원을 가지 못한다.

코너스톤의 변재준 의사 (안경 쓴 분) 가 와서 홈리스들에게 예방주사를 놓는 모습.

아가페 홈리스 교회 설립

코네티컷 주 뉴헤이븐에 사는 유은주 자매는 내가 하는 순회 설교에 무려 다섯 번이나 참석했다. 이 자매가 사는 뉴헤이븐에 공동으로 아가페 홈리스 교회를 세웠다. 나는 아가페 교회 10주년을 회고하는 글에서 이렇게 썼다.

"10년이면 강산도 변한다"는 말은 긴 세월을 뜻한다. 나는 검은 머리로(66세) 아가페 교회와 함께 걷기 시작해서 오늘(76세) 백발이 되었다. 그러므로 10주년을 맞이하는 감회가 깊고 할 말이 많다. 부족하나마 아가페 교회의 어머니이자 동역자, 친구, 고문, 공동 설립자로서 아가페의 10년을 다음과 같이 더듬어 본다.

내가 인도하는 홈리스 문제 워크숍에 다섯 번이나 참석했던 유은주 선교사는 자신도 뉴헤이븐에서 홈리스 사역을 하고 싶다고 말했다. 그래서 나는 그녀를 돕기 위해 시애틀에서 뉴헤이븐으로 날아갔다. 어느 비 오던 추운 날 나는 유 선교사와 함께 시내에 있는 교회 마당에 펼쳐 놓은 텐트촌에 들렀다. 그리고 거기에 있던 홈리스들과 인사를 나누고 함께 아침 식사를 하면서 그곳의 사정을 좀 말해 달라고 부탁했을 때 세 명이 기꺼이 우리를 따라 나섰다.

따뜻한 식당에 들어가 그들은 뉴헤이븐의 홈리스 현황을 자세히 말해주었다. 우리가 당신들을 돕기 위한 일을 하려고 하니 친구가 되어 달라고 부탁했다. 아마도 그 순간이 아가페 교회가 잉태된 순간이 아닌가 싶다. 유 선교사와 나는 몇몇 미국 교회를 찾아다니며 장소를 빌려달라고 요청했지만 모두 거절당했다. 그에게, 계속해서 장소를 구하는 동안 공원에 앉아있는 홈리스들을 심방하며 그들과 친해지고 필요로 하는 걸 최소한으로라도 채워줄 계획을 세워보라고 하고 나는 집으로 돌아왔다.

얼마 후 유 선교사로부터 트리니티 루터교회에서 장소를 제공해주기로 했다는 소식을 들었다. "할렐루야!"를 외쳤다. 천사를 만난 것이다. 나는 "조건 없이 자신을 모두 바쳐 사랑하는 하나님의 아가페 사랑을 모토로 삼으라"는 뜻으로 '아가페 교회'라고 이름을 추천해 주었다. 그리고 이사로 봉사할 사람들을 추천 받고, 이사회를 구성하고, 코네티컷 주정부에 비영리단체로 신청하는 절차를 밟아주었다. 그 후 최근 몇 년을 빼고는 거의 매년 나는 뉴헤이븐으로 날아가 여러 교회에서 설교하고 그동안의 후원에 감사하는 동시에 앞으로의 후원도 부탁했다. 직접 갈 수 없는 상황이면 전화로라도 유 선교사를 도왔다. 그렇게 우리가 나눈 전화통화는 아마도 수백 통에 이를 것이다.

지난 10년간 그는 무보수로 비가 오나 눈이 오나 길에서 홈리스들의 어머니가 되어 주었다. 허리가 부러질 정도로 밥해 먹여가며 손가방도 여러 번 도둑맞고 직장을 구해주고 함께 데리고 가서 일했다. 또 아파트를 구해주고 집세를 제때 낼 수 있도록 집주인 역할까지 해가며 장사 면허를 얻어주고 길에서 행상을 하여 살아갈 수 있도록 인도했다. 혹시 어렵게 번 돈을 엉뚱한 데 낭비할까 봐 저금을 해주며 관리인 역할까지 하고 여러 빵집, 라면 공장, 뉴욕까지 달려가 입을 것과 먹을 것을 얻어다가 그들을 배부르고 따뜻하게 해주었다.

새벽에 나가 늦은 밤까지 그야말로 '허리가 부러지도록' 일을 했다. 그렇게 무리하다가 허리 병이 도져 일어나지 못한 적도 한두 번이 아니었다. 홈리스들을 돌보느라 유 선교사의 남편은 라면으로 저녁을 때우는 경우가 비일비재했다. 그의 십 년은 자신의 사생활은 완전히 접은 채 오직 홈리스들을 위해 몸과 마음을 바친, 하나님의 아가페적 사랑을 실천한 눈물 겨운 세월이었다.

또 한번의 은퇴와 감사

6년 이상을 순회 설교로 섬기다가 은퇴하던 날은 내 일생에서 결코 잊을 수 없는 날이었다. 쿡 목사는 내가 모르게 깜짝 놀랄 만한 은퇴 파티를 준비했다. 아무것도 모른 채 내가 방문을 열고 들어섰을 때 나를 가장 놀라게 한 것은 방 안의 색상이었다. 파티에 참석한 50명의 '헝거 액션 이네이블러Hunger Action Enabler'(기아행동대)들은 모두 보랏빛 셔츠를 입고 있었다. 거기에 보랏빛 케이크와 보랏빛 풍선, 보랏빛 접시와 컵과 수저까지 준비되어 있었다.

모두가 쿡 목사의 아이디어였다. 그는 어떻게 하면 나를 가장 기쁘게 할 수 있는지를 너무도 잘 알고 있었다. 6년간의 순회 설교 사역을 끝내는 잔치를 이보다 더 보람 있게 할 수는 없었다. 어떤 좋은 선물로도 내게서 보랏빛 홈리스 셔츠를 벗길 수 없음을 잘 알

내가 파티장에 들어서며 기절하는 모습이다. 누군가 졸도하기 직전의
내 모습을 카메라에 담았다.

일제히 보랏빛 셔츠를 입은 참석자들. 이들은 보랏빛 셔츠를 비행기로 공수해서 입었다. 그
래서 더 귀하고 감사했다.

고 있던 사람들은 스스로 함께 보랏빛 셔츠를 입음으로써 내게 힘을 실어 주었다. 너무도 감사하고 고마웠다.

한인교회총회의 감사장

순회 설교할 당시 여성목회부에서는 내게 왜 한인교회는 가지 않느냐고 물었다. 순회 설교는 교회 초청으로 이루어지는 것이었기에 교회 초청이 없으면 당연히 갈 수가 없었다. 미국장로교 여성목회부와 기아 프로그램에서는 자신들의 뉴스레터에 홈리스 근절 운동과 나의 사역을 함께 소개했기에 초청이 쏟아져 들어왔지만 한인교회로서는 이 부분에 대해 거의 알 수 있는 방법이 없었다. 그저 이전부터 나를 알고 있었거나 우연한 기회에 내 사역에 대해 알게 된 몇몇 교회들만이 나를 초청했을 뿐이었다. 사역 첫 해 내가 설교한 미국 교회와 그룹이 총 72곳이었는데 이 중 한인교회는 7개(10퍼센트)에 불과했다.

그래서 한인교회총회 하루 전에 프리 콘퍼런스Pre-conference를 열고 홈리스 근절에 대해 소개할 수 있는 기회를 달라고 한인교회총회에 요청했다. 이를 위한 비용은 기아 프로그램측에서 대기로 하고 한인교회총회가 내 요청을 허락했다. 나는 이 콘퍼런스에서 홈리스 문제에 대한 모든 자료를 제공했다. 그 결과 상당수의 한인교회 목회자들이 홈리스 문제에 관심을 갖게 되었다. 프리 콘퍼런스를 3~4년 한 것으로 기억한다. 6년여의 순회 설교가 끝날 때쯤 해서는 총 430개 교회와 그룹 중에 한인교회의 비중은 101개(23퍼센트)로 늘어났다.

이때를 계기로(2005년 7월) 미주 홈리스한인선교단체협의회KACH, Korean American Coalition for the Homeless가 탄생했다. 캘리포니아 애너하임에서 한인교회총회가 열렸을 때 프리 콘퍼런스에 참석했던 최상진 목사 외 몇 명이 조직한 것이다. 이 협의회는 같은 홈리스 사역을 하는 한인들끼리 서로 배우고 정보를 교환하며 격려하는 것을 목적으로 했다. 내가 2년간 초대 회장을 맡았고 최상진 목사가 2년, 김광수 목사가 1년, 그리고 나주옥 목사가 회장을 맡아 2016년으로 만 10년을 맞았다. 우리는 1년에 한 번씩 회원이 사역하는 도시에 모여 지역 교회에서 설교하고 다른 회원들의 사역을 소개하며 후원을 요청했다.

2005년 6월 열린 한인교회총회는 선교에 중점을 두었다. 내게도 수요예배에서 설교할 기회를 주고 감사장을 수여했다. 또 '홈리스 문제에 대한 연구와 사역 방안—십자가를 심으라'는 나의 글을 출판하여 430여개 한인교회에 배부했다. 너무도 감사한 일이었다. 한인교회총회가 그렇게 하지 않았더라면 한인교회들은 홈리스 문제에 대한 강의와 자료를 접할 길이 없었다. 그런 기회를 제공한 당시의 총무 이유신 목사님과 미국장로교총회 한미목회실의 김선배 목사님 그리고 한인교회 총회 임원들에게 감사한다.

아무리 좋은 생각을 가지고 있다 하더라도 후원자가 없다면 이렇게 실현되기란 쉬운 일이 아니다. 특히 하나님의 인도하심과 축복이 없이는 더더욱 불가능한 일이다. 하나님께서 이런 분들을 통해 놀라운 역사를 이루심을 또 한 번 간증한다. 다음의 글은 그 책 서두에 실은 당시 총회장과 김선배 목사님의 추천글이다. 나를 울게 한 글들이라 여기에 싣는다.(책은 www.jeankimhome.com에서 읽을 수 있다.)

:: 추천하는 글 ::

"십자가를 심으라"는 제목의 본서는 우리가 흔히 접할 수 있는 그런 류의 책이 아니라, 일생 동안 십자가의 아픔과 고통을 자신과 이웃의 삶에서 뼈저리게 체험하고, 어둠과 절망 속에서 들려주신 하나님의 음성을 듣고, 그리스도를 본받아 갈 곳 없는 홈리스들의 이웃이 되어 소망의 십자가를 30년 동안 심어온 김진숙 목사님의 깊은 체험 속에서 영근 값진 이야기입니다.

홈리스 사역에 일생을 바치게 된 김 목사님의 사역동기를 읽으면서 말할 수 없는 고통과 시련 속에서 철저하게 훈련하고 준비시키시어 홈리스 사역에 자신의 삶을 바치게 하신 하나님의 손길을 생생하게 느끼게 되고 뜨거운 감동이 가슴을 울려주고 있습니다.

자신의 사역을 총정리하고 후세들에게 그의 사역을 계속하도록 하기 위하여 은퇴한 나이에 Doctor of Ministry Dissertation을 씀으로써 가난하고 병들고 버림받은 사람들을 돌보아주고 구원하라고 구구절절이 말씀하시는 하나님의 음성을 성경적으로, 신학적으로, 또한 실천적으로 잘 정리하여 주셨습니다.

그리고 풍요로운 미국사회에 만연한 육체적, 정신적, 영적 홈리스 상태를 분명히 보게 하고, 이의 치유를 위한 홈리스 사역 방안을 제시하여 줌으로써 한인교회들에 도전을 주고 바로 실행에 옮길 수 있는 구체적인 길을 보여준 값진 자료입니다.

NKPC(National Korean Presbyterian Council)는 2003년에 한인이민 백주년 기념 총회를 가지면서 21세기를 향한 비전을 채택하고 우리의 결의 가운데, "우리가 살고 있는 지역사회, 도시, 그리고 미국에 깊은 관심을 가지고 하나님의 모든 창조물 간에 평화와 정의, 화해와 치유를 증진하는 일에 앞장설 것을 다짐한다"고 천명하였고, 2005년 "Seek the Welfare of the City"의 주제로 가진 34회 총회에서는 지역사회에 관심을 가지고 함께 동참할 것을 강조한 바 있습니다.

우리 한인교회는 그 동안 복음전도와 교회성장에는 많이 힘써 왔지만, 예수님께서 부탁하신 우리의 이웃에 있는 주린 자, 목마른 자, 나그네 된 자, 헐벗은 자, 병든 자, 감옥에

보랏빛 희망

갇힌 자를 돌아보는 일에는 크게 부족하였음을 솔직히 고백하고 회개하면서, 이제 영안을 열어 우리의 영적 홈리스 됨을 보게 하시고, 본서를 통하여 "가서 너도 이와 같이 하라"는 주님의 음성을 듣기를 간절히 바랍니다.

한인교회의 사역에 큰 도움을 주게 될 이 귀중한 자료를 나누어주신 김진숙 목사님께 깊은 감사를 드리고, NKPC와 총회 한미목회 실이 공동으로 출판하게 됨을 크게 기뻐하고 축하하여 마지않습니다.

주후 2008년 1월 1일
미국장로교 전국한인교회협의회
회장 이종민 목사

일생을 홈리스 사역에 바치시고 미국장로교 홈리스 사역에 생명을 불어넣으시고 이 사역을 꽃피우신 존경하는 김진숙 목사님의 혼이 살아 움직이는 "십자가를 심으라"가 출판된 것을 크게 기뻐하며 축하 드립니다. 이 책은 김 목사님의 평생 사역의 결실로 목사님이 샌프란시스코 신학대학원 목회학 박사 논문으로 쓰신 것을 간추려 한인교회의 홈리스 사역을 위한 소중한 자료로 내놓게 된 것입니다. 이 작품을 위해 미국장로교 전국한인교회협의회와 함께 조그마한 힘이나마 더하게 된 것을 감사하게 생각합니다.

이 책은 이 시대에 가장 절실하고 긴급한 교회의 디아코니아 사역인 홈리스 사역을 단순히 선교와 사회 정의신학의 관점에서 이론으로만 다루지 않고 구체적이고 실천적인 사역을 위한 훈련과 지침을 제공해 줍니다. 더 나아가 이 소중한 사역에 온 몸과 마음과 힘과 생명을 다 쏟아 바친 김진숙 목사님의 숨결과 피와 살이 진하게 베여있어 우리 주님의 성육신적 목회사역을 따라가는 제자도의 모범을 보여주고 있습니다.

한인교회는 전도와 교회성장에서 가장 은사가 큰 교회로 알려졌으며 실제로 이 부분의 사역에서 괄목할만한 발전을 한 것이 사실입니다. 그러나 복음전도와 함께 통전적인 선교를 위해 꼭 필요한 하나님 나라의 정의를 위한 선교적, 사회적 책임에 대해서는 거의 관심을 갖지 못함으로 선교의 불균형을 초래하였고 심하게는 건강한 교회를 세우지 못하는 지경에까지 이르기도 하였습니다.

다행히도 최근에 교회의 사회적 책임과 지역사회에 대한 섬김의 중요성을 자각하고 이를 실천에 옮기는 교회들이 생기는 것을 보면서 성숙한 한인교회의 미래에 대한 희망을 가지게 됩니다. 김진숙 목사님의 "십자가를 심으라"가 한인교회들이 지역사회를 향한 디아코니아 사역의 새로운

운동을 일으키는 데 기폭제가 되어서 미국장로교총회 산하
한인교회들뿐만 아니라 미주 전역에 있는 한인이민교회들
이 사회책임 선교의 새로운 역사를 만들어가기 바랍니다.

김선배 목사
총무
미국장로교 총회 한미목회실

71세에 목회학 박사 학위 따다

내가 목회학 박사 학위를 따게 된 동기가 몇 개 있다. 그 중 하나는 남편이었다. 남편은 몇 번 뇌졸중을 일으켜 의사로부터 운전을 하지 말라는 경고를 받았다. 그런데 남편에게는 몇 년 동안 차를 사려고 모아 놓은 돈이 좀 있었다. 결혼생활 50여 년 동안 나를 너무 고생을 많이 시켰다고 생각한 그는 마지막 선물로 내게 박사 공부를 할 수 있도록 기회를 주고 싶었다. 아이들을 낳고 일하며 사느라 그렇게 좋아하는 공부를 계속할 수 없었던 데 대해 늘 미안하게 생각했던 것이다.

그래서 어느 날 내게 "당신이 박사 공부를 한다면 내가 모은 돈을 줄게" 하고 말했다. 남편은 그동안 정부에서 받는 연금을 용돈으로 쓰며 여행도 하고 그다지 살림에는 신경을 쓰지 않았다. 그래

보랏빛 희망

서 내가 "그래 할 테니 내놓으시오" 하고 대답했다.

나는 신학사, 문학사, 사회사업 석사에 현장에서 일한 경험이 많아 샌프란시스코 신학대PC/USA에 쉽게 입학이 되었다. 그러나 내가 공부하는 도중 남편은 당뇨로 온갖 합병증이 와서 응급실과 중환자실을 들락거리다 결국엔 양로원(자활원)에 들어가게 되었다. 상황이 이렇다 보니 공부를 도중하차해야 할 형편이었다.

하지만 나는 중단하지 않았다. 컴퓨터를 응급실로, 중환자실로, 병실로, 양로원으로 남편이 가는 곳마다 가지고 다니면서 그의 침대 옆에 앉아 계속 논문을 썼다. 남편은 내가 공부하는 것을 좋아했고 자기 옆에 있기만 하면 그것으로 만족했다. 양로원에서 나는 매일 방문하는 가족으로, 매일 컴퓨터를 하는 노인으로 소문이 났다. 스스로는 자신이 노인임을 실감하지 못했지만 다른 사람들의 눈에 나는 노인이었던 것이다. 나는 자신의 나이를 잊고 산 할머니였다. 하지만 그것은 팔순이 다 된 지금도 마찬가지다.

순회 설교를 할 때 300페이지짜리 책을 쓰기는 했지만 나의 전 사역을 정리한 건 아니었다. 그저 2년간의 순회 설교 내용을 보고 형식적으로 쓴 것이었다. 그래서 나의 홈리스 사역을 총정리 하는 글을 쓰고 싶었다. 나이 70에 학위가 필요해서가 아니라 내가 일생 동안 한 홈리스 사역을 학문적으로 정리하고 죽기 전에 미국사회에 홈리스 사역에 대한 좋은 자료를 남기고 싶었다. 그러다 보니 철학이나 신학 박사보다는 목회학 박사가 시간도 덜 걸릴 것 같아서 이쪽으로 지원을 하게 되었다.

학교는 시애틀에서 자동차로 하루 반 내지 이틀에 갈 수 있는 거리에 있었다. 첫 해에는 낮에만 운전하고 중간에 하루 자면서 이틀에 걸쳐 갔다. 첫 학기에 읽으라는 필수 과목 책들을 미리 사서 다 읽고 요약까지 해가지고 즐겁게 학교를 다녔다. 그 이듬해에는 주차장에서 넘어져 발목이 부러지는 바람에 할 수 없이 목발을 짚고 비행기로 갔다. 신학과 경제, 사회, 정치, 문화 관련 서적들을 접하면서 너무 많은 자극과 흥분과 기쁨을 체험했다. 1백여 권의 서적을 읽고 빈곤과 홈리스 문제에 대한 성서의 입장과 가르침을 파고드는 등 너무도 재미있고 깊이 있게 공부했다. 내 사역을 학문적으로 정리해 보는 좋은 기회였다. 논문은 쓰다 보니 그 양이 너무 많아 300페이지로 줄이느라 애를 먹었다.

나는 목회학 박사 과정을 다른 사람들 보다 좀 일찍 끝냈다. 보통은 학교에서 두 번의 여름을 보내고 셋째 해에는 집에서 자율적으로 공부하고 그 다음 해에 논문을 쓰는 것으로 아는데 나는 두 번째 여름 학기를 보내고 그해 자율학습을 병행하며 논문을 써서 다음해 2월에 제출했다. 졸업은 같은 해 5월에 했다. 그래서인지 나와 함께 공부를 시작한 사람들은 내가 졸업할 때 한 사람도 없었다.

나는 칠순도 신학교에서 공부하던 중에 맞았다. 이틀 안 학생들이 케이크를 사오고 밖에 나가 꽃을 꺾어다 장식하고 해서 섭섭지 않게 칠순 생일을 차려주어 정말 감사했다.

졸업식 날, 양로원에 있는 남편은 행사에 참석할 수 없었다. 대신 아들, 며느리, 두 손자와 손녀 5명이 졸업식에 왔다. 호텔과 항공권 등 경비가 만만치 않았지만 아들이 이를 기꺼이 부담했다. 나는 손자, 손녀들에게 나이가 얼마든 마음만 먹으면 공부할 수 있다는 걸 보여주고 싶었다. 학교 측에서는 졸업식을 마치는 축도를 내게 이중 언어로 부탁했다.

받은 졸업장을 양로원에 누워 있는 남편에게 보여주었다. 그 졸업장의 절반은 "당신의 것"이라고 하면서 "고맙다"고 말했다. 남편도 무척이나 기뻐했다. 내 경험으로 보면 목회학 박사는 공부를 하기 나름이다. 엉터리로 하면 아무 소용없는 졸업장에 지나지 않고 제대로 하면 자신이 일생 해 온 사역을 총정리하는 좋은 기회이다.

실무 경험 없이 목회학 박사에 도전하는 사람들에게는 이 과정이 매우 어려운 길이다. 목회학 박사는 철학박사처럼 이론으로만 하는 학문이 아니기 때문이다. 실제로 일한 경험을 토대로 앞으로 하고 싶은 사역을 구상하고 개발하는 과정이거나, 아니면 이미 한 사역들을 학문적으로 정리하는 것이기 때문에 경험 없이 학위만 따려고 온 사람들에겐 그리 녹록지 않은 여정이 된다.

목회학 박사 공부는 스스로 하는 것이고 어느 교수도 내가 하고자 하는 것을 대신 강의해주지 않는다. 내가 하는 홈리스 사역에 대한 강의도 없었다. 아마 할 사람도 없었을 것이다. 나는 내 경험을 토대로 내가 읽은 일반 서적들에서 즉 경제, 정치, 빈곤에 대한 이론을 정립해서 내가 쓰고자 하는 내용에 참고로 삼았다. 그러니 경험이 없이는 어려운 공부이다. 내 경우에도 홈리스 사역의 경험이 없었다면 '홈리스의 근본 문제와 교회의 반응'이라는 논문은 나올 수 없었을 것이다.

여성 리더십을 위하여

나는 한인교회총회를 대표해서 미국장로교총회 소수민족
위원회에서 4년간 위원으로 섬겼다. 명칭이 소수민족위원회인 만
큼 백인은 별로 없고 대부분이 소수 민족의 대표들로 위원회가 구
성되어 있었다. 그런데 이 위원회의 분위기가 한인교회에 대해 부
정적이었다. 심지어는 적개심마저 보이는 위원들도 있었다. 물론
한인교회가 다른 어떤 소수 민족 교회보다 숫자가 많고 빠르게 성
장하기 때문이기도 했지만 그 외에도 다른 이유가 있었다. 그것은
"한국교회는 찾아 먹을 건 부지런히 찾아 먹지만 꼭 해야 할 일은
안 한다"는 것이었다.

　이러한 지적의 핵심은 바로 교회의 정의와 평화, 즉 교회 안에
서의 여성 리더십을 외면한다는 것이었다. 그래서 나는 한인교회

총회 임원회에 가서 이 일을 이야기하고 우리도 뭔가 해야 하지 않겠느냐고 물었다. 그랬더니 임원들도 동의를 해서 한인교회 안의 여성 리더십을 강화하기 위한 일련의 작업을 하자는 데 의견의 일치를 보았다.

여성리더십특별위원회 조직

한인교회 내에서 여성 리더십을 강화하자는 이야기는 결국 여성의 목사·장로 안수를 늘리자는 의미였다. 그래서 제37회 한인교회총회(2007년) 실행위원회에서는 여성 지도력 강화를 위한 특별연구위원회를 조직키로 결의했다. 이 위원회에서는 한인교회의 여성 리더십 현황을 파악하고 여성들의 은사 활용을 통해 교회가 누릴 수 있는 혜택에 관해 연구하여 그 결과를 보고하기로 했다. 그리고 이은주 목사와 내가 공동위원장을 맡았다.

특별위원회는 2년 동안 미국장로교 산하 한인교회들의 여성 리더십 현황을 파악하기 위해 위원들이 섬기고 있는 교회와 노회에서 얻은 정보와 경험들을 근거로 지속적인 대화와 설문조사, 분석, 연구를 했다. 이를 통해 평등 공천, 평등 고용, 평등 인사 정책을 반드시 이행토록 요구하는 규례서(G-4,0400)와 다양성과 포괄성의 전체 참여 원칙(G-4,0401)을 적용하는 데 있어 이 부분에 대한 당회의 인식이 매우 낮다는 사실을 발견하게 되었다.

특별위원회에서는 이러한 연구를 통해 한인교회들이 성경에 입각한 평등 대표제를 정착시킬 수 있는 교회 문화 풍토를 만드는 게 무엇보다도 시급한 일이라는 것을 깨달았다. 남성과 여성은 성별로 인하여 상하 종속관계가 되어서는 안 된다. 남성과 여성은 동등한 관계이며 각 성별이 갖고 있는 독특한 기능과 은사를 잘 활용하여 더불어 주님의 몸 된 교회를 섬기는 예수 공동체가 되어야 한다. 특별위원회에서는 이러한 요지의 제안이 한인교회 현장에서 실행될 수 있도록 총회 차원에서 적극 권장해주길 바란다는 요지와 함께, 앞으로 10년간을 '여성과 함께하는 십년Decade with Women'으로 정하고 해야 할 사역의 내용을 정리해서 촉구했다. 아울러 총회 여성위원회를 구성하여 그러한 제안을 이 위원회가 실행해 갈 수 있도록 해 줄 것을 요청했다.

초대 여성위원회 위원장으로 봉사

총회 여성위원회가 구성되고 내가 초대 위원장을 맡았다. 나는 '한인교회 여성 리더십 이대로 좋은가'(공동 저자)란 제목의 책을 여성위원회 이름으로 발간하고, 총회에 제출한 제안서를 이중 언어로 준비했다. 또 포스터와 전단Brochure, 북마크 등을 만들어 전국 430개 한인장로교회에 발송하고 매년 총회에서 이러한 위원회의 활동 내역들을 보고했다. 아울러 참석자들에게 자료를 제공하는 등 여성 리더십에 대한 교육에 치중하고 교육된 내용이 실행에 옮겨질 수 있도록 노력했다.

'여성 리더십 이대로 좋은가'란 책에서 나는 '신, 구약 성서의 여성 리더십에 대한 이해' 편을 썼다. 이 부분을 쓴 건 뭘 많이 알아서가 아니라 스스로 이 문제에 대해 깊이 공부를 할 수 있는 도전을 주기 위함이었다. 아울러 미국장로교 한인교회 안에서 남녀가 평등하게 리더십을 행사해야 한다는 사실을 촉구함으로써 새로운 변화를 가져오는 데 미력하나마 내 힘을 보태기 위해서였다. 사실 한인교회들의 상당수가 여성 목사와 장로의 안수에 관심이 없고 여 목사의 채용에도 거부감이 많아 다른 교회들에 비해 많이 뒤쳐져 있었다. 이런 현실이 나로서는 안타깝기 그지없었다.

이 책의 한글 편은 급히 쓰는 바람에 좀 부족한 점이 많았고 영문 편은 그나마 좀 보완을 해서 약간은 발전된 작품이다. 나로서는 기대했던 대로 공부를 많이 할 수 있는 기회였다. 나는 여성위원회에서 3년 동안 위원장으로 섬긴 후 은퇴했다. 여성위원회를 섬기면서 가장 안타까웠던 점은 한인교회 여성들이 오히려 같은 여 목사나 장로를 되레 반대한다는 믿지 못할 현실이었다. 여성 자신이 남성만큼이나 남존여비사상에 깊이 물들어 있었다. 이러한 관념은 쉽게 변할 것 같지 않아 서글프기까지 했다. 그럼에도 불구하고 여성위원회 조직과 활동을 통해 여성 리더십 강화를 위해 미력이나마 힘을 보탤 수 있었음에 감사하게 생각한다.

마지막 '천신만고'의 홈리스 교육사역
:계속되는 하나님 이야기

나는 이 자서전을 '천신만고의 이야기'로 시작했으니 그 이야기로 끝맺고 싶다. 하나님 이야기로 시작했으니 그의 이야기로 끝내고 싶은 것이다.

홈리스 두세사람을 대학에 보내면서 시작한 이 천신만고의 사역은 벌써 1년을 맞게되었다.

이 사역을 시작하면서 나는 홈리스 어른들을 향해 공부를 해야 좋은 직업과 좋은 월급과 살 집이 가능해지고 홈리스 생활을 영원히 청산할 수 있다고 외치고 지역사회를 향해서는 이 사역을 위해 너무 필요한 것이 많으니 도와달라고 호소하는 목소리를 높였다. 또 하나님을 향해서는 이 나이에 무엇 때문에 이런 천신만고의 사역을 시작했는지 하나님은 아시나이까. 난 어쩌면 좋겠습니까 하고 울부짖었다.

그랬더니 하나님께서 갑자기 하늘 문을 여셨다. 홈리스들은 '아무개가 홈리스들을 대학에 보낸대'라고 입에서 입으로 소문이 전해져서 '나도 대학에 진학할 수 있을까요'라면서 오는 학생수가 100명선을 넘어 2017년 겨울학기에(1월에 시작) 20명이 등교하게 됐다. 그리고 다음 봄학기를 위해 준비하는 학생이 24명이다. 물론 원한다고 다 등록되는 것은 아니다. '천신만고'의 과정을 성공적으로 거쳐야한다. 다 거쳐서 들어갔다가도 천신만고를 견디지 못해 도중하차하는 경우가 많다.

지역사회에 사업계획서와 필요한 조항을 써서 돌렸더니 이렇게 사심없이 희생적으로 섬기는 사역이면, 그리고 그 사역의 목적이 좋으니 이사로 섬기겠다는 사람들-현 시의원, 초급대학의 재정과, 입학·등록과의 과장, 회계사, 연방정부 기관의 과장 등 상당한 자리에 있는 사람들이 봉사하겠다고 나오니 15명(1/3이 한국계 미국시민, 2/3는 백인과 흑인) 이사진이 쟁쟁한 사람들로 채워지고 경제적으로 돕겠다는 넉넉한 후원자도 나왔다. 이는 하나님께서 하늘 문을 여신 기적이라고 밖에 설명할 길이 없는 하나님 이야기다. 나보다 앞서 뛰어가시는 하나님을 따라가느라 나는 너무 바빠졌다.

그뿐인가? 하나님은 하늘 문을 또 여셨다.

"이 학생들이 길에서 자고 대학에 등교하는 모습을 가슴이 아파 더 이상 볼 수 없으니 비 안 맞는 시청 앞문 처마 밑에라도 자게 해 달라, 시가 소유한 공원에 텐트 5개만이라도 치게 허락해 달

보랏빛 희망

라. 작게 시작해서 성장해 보겠다"고 시 당국에 가서 시장님께 눈물로 호소했더니, 바로 다음날 주위의 어느 침례교회 마당에다 텐트 5개를 치도록 기적과도 같은 허락이 떨어졌다.

원래 린우드 시는 이런 일을 못하는 곳으로 소문난 시청이기 때문에 이것은 하늘의 기적이란 말로 밖에 설명이 되지않는 '대사건' 이다. 그래서 나는 한편으로 학생들을 등록시키고 한편으로는 텐트 칠 준비를 하느라 눈코 뜰새 없이 바빠졌다.

작게 시작해서 발전한다는 심정으로 텐트를 5개 치고, 그 안에 간이침대, 침낭, 작은 책상과 의자 등을 구비해주고, 거실 역할의 방 하나가 있고, 창고, 화장실, 거실 이 모두를 담 안에다 다 넣고

대문을 잠궈서 그 안의 살림을 보호하도록 한다. 이렇게 간단한 것 같은 살림을 차려주는 데에도 천신만고의 노력이 들었다. 날씨는 얼어붙고 춥거나 비가오거나 배달도 제때에 도착못하고, 어느 한 가지도 우리를 쉽게 해주지않았다.

그 뿐인가? 하나님께서 또 하나의 하늘 문을 여셨다.

한 사람이 잘 수 있는 작은 판자집 10개를 기증하겠다는 독지가도 나왔다. 텐트보다 나은 것이다. 전기와 난방이 되어있을 것이기 때문이다. 이제 나는 이 10개를 들여놓을 장소를 찾아야한다. 교회 뒷마당이나 시가 소유한 공원이든 어디든지를 찾아야한다. 하나님께서 또 하늘 문을 여셔야한다. 기다리는 중이다.

천신만고의 이야기는 여기서 끝나지 않는다. 보통사람들은 백 번 죽었다 깨도 이해 못 할 너무 많은 장애물과 끝도 한도 없이 씨름을 해야하는 홈리들의 천신만고의 이야기가 있다. 그들이 이 많은 장애물을 헤쳐가며 대학에 다닌다는 것은 그 자체가 전쟁이다. 그들은 매일 육체적 정신적 건강문제와 싸우고, 경제문제와도 싸워야 한다. 자비심이라곤 찾아 볼 수 없는 경찰과 시 법령과 싸워야 한다. 교통위반, 음주, 금연, 주차위반으로 받은 수많은 딱지와 벌금과 싸워야 한다. 과거의 감금 경력과 빚이란 장애물들과 싸워야한다. 임시숙소, 사회복지 체제, 저소득주택 정책, 심지어는 오늘의 컴퓨터 시스템과도 싸워야 한다. 매일밤 잠자리, 주차자리, 화장실문제, 목욕문제등과도 싸워야 한다. 술을 마시고 약물을 남용하고 학교를 도중하차 하고싶은 유혹과도 싸워야 한다. 비왔다,

눈왔다, 얼었다, 녹았다 하는 변덕스러운 겨울 날씨와도 싸워야 하고, 길에 만연한 절도, 강도, 폭행과도 싸워야 한다.

그뿐인가! 자신들의 게으르고 자유분방한, 혼란스럽고 제재가 없고, 무질서하고 불확실하고 경솔한 생활습관과도 싸워야 한다. 자신들의 건망증, 핑계, 무책임, 일시/만성 육체적 정서적 장애, 중독, 나쁜 습관과도 싸워야 한다. 약속과 시간을 엄수하고, 수업에 규칙적으로 출석하고, 과제를 시간 내에 끝마치는 일 모두가 힘든 싸움이다. 특히 꿈이 없고 매일의 계획도 없는 자신들에게 꿈을 가지라고 스스로 용기를 북돋으며 싸워야 한다. 먹을거리를 위해 싸우고 사랑과 인정 받고, 자존심을 지키려고 싸워야 한다. 실망과 절망과도 싸워야 한다. 그러므로 그들의 일과가 싸움이고 천신만고이다.

대학에 등록하는 일 자체도 천신만고이다. 어떤 분야를 해야 할지 자신의 재능이 무엇인지 모두가 막연하다. 혼자 보내면 어디로 가야 할지, 문제에 봉착하면 어떤 질문을 해야 할지, 누구를 만나야 할지 어떤 과목부터 시작 할지 모두가 막연할 뿐이다.

그 과정에서 이들 한 사람 한 사람의 형편과 취미, 재능에 따라 필요를 파악하여 도와줘야 한다. 이들은 거의가 가난하여 연방정부의 학비보조 자격을 갖는다. 그러나 그것을 신청하는 과정도 '천신만고'여서 도움을 필요로한다. 신청한 후에 학교 등록과에 가서 입학원서를 컴퓨터로 작성하고, 제출하면 또 다른 곳으로 가서 지역의 재정보조를 신청하고, 어떤 과목을 택하기 위해 학과 애드바

이저를 면담하고 과목을 배당받는다. 연방정부의 보조가 금방 나오는 것도 아니어서 그 사이에 어찌해야 하는지 어떻게 알아보아야 하는지 과정도 복잡하다. 거기에 전화연락하는 일도 쉬운 일이 아니다.

이렇게 해서 천신만고 끝에 학교에 등록해 놓으면 그 것으로 끝이 아니다. 이들은 학교에 등교하면서 앞에서 이미 말한 악 조건, 장애물들과 끊임없이 계속해서 매일 싸우며 살아야하니 이들의 천신만고는 여전히 계속이다.

누군가가 계속해서 돌봐주고, 아직 버티고 있는지를 자주 살펴야 한다. 잠자리, 전화문제, 소지품 보관을 위해 창고를 세 내야하고, 버스값 문제, 위생문제, 건강문제 등 매일 만나는 제반 문제와 위기 해결을 위해 중재해야 한다.

공부가 어려우면 가정교사를 알선해주어야 한다. 그러기 위해 가정교사를 지역사회와 홈리스 동료가운데에서도 찾는다. 심지어 책가방, 노트, 펜에 이르기까지 사소한 것까지 해결해 줘야한다. 이들이 내게 찾아오기 보다 주로 내가 그들이 밥을 얻어먹는 곳으로 심방을 가서 만난다. 그래서 나는 꾸준히 지역사회 이 구석 저 구석으로 매일 심방을 나간다. 내가 가진 모든 힘을 다해 그들과 함께 그들 옆에서 함께 달리며 낙오하지 말고 이 싸움에서 승리하기 위해 끝까지 참고 버티라고 소리 높여 격려하며 응원한다.

나의 참된 바람은 그들의 졸업식에 참석하여 "우리가 선한 싸움을 함께 잘 싸우고 우리의 달려갈 길을 마치고 믿음을 지켰노라"(딤 4:7)는 사도바울의 고백을 그들과 함께 힘차게 되풀이하는 것이다.

그러나 나는 현재 나의 마지막 병이 될 폐협심증으로 죽음을 향해 걷고있어 어느 누구의 졸업식을 보게 될지 의문이지만 상관없이 하나님께서는 나를 등에 업고 달리시니 천신만고의 길을 걷는 홈리스 대학생들을 섬기는 일을 즐겁고 감사하게 계속한다.

누군가가 내 뒤를 이어 이 천신만고의 길을 그들과 함께 걸어줄 수 있게 하기위해 이사회를 강화, 훈련하고, 동료 홈리스들을 지도자로 강화훈련하고, 서로 돕게 하고, 지역사회의 후원을 강화하여 이 사역을 탄탄한 기반 위에 세워놓고 떠나기 위해 마지막 한 온스의 에너지까지 모두 소진될 때 까지 나는 하나님의 등에 업혀 그와 함께 달리며 그들을 섬기는 일을 계속할 것이다.

이것이 내가 받은 하늘 보다 높고, 바다 보다 깊어 하늘을 두루마리 삼고 바닷물을 먹물삼아 기록해도 못 다 할 하나님의 은혜를, 천신만고의 인생행로를 걷는 사람들의 고통을 조금이나마 나누는 길이기 때문이다.

이렇게 죽고 싶다

나이가 들다보니 세상을 떠나는 친구들이 하나씩 늘어난다. 그래서 친구들이 마지막 숨을 거두는 자리에도 몇 차례 참석한 일이 있다. 그때 사경을 헤매는 친구를 지켜보며 이런 생각을 해 본 적이 있다. 그 초조하고 긴급하며 안타까운 마지막 순간을 그냥 앉아서 지켜보는 것보다는 찬송으로 그 힘겨운 시간을 채우면 가는 사람에게도 그리고 가족과 친지들에게도 위로가 되지 않을까 하는 생각이었다.

　나 역시 마찬가지다. 내가 갑자기 죽는 축복을 받는다면 모르겠지만 만약 집이나 병원에서 몇 시간 혹은 며칠에 걸쳐 숨을 거두어야 한다면 나의 그 시간을 찬송으로 채워주었으면 한다. 찬송은 녹음도 좋고 친구들이 와서 직접 불러주어도 좋을 것이다. 나는 노래

보랏빛 희망

는 잘 못하지만 듣는 것은 무척 좋아한다. 마지막 순간에 계속해서 찬송을 들을 수 있다면 얼마나 마음에 위로가 되고 기쁘겠는가! 기왕이면 평소에 즐겨 부르던 찬송이라면 더욱 좋을 것이다.

장송곡 없는 장례식

내가 가는 마지막 길이 내가 평소 감명 깊게 불렀던 찬송으로 채워진다면 나로서는 큰 즐거움과 위로가 될 것이다. 가령 한국 찬송으로는 '나 같은 죄인 살리신, 부름 받아 나선 이 몸, 내 영혼아 찬양하라, 좋으신 하나님, 일어나 걸어라' 등이 될 것이고, 영어 찬송으로는 'Here I am Lord, Let My People Go, Precious Lord, Take My Hand, This Little Light of Mine, When a Poor One, We shall Overcome' 등이 될 것이다.

그리고 나의 장례식이나 추도예배에서는 나의 가족, 친지, 친구, 그리고 홈리스 형제, 자매들이 다 와서 찬양 잔치를 벌였으면 좋겠다. 막달라 마리아 교회나 둥지 선교회 사람들은 이 '찬양 잔치'가 무엇인지 잘 알고 있다. 풍금은 이혜연 권사가 친다고 했지만 사정이 있을 수 있으니 예배를 주관하는 목사가 알아서 할 일이다. 다만, 마지막 끝나는 찬송으로는 '우리 다시 만날 때까지'가 좋을 것 같다.

꽃이 없는 장례식

꽃은 항상 말없이 사람의 마음을 기쁘게 해주고 위로해주는 역할을 한다. 어머니와 나는 꽃을 좋아했다. 여름이면 작은 테라스에 꽃바구니 네댓 개를 걸어놓고 매일 물을 주어 키웠다. 그러면 거기서 여름 내내, 그리고 가을이 되어 서리가 내릴 때까지 꽃들이 피고 지면서 나를 즐겁게 해주었다. 집안 유리창 앞에도 오래 피는 아프리칸 바이올렛이나 난초들이 꽃을 피워 나를 기쁘게 해주었다. 나는 이렇게 꽃을 좋아한다. 그리고 장례식장에 가보면 많은 꽃들이 고인과 조문객들을 위로해 주어 보기 좋았다.

그러나 나는 꽃이 없는 장례식을 원한다. 물론 이는 그토록 꽃을 좋아하는 나로서는 의외의 요청일 것이다. 왜 그런 요청을 하느냐고? 그 이유는 나의 마지막 선물을 홈리스 사역에 남겨주고 싶기 때문이다. 그러니 나의 조문객들은 내 장례식장으로 꽃을 보내지 말고 그 돈을 홈리스 교육 후원금으로 보내주면 감사하겠다. 장례식장의 꽃은 그날 하루는 아름답지만 다음 날부터는 그냥 버려지는 쓰레기가 되기 때문에 엄청난 낭비다.

나는 물론 꽃을 매우 좋아하지만 일단 숨을 거두고 나면 더 이상 그 꽃들을 즐길 수 없다. 죽은 다음에 무덤을 꽃으로 덮어 본들 무슨 소용이 있겠는가! 나는 나의 마지막을 그렇게 낭비하고 싶지 않다. 그날 들어오는 조의금은 내 책에서 나오는 수익금과 함께 홈리스 교육비와 직업 훈련과 그에 따르는 비용으로 사용되기를 희

망한다. 조문객들로서도 많은 사람에게 도움이 되는 일을 하는 것
이니 훨씬 더 보람 있는 일이 될 것이다.

보랏빛 장례식

조문객 가운데 빈손으로 오기가 너무 서운한 사람이 있다면 25
센트나 50센트짜리 보랏빛 풍선을 하나씩 가져오는 것은 어떨까?
그래서 그 풍선으로 내 장례식장을 가득 채워준다면 내 영혼은 500
불짜리 화환보다 더 가치 있고 기쁘게 받을 것이다. 풍선의 색이
왜 보랏빛이어야 하는가는 이 책의 서두에게 이미 말한 바 있다.
아울러 조문객들은 가능하면 보라색 옷을 입고 남자들은 보라색
타이를 매주었으면 좋겠다. 또 내 직계가족과 둥지 선교회 동지들
과 홈리스 형제자매들과 그 외 보랏빛 티셔츠를 가지고 있는 사람
들은 모두 보랏빛 셔츠를 입었으면 한다.

게리 쿡 목사가 했던 것처럼 일제히 보랏빛 셔츠를 입는 것보다
나의 삶과 사역을 더 잘 기릴 수 있는 방법이 있겠는가?

나도 영원히 눕는 날 내가 항상 즐겨 입었던 보랏빛 홈리스 셔
츠에 보랏빛 치마를 입고 싶다.

나를 업고 동행하신 분의 이야기

나의 이야기를 누가 원할지 모르겠지만 이렇게 한 권의 책으로 정
리하고 나니 감개가 무량하다. 나의 80년 인생은 북한에서 남한으
로, 다시 미국으로 삶의 장을 옮겨가며 다사다난하고 파란만장하
게 펼쳐졌다. 이 책을 쓰는 한 달여 동안 나는 80년의 길다면 길고
짧다면 짧은 시간을 여행했다. 마음의 거리로 말하면 천 마일, 만
마일의 넓고 깊은 세계를 여행한 것 같다. 시간이 없어 초음속으
로 급하게 다녀온 셈이다. 다행히도 그간의 모든 사건들과 감정까
지 내 머릿속에 시간 순으로 차곡차곡 정돈되어 있어 기억을 되살
리는 데 별 어려움은 없었다. 어떤 감정들은 천 마일, 만 마일 깊이
내 의식의 창고 속에 꽁꽁 숨어 있었다. 그 감정들은, 다시 되살려

보랏빛 희망

졌을 때 문득 생생하게 다가와 나를 많이 울게 만들었다.

가장 먼저 이 세상에 태어나 첫 11년을 살았던 북한 땅을 다녀왔다. 내가 자랐던 황금정 네거리, 사포리, 그리고 선덕에도 가 보았다. 첫 11년의 시간은 별로 좋은 일이 없었다. 어머니와 함께 울던 기억이 생생했고 아버지는 그저 부시고 때리던 모습으로 기억되어 있었다. 그럼에도 불구하고 선덕 집 주변의 아름다운 풍광과 세 개의 과수원은 행복한 기억으로 남아 있었다. 내가 태어나 자랐던 1930년대와 40년대는 온 나라와 백성이 가난과 일본의 압제 하에서 신음하던 때였다. 한 개인으로서도, 민족으로서도, 국가로서도 불행한 시대였다.

이어 나는 1940년대 후반과 50년에서 60년대를 여행했다. 50년대는 전쟁과 피난으로 민족 대부분이 배고프고 추운 홈리스의 삶을 살던 시대였다. 단순히 삼천리강산만 폐허가 된 것이 아니라 사람들의 마음과 영혼도 피폐했던 시대였다. 60년대는 전쟁 직후라 전쟁으로 인한 후유증을 앓으며 가난과 싸우던 시대였다. 나의 생활 역시 고달프기 그지없었고 많이 울던 시대였다. 그러나 그 와중에도 한국 최고의 사립학교였던 이화여고를 거쳐 한국신학대학과 단국대학을 졸업하고, 결혼을 하고 아이를 낳고 절망과 희망 사이를 오가며 치열하게 살았던 기억과 미국 유학에 오르던 설레임은 밝은 기억으로 저장되어 있었다. 특히 그 시절 예수 그리스도를 만나 신앙을 갖게 된 것은 일생일대의 소중한 사건이었다.

나는 이번 여행에서 서울을 떠나기 전 머물렀던 발음에도 가 보았다. 그곳에는 일 때문에 아이들을 이집 저집 맡기며 키워야 했던 아픈 기억과 외롭게 만들었다는 죄의식이 강처럼 흘러넘치고 있었다. 언제쯤 그 회한의 강물이 내 기억 속에서 다 빠져나갈지 알 수 없는 일이다. 햇살이 비치면 언젠가는 흙탕물도 마르기 마련이라며 스스로를 위로해 본다.

다행히도 아픈 기억만 있는 것은 아니어서 나환자들을 도운 일, 교회를 건축할 수 있도록 힘을 보탰던 일 등은 한줄기 봄 햇살처럼 따스하게 내 언 가슴을 녹여 주었다. 그리고 죽음의 수렁에서 나를 구해 주신 일은 모두 하나님께서 나의 인생에 직접 개입하셔서 인도하신 일이었다고 생각한다. 남한에서의 24년은 결국 나를 업고 동행하신 하나님의 이야기다.

마지막으로 46년의 미국 생활을 돌아보았다. 나는 미주리 주의 유니온과 세인트루이스, 워싱턴 주의 시애틀 등 모두 세 곳에서 살았다. 참으로 일도 많고 사건도 많았다. 매일 매일이 희비쌍곡선의 인생이었다. 기적 같은 일도 많았지만 아들을 잃고 평생을 부서진 가슴으로 살았다. 그러나 고난을 통해 나는 많이 성장했고 학문적인 성취도 많았다. 책도 여러 권 썼고 상도 20여 차례나 받았다. 목사 안수를 받았고 사역도 많이 했으며 하늘의 별같이 많은 형제, 자매, 자녀와 친구들도 얻었다. 그럼에도 불구하고 가슴에 박힌 파편이 완전히 녹아 없어지지는 않았다. 이 상처는 어쩌면 죽는 날까지 품고 살아야 할 고통인지도 모른다.

이 상처를 뺀 모든 것, 아니 어쩌면 그 상처까지도 하나님의 축복인지도 모른다. 하나님은 내 인생에 소나기 같은 축복을 쏟아 부으셨다. 나의 삶은 그러한 축복에 관한 고백이며 나와 동행하신 하나님의 이야기다. 그러므로 미국에서의 46년은 전적으로 하나님의 계시와 섭리 가운데 모든 일이 이루어졌다는 고백 외에는 할 말이 없다. 내 이야기는 하나님의 섭리에 대한 간증이다. 나는 지난 삶에서 하나님의 등에 업혀 선한 싸움을 잘 싸웠다고 생각한다.

나의 80년은, 한 손은 몸과 마음의 병을 잡고, 다른 한 손은 우리 주님의 손을 잡고 공부하고 일하며 홈리스들을 섬긴 역사의 삶이었다. 이 모두가 처음부터 끝까지 하나님의 계시, 은혜와 섭리, 인도하심 가운데서 이루어졌다. 언뜻 보기에는 내가 한 일처럼 보이지만 역시 그 뒤에는 나를 업고 달리신 성령님이 계셨다. 그러므로 나의 이야기는 곧 하나님의 이야기고 그 과정에 대한 간증이다.

80년의 기억을 종이로 옮기는 데 한 달이 걸렸고, 사진을 스캔해서 붙이고 정리하는 데 한 달이 걸렸다. 사람의 마음이란 시간과 공간을 초월해서 무궁무진하게 기억을 저장하는 능력을 가지고 있는 것 같다. 하나님의 능력에 다시 한 번 감사, 감격한다. 하나님의 놀라운 창조의 능력을 간증하고 싶다. 시편 139편의 말씀대로 우리 인간을 지으신 분은 하나님이시다. 그 하나님께 감사와 찬송과 영광을 돌려드리려고 한다.

인간의 뼈는 모두 206개라고 한다. 이 뼈의 조직은 끊임없이 죽고 다른 것으로 바뀌면서 7년에 한 번씩 몸 전체의 뼈가 전부 새 것으로 바뀐다고 한다. 혈관의 길이는 12만 킬로미터로, 지구를 세 바퀴 돌 수 있는 거리와 맞먹는다. 자동차를 만드는 데는 1만3천여 개의 부품이 필요하고, 747 제트 여객기는 3백만 개의 부품이, 우주 왕복선은 5백만 개의 부품이 필요하지만, 인간의 몸에는 자그마치 100조 개의 세포 조직이 있고, 25조 개의 적혈구와 250조 개의 백혈구가 각기 제 몫을 다하고 있다고 한다

이것이 하나님의 섬세한 창조물이다. 나는 이 책을 쓰면서 내 마음(뇌의 기억력)의 크기와 깊이를 보았다. 그 많은 추억을 어떻게 3파운드 밖에 안 되는 두뇌에 그토록 오랫동안 기억하고 저장할 수 있는지, 또 어떻게 고작 한 달이란 시간 동안 80년이란 긴 시간과 공간을 전부 여행할 수 있는지 경이로움을 금치 못했다. 정말 하나님이 빚으신게 아니고선 도무지 가능하지 않은 일임을 다시 한 번 간증한다.

우리의 하나님은 진실로 놀라운 능력의 하나님이시다.

부록

투병하며 다시 발견한 하나님

〈주빌리 매뉴얼〉에 실린 추천사

〈보랏빛 사람들〉에 실린 추천사

투병하며 다시 발견한 하나님

여기서 나의 투병 간증을 독자들과 나누고자 한다. 나와 비슷한 문제를 가진 사람들에게 조금이나마 도움이 되었으면 한다.

올해로(2016년) 내 나이 만 81세다. 8~9년 전만 해도 나는 체중이 140파운드나 나가는 비만이었다. 미국 여자 바지 치수로 14, 한국 치수로는 99를 입었다. 혈압이 높았고, 허리와 무릎이 아팠고, 콜레스테롤 수치가 너무 높아 약을 먹어야 한다고 진단을 받았다. 하지만 나는 콜레스테롤 약이 간과 다른 기관에 영향을 미친다는 말을 듣고 약을 먹지 않았다. 대신 다이어트와 운동을 시작했다.

■다이어트

1. 매 끼 먹는 양을 반으로 줄이고, 2. 육류 섭취량을 대폭 줄이고, 3. 기름기(튀긴) 있는 음식을 피하고, 4. 등 푸른 생선의 섭취를 늘리고, 5. 채소와 과일 섭취를 늘리고, 6. 절대 간식을 먹지 않고,

7. 잡곡밥을 먹고, 8. 흰 쌀밥과 국수, 빵 등은 모두 금했다.

■운동

매일 적어도 2마일 이상을 걸었다. 과체중으로 무릎이 아파서 나로서는 2마일을 걷는 일이 몹시 힘겨웠다. 이미 두 무릎의 연골이 닳아 터진 상태였기 때문이다.

이렇게 했더니 한 달 만에 10파운드가 빠졌다. 그리고 그 다음달부터 매달 5파운드를 빼서 다섯 달 만에 30파운드를 뺐다. 그랬더니 콜레스테롤 수치가 내려가고 허리의 통증이 사라졌다. 업무 상 많은 여행을 해야 했기에 잡곡밥과 구운 후 얼려 둔 등 푸른 생선을 가지고 다녔다. 중요한 것은 다이어트만 해서도 운동만 해서도 안 되고 둘을 병행해야만 한다는 점이다.

기적적으로 펴진 다리

1997년과 98년 내 두 무릎의 연골이 닳아서 터졌다. 의사들은 이런 현상이 나이에 비해 일찍 온 편이라고 말했다. 어린 시절 피난을 가느라 너무 많이 걸은 탓에 일어난 일이 아닐까 싶다.

하루는 로스앤젤레스 어느 교회에서 설교하고 내려오는데 내 무릎 이야기를 들은 약사 한 분이 내 손에 약병 하나를 쥐어주었다. 글루코사민Glucosamine이라는, 연골에 좋은 영양제였다. 너무 감사했다. 그 약이 좋다는 말은 많이 들었지만 정작 사 먹지는 못했는데 다른 사람을 통해 이렇게 약이 전달된 건 하나님이 나를 돌보시는 증거라고 믿었다. 감사하고 기도하는 마음으로 약을 복용하기 시작했고, 이후 10년을 견뎠다.

그런데 큰 사고가 일어났다. 회의 차 루이빌에 있는 총회본부로 가는 길이었다. 예감이 이상해 시택Sea Tac 공항에서 엘리베이터를 찾았다. 지난 7년간 늘 에스컬레이터를 탔는데 그날 따라 이상하게 에스컬레이터를 타기가 싫었던 것이다. 한참 동안 헤맸지만 결국 엘리베이터를 찾지 못한 나는 뒤늦게 에스컬레이터를 타게 되었다. 에스컬레이터가 중간쯤 올라갔을 때 그만 손에 잡고 있던 여행 가방이 뒤로 떨어졌다. 그 바람에 나까지 뒤로 굴러 떨어지면서 에스컬레이터 계단에 무릎을 찧었다. 에스컬레이터는 위로 올라가고 나는 밑으로 구른 탓에 일어나지도 못하고 에스컬레이터 밖으로 나갈 수도 없는 상황이 되었다.

그때 누군가 에스컬레이터를 멈추라고 소리를 질렀다. 맨 위까

보랏빛 희망

지 다 올라갔던 사람들 중에 누군가가 내 모습을 보고 소리를 지른 모양이었다. 마침내 에스컬레이터가 멈추고 어떤 신사가 내려와서 나를 에스컬레이터에서 끌어내 일으켜 세웠다. 틀림없이 머리나 목, 허리, 어깨, 아니면 다리 하나는 부러지고도 남을 만한 대형 사고였다. 그런데 일어나 걸어보니 몸이 멀쩡했다. 그 신사의 부축을 받으며 나는 긴 거리의 에스컬레이터를 걸어서 올라갔다.

항공기 카운터로 가서 좌석을 배정받고 에스컬레이터에서 떨어졌다고 이야기를 했다. 직원들이 의사를 불러 진찰을 받았다. 다행히 골절된 곳은 없었다. 병원으로 가겠느냐는 물음에 회의 때문에 그냥 가겠다고 했더니 아픈 무릎에 얼음팩을 붙여주었다. 그렇게 나는 비행기를 타고 목적지에 도착했다.

무릎을 꿇은 자세로 떨어진 탓에 평상시도 시원치 않던 무릎이 계속해서 아팠다. 그런 대형사고에도 골절 하나 없이 성한 몸으로 일어났다는 사실은 하나님이 보호해 주신 덕분이라고 밖에는 다른 설명이 가능하지 않았다. 에스컬레이터에서 넘어져 뼈가 부러진 사람들의 이야기는 아주 흔했다.

사고 이후 걸음걸이가 불편해져서 전문의에게 상담했다. 의사는 무릎을 수술해야 한다고 말했다. 무릎이 점점 휘어져서 그대로 두면 나중에는 엉치까지 나갈 수 있다는 것이었다. 그렇게 되면 엉치까지 수술해야 된다는 이야기였다. 무릎이 이 정도가 되도록 수술을 안 하니 더 큰 일을 막기 위해 일어난 사고였던 모양이었다. 결국 2010년 3월과 10월 각각 한 쪽씩 두 무릎을 수술했다.

그 이전까지 나는 10년을 글루코사민만 복용하며 순회 설교 여행을 하고 하루 2마일씩 걸으며 살았다. 다이어트로 몸무게가 줄면서 많은 도움이 되었지만 한 번 터진 연골의 상태는 더 나아질 수 없었다.

내 굽은 다리가 수술을 통해 쭉 펴졌고, 수술 후에는 매일 2마일씩을 걸어도 아무런 지장이 없었다. 그러나 그 수술은 내가 이 세상에서 경험한 11가지 수술 가운데 가장 고통스런 수술이었다.

암 직전까지 갔던 산 역류병

의외로 우리 주변에는 산 역류병을 가진 사람들이 많다. 그러나 이들 대부분은 이 병이 암으로까지 발전할 수 있는 무서운 병이라는 사실을 잘 모른다. 인간의 위벽은 위산으로부터 보호받을 수 있도록 되어 있다. 그러나 이 산이 역류하여 식도를 타고 올라오게 되면 그 강도는 식도를 태울 만큼 강하다. 내 식도는 역류된 위산

보랏빛 희망

으로 타서 암 직전 상태까지 갔다. 모든 암이 다 무섭지만 특히 식도암은 생명을 순식간에 단축시키는 암이다.

나는 어려서부터 병치레를 많이 하며 자랐다. 그리고 어른이 되어서도 노년에 이르기까지 계속 병을 앓으며 살아왔다. 어떻게 보면 병은 늘 나와 함께 동거하는 친한 친구였다. 금년까지 수술한 것만도 11번에 이른다. 20대 때 처음으로 축농증 수술을 받은 것으로부터 시작해 치질과 개복 수술Partial, 그 이후 미국에 와서는 30대부터 70대 후반까지 담낭 수술, 축농증 수술 3번, 파열된 각막 수술, 완전 개복 수술, 무릎 수술, 백내장 수술 등을 받았다. 이렇게 수술을 많이 하고도 살아남은 것은 오로지 하나님의 은혜이다.

그래서 나는 이렇게 고백한다.

"내가 앓은 병으로 말하자면 나는 이미 다섯 살에 죽었어야 했다. 내가 겪은 아픔과 한으로 말하자면 나는 십대에 이미 완전히 망가져야 했다. 내가 범한 죄로 말하자면 나는 이십대에 이미 사형대에 서야 했다. 하나님의 부름에 불복종한 것으로 말하자면 나는 삼십대에 이미 하나님으로부터 버림을 받아야 했다. 사십대에 자식을 잃고 살기를 거부했을 때 나를 절대 놓지 않고 쏟아 부어주신 축복과 은혜로 말하자면 하늘을 두루마리 삼고 바닷물을 먹물 삼아도 다 기록 못한다."

다음 투병 이야기는 최근의 것이다.

● 증상

2012년까지 항상 속이 쓰리고 아침에 일어나면 쓴 맛이 목과 입까지 올라왔다. 때로는 잠을 잘 수 없을 정도로 위장에서 열이 나고 아프며 소화가 안 되었다. 산이 올라와 쓰고 고통스러웠으며 소화제를 달고 살았다. 변비가 심하고 변이 고르지 않았으며 혈압이 높아 20여년을 혈압약을 복용해왔다. 오른쪽 골반이 아파 의자에 오래 앉을 수 없었고 어깨와 허리가 아팠으며 콜레스테롤 수치도 높았다.

● 진단

2012년 6월 내시경과 동맥을 울트라사운드 Ultrasound 로 검사했다. 전문의의 소견은 다음과 같았다.

1. 산 역류가 너무 오래돼서 식도암 직전 상태다.

2. 과거에 수술한 항문 쪽에 문제가 많아 변비가 계속되면 심각한 문제가 초래될 수 있다.

보랏빛 희망

3. 동맥경화.

4. 콜레스테롤 수치가 너무 높다.

5. 생체 혈관 나이는 100살.

6. 고혈압.

7. 소화기(위, 장)가 약화되어 음식을 먹으면 음식물이 뱃속에 오래 머물러 있는 상태.

8. 허리로 인한 우측 골반 통증.

9. 다섯 살 때부터 계속된 만성 기관지 천식.

한 마디로 종합병원이었다.

● 치료법

주치의의 제안으로 식도암을 예방하고 치료가 된다는 아메프라졸Ameprazole이라는 강한 약을 한 달간 복용했다. 결과는 완전히 식욕을 잃어 먹는 일을 전폐하는 상태가 되었다. 이렇게 몇 달을 지냈더니 기운도 점점 없어지고 어지럽고 계속 자고만 싶은 상태가 되었다. 급히 내리막 길을 가는 것만 같았다. 설상가상으로 운전 경력 42년 만에 대형 교통사고까지 내서 심한 타박상을 입고 오랫동안 치료 받아야 했다. 약의 부작용과 합세하여 단식으로 반기를 든 나의 육신이 2012년 말까지 과연 지탱할 수 있을까가 의심스러운 상태였다. 양약으로 하는 치료가 오히려 건강을 악화시키는 결과를 가져왔다. 그래서 양약을 완전히 끊었다.

그러던 중 하나님의 은혜로 '천사 같은' 한의사 권종인 장로님을 소개 받았다. 그는 내가 홈리스 사역을 하는 가난한 은퇴 목사라고 무료로 치료를 해 주었다. 권 장로의 치료법은 체질 침과 음식 조절 그리고 운동이었다. 처음에는 매주, 이어 2주에 한 번, 혹은 3주에 한 번 침을 맞았다. 하지만 음식 조절과 운동은 내 몫이었다. 나는 내게 맞는 음식이 궁금해서 양의들에게 물었으나 대답해주는 이가 없었다. 그러나 권 장로는 나의 이런 궁금증을 단박에 해결해 주었다. 그는 직접 환자의 병을 치료도 하지만 동시에 환자 스스로 어떻게 하면 병이 나을 수 있는지도 가르쳐 주었다.

1. 침은 체질 침으로서 위장의 기능을 보완하는 것이었다.

2. 나는 토양인 체질로 분류되어 그에 맞게 음식 조절을 했다. 내가 즐겨먹던 사과, 오렌지, 자몽, 너트류, 꿀, 생강차, 인삼·인삼차, 토마토, 고추장, 미역, 해초, 김, 양파, 파, 시나몬, 고춧가루, 깨, 참기름, 감자, 고구마, 매운 김치, 염소고기, 닭고기, 오리고기,

찹쌀, 현미 등을 금했다. 좋다는 음식이 모든 사람에게 다 좋은 것은 아니라는 설명이었다. 토양체질이면서 나 같은 병을 가진 사람에게는 다른 음식이 필요했다. 자신의 체질을 아는 것이 중요하다. 모든 딸기 종류, 배, 복숭아, 포도, 파파야, 감, 요구르트, 초콜릿, 보리차, 커피, 알로에, 두유, 우유, 우엉, 무청, 수박, 멜론류, 가지, 생선류, 소고기, 돼지고기, 쌀, 보리, 메밀, 귀리, 퀴노아, 콩, 팥, 녹두, 양배추, 배추, 셀러리, 당근, 무, 마늘, 상추, 부추, 버섯, 시금치, 두부, 포도씨 기름 등을 추천했다.

3. 암 직전까지 간 식도의 상처 치료를 위해 싱싱한 알로에의 껍질을 벗기고 그 속의 미끈미끈한 줄기를 갈아서 마시도록 했다. 나는 이것을 하루 서너 번 빈속에 마신다. 너무 많이 마시면 설사를 했다. 그래서 한 번에 두 모금 정도 식전과 식후에 마셨다. 또 식사 후에 산이 올라올 느낌이 있으면 한두 모금을 소화제처럼 마셨다. 밤참은 절대 금물. 저녁을 가볍게 그리고 일찍 먹었다. 잘 때는 상체를 높여서 자고 혈압과 콜레스테롤을 낮추기 위해 삼백탕이라는 것을 마셨다. 혈압을 내리고 변비를 해결하는 데 도움이 되는 딸기 주스와 블루베리를 알로에와 요구르트에 섞어 아침 식사 전에 마셨다. 그러자 고질적인 변비 문제가 완전히 해결되었다. 매일 왕복 2

마일씩을 걸었고 권 장로가 가르쳐 준 대로 팔과 어깨, 허리 운동을 계속하고 있다.

4. 이렇게 식단을 완전히 바꿨더니 몸이 또 반기를 들었다. 식이요법 중 가장 힘든 부분이 매운 걸 먹을 수 없는 것이었다. 김치를 먹지 못하니 식욕을 잃었다. 일생 즐겨 먹던 것들을 금하는 것이 쉬운 일일 수 없었다. 특히 고춧가루를 먹지 못하는 것이 가장 힘들었다. 그렇지 않아도 잘 못 먹어서 죽을 지경이었는데 그나마 먹는 취미까지 잃게 되었다. 그래서 약 6개월간은 음식을 먹지 못했다. 이렇게 음식을 먹지 못하는 동안에도 나는 의사의 지시를 따랐다. 주변에서는 내가 어리석다며 야단들이었다. 하지만 치료비 한 푼 받지 않고 진심으로 치료를 해주는 의사 선생님과 사모님을 하나님이 보내주신 천사라고 믿고 죽을지언정 시키시는 대로 계속했다. 치료를 받는 사람에게 의사에 대한 이런 신뢰와 믿음은 매우 중요하다. 과도기를 견디지 못해 도중하차하는 사람이 너무 많다고 한다.

5. 천식 치료를 위해 날씨가 차가워지면 안에서나 밖에서나 심지어는 잘 때도 마스크를 쓰라고 했다. 그래서 여러 개의 마스크를 준비해서 어디서나, 특히 환절기와 추운 날씨에는 반드시 마스크

보랏빛 희망

를 착용했다.

6. 나 자신을 좀 즐겁게 해주고 사랑하기로 작정했다. 집안 가구를 편한 것으로 바꾸고, 잠자리를 편하게 만들고, 마음을 다스리고, 항상 기도하며 감사하고, 기쁘게 주님의 뜻대로 살려고 노력했다. 하루 8시간 이상을 책상에 앉아 내 두뇌가 불쌍할 정도로 책을 쓰고 설교문을 작성하는 일을 했지만 짬을 내서 친구들과 밥도 사먹고 함께 걸으며 즐겼다. 유리창 앞에는 꽃을 걸고 매일 물을 주어 키우며 꽃들과 대화했다. 세상만사를 긍정적으로 보려고 노력했고 많은 것을 내려놓았다. 사역의 양을 많이 줄이기는 했지만 홈리스들을 사랑하고 섬기는 일은 계속했다. 치료 결과를 보기 위해 서두르지 않았다. 한방 치료는 병의 근원을 다스리는 치료였기 때문에 마음을 느긋이 먹고 꾸준히 치료 받으며 결과를 하나님께 맡겼다. 노력한 만큼 효과를 볼 것이라고 믿고 스스로 할 수 있는 일은 다하기로 마음먹었고 하나님께서 내게 그런 의지를 주시기를 청했다.

7. 마지막으로 빼 놓을 수 없는 건 매끼 먹은 음식과 알로에, 마신 물의 양과 운동 횟수를 스프레드 시트에 차트로 만들어 가져가고, 매일 혈압을 여러 차례 측정해 같은 방법으로 한의사와 심장의에게

주었다. 이렇게 매일 차트를 만들다 보니 자연스럽게 내가 무엇을 먹어야 할 지를 알게 되었다. 식당에 가면 내가 먹을 수 없는 음식은 자동적으로 한 켠에 밀어 놓았다. 사실 식당에는 내가 먹을 수 있는 음식이 거의 없었다. 그래서 식당에 가는 횟수를 많이 줄였다.

● 결과

1. 6개월 가량 그렇게 했더니 놀라운 결과가 나타나기 시작했다. 몸이 단식을 포기하고 음식을 먹기 시작했다. 변화된 식단에 적응된 것이거나 아니면 하나님께서 또 엎어서 치료하시는 방법을 쓰신 것 같았다. 음식을 먹기 시작하니 기운이 회복되었다.

2. 알로에와 상반신을 높이는 취침 방식으로 산의 역류가 많이 줄었다. 취침 전 빈속에 알로에 주스를 두어 모금 마시고 잤다. 자는 동안 치료가 되게 하기 위함이었다. 그러자 쓴 냄새가 거의 올라오지 않았다.

3. 속 쓰림이 없어지고 소화도 잘 되었다. 김치를 전혀 안 먹어도 아무렇지 않게 되었다.

4. 혈압이 거의 정상화 되었고 20여 년간 복용하던 혈압약을 끊은 지 10개월이 되었다.

5. 딸기(특히 블루베리)에 알로에와 요구르트를 넣어 갈은 주스와 삼백탕은 변비와 혈압 문제를 해결해 주었다.

6. 규칙적인 운동으로 허리와 골반의 통증이 사라졌다. 그러나 운동을 안 하면 통증이 재발했다.

7. 치료를 시작한 지 일 년째 되던 2013년 6월 내시경을 다시 했다. 식도에서는 암 균이 발견되지 않았고 지난해보다 상태가 호전되었다는 결과가 나왔다. "할렐루야"를 소리 높여 불렀다. 권 장로를 만나지 않았더라면 나는 아마 더 이상 이 세상 사람이 아니었을 것이다. 하나님께 그리고 의사 선생님께 허리 숙여 깊은 감사를 드린다.

- **Foreword by Rev. Gary R. Cook**

I remember seeing, as a child, old newsreel images of breadlines and soup kitchens? realities that I was comfortably assured belonged in the longpast Great Depression. It is one of my greatest disappointments in life (and in my country) that my children have now grown to adulthood thinking of soup kitchens and homeless shelters as a normal part of American life.

In a time of unprecedented economic strength, it should not be this way, but there is a growing segment of our population to whom the benefits of prosperity have never trickled down. The rising economic tide that was to "float all ships," has left many of our sisters and brothers swamped in poverty, hunger, and homelessness.

How the church responds to this situation says much about our true commitment to the Christ who identified directly with the poor and the marginalized. Do we look the other way? Do we cast a disapproving glance? Do we exempt ourselves from concern because of our busyness or because the problems are "too complicated?" Or do we find ways to join Jesus in reaching out to the "untouchables" of our society? Jean Kim has chosen to follow Jesus. And in two years of traveling across the United States, she has found many Presbyterian congregations who have chosen that route as well. Drawing from her many years of experience and the inspiring stories of programs she has visited, Jean shares her learnings and her commitments in this Jubilee Manual which the Presbyterian Hunger Program is pleased to make available to the church.

As Jean points out, provision of services to homeless people, no matter how lovingly they are provided, is only part of the needed response to homelessness. We also need to ask "why?" "Why are so many people left out or left behind in this era of prosperity?" "Why are so many people with jobs numbered among the homeless?" "Why has our government passed laws that exacerbate the problems and at the same time discontinued programs that help prevent or remedy homelessness?" I invite you to join the Presbyterian Hunger Program and many Christians across the country in seeking answers to these questions ? and an alternative public response that begins to put an end to homelessness.

It is my prayer that my children's children will grow up in a world where widespread soup kitchens and homeless shelters are once again relics of the past. Until that day, I give thanks for the efforts of faithful Christians who reach out in the name of Jesus to provide shelter, food, and hope to those in need.

Gary R. Cook
Associate for National Hunger Concerns
Presbyterian Hunger Program
World Ministries Division
Presbyterian Church(U.S.A.)

"Do you know where to find Jesus?" asks the small, five foot tall pastor, The Rev. Jean Kim. After a pause, she boldly states, "Jesus is on the streets. Jesus is homeless. If you go to the streets, there, you will find Jesus!"

My dear friend, Jean Kim, knows where to find Jesus. Finding Jesus so often in the bruised face of a homeless woman, perhaps the victim of years of domestic violence; or in the eyes of a young mother who turned to selling her body as a way to provide food for her young children, Jean Kim discovered a basic search within us all for a home. Jean Kim learned that we seek that place of belonging and being loved as a valuable child of God, emotionally, spiritually, but also, physically. God's dream that we all live "at home", was the call to Rev. Kim to begin a church for homeless women in Seattle. This church, The Church of Mary Magdalene, has become a spiritual home for hundreds of women and from this faith based center, emotional and physical needs have been met for thousands of homeless women over the past thirteen years.

In 1997, I had the privilege as the Associate Director for Women's Ministries to present Jean Kim with one of the three annual "Woman of Faith" awards at the General Assembly in Syracuse, New York. While this award is known as a great honor in the Presbyterian Church(U.S.A.), and recipients often come to the celebration breakfast in their finest attire, Rev. Kim received her award in her daily uniform of purple running pants and a purple sweat shirt that reads, "End Homelessness for All Women". Rev. Kim lives her commitment to ending homelessness every day, all day, and even her clothing is a witness to the call she received from God. Several months after the "Woman of Faith" award ceremony, I had the opportunity to attend a workshop Rev. Kim led on "Ending Homelessness". During this workshop Jean mentioned that she was retiring after ten years as pastor of the Church of Mary Magdalene. She said that she felt God was calling her beyond the Seattle streets to spread the urgent word that people of faith much respond to this national disgrace. She also said that while she has no idea what she would be doing next, and even though she was in her 60's and not able or ready to retire, she was confident that God would show her where this new call would lead her.

As the new Associate Director of Women's Ministries, I had been considering for several months what direction God might be suggesting for the women's ministries program area. During the night after attending Jean Kim's workshop, I had a dream. It was such a powerful dream that it awakened me. I sat up in bed and rehearsed the dream in my mind. Then it became clear to me, in some mysterious way, I felt that I must talk with Jean Kim to see if it might be possible that her call to challenge the church in concrete ways to end homelessness might be a program from women's ministries. Feminist theology, could be put into action in an important way as we served the often voiceless and marginalized among us. The following day Jean Kim and I talked and it was clear to both of us that her sense of call to the larger faith community and my sense of God's direction for women's ministries could be realized in her joining our staff with this mission before us.

Over the past two and a half years, Jean Kim traveled endlessly, visiting churches, shelters, homeless programs, and soup kitchens. From coast to coast Rev. Kim took her message of ending homelessness and offered concrete ways every Presbyterian Church could participate by offering one room in each church to be used for child care, job training, health assistance, shelter, etc. Her proposal was simple, "Every church, One Room". As she preached from church to church she would look out at the congregation and ask, "How many rooms are in your church buildings?" When it was obvious no one knew, she would encourage this thought, "If you do not even know how many rooms you have, surely one could be put to use to end homelessness!"

Many churches, presbyteries, and women's groups and individuals have heard Rev. Kim's challenge and have responded in creative ways. Jean has visited many of these new initiatives to end homelessness as well as the many existing programs she visited on her travels these past few years. This book is the result of her call to accept God's dream that there are ways to end homelessness. We are people of hope and God has given us the abilities to work creatively in communities of faith to offer a home for every one of God's children.

As you read this book and discover the many incredible ways Presbyterians are responding to this urgent need of our time, I invite you to participate not merely as a detached reader, but to allow Jean's experience to work within you. I believe Jean is right, that if our churches go into the streets, we will find Jesus.

I conclude this forward with deep gratitude for the

inspiring and hope—filled ministry of my colleague and
friend, The Rev. Jean Kim.

Barbara E. Dua
Former Associate Director
Women's Ministries Program Area

보랏빛 희망

- **Foreword by Rev. and Mrs. Bill Cate**

The Reverend Jean Kim's experience working with homeless people and the issues of homelessness has resulted in an essay of theological insight presenting models of action that reveal the ultimate in understanding of the responsibility of being a Christian in today's world. The entire study is set in the context of biblical concepts and basic Christian theological understandings. We are never at a loss as to the motivating dynamic which moves Jean Kim in mission.

Jean Kim's own personal experience of homelessness occurred when as a young girl she and her family escaped from North Korea, working their way down to South Korea, walking many nights through conflict zones. She became a refugee in South Korea moving from room to room for 4 years until the Korean War broke out. During the Korean War her family became homeless in exile, escaping from the war zone. Arriving in Pusan, they slept on the train station parking lot for the first few nights until an old man offered his yard. Six members of her family stayed in a 10x10 makeshift shack on the yard patched by sheets, ration boxes and a few pieces of panels for 3 years until the war was over.

In her later life, her training as a social worker, as well as a theologian, has prepared her well for the pioneering work she has done with the homeless community. An important part of this book is her analysis of the many ways a congregation and concerned individuals can use the resources available to them to alleviate homelessness in their community. No one can say after reading this book, "What can I do about homelessness?"

Her actual case studies in the last portion of the book are an essential resource. She not only describes the ministry in detail, but she gives you references to call with telephone numbers and mailing addresses. She artfully combines the theological and biblical mandate with concrete action steps. Every church should have this Manual in their library as well

보랏빛 희망

as all theological libraries in seminaries training our future religious leaders.

The Rev. Dr. William B. Cate,
President Director Emeritus,
Church Council of Greater Seattle
Dr. Janice P. Cate, Feminist and social activist

제1권: 미국에서 사람들은 왜 홈리스가 되는가(근본원인).
● 쉐론 도미꼬 산토스(워싱턴 주 국회의원)

We are caught in an inescapable network of mutuality, tied in a single garment of destiny. Whatever affects one directly affects all indirectly(The Rev. Dr. Martin Luther King, Jr., Letter from a Birmingham Jail)

People in Purple presents powerful testimony about one of the most persistent and pervasive problems in human history: homelessness. Volume 1 outlines who is affected by homelessness and why. In fact, homelessness leaves no demographic untouched: the working poor, the mentally ill, the young, the old, and people of every race, culture, and identity. The problem of homelessness is ubiquitous, present in communities small and large, urban, suburban and rural, all across America. The question and challenge we collectively face is what can and what should we do to solve this problem?

Homelessness is a complex and complicated condition. Our

response to it must be similarly comprehensive, sustainable, and transformative; there are no easy solutions. Indeed, just trying to define homelessness is fraught with difficulty.

But by improving our understanding about the root causes of homelessness, we can better halt the expansion of the homeless population AND we can better serve those who currently experience homelessness or who are at risk of becoming homeless.

The Rev. Dr. Jean Kim is the right person to help us understand and confront the problems of homelessness and to tell the stories of the men, women, youth and children who live with the consequence of inadequate affordable housing. For more than 4 decades, she has worked to confront and eradicate poverty and homelessness as a state-certified social worker and mental health counselor as well as the founder of the Church of Mary Magdalene, an urban ministry for homeless women in Seattle. She is a passionate crusader for "Ending Homelessness" wherever and however it exists.

People in Purple is the magnum opus in which the Rev. Dr. Kim makes the Gospel concrete and relevant while dispensing insight and wisdom accumulated through a lifetime commitment to serving homeless people and to solving the problem of homelessness. Her faith is deeply pragmatic and simple as so plainly framed in her "lingerie theology," a belief in every woman's entitlement to personal dignity symbolized through the collection and distribution of unused undergarments for homeless women. In this way, she personifies the words of Helen Keller who noted, "I long to accomplish a great and noble task, but it is my chief duty to accomplish small tasks as if they were great and noble." In writing People in Purple, I think Rev. Kim accomplishes a task both great and noble.

If asked, most of us would affirm that we want to and should do more to solve the problem of homelessness. Yet, in sharing the parable of the homeless woman who is unwelcomed at worship service because her presence offends

보랏빛 희망

the sensibilities of the congregation, the Rev. Dr. Kim reminds us that homelessness is not merely the absence of a permanent roof over one's head. In these volumes, she helps us see the faces of all of the homeless… and it is like looking in a mirror.

People in Purple is a relevant and timely resource for policymakers, pastors, providers, and the public at large. Read it. Share it. Above all, act upon it.

Sharon Tomiko Santos, Representative

The Washington State House of Representatives

PO Box 40600

Olympia, WA 98504

제2권: 빈곤과 홈리스에 대한 신, 구약 성서의 입장

● 제임스 맥다날드 박사(샌프란시스코 신학대학장)

I suppose there are people in our world who have never met a homeless person. But I suspect their number is small. The reality for the vast majority of us is that we are constantly meeting them, though often unaware that we are.

Homelessness meets us in many guises. A man sleeping on a steam grate. A woman pushing a grocery cart with all her worldly possessions down the street. A child sent from a country south of the border whose family feared that drug gangs eager for new recruits would snatch him from them. A refugee family forced to flee their country by a hostile political regime.

A Vietnam veteran whose PTSD made his return to civilian life a living hell for him and his family. A mother and her two children living in their car. A person addicted to alcohol or drugs who has been kicked out of his house. A young girl, who ran away from an abusive home, and was forced into a life of prostitution. A day laborer, who wakes every morning hoping to be chosen to join a work crew so he can send his wages back to his family in another country.

A child soldier grabbed by a rebel army to pick up a gun and join the front lines of the resistance. A group of teenage girls kidnapped by an insurgent militia to serve them as sex slaves. A young girl, sold by her poverty-stricken parents to an adoption agency in the hope that she would have a better life than they could offer. A middle-aged black couple, whose mortgage went under water when the housing bubble burst, who move nomad-like among friends and family as they try desperately to get their lives back in order. An old man, previously the picture of perfect health and vitality, now diminished by a stroke, can no longer live alone and is placed in a long-term care facility or nursing home.

This is just a sampling of the circumstances that push people into a state of homelessness.

Every homeless person has a story. We who are not homeless could try to sort through those stories to decide which of them had enough merit to warrant our sympathy, our help, our time and attention. But such an exercise is fraught with deep moral ambiguity. First, homelessness takes many forms, as Jean Kim helps us recognize and understand. It can be experienced on many levels and in various dimensions of human existence. The idea of homelessness has physical, social, cultural, emotional, and spiritual dimensions to it. The feeling of homelessness can be present even when surrounded by one's own family. The loss of one's cultural reference points and customs can bring about a profound sense of homelessness.

Second, no one is immune from the possibility of becoming homeless at some point in her or his life. Life does not come with a set of guarantees. Even those who are born into wealth, power, and privilege can find themselves in a Job—like state of loss that can even include the lack of a physical place to lay

보랏빛 희망

one's head at night in safety and comfort. Mental illness can often be found in families with great wealth. The transfer of wealth from generation to generation is fraught with all kinds of peril for the recipient generation. The powerful also know that their circumstances can change overnight as the result of an election, a coup, an assassination, or a loss of legitimacy. Privilege itself is always under attack by those who do not enjoy its rewards and benefits.

Third, our moral compasses are flawed. We deceive ourselves to believe that we can figure out the worthy and the unworthy among our fellow human beings. Jesus reminds us with the parable of the wheat and the tares(Matthew 13: 24–30) that God is the ultimate judge of our fruitfulness as human beings and as Christians. Our vision is limited; our understanding, imperfect. If we think we know all there is to know, we are mistaken.

And as we allow our reflections on the question of homelessness to go deeper, there comes a point where, if we have any knowledge of the Bible, we begin to hear verses of Scripture ringing in our ears. "Birds have nests, but the Son of Man has nowhere to lay his head." "How shall we sing the Lord's song in a foreign land." "We are like lost sheep that have gone astray." "A wandering Aramean was our ancestor."

In this volume, Jean Kim helps us to think in a systematic way through the biblical story, with its various themes, about the frequent uprooting of people from the place they thought of as home. She reminds us powerfully that the Bible is the story of people on a journey, one laced with the recurring loss of a place called "home." And as she does so, we begin to realize just how much homelessness is a central and critical theme of the biblical story. From God's banishment of Adam and Eve from the Garden of Eden, to the stories of Abraham and Sarah, Hagar, Isaac, Jacob and Esau, Rachel and Rebecca, Joseph, the story of Genesis is a reminder of just how tenuous the prospects were for the people of Israel.

Even when we hear the great and powerful story of the

Exodus, with its dramatic liberation of the people of Israel from the grip of slavery, we must also be reminded that Israel wandered—homeless—in the wilderness for 40 years before crossing the Jordan and entering the Promised Land.

And the Exodus is only half the story in the Hebrew Scriptures. The great prophets of Israel and Judah arose as the northern and southern kingdoms were forced into exile and the Temple was destroyed. The loss of their land was accompanied by the loss of a place of worship and by the loss of their culture and the freedom to practice their faith openly, without fear of retribution, recriminations, and even the loss of life.

Neither Jesus or Paul or the disciples who followed Jesus had a home. Jesus' ministry had him crisscrossing the Sea of Galilee, moving between Galilee in the north to Judea in the south. Paul journeyed an estimated 10,000 miles by land and sea as he undertook his mission of spreading the Good News of Jesus Christ north from Jerusalem through Syria and

Turkey and into Greece and finally to Rome.

To be homeless is to experience pain and suffering. It assaults our humanity. It calls into question the meaning of life, and in particular the meaning of our own life.

Jean Kim also prompts those of us who are not homeless to consider the meaning of life and of our own lives in the light of the huge reality of homelessness in our world. This volume, with its focus on the Biblical perspectives of homelessness, not only helps us understand how much human existence is a search for home, is a journey to find our home, it also helps us realize how God's claim upon us is a call for us to reach out to and stand in solidarity with those who are homeless. Jean's thoroughgoing analysis of the Bible demonstrates how the lives of all people are inextricably bound to one another through God's love in Jesus Christ.

In the Presbyterian tradition, we say, "the Scriptures of the Old and New Testaments are, by the Holy Spirit, the unique and authoritative witness to Jesus Christ in the Church

보랏빛 희망

universal, and God's Word to us." Jean Kim's book shows us how powerful that scriptural witness is and, in the process, reveals to us as well what Jesus Christ is calling us to do.

Rev. Dr. James L. McDonald
President and Professor of Faith and Public Life
San Francisco Theological Seminary
San Anselmo, CA.
December 30, 2014

제3권: 왜, 무엇을, 어떻게 해야하는가(106 사역방안)

● 마이클 스툽스(미국 홈리스 근절 연합 지역 조직 담당)

You might have seen the homeless man on the street corner with a cardboard sign or pushing a grocery cart full of their life belongings or asleep on a park bench but didn't know what to do or how to help. Have you ever been asked to serve at a homeless shelter but you were reluctant to do so out of concerns of becoming too involved? Have you ever wanted to open a homeless shelter but didn't have any idea where to start? Or have you just passed up those opportunities simply because you didn't know what to do or how to understand the issue of homelessness.

Pastor Jean Kim outlines simple yet creative, inclusive and comprehensive 106 ways an individual, church/faith community can be involved to combat homelessness in why, how and what to do in Volume 3 of her book series, People in Purple. Her 106 service ideas were born out of the needs of homeless people whom she has been serving in and through fifteen different homeless mission programs over 4 decades, some of which she herself founded. She has been tirelessly serving homeless people, constantly listening, observing and learning about their needs and the list has grown to 106 homeless service ideas. These are presented on why should we offer each of them (Needs) and why and what we can offer(Mission).

Pastor Kim's 106 homeless service ideas begin with simple tasks/projects such as volunteering, feeding, bicycle program, worship, holiday gift of motel rooms down to more complicated permanent solutions. These are small and large and doable. Pastor Kim says, "the first and foremost important mission would be offering the homeless jobs, job/skill training, education, housing and health care that they may become self-sufficient and end their homelessness." However, the most crucial one of 106 ideas is public policy advocacy asserting that we won't be able to end homelessness unless there is major public policy change at all levels of government.

As an advocate working at the national level on combating the homelessness, I concur with her wholeheartedly.

She suggests that individuals, churches/faith communities and homeless service agencies work together as a team. Throughout the entire presentation of 106 ideas she challenges churches/faith communities to open their facilities to welcome the homeless. She suggests those who develop homeless services to first learn what the needs of the homeless are rather than just assuming what they want.

She used to make audiences laugh by suggesting that they go to see a psychiatrist if any church/faith community or individual will not do at least one of the 106 service ideas.

She eases those who are concerned of becoming too involved to courageously say "I CAN DO IT" by sharing her own experience in founding homeless services with empty hands, nothing but commitment and faith in God as her only tools.

While she was on a speaking tour for 6 years on behalf of the Presbyterian Church(USA) she was able to visit 155

보랏빛 희망

homeless programs in 65 cities she preached at. She was amazed to see that most were founded by faith communities and many still support them today.

As a longtime advocate at the National Coalition for the Homeless I will join Pastor Kim to say that historically faith-based organizations have played an important role in responding to the urgent needs of the homeless population. However, I also join Pastor Kim to urge them to move one step beyond from just charity (band aid) toward the goal of ending homelessness. This means that faith communities must be involved more with developing low income affordable housing programs and living wage jobs and actively engage in public policy advocacy and lobbying. As Pastor Kim says, no one organization can do this alone; we need faith-based organizations to be part of the local, state and national conversation, and working on a solution. When we work together, we can end homelessness in this country.

This book also challenges each individual and church/

faith community's social responsibility and accountability to the homeless population and illustrates practical methods for people of all ages to jointly solve this crisis. This book should be in every congregation's hands, outreach committees of faith communities, homeless service providers, policy makers and all who wish to end homelessness. This book should also be a resource for trainings at churches/faith communities and educational institutions.

After reading this book, no one will ever ask again "What can I do to help end homelessness for both the individual and in our society?"

Michael Stoops

Director of Community Organizing

National Coalition for the Homeless

2201 P St., NW. Washington, DC 20037-1033

Ph. (202) 462-4822 x234

Email: mstoops@nationalhomeless.org

Website: www.nationalhomeless.org

제4권: 103 사역의 실례들_다른 사람들은 어떻게 사역을 하는가?

● 랜디 헤스(로스엘젤스 벨에어 장로교회 지역사회선교 위원장)

Pastor Jean Kim, a devoted believer and obedient follower of our Lord, Jesus Christ, has penned an inspired body of work with People in Purple. As part of the whole, Volume 4 captures the heart of many missions, programs and partnerships that have evolved over the years in North America. At the same time, it reflects the personal journey of Pastor Kim

In his powerful book, A Long Obedience in the Same Direction, author Eugene H. Peterson uses the fifteen Songs of Ascents (Psalms 120−134) as the text to illustrate the lifelong journey we take with our faith. As I read Pastor Kim's wonderful volume, I re-examined Peterson's chapter on service. In this chapter, he quotes Karl Barth: In general terms, service is a willing, working, and doing in which a person acts not according to his (her) own purposes or plans but with a view to the purpose of another person according to the need, disposition, and direction of others. It's as if Barth had Pastor Kim in mind when he wrote this description. The reader of her complete work, and certainly Volume 4, is keenly aware of her dedication and passion for ministry to the homeless and poor, and to the organizations and individuals that serve those communities.

In Volume 4 we find the depth of her research extensive, including interviews from more than 100 organizations. These pages provide insight and inspiration for a cross-section of ministries: housing within a church; partnerships between churches and homeless missions; both ecumenical and spiritual models for homeless mission; day care centers for homeless; programs focused on children and youth; advocacy and secular programs, and the list goes on. Many of these programs also extend locally to urban mission partners as well as to overseas missional, faith-based organizations. Such is the case for my home church, Bel Air Presbyterian in Los Angeles.

Related approaches to such ministries abound, and

Pastor Kim does not intend this to be an exhaustive study. Rather, she conveys the heart behind the mission; how some have heard and answered God's special call to serve these communities, and have done so with grace, humility and dedication in order to bring His light and joy into the lives of others.

This Volume also serves as a valuable resource, providing details on proven programs that can be studied by churches worldwide seeking to answer God's call in their own communities. Pastor Kim purposefully shares her life's work in hopes that future generations can learn from these special programs. Through her insights, we all can better serve God's own who are living on the margins of life.

Randy D. Hess
Director of Outreach Ministries
Bel Air Presbyterian Church, Los Angeles, CA.
Board of Directors of Los Angeles Mission, Los Angeles, CA

Board of Directors of Los Angeles Fire Dept, Los Angeles, CA

Active member, Elder & (former) Treasurer of Bel Air
Presbyterian, LA. CA.

Managing Director of Bank of America (Retired, 36 years)

Working towards Certificate in Spiritual Direction with Christian
Formation & Direction Ministries, Los Angeles, CA

December 17, 2014

제5권: 설교 모음집(일반 교회와 홈리스교회에서)

● 게리 쿡 목사(전 미국장로교 기아프로그램 대표·세계 기아대책 지역사회 담당)

Every time I revisit the parable of the Persistent Widow(Luke 18:1-8), Jean Kim appears in my mind. I suspect it is the same for many others—maybe Jesus himself. Short in stature and nearing her eightieth birthday, Jean has been pounding on the church's door for decades, demanding justice for those whom society has forgotten. Wearing her ever present purple End Homelessness t-shirt, she would be a shoe-in at any audition for the persistent widow role.

When I was coordinating the Presbyterian Hunger Program "Jean is on the phone" always meant I was about to have a long conversation about homelessness and what we needed to be doing about it. And I would most often agree to what she requested. With her sense of urgency and infinite patience, Jean wears down all resistance.

This collection of sermons that she has delivered over 40

years, documents that persistence. In churches large and small, rich and poor, conservative and liberal, Jean has brought a consistent message about the contrast between God's love for poor and homeless people and our neglect of them. She calls for action—repentance, actually—and she will not go away without a response.

Tell her that there is nothing your church can do—that you are in the wrong neighborhood, that you don't have much money, that you are all retired—and she will point to her list of "77 Ways(106 now) Churches can Help" from her End Homelessness Manual. Dismissing resistance, she says, "If any church says you cannot do any one of the 77, you may go to see a psychiatrist."

As Jean acknowledges, her message can be "tough," challenging us to move beyond our comfort zone of writing checks to actually engaging with our homeless neighbors. But she also brings the authenticity of one who has lived a tough life and emerged with deep faith. The frequent sharing of that personal history gains her an audience willing to hear her out.

But tough and demanding are just one side of the story. These sermons are also informative—often sharing statistics about homelessness "right here in River City." And they are always very practical—hence the 77 ways(106 now). Finally, and quite endearing, these sermons share a sincere appreciations for the efforts that churches are making. At least once we hear her say, "If every church does what you do, we can end homelessness."

In Volume five, Jean has explored the scriptural foundation of her work on homelessness. In this volume, we see how she has applied that scriptural analysis to build a practical theology of homelessness. Her preaching provides biblically grounded guidance, challenge, and inspiration to both comfortable Presbyterian congregations and communities of homeless people as they gather for worship.

I find the sermons Jean addresses to homeless people to be the most enlightening section of the collection. Many of us who support and encourage the church's response to the needs of poor and hungry people often preach "about" poverty and homelessness. It takes a different skill set, a different sensitivity, and a fuller grasp of the gospel, to preach good news "to" the homeless.

Over forty years ago, while taking part in the Urban Institute's "Urban Plunge" in Chicago, I sought respite for the night at Pacific Garden mission. Attendance at worship was a prerequisite for being offered an invitation to go downstairs for a warm meal and a place to sleep. The preacher—presumably like most who preceded and followed him—ended with an invitation to come forward and be "saved." It wasn't long before several men made their way to the front to pray with the preacher, while the rest of us headed downstairs to eat. At dinner, the men openly talked about how they took turns answering the altar call. "It's the only way to get him to stop," they said, "so we can get down here and eat."

Jean's sermons to the homeless are not that kind of

보랏빛 희망

sermon. She clearly knows what most of us have found out in our dealings with homeless women and men: a lack of faith in God's saving grace is not the major issue. Their needs do, however, closely reflect the people whom Jesus met and to whom he demonstrated the good news. Like her savior, Jean addresses these victims of illness, demons and addiction with love and respect. Like Jesus, she often engages them in dialog, treating them like the homelessness "experts" that they are. Reading these sermons, you will often hear echoes of Jesus' haunting question, "Do you want to be healed."

I must note that these sermons reflect their context in community. Jean speaks as a pastor to the flock she has gathered. Close, trusting relationships—or, at least, an in—depth "knowing" in the cases where people had built up impenetrable defenses—sustain an authenticity far beyond that of the visiting evangelist. The invitation to make changes always comes with the implicit assurance that "we will be here to fight the battle with you."

These sermons, then, cannot be easily picked up and preached by those of us who occasionally drop into the lives of our homeless neighbors. They do, however, give us a clearer understanding of what is really "good news" to those who struggle with homelessness. This collection belongs on every preacher's bookshelf. Not because they are sermons to be poached, but because they are ones to be pondered. They raise important questions:

■ Is it too bold to speak about "ending" hunger and poverty, or is a lack of faith to speak otherwise?

■ Do our sermons ask enough of our listeners? Should we be more persistent in expectation of a response?

■ Is the gospel that we proclaim truly "good news to the poor?" Would poor and homeless people hear that way?

■ What authentic words of assurance and hope would I share if called on to speak at the funeral of a homeless neighbor?

When Jesus describes the dividing of the sheep and goats

보랏빛 희망

at the coming of the Son of Man(Matthew 25), we hear him affirming the ones who took "the homeless poor into your homes." In our security conscious world, that always sounds like a very high bar to clear. Perhaps it is, but I know a woman who can tell you about 106 ways that you can take them into your church, and that's a good start. These are her sermons; we can all learn from them.

Rev. Gary Cook

Former Director of the Presbyterian Hunger Program,

Presbyterian Church(USA).

Retired Director of Church Relations for Bread for the World,

Washington DC.

보랏빛 희망

초판 1쇄 인쇄_ 2017년 1월 15일
초판 1쇄 발행_ 2017년 1월 20일

지은이_ 김진숙
펴낸곳_ 아름다운동행
펴낸이_ 박에스더
편집 및 출판 관련 업무_ 박명철 송진명
디자인_ 박지영
등록_ 2006년 10월 2일 등록번호 제 22-2987호
주소_ 서울시 서초구 효령로 304(서초동) 국제전자센터 1509호
홈페이지_ www.iwithjesus.com
전화_ 02-3465-1520~4 팩스_ 02-3465-1525

ISBN 979-11-956-7514-2 03990
값_ 20,000원